UM ESFORÇO LINDO E FÚTIL

Também de Hank Green:

Uma coisa absolutamente fantástica

HANK GREEN

UM ESFORÇO LINDO E FÚTIL

Tradução
Lígia Azevedo

SEGUINTE
O selo jovem da Companhia das Letras

O selo Seguinte pertence à Editora Schwarcz S.A.

Grafia atualizada segundo o Acordo Ortográfico da Língua Portuguesa de 1990, que entrou em vigor no Brasil em 2009.

TÍTULO ORIGINAL A Beautifully Foolish Endeavor
CAPA Kaitlin Kall
PREPARAÇÃO Giu Alonso
REVISÃO Camila Saraiva e Paula Queiroz

Dados Internacionais de Catalogação na Publicação (CIP)
(Câmara Brasileira do Livro, SP, Brasil)

Green, Hank
Um esforço lindo e fútil / Hank Green ; tradução Lígia Azevedo. — 1ª ed. — São Paulo : Seguinte, 2022.

Título original: A Beautifully Foolish Endeavor.
ISBN 978-85-5534-200-4

1. Ficção norte-americana I. Título.

22-101625 CDD-813

Índice para catálogo sistemático:
1. Ficção : Literatura norte-americana 813

Eliete Marques da Silva – Bibliotecária – CRB-8/9380

EDITORA SCHWARCZ S.A.
Rua Bandeira Paulista, 702, cj. 32
04532-002 — São Paulo — SP
Telefone: (11) 3707-3500
www.seguinte.com.br
contato@seguinte.com.br

Para Katherine, minha esposa paciente e amorosa

APRIL

Decidi parar de mentir para você.

Até onde sei, existem apenas três tipos de mentiras: o tipo que a pessoa não quer que ninguém descubra, o tipo que a pessoa não liga se descobrirem e o tipo que não tem como descobrirem. Vamos repassar um a um.

1. **O tipo que a pessoa não quer que ninguém descubra.** É a mentira comum, cotidiana, seja porque você se atrasou para o trabalho ou assassinou alguém de um jeito terrível. Nesses casos, ser pego mentindo é um problema.
2. **O tipo que a pessoa não liga se descobrirem.** Tem mais a ver com a mentira que com as consequências. Você repete a mentira, insiste na mentira, altera a mentira, abandona a mentira, volta à mentira. Mentir pode ajudar a evitar consequências ruins, mas na verdade é uma ferramenta para enfraquecer a realidade e fortalecer você.
3. **O tipo que não tem como descobrirem.** Acontece quando só você sabe a verdade. Foi esse o tipo de mentira que andei contando.

Já faz anos que considero esse tipo de mentira, na verdade, uma gentileza. Tipo, não é surpresa para ninguém que a versão que contamos da realidade é incompleta. Todo mundo sabe disso. A comunidade científica não sabe onde a maior parte da matéria se encontra. Não tenho ideia de como é viver no Iêmen. Nossa concepção do mundo não é totalmente precisa. Mas, se você sabe algo que ninguém mais sabe, algo que mudaria a história de todo mundo da noite para o dia, algo que pioraria a vida de todo mundo, contar a verdade pode parecer a coisa errada a fazer, quase como um abuso de poder.

Como descobri, não há nada de especial em mim, nada que me torne particularmente apta a tomar esse tipo de decisão pela população de todo um planeta. Se estou na posição de fazer isso, ao que tudo indica, é puramente por uma simples e ridícula sorte.

Muita gente, incluindo eu mesma, já disse que tenho o hábito de abusar do meu poder e por isso estou prestes a fazer algo que me deixa extremamente desconfortável: permitir que outras pessoas contem esta história. Para ser sincera, não tenho escolha. Não participei de grande parte do que aconteceu, então não tenho como contar tudo. Meus amigos vão fazer isso comigo. Talvez assim a gente possa dividir a responsabilidade que vem com essa verdade poderosa. Não vai ficar tudo nas minhas costas: todos teremos que concordar que as palavras deste livro são dignas de entrar aqui. Acredite em mim: não é fácil. Algumas pessoas às vezes são teimosas pra caralho.

Tudo isso é só para dizer que eu decidi parar de mentir para você. *Nós* decidimos parar de mentir para você. Embora seja uma mentira fácil de contar, embora eu nunca tenha dito isso em voz alta, e embora, na maior parte dos dias, não pareça passar de uma forma de autopreservação, é hora de revelar essa mentira.

Aqui está ela, em sua forma mais básica: tenho feito tudo ao meu alcance para convencer você de que estamos em segurança.

Não estamos.

MAYA

Só estou fazendo isso porque preciso. A maior parte das pessoas famosas deseja a fama, mas, quando consegue, reclama das partes ruins, e é certo criticá-las por isso. Mas sempre achei que milhões de pessoas saberem meu nome seria simplesmente horrível.

Por isso não deixei que April colocasse meu sobrenome no livro dela. Tampouco aparece neste. É claro que vocês podem procurar na internet, mas nem eu nem ninguém que me conhece divulgamos meu sobrenome. Só é possível encontrá-lo por conta do processo de erosão que a privacidade em geral vem sofrendo e da ação de pessoas que não respeitaram minhas preferências claramente declaradas.

É assim que quero começar. Me mantive fora do conteúdo que April criava de propósito. Não queria ser uma pessoa pública, mas agora sou, e se aceito isso é porque é a melhor maneira de contar esta história. E, embora não vá dizer a você meu sobrenome (é contra os meus princípios), vou me abrir muito mais do que gostaria.

Por exemplo.

Meus pais são bem ricos. Fui criada no Upper East Side de Nova York, em uma casa que pertence à família há mais de trinta anos. Já valia muito quando foi comprada, e agora vale MUITO. Então eu meio que cresci com um quintal de verdade e, quando era pequena, a gente plantava sementes de cenoura e mudas de tomate. Na época da colheita, arrancar uma cenoura do solo era como fazer um truque de mágica. Aquela sementinha, pequena demais até para meus dedinhos, tinha se tornado um legume grande, vigoroso e cor de laranja que vende em supermercado, coberto de terra preta e úmida. Era como botar uma tampinha de garrafa no chão e colher uma Coca-Cola. Os vegetais subterrâneos — cenouras, beterrabas, batatas, cebolas — eram meus preferidos. Mesmo quando plantados em vasos ou jardineiras, eu adorava a ideia de que havia coisas acontecendo longe dos nossos olhos, de que bastava revirar a superfície e algo tão mágico, perfeito e saboroso como comida simplesmente apareceria.

Na época, não me ocorreu que o jardim fosse algo que minha mãe mantinha por minha causa. Quando cresci e meus interesses mudaram, a jardinagem acabou. E eu nem considerei fazer algo além de regar um vaso dentro de casa até ligar para minha mãe alguns meses depois da morte de April.

— Não consigo deixar pra lá, mãe. Ela tem que estar em algum lugar — eu disse ao telefone, para explicar a obsessão que aflorara em mim. — Não tem ninguém procurando por ela. Todo mundo tocou a vida.

— Isso está te fazendo bem de alguma forma?

— Me fazendo bem? O que isso tem a ver comigo? Eles não a encontraram, mãe. Acho que ela não estava lá.

— Maya, meu bem, pra onde ela teria ido?

— Não sei, aí é que está. Pro espaço sideral? Pra Hoboken? Não sei. Mas sei que a vida não voltou ao normal. Todo mundo acha que os Carls foram embora, que o Sonho acabou, que agora está tudo normal, mas não está. Sei o que parece, mas tem mais um monte de gente que acha que tem algo rolando.

— Quanto tempo você tem passado no Som?

— Eles são legais, mãe. Fiz muitos amigos lá. É melhor que o Twitter.

De muitas maneiras, era verdade. O Som era uma comunidade tão pequena que dava para banir imediatamente o tipo de pessoa que só curtia provocar os outros. Mas, de certa forma, era pior. Tínhamos criado o Som para ser uma rede social onde resolveríamos sequências do Sonho. Era um lugar de mistérios. Para um martelo, tudo parece um prego; para uma rede social desenvolvida para investigar mistérios, tudo parecia misterioso.

Eu sentia muito orgulho de ter ajudado a criar o Som, algo que realmente contribuíra para fazer a humanidade se sentir mais integrada. Tinha se tornado a plataforma dos teóricos da conspiração. Mas pelo menos eram teóricos da conspiração *do bem*. E, voltando à pergunta da minha mãe (embora eu não a tenha respondido na hora), eu andava passando *muito* tempo no Som.

— Maya, por que você não planta alguma coisa?

— Oi?

— Como fazia quando era pequena. Ou procure outro hobby. Tricô. Quebra-cabeça. Acho que você precisa focar em outra coisa por um tempo. Para abrir espaço na cabeça.

Na hora, aquilo me pareceu muito condescendente. Tipo: é, mãe, seria ótimo se eu tivesse outro passatempo além da minha obsessão por uma ex-namorada morta. Seria bom para todo mundo, principalmente para você, que não teria que ver sua filha se afastar cada vez mais da realidade. Mas não é assim que funciona, *mãe.*

Só que, de certa maneira, é mesmo assim que funciona. Porque só de pensar em cenouras já fiquei com vontade de plantar alguma coisa, ou cuidar de alguma coisa, ou cavar um pouco. Só que eu não tinha jardim. Então peguei um trem e, meia hora depois, bati na porta da casa dos meus pais no Upper East Side. Minha mãe abriu.

— Tá, vamos plantar alguma coisa — eu disse, dando um sorrisinho bem discreto.

Ela sorriu também, me abraçou e fomos para o jardim. Minha mãe encontrou um pote de plástico cor de argila com uns trinta centímetros de diâmetro, e eu enchi de terra. Então fomos para a cozinha e picamos algumas batatas yacon, tomando o cuidado de manter um broto em cada pedaço. Depois, juntas, as enfiamos na terra, como eu fazia aos cinco anos.

— Mãe, você tem noção de como estou surtada? — perguntei, com os dedos sujos de terra.

— Filha — ela disse, com seus olhos grandes e preocupados me atravessando —, você está tão surtada quanto deveria.

Àquela altura, fazia algumas semanas que eu não chorava, então as lágrimas vieram ainda mais fortes.

April sabe que sou reservada, e gosto de pensar que é por isso que você sabe tão pouco a meu respeito — não porque ela nem tenha se dado ao trabalho de contar. Mas, provavelmente, é uma mistura das duas coisas. Olha, o outro livro tem mil partes falando que sou disciplinada, bem-

-sucedida, inteligente e confiável. É tudo bobagem. Todo mundo está fingindo, e talvez April quisesse ser mais legal do que o normal comigo porque me largou assim que algo mais interessante chamou sua atenção. A verdade é que, antes do Sonho, eu não tinha ideia do que estava fazendo com a minha vida. Eu permitia que minha namorada dormisse na sala porque ela era sensível demais para admitir que morávamos juntas. Tinha um emprego que a maioria dos meus colegas achava que eu só havia conseguido por ser negra. E sabia que, não importava o quanto trabalhasse, nunca ganharia nem perto do que eu já tinha na minha conta bancária, porque havia escolhido estudar design em vez de administração (para a decepção do meu pai).

Nunca fui totalmente aberta com April — ou com qualquer outra pessoa, na verdade — quanto a minha situação financeira, por causa da profunda vergonha que me corroía.

Eu quase me sentia na obrigação de tentar compensar por todo mundo que não tinha dinheiro. Como se eu devesse mostrar que pessoas negras podiam ser ricas e que quem discordasse era racista. Mas, ao mesmo tempo, era como se eu devesse me revoltar contra o sistema que tinha feito com que eu fosse rica. Tipo, eu não tinha folga!

Enfim, o que eu estava tentando dizer era que não precisava trabalhar, e diante disso ficar em um emprego que eu não amava era um pouco sem sentido. É difícil os outros se identificarem com essa minha frustração, claro, mas a nossa própria vida é a única que temos que viver.

O Sonho era maior que eu, e através dele eu fazia uma contribuição real para o mundo. Resolver as sequências não tinha nada a ver com meu dinheiro. Eu era respeitada no Som apenas pelas minhas contribuições. Ninguém sabia nada a meu respeito. Ninguém sabia que eu era rica, ninguém sabia que eu era negra, ninguém sabia que eu era ex-namorada de April May. Meu nome era Proletamiado. O que meus amigos de lá sabiam sobre mim era o que eu dizia e o que fazia. Na faculdade, publiquei uma tirinha on-line sobre gatos de esquerda pelo mesmo motivo. Era uma maneira de eu sentir que era respeitada, independente da minha identidade.

Por isso, o fim do Sonho acabou deixando um buraco em mim, além do buraco ainda maior deixado por April. Eu perdia bastante tempo passando nervoso na internet para tapar esses buracos, mas também fazia isso no Som, onde encontrava postagens como esta:

MAIS GOLFINHOS NO DELAWARE

Ontem, vinte golfinhos foram encontrados no rio Delaware, em plena água doce. Eles estavam a norte dos pontos de apagão descritos neste tópico [PONTOS-DE-APAGÃO-NJ-DE-PA]. Os golfinhos apareceram nos limites deTrenton, Nova Jersey. Então passaram vários dias mais ao norte antes de morrer. Algumas pessoas conseguiram resgatar alguns animais. Esse é o segundo grupo em duas semanas que foi parar tão ao norte do rio, e nunca se ouviu falar em algo do tipo. Também bem perto dali ocorreu o arrombamento na Universidade Rider, ver tópico [LABORATÓRIO-RIDER-ARROMBADO]

Claro que eu cliquei para ver a notícia do arrombamento do laboratório, o que logo me levou à seguinte postagem:

LABORATÓRIO DA JOHNS HOPKINS ARROMBADO

É a quarta vez desde que April desapareceu — ver tópicos relacionados. E essa foi bem mais louca. Não como os menores, na Universidade Rider [LABORATÓRIO-RIDER-ARROMBADO] ou em hospitais na Filadélfia [HOSPITAL-NAZARETH-ARROMBADO] [HOSPITAL-MERCY-ARROMBADO]. Ninguém está fazendo a ligação, mas o laboratório da Johns Hopkins (sim, a famosa Johns Hopkins), em Baltimore, também foi arrombado. Estão dizendo que teve alguma coisa a ver com direitos dos animais, porque alguns macacos escaparam. A notícia também diz que alguns equipamentos diferentes desapareceram. A Johns Hopkins é gigante e tem segurança 24 horas. A PETA está atrás deles faz décadas, eles sabem como evitar esse tipo de incidente, mas aconteceu mesmo assim. Tem alguma coisa estranha nesses arrombamentos de laboratórios, por isso vou começar um tópico só para acrescentar informações e detalhes sobre qualquer arrombamento de laboratório, hospital ou universidade [ARROMBAMENTO-LABORATÓRIOS-GERAL].

A primeira coisa em que pensei ao ver isso foi que parecia um pouco exagerado. Roubos acontecem, ativistas dos direitos dos animais soltam macacos — o mundo é assim. Por outro lado, era mesmo um pouco esquisito. Tipo, por que ativistas dos direitos dos animais soltariam macacos *e* roubariam equipamentos? Para financiar a libertação de outros macacos? Eu não sabia muito bem como essa história de libertar macacos funcionava.

Mas o que percebi foi que o Som era o lugar no mundo em que eu mais me sentia confortável agora que o Sonho tinha acabado... agora que April tinha sumido. Muita gente que estava lá desde o início continuava, e a cultura da investigação permanecia. E o melhor era que aquelas pessoas não achavam que tudo havia voltado ao normal. Ninguém ali acreditava que April havia morrido naquele prédio, e eu precisava desesperadamente ver outra pessoa afirmando aquilo.

Perder o Sonho, para muitas pessoas, foi como parar com as drogas. Mesmo depois que todas as sequências tinham sido resolvidas (com exceção da 767), eu ia dormir e resolvia sequências a noite toda. Sonhos de verdade pareciam caóticos e desestruturados demais. Eu adorava o Sonho, mas ele fora simplesmente arrancado da minha cabeça. Havia alguns serviços que prometiam trazer de volta um pouco do Sonho com pulsos elétricos localizados no cérebro. O Som estava cheio de tópicos a respeito disso, mas sempre parecia que as pessoas dizendo que tinha funcionado estavam ou tentando vender alguma coisa, ou só haviam tido um sonho ótimo sobre o Sonho.

Mas, para mim, aquilo parecia uma sequência do Sonho. O primeiro arrombamento tinha acontecido em Trenton, Nova Jersey, depois mais dois se seguiram na Filadélfia. Então, no laboratório da Johns Hopkins. O que fazia parecer que estavam descendo pela costa oeste.

Os laboratórios ficavam mais ou menos próximos uns dos outros. O da Johns Hopkins e os hospitais da Filadélfia eram os mais distantes entre si. E ainda tinha aqueles apagões estranhos de sinal de celular no entorno da Filadélfia. Algumas semanas depois, os arrombamentos de laboratórios pararam, mas um bando de golfinhos tinha subido o rio Delaware e morrido perto de Trenton, Nova Jersey.

— Tenho que continuar procurando, mãe — eu disse.

— E se você não encontrar nada?

— Vou continuar procurando. Ela não morreu.

Minha mãe olhou para a terra, e a raiva que morava num cantinho do meu coração começou a vazar para o restante de mim. Todo mundo queria que eu desistisse, inclusive ela.

— Cuide das suas batatas — ela disse.

— Oi?

— Leve o vaso com você. — Minha mãe insistiu. — Cuide delas. Só para ter algo que precisa de você. — Ela tocou meu rosto de leve e completou: — Como eu.

Fizemos o jantar juntas aquela noite. Antes que eu mencionasse Trenton, enquanto eu colocava o macarrão na mesa e me sentava, meu pai me surpreendeu dizendo:

— Você viu que agora estão tratando pessoas viciadas no Sonho? Saiu um longo artigo a respeito na *New Yorker.*

— Hum — minha mãe fez, carregando aquele minúsculo som com mais nuances do que deveria ser possível, como quem dizia: "Sei o que você está fazendo, e Maya também, então nem vem".

Ele entendeu o recado, mas o ignorou.

— A mente das pessoas que estavam profundamente envolvidas com as sequências fica dependente disso, como se fosse uma droga. E se não tem mais sequências para resolver, pelo menos de acordo com o pessoal inteligente do artigo, a mente continua procurando. A abstinência pode ser muito difícil.

— Eu estou bem, pai.

— Ninguém espera que esteja, Maya — ele disse, a voz tão forte que era quase algo físico, como um muro. — Mas é normal que eu esteja preocupado. Ninguém entende o que os Carls fizeram com a nossa cabeça, e parece que um monte de gente está encontrando padrões onde não tem nada. Você precisa de alguma outra coisa em que se concentrar. Quando vai voltar ao trabalho?

— Gill — minha mãe começou a dizer, mas eu ergui a mão para impedi-la de continuar.

Meu pai sabia como o mundo funcionava, e tinha dado duro para descobrir. Não há muitos negros trabalhando em bancos de investimentos, e não porque é uma profissão desinteressante para eles. Meu pai lutou a vida toda para prosperar em um sistema hostil. Desde que eu era muito nova, ele me dizia que o mundo não queria que pessoas que nem nós fossem ricas, mas que era nosso trabalho enriquecer mesmo assim.

Minha mãe sempre me incentivou a seguir qualquer desejo pelo qual eu me interessasse. Meu pai, por outro lado, achava que minha maior chance de ser feliz estava em um caminho mais específico. Ele queria que eu tivesse um plano de carreira bem traçado. Queria que eu, sua única filha, cuidasse do dinheiro que ele ganhara para mim. Queria que eu deixasse esse dinheiro para meus filhos, e foi unicamente por isso que surgiu certa tensão em casa quando eu me assumi. Meu pai queria saber o que minha sexualidade significava para a próxima geração. Pelo menos ele conseguiu se controlar e não dizer nada, mas dava para perceber, e depois acabamos tendo uma conversa sobre minhas várias opções caso eu decidisse ter filhos. Eu estava com *dezessete anos*. Meu pai não se importou quando larguei o trabalho para participar dos projetos de April e ajudar Miranda com o Som, mas eu tinha me tornado seu pior pesadelo: mais uma jovem rica com um diploma em artes e nada para fazer.

— Eu entendo, pai. Sei que não andei muito bem nesses últimos meses. Mas April não está morta, e não vou continuar fingindo que está. Tenho que fazer isso.

Meu pai lançou um olhar sério para minha mãe. Ela baixou os olhos para a mesa. Eles achavam que April estava morta. Claro que achavam — todo mundo achava que ela estava morta.

— Quer saber? — eu disse, baixinho. Meu lábio inferior chegou a parar embaixo dos dentes da frente, prestes a pronunciar o "f", mas então o mordi. Eu não disse mais nada, mas os dois ouviram aquele "foda-se" que ficou pairando na sala de jantar. A gente não fala palavrão em casa.

— Maya... — minha mãe disse, enquanto meu pai arregalava os olhos.

Não tenho o costume de gritar, pelo menos não com os outros. Grito para a TV quando um senador fala alguma coisa racista. Grito para o Photoshop quando ele trava. Mas não grito com os outros. *Muito menos* com meus pais.

Mas dessa vez eu gritei.

— Ela não morreu!

Sem que eu me desse conta, minha mão bateu na mesa enquanto eu levantava, e os talheres tremeram sobre os pratos.

— Maya! Não fale assim com sua mãe — meu pai disse de sua cadeira do outro lado da mesa, firme e frio.

Eu me debrucei na mesa, na direção dele.

— Vou encontrar April — falei.

Quase sussurrei. Virei as costas e saí da sala de jantar.

Então, como nunca deixaria de ficar horrorizada com minha própria perda de controle, virei para eles de novo e completei:

— Me liguem amanhã, quando a gente não estiver mais tão bravo. Estarei em Nova Jersey.

Enquanto saía, notei o vaso com os pedaços de batata recém-cortados e enterrados. Soltei um suspiro e o peguei a caminho da porta.

Andy Skampt
@AndySkampt
Humor pós-Carl é aquelas: não ter mais a menor noção do que a humanidade é a essa altura, mas 100% de certeza de que cachorros são ótimos.

280 1,3K 7K

ANDY

Parece improvável que ter uma melhor amiga que virou estrela internacional por descobrir e ser a principal defensora humana de uma forma de vida extraterrestre não seja a coisa mais esquisita que já me aconteceu. Só que a coisa mais esquisita que já me aconteceu *mesmo* começou assim:

Cinco meses depois de minha melhor amiga ser assassinada por terroristas logo após ter resolvido um enigma que resultou no suposto desaparecimento de alienígenas do nosso planeta, alguém bateu duas vezes na minha porta, e recebi uma mensagem de texto dessa amiga morta.

Toque-toque, dizia.

Essa nem é a parte mais estranha. Depois de ficar olhando para a mensagem por um tempão, corri até a porta e abri, só que a única coisa que encontrei foi um livro de capa dura marrom me esperando no corredor, com as seguintes palavras escritas em dourado em fonte serifada simples: "O livro do proveito".

Tá, na verdade, preciso voltar um pouco mais.

É fácil esquecer quão parado ficou o mundo nos meses que se seguiram ao desaparecimento do Carl (ou dos Carls, dependendo de sua teoria). Cada um dos sessenta e quatro Carls que tinham aparecido em cidades do mundo todo sumiram no mesmíssimo momento, com exceção de um. O Carl de Manhattan não desapareceu do nada — ele se lançou no ar (de acordo com a estimativa de um artigo científico) à velocidade de Mach 3. Isso deu substância à teoria de que só havia um Carl; de alguma forma, uma estátua era projetada em sessenta e quatro localidades diferentes simultaneamente. Olha, não estou fingindo que entendo o que houve, ao contrário do discurso vazio e pomposo que os canais de TV a cabo assumiram na sequência dos acontecimentos.

Mas, apesar disso tudo, o mundo na verdade se acalmou um pouco depois que os Carls desapareceram. A força tremenda que havia abalado nossa compreensão coletiva do universo e dado um tapa na cara de cada um, num espectro que ia desde "Damos as boas-vindas aos nossos soberanos robôs" e "Se não lutarmos, morreremos", simplesmente... desapareceu.

Tipo, imagina o que aconteceria com o debate sobre porte de armas se todos os revólveres desaparecessem, junto com a ideia do que... *são* revólveres e de como produzi-los. Se aquilo que vinha deixando todos tão bravos uns com os outros simplesmente não existisse mais.

Isso não quer dizer que ficou tudo bem. A economia continuou em recessão, sem ninguém saber muito bem o motivo. As pessoas simplesmente passaram a trabalhar menos, ou a abandonar o mercado de trabalho por completo. Muitos só continuaram vivendo sem muito ânimo, mas a verdade era que tudo parecia meio vazio. A questão Carl definira a identidade de centenas de milhões de pessoas, e agora aquela identidade se fora.

Antes do Carl, o mundo vinha mudando depressa, e muitas pessoas já não tinham mais tanta certeza de seu lugar no mundo, mas a maioria ainda estava em uma história que fazia certo sentido. Então, quando Carl surgiu, de repente todos nos vimos em uma nova história, que era bastante chocante. Depois, houve outra reviravolta: eles foram embora, e agora parecia que ninguém mais sabia o que era o quê. Qual era nossa história agora? Quem éramos nós? Qual era o sentido de tudo isso?

Se o pós-Carl pareceu calmo, em grande parte foi porque ninguém sabia o que dizer. Depois que algo some, não tem como render assunto por semanas sem cair no esquecimento. Ao mesmo tempo, ficava difícil discutir impostos e saúde ou mesmo levantar da cama para ir trabalhar quando nada parecia tão importante quanto Carl tinha sido. A identidade das pessoas, a razão de sua existência, já estava abalada antes de Carl, mas depois muitas ficaram simplesmente perdidas.

Uma das mudanças menos significativas foi a dos jogos de realidade. As pessoas sempre adoraram desvendar enigmas, e o Sonho colocara o mundo todo em uma grande *escape room*, nos deixando de modo geral mais interessados em quebra-cabeças. Jogos de realidade eram com *escape rooms* ou caças ao tesouro, mas eram contínuos e aconteciam em qualquer lugar. Os melhores recorriam às maiores extravagâncias para recriar a sensação que os Sonhadores haviam perdido. Mestres de enigmas tocavam os jogos pela internet, em espaços físicos e às vezes através de outras pessoas. Era só pagar uma mensalidade para estar sempre em busca da próxima pista, que podia chegar pelo correio, através de um encontro casual com um desconhecido ou simplesmente surgir à sua porta, acompanhada de uma mensagem de texto enigmática de sua melhor amiga morta.

Eu não tinha me inscrito em nenhum jogo de realidade, mas, quando vi o livro, minha mente na mesma hora começou a tratá-lo como um enigma.

Deixei-o onde estava e fui de um lado a outro do corredor, verificando a escada e o elevador, com o coração o tempo todo acelerado. Quase desci a escada e corri para a rua, mas decidi que era mais importante investigar o livro em si. Tirei foto dele de todos os ângulos antes de finalmente pegá-lo, levá-lo para dentro e responder a mensagem de April.

Comecei com um April?, mas depois de cinco mensagens e quinze minutos agonizantes de espera, já tinha chegado no nível: april may, não me diz que não esteve morta nos últimos cinco meses e não me disse, mas por favor, por favor, me diz se você está viva ou não, e se for algum filho da mãe zoando comigo vou usar os ossos dos seus dedos como um colar.

Não recebi resposta.

Não liguei nem escrevi para ninguém mais. Não queria criar falsas esperanças em Maya, Miranda ou Robin. Então só fiquei sentado ali, sozinho, triste e em pânico.

Antes mesmo de pegar o livro, eu já estava bravo com ele. Não era apenas um grande ponto de interrogação. Eu podia sentir um futuro bastante específico me tragando. Não vou falar mal de April aqui, mas ela era o rio que arrastou todos nós por um tempão. Nos meses desde seu desaparecimento, eu havia encontrado uma direção sozinho. Sentia que estava no controle da minha vida, talvez pela primeira vez.

Peguei o livro e senti o peso nos dedos. Ele queria assumir o controle.

Eu o abri.

Não era longo — parecia ter entre cem e duzentas páginas. Ao contrário de qualquer outro livro que eu já tinha visto, ele começava na primeira página, o que, de certa maneira, era incômodo. Não leio muito, mas sei que em geral tem todas as informações da editora, as páginas de título e aquele "Para Katherine, minha esposa paciente e amorosa" antes do livro em si começar. Mas não, aquele livro simplesmente começava.

> Não conte isto a ninguém. Não poste nos stories do Instagram, não tuíte, não ligue para um amigo para comentar. Este livro é mágico, mas só funciona com você, e só funciona se ninguém mais souber que ele existe. Ele nem sempre vai fazer sentido, mas sabe mais do que você. Então, a não ser que eu diga o contrário, bico calado. Vamos direto ao que interessa.
>
> Em algum lugar, tem uma jovem deitada imóvel e em silêncio em um cômodo com um robô. Ela está a salvo. Não está bem, mas está melhor do que já esteve. E vai ficar melhor do que está agora. Ela está sendo bem cuidada. Quando está desperta, a situação piora, então ela dorme. Por enquanto.
>
> Ela gostaria de ver os amigos. Talvez precise ver os amigos. Mas não pode ver os amigos agora. Seu corpo e sua mente ainda exigem cuidados. Nossa, mentes são uma loucura, não é mesmo?
>
> Um jovem se sente mal em seu apartamento. Em parte porque não comeu nada o dia todo, mas também porque teme pela amiga e porque está ansioso com todas essas palavras que de repente se dirigem a ele. Tem medo de que o que está lendo não seja verdade, mas também tem medo de que seja. O jovem também tem medo de que o livro esteja falando dele porque ele é teimoso. Está pensando no que poderia haver de errado com a mente de sua amiga. Mas mentes são complexas, e há muita coisa errada com qualquer uma delas.

Baixei o livro, com as axilas suadas. Me dei conta de que não estava respirando e inspirei com força. Voltei a levantar o livro.

> O jovem volta a levantar o livro.

Baixei o livro de novo. Que porra era aquela?

> Então volta a pegar. Ele está indo muito bem. Fantástico mesmo. O mundo precisa de vozes tranquilas agora. Ele tem sido uma dessas vo-

zes. Não está correndo atrás de atenção, não está tentando transformar todo o capital social que tem em mais capital social, e isso é difícil, então quero que ele saiba que seu esforço é valorizado. Ele está fazendo as coisas certas. Tenho acompanhado seu Twitter, e também gostei muito de *Pose*. Que série incrível. O mundo precisa de mais conteúdo sobre pessoas simplesmente se amando. Também gostei desse tuíte em especial:

> **Andy Skampt**
> @AndySkampt
> Ninguém esqueceu que os Carls mudaram nossas mentes, mas é importante lembrar que todos mudamos a mente uns dos outros o tempo todo. Toda boa história é matéria transformadora.

Não acho que esse seja um retrato preciso do que foi feito com sua mente, mas é bom acalmar os ânimos e chamar atenção para o poder que cada um de vocês tem sobre os outros. "É matéria transformadora"... muito bom. Você sempre foi esperto. Lembra quando passou o microfone por baixo da camisa, prendeu na gola e depois decidiu que April deveria ser a estrela? Você não sabia a escolha que estava fazendo, mas sabia que estava fazendo uma escolha. Você não buscou os holofotes, e a magnitude de tal escolha... Bem, cá estamos. Você sempre quis ser famoso, mas abriu mão da fama. Só que ela veio atrás de você de qualquer maneira, quando você no fundo não queria mais nada disso. É claro que você se sente culpado. Tudo bem. Não precisaria, claro. Está fazendo o melhor que pode com o que tem, mas é claro que se sente culpado. Tudo bem.

O dinheiro na sua conta, os seguidores no Twitter — você acha que é tudo dela, que você só herdou. Mas quase tudo é herdado. Não se trata de merecimento. O que importa é o que você faz com o que tem. E, até agora, está se saindo bem.

Bom, por que não vai pegar um sanduíche?

O jovem levanta da mesa, sai e desce até o térreo pelas escadas, para ter mais tempo para pensar. Ele vai até o Subway, pede um sanduíche de quinze centímetros de frango teriyaki com molho de cebola agridoce, provolone, pimentão, cebola, tomate e alface.

Compra uma coca para acalmar o estômago, mas só toma metade porque não quer ter muita cafeína no corpo agora. Ele não pega as batatinhas, embora o combo fosse só setenta e cinco centavos mais caro.

Então ele vai levar o sanduíche para o Tompkins Square Park, que é um parque legal, ainda que fique um pouco longe, e vai comê-lo lá.

Rebecca está esperando no Subway para fazer o sanduíche dele.

Vai pegar um sanduíche.

A página acabava assim. Eu a virei e, na próxima (e em todas as outras páginas de *O livro do proveito*), havia uma única frase: "Vai pegar um sanduíche", repetida inúmeras vezes.

Tipo, o que eu poderia fazer numa situação dessas? No mínimo, queria ver se a pessoa que ia fazer meu sanduíche no Subway se chamava Rebecca.

Eu pedia o sanduíche de frango teriyaki com molho de cebola agridoce no Subway desde o ensino médio, e April sabia disso... acho. Me fez pensar que talvez ela tivesse escrito aquele livro. Ou talvez só fosse alguém que já tinha me visto pedindo um sanduíche. Mas parecia ser April. As palavras com certeza pareciam dela.

Eu estava compreensivelmente distraído no meu caminho até o Subway, e deve ter sido unicamente por isso que acabei passando pela placa que fora colocada no lugar onde o Carl Nova York ficava. Eu não havia admitido para mim mesmo, mas era provável que estivesse evitando a área.

A placa consistia em um quadrado simples de bronze no concreto, dizendo apenas: "Esta era a localização do Carl Nova York". Havia uma rosa fresca sobre ela, que até então ninguém havia chutado sem querer. Parte de mim considerava a rosa um gesto simpático; parte de mim achava que desconhecidos não tinham o direito de se condoer por April. Ela era minha amiga, e não deles. Aquele era o maldito problema: o mundo inteiro achava que tinha direito a April May. Tudo o que sabiam a seu respeito era a caricatura que ela havia criado para eles. Ergui os olhos e vi alguém apontando o celular para tirar uma foto minha.

— Ah, pelo amor! — meio que gritei, e imediatamente me arrependi, antes de bater os pés até a Lexington pensando que talvez eu tivesse mencionado meu gosto por sanduíche de frango teriyaki com molho de cebola agridoce no Twitter em algum momento e alguém tivesse memorizado o fato para usar em alguma pegadinha elaborada.

— Um sanduíche de frango teriyaki com molho de cebola agridoce no pão italiano de quinze centímetros, por favor — pedi para a mulher do Subway, como já tinha pedido umas dez vezes desde que me mudara para o bairro. Ela devia ter vinte e poucos anos, e não pude evitar de pensar em sua etnia. Parecia asiática, com pele escura e um sotaque que não consegui reconhecer na hora.

A plaquinha de identificação em seu uniforme dizia "Becky".

— Becky de Rebecca? — perguntei, depois que eu tinha escolhido os complementos e ela já registrava o pedido no caixa. Ela estranhou a pergunta, enquanto sua mente ia do modo "transação comercial" para o modo "conversa simpática com o cliente".

— É! — Ela riu. — Meus pais me colocaram o nome de Rebecca porque sabiam que Becky era um apelido normal para uma menina americana.

As palavras saíam depressa e cantadas. O sotaque não era muito pesado, mas dava para notar. Talvez ela fosse inglesa.

— Bom, Becky, acho que seu nome é perfeitamente normal.

— Muito obrigada, tenha um bom dia, Andy, que bom que você veio de novo.

Eu já não estranhava mais que as pessoas soubessem meu nome, mas senti que era uma oportunidade de fazer algumas perguntinhas a ela.

— Ei, Becky, me diz uma coisa... Alguém já veio aqui e perguntou sobre mim?

Minhas bochechas coraram um pouco — falei como uma pessoa que se achava bem mais famosa do que de fato era.

— Não, mas eu não contaria nada se alguém perguntasse.

— Você já viu um livro assim? — perguntei, logo antes de me dar conta de que o livro me dissera para não falar nada sobre ele para ninguém. Aquilo contava?

Becky olhou para o livro com ceticismo, depois disse, com todo o cuidado:

— Parece um livro normal. Posso olhar melhor?

— Não — soltei. — Quer dizer, se você não lembra de ter visto, tudo bem. Beleza. Muito obrigado.

A caminhada até o Tompkins Square Park era meio longa. Meu sanduíche ia esfriar no caminho, mas sair de casa me deixava feliz.

A vida estava diferente agora, mas Nova York continuava sendo Nova York. Nada havia mudado de forma gritante quando alienígenas vieram nos visitar. A cidade mantinha sua aparência, seus sons e seus cheiros. Artigos de opinião conjecturavam animadamente sobre a geração que seria criada no mundo pós-Carl e como sua perspectiva em relação a tudo, de empregos a marcas de pasta de dente, seria diferente. E talvez fosse mudar mesmo, não dava para saber, mas Nova York ainda estaria lá, servindo de objeto para as projeções dessas pessoas.

Pensei em como talvez a estabilidade do que existe ao nosso redor nos fizesse acreditar em uma estabilidade da realidade e do ser.

Pensei que talvez aquilo fosse um bom tema de vídeo, ou pelo menos de uma legenda no Instagram.

Quando cheguei ao parque, fiz basicamente a mesma coisa que todo mundo ali: fiquei vendo as pessoas passarem. O East Village ainda é um pouco diferente, mesmo depois de décadas de gentrificação. Embora o número de babás supere o número de esquisitões, ainda é interessante ficar observando. Limpei o molho de cebola agridoce da mão, amassei a embalagem e fui até o lixo. Quando eu estava prestes a jogar o papel para depois verificar meus e-mails, vi o canto de um livro fino de capa marrom despontando da lixeira.

Eu o peguei.

O livro do proveito: parte 2, dizia a capa.

8,6K upvotes — reddit.com/r/pics — postado por u/naopenseinumnome
"Fui ver o lugar onde ficava o Carl Nova York e encontrei Andy Skampt."

MIRANDA

Como alguém decide o que colocar num livro é um mistério para mim.

Não se pode deixar detalhes de fora em artigos científicos, porque é um jeito fantástico de fazer esse artigo ser recusado. É preciso explicar exatamente o que aconteceu, em linguagem precisa, com o mínimo de subjetividade possível. É assim que estou acostumada a me comunicar, mas recebi um aviso firme, ainda que sutil, de que isso não vai funcionar nesta situação, e sei que é importante confiar em especialistas. O esperado é que eu *decida* o que é interessante e/ou importante, o que meio que significa que cada palavra que escrevo me deixa mais ansiosa ainda. Acho que isso vai ser divertido...

Por sorte, Maya e Andy foram primeiro, então vou começar de onde Andy parou, que foi mais ou menos quando mandei uma mensagem para nosso grupo com Maya, Robin e April (sim, ainda). Parecia errado começar um grupo novo sem ela.

Miranda: Andy está na primeira página do Reddit.

Andy: Ah, cacete. O que foi que eu fiz?

Miranda: Você foi ver a placa do Carl... parecia triste. Tiraram uma foto.

Na foto, em meio a toda movimentação da cidade, Andy parecia triste e pensativo. Era uma bela foto.

Andy: Cara, eu estava indo na porra do Subway e só parei por tipo cinco segundos.

Robin: Ninguém está sendo maldoso, só parece meio triste.

Maya: Bom, é triste mesmo.

Definitivamente eu não ia responder depois dessa da Maya. Em primeiro lugar, nunca vai deixar de ser esquisito eu ter ficado com April. Em segundo lugar, Maya não lidava com a partida de April como nós. Eu voltei para Berkeley para me distrair terminando o doutorado. Andy tinha se tornado um famoso profissional, e Robin administrava sua carreira. Tínhamos retomado a vida, mas Maya não. Ela não havia desistido de encontrar April, e embora não estivesse de fato tentando fazer com que nos sentíssemos culpados, sua decepção era clara.

Andy: Foi a primeira vez que fui lá. Acho que estive evitando aquele lugar até agora. Gritei com o cara, e mesmo assim ele postou a foto. Cruzes.

Maya: Bom, acho que você é o novo Keanu triste... Podia ser pior.

Robin: Todos devemos incentivar nossos Keanus interiores.

Parece idiota, mas eu ainda me sentia meio intrometida conversando com aquelas pessoas. Não sabia se era coisa da minha cabeça ou uma sensação que eles me passavam, mas eu me sentia mais um membro honorário do grupo do que uma amiga de verdade. Eu não era tão legal quanto eles.

Maya: Vocês leram a matéria sobre o PP? É um pesadelo completo.

Robin: Pois é. Sei lá por quê, mas eu estava torcendo para que ninguém mais no mundo descobrisse.

Andy: As pessoas ainda lembram daquele cretino?

Miranda: Eu não vi! Manda o link?

E foi assim que me peguei curvada na bancada do laboratório, perto do analisador de cromatografia a gás acoplada a espectrometria de massas, encarando o celular, com bile se revirando no estômago.

PETER PETRAWICKI SE ARREPENDEU E TEM ALGO PRA VOCÊ

Peter Petrawicki ainda se vê tanto como herói quanto como vilão. Mas agora ele trocou os ternos e as aparições na TV pela vida praiana em Porto Rico. Em uma sociedade em que é menos reconhecível e muito menos popular, ele prospera. Quando nos sentamos para conversar pela primeira vez, está tomando um daiquiri com uma camisa de manga curta — mais turista, impossível. Não demora muito para que a conversa passe de suas aulas de espanhol e sua casa nova na frente da praia para seus sentimentos conflitantes em relação à guerra cultural de que não apenas fez parte, mas que ajudou a criar.

"Eu não sabia o que estava fazendo, não fazia ideia de quanto ódio reprimido havia neste país. Me arrependo profundamente de muito do que aconteceu, claro. Me arrependo, inclusive, de muito do que falei."

É óbvio que admitir isso não é fácil para ele. Petrawicki sempre foi um inimigo fervoroso da censura, inclusive da autocensura. Ele se refere ao "livre mercado de ideias" pelo menos meia dúzia de vezes em poucas horas de conversa. Por fim, tenho que mencionar April, porque ele não o faz.

"Eu respeitava muito April. Ainda respeito. Acho que nosso debate era necessário. Nunca quis que alguém a ferisse. O fato de que aquelas pessoas [os sequestradores de April] acabaram se revelando tão intimamente ligadas à ideologia dos Defensores é algo que me dói aceitar, e continuará doendo todos os dias, pelo resto da minha vida."

Deixei o celular de lado e levantei. Depois de 5 de agosto, quando April e os Carls desapareceram, todo mundo que se considerava um Defensor passou maus bocados. O FBI pegou os caras que incendiaram o depósito, e claramente todos eram Defensores orgulhosos. Esse tipo de gente ainda existia, mas apenas os mais assustadores e extremistas continuavam se chamando assim. Tinham buscado refúgio em chats privados, fóruns decadentes e canais de YouTube raivosos vagamente conectados ao grupo. Eu precisava me esforçar muito mesmo para não pensar naquilo e não me envolver.

Mas também havia todas aquelas pessoas que eram Defensores, só não queriam mais ter nada a ver com o rótulo. Não eram *assassinos*; só achavam que April era uma traidora que merecia morrer. Não a teriam matado, e era terrível que alguém tivesse feito tal coisa, mas sua morte não os entristecia, exatamente. Se é que ela estava mesmo morta. Muitas pessoas acreditavam que continuava viva, prejudicando os humanos, e muitas mais *quase* acreditavam nisso também. A única coisa no mundo que eu controlava era o Som, e ali teorias da conspiração anti-April não eram toleradas. Mas, em qualquer outro lugar, acho que a ideia era: qual é o problema de atacar alguém que já morreu?

Eu não administrava mais o Som. Pensamos seriamente em fechá-lo por completo — afinal, o site havia sido criado para ajudar as pessoas a resolverem quebra-cabeças em um sonho ao qual não tínhamos mais acesso. Eu não me animava mais com o projeto depois do que acontecera com April. Sinceramente, não fazia ideia de quão imensa e conectada a comunidade havia se tornado.

As pessoas deixaram claro que o Som era maior que o Sonho. Muita gente usava o site apenas como outra rede social, mas ele também era perfeito para trabalhos investigativos, como mais nada no mundo. Jornalistas o utilizavam para terceirizar pesquisas, teóricos da conspiração o usavam para reunir pistas — e isso sem contar com os jogos de realidade, claro. Aquele novo tipo de jogador considerava o Som infinitamente útil e continuava com prazer pagando uma mensalidade baixa para manter o serviço funcionando.

Então não o fechamos, mas eu tive que sair. Não tenho mais certeza do motivo. Em parte, porque administrar uma start-up é exaustivo, mas a verdade é que, com sua importância radicalmente menor do que antes, eu não tinha a mesma energia para me dedicar a ela. E o mais importante: eu queria minha vida de volta. Não porque sentisse falta dela, mas porque era menos sofrida. Então passei a tocha adiante e voltei para Berkeley.

Doutorandos que desapareceram por um ano em geral não são recebidos de braços abertos, mas a dra. Lundgren, minha orientadora, nem havia terminado de liberar minha bancada ainda. A gente manteve contato, mesmo que raramente, e ela me dissera que mantinha minha vaga aberta porque a pesquisa que eu fazia era muito promissora. Mas será que era mesmo? Não era muito original. Sei que isso pode ser dito da maior parte das pesquisas, mas eu não ia mudar nenhum paradigma — só contribuiria com coisas que já se sabia. Quanto mais eu pensava a respeito, mais acreditava que por eu ter feito tantas coisas públicas e grandiosas e ter me tornado meio famosa acabava conquistando mais a simpatia dos outros. Parecia quase uma trapaça.

Não culpo April por não ter contado nada sobre minha pesquisa de doutorado a você, ou nem mesmo que eu fazia doutorado, mas, para resumir... Tá, na verdade eu sou péssima em resumir. Vocês sabem que um chip de computador é feito de semicondutores de silício, certo? Bom, tem um monte de outros materiais além do silício que podem ser usados da mesma maneira, com diferentes vantagens. Podem ser mais baratos, mais flexíveis, mais finos ou sei lá o quê. Eu estava trabalhando em um gel semicondutor orgânico. A ideia era que fosse não apenas flexível, mas também úmido e maleável. Isso serviria para uma coisa: colocá-lo dentro de seres vivos.

Já faz tempo que cientistas de Berkeley vêm trabalhando em minúsculos sensores e estimuladores de nervos que possam ser implantados em pessoas (embora isso até agora só tenha sido feito em ratos). Mas chips rígidos só podem ser diminuídos até certo ponto, e de qualquer modo seria uma experiência mais agradável no geral se o sensor fosse um pouco mais parecido com partes orgânicas.

É bem difícil para mim parar a explicação por aqui, mas acho que você entendeu: chips de computador maleáveis para serem usados em seres vivos, como se a pessoa tivesse um FitBit dentro de si, dizendo em tempo real se ela está com o nível de açúcar no sangue lá embaixo ou se está tendo um ataque cardíaco. Minha pesquisa era uma tentativa tanto de receber sinais do sistema nervoso quanto de enviar informações para ele. Tinha potencial para afetar várias áreas, desde diagnósticos e exames de imagem até próteses, mas eu não conseguia me importar com aquilo por nada neste mundo.

Voltei a Berkeley, e de alguma forma meu laboratório tinha sido apenas parcialmente desmontado por pessoas que precisavam de equipamentos para seus próprios experimentos. Consegui remontá-lo rapidinho. Mas aquilo que antes tanto me empolgava perdeu o sentido. Saber que uma tecnologia tão elegante e potente quanto a do Carl existia fez com que eu me sentisse tal qual um macaco batendo uma pedra na outra. Tenho certeza de que parte dessa sensação se devia ao luto, mas acho que outra parte era a depressão pós-Carl com que muitas pessoas vinham lidando.

No dia em que li o artigo sobre Petrawicki, eu estava trabalhando em fabricar minhas geleinhas usando raios laser para situar as impurezas exatamente nos pontos necessários antes de o gel solidificar. Era quase como fazer gelatina com pedaços de fruta e marshmallow, só que movimentando átomos individuais. Com lasers.

Parece mais legal do que de fato era. Alguém havia construído o laser, e meu laboratório só o comprou. Tudo o que eu precisava fazer era digitar instruções para o programa que controlava o laser. Não era um trabalho que exigia muito raciocínio, então meu cérebro ficava voltando ao artigo e à nova vida de Peter Petrawicki, em uma ilha. Aquele era o arco de redenção dele? Era muito simpático da parte dele pedir desculpas a uma revista que ia fazer uma reportagem elogiosa a seu respeito. E aos pais de April, ele tinha pedido desculpas? A Andy, Maya e Robin? A mim? O e-mail devia ter caído na caixa de spam. Também é *muito* legal ler sobre as dificuldades que *ele* teve que enfrentar. *Todo mundo* deveria se preocupar com aquilo.

É claro que parei de inserir os números que recebia do programa e voltei ao artigo. Ele prosseguia:

> No entanto, Peter Petrawicki não se transformou totalmente. Ele continua ambicioso, autoconfiante e acreditando que qualquer pessoa que atrapalhe o caminho que vê como certo é perigosa. Mas, no momento, sem os Carls pairando nas ruas, suas ansiedades têm outro foco. Quando perguntado qual é seu maior medo, ele se mantém em silêncio por trinta segundos antes de responder.
>
> "Você conheceu Taggart quando chegou." Petrawicki está falando do cão que adotou na ilha. É de médio porte, tem pelos de comprimento médio num tom castanho médio, e disposição média. Se houve um cão de raça em sua linhagem, foi há muitas gerações. "Eu amo Taggart, e acho que ele tem uma vida boa, com certeza melhor do que a que tinha quando nos conhecemos. Ele come duas vezes por dia, pode correr solto na praia, ficamos juntos no sofá e vendo TV. Taggart não precisa se preocupar lite-

ralmente com nada. Quando ele adoecer e começar a sofrer, sou eu que vou decidir quando é sua hora de morrer, porque é a coisa certa a fazer. Taggart nem pensa em questionar a própria vida. Aceita tudo o que acontece com ele, as partes boas e as ruins, porque não é capaz de imaginar que pode afetar nada disso. Quando formos ao veterinário pela última vez, ele não vai fazer ideia do que significa. Vai apenas dormir, e vai ser só mais uma coisa que aconteceu com ele."

Permanecemos sentados ali por um momento. Eu me mantive em silêncio, embora não entendesse muito bem aonde Petrawicki pretendia chegar com aquela história triste sobre o cachorro.

"É disso que tenho medo, que os seres humanos fiquem assim também. Temo que nosso contentamento venha a ser terceirizado, que nossas vidas sejam sugadas pelo nada dos videogames, da televisão, da pornografia virtual incrivelmente realista. Vamos viver satisfeitos, sem ter impulso para seguir adiante. A sociedade está enfraquecendo. O impacto dos Carls, independente do que se pense a respeito deles, está claro. Estamos perdidos, não temos mais uma visão de futuro."

Quando ele prosseguiu, a sensação foi de que já havia feito aquele discurso.

"Não acho que os últimos duzentos mil anos de sofrimento humano ganharão significado com essas pessoas que hoje vivem como cachorros, aceitando o que lhes foi dado como inquestionável e inevitável, e depois, quando lhes é tirado, vendo isso simplesmente como parte da vida. Quero lutar tanto quanto meus ancestrais lutaram para manter minha linhagem viva, para *me tornar possível.* Não *tenho* que lutar" — ele apontou para o próprio drinque — "mas devo isso a todos que vieram antes de mim, e devo a todos que virão depois, impulsionar a humanidade adiante, talvez até redefinir o que significa ser humano."

Eu estaria mentindo se dissesse que não tive arrepios quando ele encerrou seu monólogo.

Enquanto lia aquilo, também tive arrepios. Do tipo que a gente tem quando levanta para fazer xixi no meio da noite e de repente começa a achar que alguém entrou na sua casa. O artigo continuava, dando mais informações sobre a ideologia de Petrawicki, então finalmente chegava ao xis da questão. Ou pelo menos perto disso.

Peter não mora em uma simples casa — é parte de um complexo de construções. Há dormitórios para funcionários, escritórios, salas cheias de servidores e laboratórios.

"É onde fazemos a mineração." Ele aponta para uma enorme construção de concreto, sem janelas. Está falando de mineração de criptomoedas. "Antes de fazermos nossa oferta inicial, queremos ter um estoque bastante significativo em mãos, compatível com nossa capacidade de fornecer nosso serviço."

Ele fala apenas em "nosso serviço" durante toda a conversa. O fato de que estou escrevendo um artigo sobre um serviço secreto que ainda não foi lançado é mais do que apenas incomum. Na verdade, é algo que eu nunca faria; e, se fizesse, seria motivo de demissão. Mas o "serviço" de Peter Petrawicki já recebeu investimentos de algumas das pessoas mais ricas e influentes do mundo. O financiamento inicial chegou a mais de 1 bilhão de dólares. E ele não está sozinho. Pesquisadores de áreas como neurofisiologia, neurociência celular, computação quântica, transistores, engenharia biomédica, optoeletrônica, optogenética, ciência de dados, inteligência artificial e robótica deixaram cargos de docência estáveis ou empregos em empresas como Google, Microsoft e Apple para trabalhar para Peter Petrawicki e seus sócios.

Fui embora de Porto Rico pensando em inúmeras coisas úteis, mas a emoção que se sobressaía era a confusão. As contribuições do dr. Kress para a neurologia são inegáveis, mas ele continua sendo uma figura controversa. É claro que isso também é verdade no que se refere a Petrawicki. A combinação de cientista/celebridade e comentarista/celebridade certamente é incomum, mas, como um presidente advindo do mundo dos reality shows, pode ser o tipo de coisa que não é tão surpreendente quanto parece. Não dá para ter certeza de que o que quer que esteja acontecendo não é um golpe colossal. Quando perguntei a respeito, Peter nem tentou me convencer do contrário. Ele só respondeu, com sua recém-descoberta tranquilidade e a bravata de sempre: "Seja real ou falso, isso é gigante".

Vocês já devem estar imaginando quão nervosa eu estava depois de ter lido o artigo. Não porque Peter Petrawicki fosse o simpático protagonista daquele artigo elogioso de revista; mas porque ele estava *ganhando*, enquanto April estava morta. Petrawicki estava conseguindo tudo o que sempre quisera: basicamente que outros caras brancos e ricos lhe dissessem que ele era incrível. Minha reação não foi de raiva, no entanto. Foi pura ansiedade e sudorese.

Não preciso explicar a maior parte das razões para vocês. Era péssimo ouvir qualquer coisa de Peter que não fosse "Fiz cagada e devo ao mundo todo levar uma vida discreta e anônima, doando todo o meu dinheiro para instituições de caridade ligadas à saúde em todo o mundo". Mas havia outra razão. Eu tinha alguma ideia do tipo de avanço científico que poderia exigir a amplitude e a profundidade de talentos que Petrawicki estava reunindo e que também deixaria muitos bilionários bastante entusiasmados.

Li e reli a parte que descrevia o tipo de pessoa que havia sido contratada, tentando decidir se não era apenas meu preconceito bem ancorado me convencendo de que eu sabia mais do que de fato sabia, mas não. Meu coração tinha acelerado e minhas axilas começaram a coçar, porque eu sabia qual era o "serviço" que Peter Petrawicki ofereceria.

ANDY

Quando eu tirei o livro do lixo e li a capa, todos os clichês — "meu coração pulou pela garganta", "meu estômago se revirou" ou coisa do tipo — me pareceram inadequados. Tive vontade de fazer cocô. Já seguindo na direção em que eu achava que ficava a Starbucks mais próxima, abri o livro e comecei a ler.

A primeira linha era:

> Tem um banheiro no parque. Perto das quadras de basquete, no prédio de tijolinhos.

Fiquei ainda mais nervoso, assim como meu intestino. Fechei o livro e fui meio que trotando até o tal prédio de tijolinhos, onde havia mesmo um banheiro público. Me arrependi de não ter procurado uma Starbucks quando entrei, notando os azulejos encardidos, a sujeira e o fedor de bebida. Entrei numa cabine e, assim que possível, voltei a abrir o livro.

> Estou aqui pra ajudar, prometo. Sei que é muita coisa para assimilar. Mas o objetivo disso é te ajudar com o que você precisa, seja uma caminhada, um sanduíche ou instruções para chegar ao banheiro mais próximo. Sei que não parece superimportante no momento, mas nenhuma missão é levada a cabo sem pessoas, e pessoas não sobrevivem sem um intervalo para ir ao banheiro. Entendo que ainda não confia em mim. Não tem problema. Mas é por isso que, nesse momen-

to, preciso fornecer informações em porções tão reduzidas. Você ia ler as páginas adiante, mesmo se eu dissesse para não fazer isso, o que atrapalharia todo o processo. Só me dá uma chance e vou provar que pode confiar em mim.

Não se sente melhor agora que caminhou um pouco? Desculpa se te assustei com o lance da lata de lixo.

Meu cérebro ainda tentava enquadrar aquilo em algum tipo de mágica de rua/pegadinha/ilusionismo. Parecia impossível, mas obviamente não era, porque continuava acontecendo. A menos que não fosse isso. A menos que eu tivesse um tumor no cérebro ou tudo não passasse de um sonho. Mas o cheiro do banheiro não parecia o tipo de coisa a que minha mente ia me submeter se aquilo fosse um sonho. Voltei a olhar para o livro.

Agora que tiramos você de casa e provamos que isso é algo que deve ser levado a sério, vou te pedir para fazer uma coisa esquisita. Tenho dois ingressos para você ver o STOMP. Sei que é bobo, mas vá, e leve alguém junto. Depois que a apresentação — que David, de Denver, no Colorado, chamou de "uma das melhores coisas que vi na vida!" — terminar, volte a ler este livro. Mas, até lá, não faça isso. Vá ver o STOMP e leve alguém com você. Às vezes, é preciso turistar na própria cidade.

O texto daquela página terminava ali. A tentação de ir para a próxima e ver o que havia a seguir era intensa. Quer dizer, ou seria a mesma frase repetida sem parar, como da última vez, ou realmente me daria uma pista do que viria a seguir. Mas então notei que outra coisa martelava o fundo do meu cérebro. Se eu fosse convidar alguém para ver o STOMP comigo, quem seria?

A lista de pessoas com quem eu queria ver um show bobo e que moravam em Nova York continha... zero pessoas. Aquilo doeu. Eu podia chamar Jason, que morava e apresentava um podcast comigo. Ele era literalmente o único amigo próximo que me restava na cidade. Mas Jason ia rir alto e sem pena se eu dissesse que tinha dois ingressos para o STOMP e queria que ele fosse comigo.

Então fiquei sentado no Tompkins Square Park e tentei pensar em alguém... qualquer pessoa que eu conhecesse.

Quando comecei a receber convites para dar palestras em universidades, perguntei ao pessoal se deveria aceitar ou não, e Maya disse algo que eu poderia muito bem ter tatuado nas costas da minha mão: "Você tem algo a dizer que faria com que as pessoas se sentissem melhor?"

Eu gostaria de poder dizer que aquilo se tornou meu mantra apenas porque eu queria fazer as pessoas se sentirem melhor, mas na verdade parecia a única coisa que funcionaria. Eu não era eu mesmo — famosos nunca são. Eu tinha que ser o que as pessoas esperavam: o cara nerd, triste e inteligente que havia perdido sua melhor amiga famosa e carismática. Eu precisava de uma marca que se alinhasse com aquilo.

E, até certo ponto, estava funcionando. Não era a melhor maneira de conseguir seguidores no Twitter, mas universidades queriam que as pessoas dessem palestras construtivas. Estavam todos procurando por uma autoridade que lhes dissesse *qualquer coisa* que fizesse um pouco de sentido. Como o melhor amigo enlutado da emissária desaparecida dos alienígenas, acho que eu era uma autoridade, e o conselho de Maya me forneceu a perspectiva de que eu precisava.

Mas ser um amigo enlutado profissional não abria caminho para novas amizades. Também me libertava de qualquer necessidade de validação externa. Grande parte do motivo para procurarmos estabelecer amizades é que elas dão sentido à nossa vida. Se você encontra sentido de outras maneiras, é fácil deixar suas amizades minguarem. E, entre outras coisas, é por isso que o sucesso pode isolar pessoas. Aprendi com alguém que era *especialista*.

Pelo menos tomei a sábia decisão de não ir morar sozinho em um apartamento chique. Continuei dividindo o mesmo lugar porque queria manter algum laço com minha vida antiga. Foi uma excelente decisão. Jason é irreverente, engraçado, muito nerd e surpreendentemente pouco ambicioso. Adora que minha fama tenha contribuído para o sucesso do nosso podcast bobo, mas não acho que tenha lhe passado pela cabeça que só continuo com o projeto como um favor a ele. Me comprometi a fazer o *Slainspotting* (nosso podcast sobre mortes na TV e no cinema), que é algo de que gosto e que me mantém conectado a uma existência anterior à morte de April, anterior à minha fama, anterior aos alienígenas entrando em cena.

*

Ou seja: eu era grato por Jason, mas não ia ver o STOMP com ele.

E era nesse ponto que eu me encontrava, me sentindo como se tivesse sido salvo do isolamento completo pelo maior nerd de Nova York, quando entrei no Subway e perguntei a Becky se ela não queria ir comigo.

— Foi bem esquisito e bem legal, Andy — ela disse depois, quando estávamos andando até o trem.

— Você prefere Rebecca ou Becky? Desculpa não ter perguntado antes.

Ela deu uma risadinha.

— Tanto faz, de verdade, mas quase todo mundo tirando meus pais e meu gerente me chama de Bex.

O nome estalou em sua boca de um jeito que parecia muito natural. Combinava com ela.

— Gostei. Bex, tipo com "x"?

— Tipo com "x". Você vai me dizer por que me convidou para ver o STOMP?

— Você vai me dizer por que aceitou?

Ela riu de novo.

— Como assim?

— Tipo, me senti um babaca total chamando alguém que é literalmente paga para ser legal comigo. Sério, nem acredito que fiz isso.

— Tá, mas não vou te dizer por que concordei. — Eu não sabia se ela estava dando em cima de mim ou me ameaçando. — Então por que você me chamou?

— Eu te disse: um amigo comprou os ingressos e não tem devolução. Fiquei com os dois e não queria ir sozinho.

— Nova York é uma cidade grande, Andy, e você é famoso e rico. Devia ter outras opções além da Rebecca do Subway.

— Não conheço muita gente.

— Impossível.

Havia certa formalidade em sua fala, que eu presumi que tinha a ver com o sotaque, mas talvez só fosse um indício de respeito porque eu era uma figura pública, e a incerteza me deixou preocupado que ela não me visse como um igual.

— Eu...

— Você não precisa explicar — ela disse, séria.

— Não. — Interrompi o passo. O sol já tinha se posto, mas as calçadas continuavam cheias, então fomos para baixo do toldo de um mercadinho. — Não conheço mais ninguém. Divido o apartamento com meu único amigo. Todos os amigos de April se mudaram depois que ela... Enfim. Não tenho parado muito tempo no lugar depois que comecei a dar palestras. Um monte de gente vem falar comigo, mas sempre sinto que estão querendo alguma coisa. Você pareceu... de verdade, divertida e legal. — Não acrescentei "bonita", porque aí já era demais. — Vai parecer ridículo eu reclamar disso, mas, tipo, sempre que vou falar com uma pessoa, sei que ela provavelmente vai lembrar da interação pelo resto da vida. É pressão pra caralho. Vou a lugares chiques, conheço pessoas chiques e nos esforçamos muito para impressionar um ao outro, e aí volto para o hotel e tento não me sentir tão sozinho quanto no fundo estou. Não me entenda mal, é divertido. A comida é ótima. A bebida é grátis. É legal pra cacete. Mas você é a primeira pessoa em meses com quem passo mais de uma hora, além do cara com quem moro.

Ela revirou os olhos de leve, como se aceitasse, mas não estivesse totalmente satisfeita com a explicação.

— Quer beber alguma coisa? — ela perguntou.

Como um bobo, respondi:

— Não estou querendo ficar com ninguém agora.

Aí ela revirou os olhos com vontade.

— Olha, garoto — ela disse, mas de um jeito que não me senti diminuído —, você parece ter um monte de coisa para falar, e sua vida parece interessante. Você me levou para ver um show idiota, então vou te pagar uma bebida. Preciso voltar pra casa em uma hora, não posso ficar muito. Você me conta da sua semana e eu te conto da minha. Provavelmente vamos nos sentir melhor em relação à vida depois.

Eu tinha um livro aparentemente senciente na mochila que adoraria levar para casa e ler. Um livro que podia prever o futuro e sabia coisas sobre minha melhor amiga, que talvez não estivesse morta. Em vez disso, fui beber com Bex.

Conversamos por uma hora. Descobri que ela tinha nascido nos Estados Unidos, mas seus pais eram de Trindade e Tobago. Pelo visto, lá tem uma comunidade chinesa relevante ainda que pequena, e Bex me contou tudo. Então, de alguma maneira, começamos a falar de financiamentos estudantis. Ela pegou uma caneta e calculou na mão quanto custava a faculdade dela, contando e não contando o dinheiro que ganhava no Subway. Fiquei chocado com a diferença, e com a habilidade de Bex em matemática. Ela me contou sobre os irmãos, e eu contei a ela sobre a ansiedade que não me abandonava — a sensação constante de que eu estava fazendo ao mesmo tempo coisa demais e de menos. Eu expliquei que sentia como se nunca tivesse pensamentos próprios e independentes — só pegava o que outras pessoas diziam e aplicava a situações novas ou misturava com outras ideias que ouvi. Então contei a ela que sentia como se a maior parte das outras pessoas tampouco tivesse pensamentos originais e fizessem a mesma coisa que eu... mas, de alguma maneira, ideias novas continuavam surgindo, o que fazia com que eu sentisse que não era um indivíduo, apenas uma célula cerebral em uma grande consciência que reunia toda a espécie. Eu nem havia pensado naquelas coisas antes de começar a conversar com ela, e sentia que estava sendo um egocêntrico, porque só falava de mim, mas aquilo estava ajudando muito.

A hora passou como se fossem cinco minutos. Acompanhei Bex até a estação do metrô. Então, sob as luzes onipresentes da cidade, li a página seguinte do *Livro do proveito.*

> Que bom que você se divertiu. Você precisa fazer duas coisas antes de virar a página:
>
> 1. Comprar 100 mil dólares em ações da IGRI e vendê-las em quatro dias.
> 2. Aguardar uma ligação de Miranda e dizer que sim, ela tem que fazer aquilo.

Só. Fechei o livro sem nem considerar avançar para a página seguinte.

TRANSCRIÇÃO PARCIAL:

LEVANTAMENTO DE FUNDOS SECRETO EM DECATUR, GEÓRGIA

Senador William Casey: Não há instituição secular ou sistema de valores que tenha mostrado qualquer sinal de ser capaz de sustentar a ordem social. Andam dizendo que os Carls mataram Deus. Estou aqui para dizer a vocês que Deus matou os Carls! Deus deu um fim àqueles tempos turbulentos, e nós os superamos não apesar de nossa fé, mas por causa dela. Tratava-se de um teste, e vimos quantas pessoas não passaram nele. Minha fé foi testada? Com toda a certeza. Ela fraquejou? Nunca!

Aqueles que se perderam na sequência da invasão sofrem de uma fraqueza que tento não julgar. Vocês não foram esquecidos. Mas aqueles que dizem que Carl matou Deus, ou que — e estremeço só em dizer isso — os Carls *eram* Deus... essas pessoas estão perdidas. São apenas mais um passo na guerra que, há décadas, sob o pretexto do progressismo, militantes secularistas travam por meio da grande mídia, do cinema, da academia e, agora, desses ídolos.

Tudo o que eles querem é destruir a beleza do que construímos.

MAYA

Há muita gente no ramo da autoajuda dizendo que é preciso ficar de frente para o precipício sem uma rede de segurança para começar a realizar coisas de verdade. Eu costumava acreditar nisso, porque tem um fundo de verdade. Só que na prática, é claro, não ter uma rede de segurança em geral deixa as pessoas ansiosas, reativas e improdutivas. Mas é verdade que ter dinheiro permite a alguém alimentar seus piores instintos.

No fim das contas, meus pais estavam certos sobre eu estar perdida. O papinho durante o jantar era um pretexto para que eles sugerissem que eu voltasse para casa. Mas acabou servindo a outro propósito: me convenceu de que eu precisava provar que eles estavam errados. Precisava provar que todo mundo estava errado, e não ia mais ficar deitada na cama à espera de pistas que aparecessem no Som. Eu precisava voltar ao mundo real e começar minha própria investigação. Então coloquei meu vaso novo no banco do passageiro da picape Nissan Frontier alugada, botei o cinto de segurança e fui até Trenton. Havia três coisas esquisitas acontecendo em Nova Jersey que mereciam uma investigação:

1. Um bando de golfinhos tinha subido pelo rio Delaware e morrido nas cercanias de Trenton.
2. Laboratórios estavam sendo arrombados, e um deles ficava em Trenton (todos os outros ficavam mais ou menos perto).
3. Havia uma área no sul do estado de Nova Jersey cujo provedor de internet não conseguia fazer a rede funcionar por mais do que dois dias seguidos.

Tudo isso rendia notinhas no jornal, e no Som as teorias percorriam o mundo inteiro, mas aqueles eram os mistérios que me pareciam mais reais.

Odeio escrever isso, porque sei que meu pai vai ler, mas não é nem um pouco saudável ter um pai que está sempre meio decepcionado com você. A pergunta é: esse é um peso que me puxa para baixo ou um combustível que pode me impulsionar? Tem sido ambas as coisas na minha vida, mas, naquele momento, estava mais para combustível.

Fiz umas coisas bem loucas naquelas semanas. Me infiltrei no Laboratório de Diagnóstico de Saúde Animal de Nova Jersey e consegui uma fonte que me contou um monte de coisas sobre os golfinhos. Como? Parece muito mais interessante do que de fato foi: eu só fingi que estava pesquisando para um livro. Na verdade, autópsias de golfinhos não chegam a ser confidenciais, e as pessoas que fazem não têm muitas oportunidades de falar sobre seu trabalho.

A única informação pertinente que consegui com aquelas conversas foi: eles não tinham ideia de por que um bando de golfinhos tinha subido o rio Delaware e morrido. Todos morreram de fome, como se tivessem medo de voltar.

Para quem não está intimamente familiarizado com o rio Delaware, ele forma a fronteira entre a Pensilvânia e Nova Jersey, e a fronteira entre

Delaware e Nova Jersey, antes de desaguar na baía de Delaware. Minha teoria era a de que havia acontecido algo na baía ou no rio que forçou os golfinhos a rumar para o norte e ou os impediu de voltar para o sul ou fez com que achassem que era melhor morrer de fome do que voltar a encarar aquilo.

E, se havia algo amedrontando os golfinhos ao sul, eu queria descobrir o que era. E, por acaso ou não, ao sul de Trenton, onde os golfinhos haviam morrido, ficava uma cidade chamada Wolton. Uma cidade onde a internet tinha *parado de funcionar.*

Ah, Wolton. Eu até compreenderia ir para Trenton, mas sou uma menina rica do Upper East Side e não estou acostumada com a vida de cidade pequena. Tinha conseguido um Airbnb em cima da hora, o que me parecera uma sorte, tanto porque não havia muitos quanto porque eu não ficaria chocada se vissem minha foto de perfil e recusassem minha reserva. O lugar dava para uma estradinha sinuosa, e do outro lado da rua havia um emaranhado de árvores, arbustos e trepadeiras. O mesmo emaranhado era visível nos fundos e dos lados da casa. Nova Jersey é um dos estados mais populosos dos Estados Unidos, mas, ainda assim, na minha primeira semana ali, me meti entre as árvores só para ver como era e, depois de vinte minutos, já estava em pânico porque não conseguia voltar.

Levava dez minutos de carro para chegar a Wolton, mas não havia muito a ver na cidade a não ser que se gostasse de colchas de retalhos, antiguidades ou golfe. Eu estava seguindo uma pista que parecia cada vez mais frágil. A internet no sul do estado de Nova Jersey era ruim mesmo. Alguns dias, ficava tão lenta que nem dava para usar, então voltava ao normal, e no dia seguinte simplesmente não dava para conectar. Aquilo vinha acontecendo fazia tanto tempo que tinha virado notícia, a qual o Som tinha selecionado como outro exemplo de que havia algo estranho acontecendo perto da Filadélfia.

Cheguei na cidade antes do horário de check-in no Airbnb, então minha primeira parada foi o Dream Bean. Era um café bem normal, a não ser pelos bibelôs cafonas do Antigo Egito em todas as superfícies planas. Tinha até uma área no canto que vendia... antiguidades? Antiguidades de uma época em que os americanos estavam muito interessados em Tutancâmon e na Esfinge. Não eram do Egito de fato — tinham sido produzidas em Jersey ou em Ohio, e se tratava de aproximações anglicizadas da estética do Antigo Egito.

Não era como se as cadeiras tivessem pinturas de Cleópatras e múmias. O café só tinha um monte de quinquilharias temáticas de Egito.

Eu queria duas coisas daquela visita: informações sobre os apagões de internet e café. Fui recebida por um cara sonolento de trinta e poucos anos que parecia estar com o corte de cabelo atrasado tipo um mês. Apesar de grogue, ele sorriu e perguntou como eu estava.

— Bem. E os negócios?

Os negócios não pareciam andar bem, embora houvesse alguns clientes bebericando cafés ao lado de pratinhos cobertos de migalhas que antes haviam contido bagels ou croissants. O aluguel daquele espaço diminuto não devia ser muito alto.

— O que é a vida sem café? — ele retrucou.

— Concordo. — Notei um display giratório de óculos de leitura no balcão. — Ah, também quero... óculos de leitura? Em um café?

Tentei não parecer muito crítica, mas acho que não fui bem-sucedida. Ele suspirou.

— É coisa da minha sogra. Ela compra óculos de leitura no atacado e decora com pedrinhas e strass. Tem uma barraquinha na Cowtown, mas perguntou se podia expor alguns aqui também, e é ela quem cuida do meu filho de dois anos, então não tive como negar.

Dei risada.

— Ela também é responsável por...

Apontei para a decoração temática de Antigo Egito, depois fiquei um pouco sem graça — talvez ele só adorasse o Egito.

O cara abriu um sorrisão.

— Não, isso é só Wolton! — Ele não se explicou melhor antes de dizer: — Meu nome é Derek.

— Hum, meu nome é Maya — falei, um pouco tensa com o entusiasmo dele. — Qual é a senha do wi-fi?

O entusiasmo passou.

— É "cleopatra", com *c* minúsculo. Mas não adianta. Faz mais de um mês que estamos tendo uns apagões de internet bem estranhos.

— Acho que li a respeito!

— Sinceramente, é melhor eu nem começar a falar disso. Até fui reembolsado pela empresa, mas as pessoas esperam que cafés tenham wi-fi. Não estamos mais em 2007. Desculpa mesmo.

— Alguém sabe o que está causando isso?

— Além de incompetência? — A voz dele saiu um pouco mais alta. — Desculpa, estou um pouco irritado. Não. Dizem que contrataram uma empresa que entende desse tipo de coisa de cabo a rabo, mas aparentemente nem ela sabe o que fazer. Andei pensando em contratar internet via satélite, mas é mais cara e mais lenta. Sei que é complicado, mas tem internet em todo lugar, não consigo entender por que aqui não funciona.

— Bom, então acho que meu café vai ser para viagem! — Ele pareceu decepcionado, então continuei falando: — Este é o único café na cidade, então, enquanto eu estiver aqui, cafeína é mais importante que internet.

Fui embora com meu café e fiz algo que qualquer profissional treinado concordaria que era um sinal preocupante de que eu não estava me recuperando bem da perda: fiquei seguindo vans de conserto de cabos pelas ruas.

MIRANDA

Constance Lundgren é uma lenda. Sua lista de prêmios como pesquisadora só é mais curta do que sua lista de prêmios como professora. Nos anos 1990, houve muito burburinho quando seu nome não foi incluído em um Prêmio Nobel que se baseara em seu trabalho — a única pessoa do mundo da ciência dos materiais que não disse nada a respeito foi a própria Constance Lundgren. Conseguir que ela fosse minha orientadora era como conseguir um estágio com Yoda. Antes de conhecê-la, eu a imaginava como uma espécie de ídolo da ciência, mas depois de um ano trabalhando sob sua supervisão, ela me parecia quase totalmente humana. Era atenta, metódica e estava sempre um pouco tensa. Cada tendão se destacava em suas mãos bronzeadas e manchadas pela idade, as quais ela costumava levar aos lábios enquanto pensava, como se rezasse para seu próprio cérebro. E por que não? Mas ela também era fofa e tolerante, além de sempre convidar alunos para fazer trilha com ela, o que eu já havia feito. Não havia literalmente ninguém no mundo que eu respeitasse mais, e deixar o laboratório da dra. Lundgren para ir atrás das maluquices dos Carls foi a decisão mais difícil que eu já havia tomado. Ela ter segurado minha vaga até eu voltar foi um presente que nunca serei capaz de retribuir, só que não mudava o fato de que eu estava perdida. Eu sentia raiva e tristeza e achava cada vez mais difícil encontrar importância no meu trabalho. Nunca tinha precisado tanto de orientação quanto naquele momento.

— Professora Lundgren? — chamei, batendo na porta aberta dela alguns dias depois de ter lido o artigo sobre Peter.

— Miranda! — Ela deixou de lado um livrinho para o qual estivera olhando. — Como estão os Toms?

Tom foi o nome que dei ao meu primeiro rato de laboratório, que tinha... morrido muitos anos antes. Alguns dos meus colegas descobriram que eu tinha dado um nome a ele e nunca me deixaram esquecer aquilo. Então agora todas as minhas cobaias se chamavam Tom, e foram dezenas de Toms desde então. Não gosto de ter que fazer experimentos em animais, principalmente porque, a longo prazo, só pode terminar de um jeito para eles. Se houvesse opção, eu adoraria, mas não há.

Sorri.

— Os Toms estão bem. Já passaram seis semanas e nenhum sinal de rejeição, mesmo entre os que não passam por terapia de manutenção. Mas não foi por isso que eu vim. Queria perguntar a respeito disto aqui. — Entreguei a ela um exemplar da revista com o artigo sobre Peter Petrawicki. — Já ouviu falar nesse laboratório?

O mundo da ciência é um ovo. Pessoas da mesma área, especialmente as do topo da mesma área, sempre se conhecem. E com certeza sabem quando outros largam cargos estáveis em universidades por trabalhos muito lucrativos que não existiam seis meses antes.

A dra. Lundgren olhou para mim e disse:

— Sei que deve ser péssimo para você. Até eu fiquei brava quando descobri quem estava metido nesse negócio. Mas, sim, ouvi falar a respeito. — Ela ficou em silêncio por um momento, enquanto pensava. — Eu provavelmente não deveria te dizer isso, mas me ofereceram um cargo lá. Eu estava discutindo a sério com meu marido a possibilidade de aceitar, até que descobri quem estava envolvido. — A dra. Lundgren olhou nos meus olhos e completou: — Aí mandei os caras à merda.

Nunca precisei de muito para chorar, mas, desde o ocorrido no depósito, preciso de menos ainda. Sentei e me descontrolei um pouco.

Ela pegou alguns lencinhos de uma gaveta. Não era tão incomum que alunos chorassem ali.

— Obrigada — eu disse, depois de um momento. — Não pelos lencinhos, mas...

— Não foi por sua causa.

— Ainda bem, mas, mesmo assim, obrigada. — Ela sorriu para mim, então perguntei o que eu realmente queria perguntar: — Sabe o que eles estão fazendo lá?

— Não. Só iam me contar detalhes depois que eu assinasse o contrato. Mas, se você leu o artigo, deve ter uma ideia, não?

— Pois é. Mas é meio confuso. Por que tantos computadores? E o pessoal de inteligência artificial? Mas o pessoal da optoeletrônica, da engenharia biomédica, da neurociência celular... Eles descobriram, não foi?

— Sim, eles descobriram alguma coisa. Mas o quê, eu não sei.

— Sabe, sim. Algum tipo de interface de alta largura de banda, não é? Tem que ser isso. Eu aqui com os Toms, estimulando um ou dois gânglios nervosos por vez. Eles lá em Porto Rico, se preparando para despejar a consciência imortal das pessoas em um computador ou coisa do tipo. E você poderia estar lá também! Em vez disso, estamos aqui, uma década atrás de onde quer que eles estejam, porque você não foi.

Ela uniu as mãos e as levou aos lábios. Eu já tinha visto aquela expressão centenas de vezes. Sempre que estávamos confusas, que o espectrômetro não funcionava, que um Tom começava a ter convulsões do nada.

— Miranda, já faz um tempo que estou nessa área. Vi revoluções na ciência e sei que às vezes o progresso é feito com agilidade e destruição. Mas também é assim que as coisas são só destruídas, e às vezes essas coisas são pessoas. Essa não é a estratégia dos cientistas cuidadosos. Concordo, eles provavelmente estão mexendo com a mente humana. Não sei o que estão fazendo, mas se não estivessem perto de realizar testes humanos, não estariam crescendo tão depressa. E estão fazendo tudo isso em Porto Rico, o que indica que querem contornar regulamentações de saúde e segurança. Esses homens... Desculpe, mas em geral são homens... Eles não se preocupam com quem vai se machucar, porque contam a si mesmos uma narrativa na qual são os heróis. Já ouvi essa história vezes demais para identificar nela qualquer coisa além de vaidade.

— Mas não é por causa de ambição que essas coisas andam? Eu sou ambiciosa. E acho que você também é.

— Faz sentido, Miranda. Não tenho nada contra a ambição. Com estar disposto a se esforçar muito para atingir algo grandioso. Ótimo! Você é tão jovem e já fez isso. Deve manter essa vontade. Mas o que "grandioso" significa para você?

— Significa algo importante. — Me senti meio idiota, mas segui em frente. — A ponto de melhorar a vida de mais pessoas do que vou conhecer na vida.

— Muito bem. Isso é o que "grandioso" significa para você. Mas, para algumas pessoas, só significa "grande". E, se for grande o bastante, elas vão se convencer ou de que é bom ou de que é inevitável, de modo que sejam os seus nomes que entrem nos livros de história. — Ela falava cada vez mais alto. Puxou o ar com força pelo nariz e olhou para o teto antes de continuar, mais baixo agora: — Dá para sentir o cheiro desse outro tipo de ambição de longe. Não se trata de tornar o mundo melhor, mas de usar um potencial e uma inteligência maravilhosos para... — Ela fez uma pausa para pensar. — Para se sentir importante. Não trabalho mais com pessoas assim, porque se elas acham que não são importantes mesmo sendo algumas das mais bem-sucedidas, poderosas e influentes na Terra, o que não devem pensar do restante de nós?

Fiquei ali sentada, pensando a respeito por um momento, antes de dizer:

— Parece que você já trabalhou com bastante gente assim.

— Eu já fui assim, Miranda. E poderia voltar a ser, se me permitisse.

Aquilo era Constance Lundgren nua e crua. Era incrível — parecia quase histórico ouvi-la se abrindo daquele jeito. Eu queria anotar cada palavra, mas também queria mais informações sobre aquele laboratório.

— Conhece alguém que trabalha lá? — perguntei.

— Você sabe que sim. Por quê?

Eu não tinha uma boa resposta.

— Quer mesmo fazer isso? — ela perguntou. — Você tem *bastante* coisa a fazer nos próximos meses se quiser defender a tese na primavera, e uma obsessão por bilionários à toa no Caribe não vai te ajudar nesse sentido. Além disso, quero te ver socializando mais. Você nunca sai. Vamos ao Grizzly Peak na sexta.

Ela estava certa, eu não andava saindo com o pessoal, e a mudança de assunto me deixou desconfortável. Eu estava tendo dificuldade em me reaproximar de meus colegas de laboratório desde que voltara. Eles saíam para beber, cantar no karaokê ou para uma sessão de jogos de tabuleiro, e eu sempre deixava para a próxima. Eu tinha amigos antes dos Carls. Mas, de alguma maneira, depois de voltar, não via mais nada em comum com eles. Era meio que um choque cultural. Eu me sentia uma versão mais velha de mim mesma.

— Tem razão, esquece. E obrigada por tudo o que me contou.

Eu jamais iria esquecer meu interesse pelo laboratório de Peter, e acho que ela também sabia disso. Mas contei aquela mentira porque parecia a coisa mais segura a fazer. E a dra. Lundgren deixou passar porque... que opção tinha?

— Imagina. Sei que você não reconhece isso, mas sua pesquisa pode mudar o mundo, e sua ambição está sendo muito bem aproveitada aqui. Temos orgulho de contar com você.

Ela estava certa: eu não reconhecia aquilo. A mim, parecia que a dra. Lundgren estava mentindo para me proteger e que nada que eu fazia importaria.

A menos que descobrisse o que estava sendo feito naquele laboratório.

TRANSCRIÇÃO PARCIAL: PODCAST THE WARM SEAT, COM BLAKE WOLFF

Blake Wolff: Andy, converso com muitas pessoas neste podcast, e espero que não se importe com o que vou dizer... Muitas pessoas te acompanham, e você tem um jeito de chegar ao cerne das coisas rapidinho e, bom, você não parece ter só vinte e quatro anos.

Andy Skampt: Você acha que ainda pareço adolescente?

BW: (risos) Você sabe o que quero dizer.

AS: Acho que eu *tive* que crescer. Sei que não é assim que funciona, mas acho que as pessoas, quando têm oportunidade, crescem até ocupar todo o espaço que é dado a elas.

BW: Não vou deixar você se safar com essa. Seria fácil demais. Deve ter mais coisa aí. Me dá uma ajuda... Como um jovem de vinte e quatro anos tem esse tipo de perspectiva em relação às pessoas?

AS: Sabe *Hamilton*?

BW: O musical ou a figura histórica?

AS: (risos) Os dois, acho. Tem uma música, mais ou menos na metade do musical, que chama "The Room Where It Happens".

BW: (cantando) "*I wanna be in the room where it happens, the room where it happens...*"

AS: Exatamente. Bom, eu estava no meio de toda aquela loucura no ano passado, tipo, no meio da confusão de verdade. Comecei a ouvir *Hamilton* e, quando cheguei a essa música, me dei conta de que, bom, nem todo mundo é ambicioso o bastante para querer ser a pessoa que faz a coisa acontecer, mas, até certo ponto, todo mundo, imagino, quer estar presente quando as coisas acontecem. Talvez as pessoas não queiram escrever seu livro preferido, pintar seu quadro preferido, transformar um projeto em lei, mas todo mundo quer estar lá. Queremos ser testemunhas. Queremos sentir que somos parte dessas coisas que, tipo, realmente importam.

BW: Sei.

AS: Aí percebi que eu *estava presente*. Tantas pessoas queriam ser eu. Mas não foi especial para mim, porque aquela era só a minha vida. Mas esse não foi o insight mais importante. O insight foi que eu ainda queria estar presente quando as coisas acontecem, só que em coisas diferentes. Todos queremos estar presentes, queremos ser parte daquilo que importa para nós, mas não existem duas pessoas que considerem exatamente as mesmas coisas importantes. Hoje, não tenho mais tanta vontade de estar presente, mas quero muito ajudar outras pessoas a escolher onde devem estar, quero ajudá-las a perceber que são, sim, parte de coisas importantes. Porque, quando sentimos que nenhum dos lugares em que nos encontramos é importante, é aí que estamos realmente perdidos.

ANDY

A morte de April foi a melhor coisa que poderia acontecer para a minha *carreira*.

Foi a pior coisa que poderia acontecer comigo? Sim. É o acontecimento na minha vida que me causa mais arrependimento? Sim também.

Mas!

Também passei a ser amplamente respeitado, bem pago e poderoso, e gostava disso. Só que podia ser irritante. Eu me sentia preso a uma imagem minha e odiava ver pessoas mais reacionárias ou radicais se aproveitarem de ideias minhas de uma maneira que certamente ia me dar problema. E, sim, eu trabalhava muito. Mas não queria fazer uma pausa. Queria me sentir bem, e ter o mundo me ouvindo fazia eu me sentir bem.

Fiz tudo o que podia para dizer coisas úteis sem me expor muito às críticas. O resultado foram tuítes assim:

Andy Skampt
@AndySkampt
Se é possível fazer no decorrer de uma vida humana, então não é uma meta grande o bastante.

239 3,4K 9,3K

@AndySkampt
Ninguém nunca faz nada sozinho, ou, se faz, é imediatamente esquecido. Só estamos aqui para apoiar uns aos outros.

104 6,9K 14,8K

@AndySkampt
Estou vendo "Pose" na Netflix e é incrível. Cansei de anti--heróis. Adoro ver famílias se amando.

1,3K 1,4K 4,7K

Eu me sentia cada vez mais confortável com o personagem. Mas também notava que ela funcionava cada vez menos com o tempo. Sabia o que recebia mais atenção no Twitter, e eram postagens raivosas. Mas eu não podia ser raivoso, porque meu público esperava que eu fizesse as pessoas se sentirem melhor, e não pior.

Ao mesmo tempo, havia muitos motivos para sentir raiva. Os Carls não acabaram com a crise habitacional, os financiamentos estudantis, as dívidas hospitalares. Os Estados Unidos ainda tinham tiroteios em massa. Na verdade, com a falta de um caminho claro e a economia perdendo força, tudo isso parecia pior do que nunca. Eu queria melhorar as coisas, o que às vezes significava que queria lançar provocações no vazio. Mas não sabia se fazer isso ajudaria alguém.

Se eu estivesse no auge, provavelmente ia me ressentir do *Livro do proveito* por dominar a minha vida, mas não era o caso.

Minha nova massa não era nada em comparação com a atração gravitacional do livro. Acho que eu sabia que, depois que o abrisse, ia perder o controle. Uma parte de mim queria isso mais do que tudo — a simplicidade de cair na gravidade de April de novo, em vez da complexidade de tomar decisões reais e importantes, da incerteza constante, do temor existencial.

Então foi o que fiz! Por que não comprar cem mil dólares em ações de uma empresa que nunca tinha ouvido falar? Se você tem dezenas de bilhões de visualizações, ganha dezenas de milhões de dólares. Cem mil podia ser muito, mas, por mais bizarro que pareça, já não era *demais*.

Fiz o que qualquer pessoa de vinte e poucos anos de respeito faria. Liguei para meu pai, que me disse que eu *não deveria de jeito nenhum* investir em ações de uma empresa desconhecida. Ele ficou horrorizado com a ideia. Acho que deve ter sentido que falhara um pouco como pai se eu achava que comprar ações de uma empresinha aleatória era uma boa ideia. E eu nem tinha mencionado que a dica tinha vindo de um livro que eu encontrara no lixo.

Mas, como qualquer pessoa de vinte e poucos anos que se preze, eu ignorei tudo que ele falou.

A IGRI em si não parecia suspeita. Tratava-se de uma empresa que já tinha sido grande o bastante para abrir seu capital, mas foi encolhendo cada vez mais, até sair das principais bolsas, sem que ninguém se interessasse em comprá-la. Era uma companhia de mineração de cobalto no Canadá. Em algum momento, tinha sido extremamente produtiva e valiosa. Mas, conforme a IGRI minerava o cobalto disponível, o preço das ações despencou.

Por que alguém ia querer que eu comprasse ações dessa empresa?

A resposta óbvia era que alguém estava tentando manipular o preço de ações baratas. Tipo, convencendo algumas pessoas de que um livro podia adivinhar o futuro, fazendo com que saíssem com uma menina legal e mandando que comprassem ações e as vendessem quatro dias depois. Enquanto isso o golpista venderia as dele um dia antes disso e lucraria dez vezes o que investiu.

Nada daquilo importava, no entanto, porque não se tratava de dinheiro, ações ou livros mágicos; se tratava de April estar viva. Eu queria *muito* que o mistério chegasse ao fim. Queria minha amiga de volta. Queria tão desesperadamente que aquela parte de mim que eu havia perdido fosse devolvida que ficaria feliz em deixar cem mil dólares irem pelo buraco por conta daquela esperança.

Para me distrair e não ficar verificando o preço das ações ou pesquisando sobre cobalto o tempo todo, assisti aos vídeos de alguns dos meus youtubers preferidos e fiquei pensando no melhor momento de mandar uma mensagem para Bex e o que diria. Eu acreditava e ainda acredito piamente que não se deve esperar muito para falar com a outra pessoa depois do primeiro encontro. Não tenho como mudar quem sou, e não sou o tipo de pessoa que fica bolando mil estratégias quando se trata de relacionamentos. Então mandei uma mensagem dizendo que tinha me divertido muito. Imediatamente depois, mandei a melhor piadinha em que consegui pensar.

> O pessoal do STOMP não parava de varrer aquele palco, mas não achei que ficou mais limpo, não.

Ela respondeu meia hora depois.

> Olha, Andy, eu varro o chão todo dia no trabalho e não tenho vergonha de admitir que hoje fiz isso dançando. Adorei a noite, obrigada.

Tentei não responder na hora, mas fracassei.

> Vou viajar amanhã, mas posso te ligar quando voltar?

> Claro. A gente se fala.

Ela era descolada demais para mim, mas tudo bem. Sinceramente, mesmo que aquilo se tornasse apenas uma amizade, já *dobraria* o número de amigos que eu tinha em Nova York, o que seria maravilhoso.

A viagem era uma convenção de investidores na França. Não tenho ideia do motivo, mas eu ia receber *uma grana*, e era difícil dizer não para montanhas de dinheiro. Olha, eu pirava com dinheiro. Sei que é algo péssimo de dizer, mas April me ensinou a ser sempre sincero.

A conferência seria em Cannes, uma cidade mediterrânea que você deve conhecer por causa do festival de cinema, mas que também sedia uma série de outros eventos. Eu ia falar no aniversário da chegada dos Carls, que também era o aniversário do primeiro vídeo que fiz com April. Não sabia muito bem o que sentir em relação à data. Era ao mesmo tempo arbitrária e muito importante. Parecia algo que eu queria comemorar de alguma maneira, mesmo que fosse sozinho em Nova York.

Por outro lado, também queria ignorar por completo aquele aniversário. Não queria pensar no fato de que o ano anterior, que parecera um resumo do resto da minha vida inteira, tinha durado só um ano. E eu tinha me acostumado a não me atentar demais ao que me incomodava. Era normal, ou pelo menos era o que minha terapeuta bastante cara tinha me falado. E ainda havia o fato de que eu não tinha um tema que parecesse digno de uma ocasião tão importante.

Lidei com a questão como de costume: dando uma olhada no que meus pensadores da internet preferidos tinham a dizer. Aquelas pessoas não faziam ideia da influência que tinham sobre mim, mas todas as minhas ideias eram apenas amálgamas das coisas que elas falavam. Eu tentava recorrer a um grupo diverso: autoras negras de ficção científica, analistas de negócios chineses, especialistas em desarmamento nuclear e, é claro, youtubers que faziam ensaios em vídeo. Eu assistia com ódio a pessoas que tinham um público gigantesco e ideias terríveis, mas que conseguiam se comunicar com os outros, e eu assistia a pessoas inteligentes que tinham os mesmos pontos de vista e privilégios que eu. Essa era a única maneira de eu ter a quantidade de opiniões certeiras que as pessoas esperavam de mim. Você assiste a quatro vídeos diferentes, tentando levar todos em consideração ao mesmo tempo, então dá à luz uma ideia que parece nova e estimulante. Quando eu sabia que ia ter que dizer algo útil em breve, assistia a *muitos* vídeos.

Esse meu processo parece meio golpista, como se eu fosse um impostor que não tem ideias originais, mas tenho certeza de que é simplesmente assim que ideias surgem mesmo.

O lance mais impressionante do YouTube é que novos canais aparecem e desaparecem o tempo todo. Um canal novo surge, e de repente uma mulher inteligente de Baltimore exerce uma enorme influência no diálogo cultural.

Havia um canal que vinha fazendo exatamente aquilo nos últimos meses. Chamava Thread, e era bem esquisito. Esquisito agora era quase um requisito para ser notado. Só boas ideias em geral não bastam. O primeiro vídeo do Thread tinha saído na semana depois do desaparecimento de April e viralizado. Era sobre a música "Brilha, brilha, estrelinha". O argumento era de que agora cantamos essa música sabendo o que as estrelas são: grandes bolas de prótons, nêutrons e elétrons que a gravidade comprime com tanta força que gera uma fusão nuclear.

Só que, quando a música foi escrita, o assombro era legítimo. Quem escreveu "Brilha, brilha" não sabia o que eram estrelas. Ninguém sabia em 1806! O vídeo era lindo e contava com estética e músicas *simplesmente maravilhosos.*

Tratava-se, à primeira vista, de informações interessantes em um belo pacote. Mais do que isso, porém, falava sobre o quanto e quão rápido nossa sociedade aprende, e como já nos adaptamos a grandes mudanças em nossa compreensão de mundo. Era muito profissional e bem pensado, e parecia ser sobre Carl mesmo sem ser *sobre Carl*.

Mas não parecia algo capaz de mudar o mundo. Parecia só mais um vídeo de sucesso. Conforme o mundo começou a se acomodar em seu novo normal, porém, os vídeos do Thread começaram a se aprofundar mais e a se tornar mais políticos. Então o Thread deu um furo, o que foi meio que uma novidade para canais do YouTube. Em um vídeo sobre dinheiro e política, o Thread divulgou alguns e-mails entre um ricaço e políticos republicanos *e* democratas garantindo que os candidatos indicariam juízes simpáticos à empresa dele depois de eleitos.

Agora o Thread não era só um canal do YouTube — era uma fonte de notícias. O vídeo "Dinheiro sujo" terminava dando informações sobre como os seguidores podiam enviar mensagens anônimas criptografadas para o canal, o que fez os vídeos passarem a parecer quase ilícitos. Era tudo muito James Bond.

Para aumentar o mistério, ninguém sabia quem estava por trás do Thread. O criador do canal tinha escondido sua identidade por completo.

Postaram um vídeo novo no canal que eu ainda não tinha visto. Como sempre, a animação era linda. O Thread nunca mostrava o rosto — só se ouvia uma voz. Devia ter levado um mês inteiro só para fazer a parte gráfica daquele vídeo, que se chamava "O caminho claro". Acompanhava a trajetória de uma vida quarenta anos atrás e a trajetória de uma vida agora. Na vida do passado, o caminho era claro e óbvio. O protagonista animado do vídeo não precisava perder tempo pensando em sua orientação sexual, em sua identidade de gênero ou em sua religião. O mesmo protagonista hoje tinha opções. Qual era sua orientação sexual? Sua identidade de gênero? Como ele queria estabelecer conexões e encontrar sua comunidade?

O que o vídeo queria dizer era que agora não havia mais um caminho claro, e que por isso dá mais trabalho. Naquele ponto, comecei a ficar meio irritado.

Senti que o vídeo estava sugerindo que a possibilidade de ser diferente era um fardo. Mas, então, a perspectiva mudou. Enquanto ilustrações de famílias felizes de todos os tipos apareciam na tela, o narrador dizia:

— A verdade é que os benefícios disso superam em muito os custos. Se não permitirmos que as pessoas saibam que é possível ser diferente, as que *são* diferentes passarão a vida toda em uma espécie de prisão cultural. E há tantos modos de ser diferente que quase todo mundo acaba se sentindo preso a determinado aspecto de uma sociedade que só permite um caminho-padrão.

"O problema é que nós, do campo progressista, fingimos que não há custos, que ninguém está perdendo nada. Mas é claro que algumas pessoas perdem, especialmente aquelas cujo poder estava ligado não à sua riqueza, mas ao seu conforto em se adequar ao caminho claro. A questão é que essas pessoas só perderam o que deveriam mesmo perder, mas isso também é verdade no que se refere a outras formas de poder concentrado. Vivemos em um sistema que diz, por exemplo, que os ricos merecem sua riqueza e que ela deve ser protegida à força. Então, naturalmente, quem agora é empurrado às margens se sente ao mesmo tempo culpado e vítima.

"A solução não é retornar ao caminho claro e único. A solução, em todo lugar e sempre, é a descentralização e a redistribuição de todas as formas de poder."

O vídeo, que a princípio me fez pensar que era chapa branca demais, acabou quase chegando ao limite do radicalismo. Assisti de novo ao primeiro, do "Brilha, brilha". Com ambos em mente, meu cérebro pariu o seguinte roteiro de vídeo à uma da manhã:

```
Oi, pessoal. Aqui é o Andy.
    O fato de que faz apenas um ano desde que os
Carls apareceram não me parece real. É como se
fizesse séculos, como se tivessem aqui desde sempre.
E, de certo modo, estão. Reescrevemos nossa história
```

de acordo com as provas que surgiram. Não deixamos de estar sozinhos no universo no momento em que os Carls apareceram: nós nunca estivemos sozinhos.

Não estávamos sozinhos no universo quando o White Sox ganhou o campeonato de beisebol em 2005. E não estávamos sozinhos quando o White Sox ganhou o campeonato de beisebol em 1906. Eles já existiam quando Jesus nasceu e quando o primeiro ser humano falou a primeira palavra. Isso não muda apenas nosso presente e nosso futuro, mas também nosso passado. Sei que parece bobo, porque nada pode mudar o passado. Mas não imaginamos o passado como ele de fato era. Isso é impossível, porque o passado é amplo demais para ser compreendido totalmente, então, a partir do que sabemos, recortamos e colamos uma história que faz sentido para nós. E, quando conseguimos informações novas e importantes, elas alteram que narrativas ainda se encaixam.

Sim, os Carls não estavam aqui desde sempre, mas certamente existiam. Estavam por aí, em algum lugar, mesmo que não os víssemos em cada esquina.

Seria fácil fazer um vídeo dizendo que os Carls uniram o mundo, porque de certa maneira uniram mesmo. Mas também é um enorme fardo viver em um mundo em que não sabemos como fomos fisicamente alterados e psicologicamente manipulados por uma inteligência externa.

Podemos escolher ignorar isso de propósito ou aceitar que o significado das coisas agora é outro.

E isso é um fardo. Vi como April amava Carl, e sempre estive pronto para embarcar em sua confiança, mas havia um custo, que estamos pagando neste instante. O custo veio na forma de narrativas consagradas que já não fazem mais tanto sentido. Não é que as novas narrativas sejam piores, mas ainda não tivemos tempo de escolher quais são as boas, e por enquanto muitos de nós estão à deriva. E esses momentos da história, em que as coisas param de fazer sentido, não costumam ser estáveis. Precisamos de narrativas fortes, mas precisamos ser muito cautelosos quanto a quem as oferece.

Mas a narrativa mais forte de todas não foi alterada. O sentido da vida ainda está, como sempre esteve, nas outras pessoas. Quando nos importamos uns com os outros, sempre há significado. É nisso que estou pensando neste aniversário. Esse novo conhecimento teve seu custo, mas pode não ser tão profundo ou duradouro quanto parece agora.

Jason e eu tínhamos configurado um chat criptografado porque eu era um alvo interessante para hackers. Embora eu não achasse que fizesse ou dissesse qualquer coisa que pudesse prejudicar a mim mesmo ou a outras pessoas, a última década estava cheia de exemplos de pessoas que tinham se enganado a esse respeito.

Mandei uma mensagem a ele:

Acabei de gravar um vídeo. Te dou 500 dólares se você editar e subir amanhã, pro Carliversário.

Ele respondeu quase imediatamente.

Pode deixar. Mal posso esperar pra ver, de verdade.

É sobre o fardo cognitivo e social dos Carls. Acho que não estava a fim de nada muito animado.

Ah. Bom, lembra quando você mandou todo mundo na internet ser legal um com o outro? Animação nem sempre termina bem. Você se inspirou no vídeo novo do Thread?

Ah, merda. Sou assim óbvio?

— Você sabe quem ele é? — Jason gritou da sala.

Levantei e fui até lá, e o encontrei estirado no sofá com o laptop no colo.

— Não tenho ideia.

— É genial. Você acha que um cara branco com esse tipo de pensamento poderia fazer um vídeo sobre o fardo comunitário da justiça social sem ser crucificado se não fosse anônimo?

— Tenho certeza de que ele está sendo crucificado pelo vídeo neste exato momento.

— As ideias dele estão, com certeza. E isso não me preocupa. Mas ninguém está mandando cartas para a casa dele ou mandando ameaças para o cara no Twitter, porque não dá pra descobrir quem ele é de jeito nenhum. Ninguém nem sabe se é um cara branco, na verdade. Ele tirou a identidade de jogo completamente.

Sentei no sofá.

— Com certeza é um cara branco — falei.

O Thread levava tão a sério a questão do anonimato que contratava um ator diferente para a narração de cada episódio. Alguns dos atores foram encontrados, e todos haviam sido contatados e pagos anonimamente. Como o canal não permitia anúncios nem doações, o Thread não existia no sentido legal. O canal entendia como a fama funcionava e trabalhava com isso.

Também era um marketing genial, por causa da atmosfera de mistério. Tipo, será que era alguém famoso? Rico? Alguém que eu conhecia? Ao mesmo tempo, aquilo era algo que eu entendia bem demais. Eu era atacado o tempo todo por ser um manipulador de opinião pública profissional, o que faz sentido. Tinha feito um vídeo alguns meses depois do incidente no depósito falando sobre como a bondade era importante e as pessoas eram cruéis demais umas com as outras na internet. Talvez eu tivesse exagerado um pouco nas minhas críticas, porque a resposta havia sido... pesada.

Aparentemente, muitas pessoas são maldosas não só porque acham divertido, mas porque acreditam que essa é a melhor estratégia. Se indispor com essas pessoas não é muito agradável, visto que elas acreditam piamente que agir que nem um babaca é indispensável para tornar o mundo um lugar melhor. E talvez elas estejam certas, vai saber...

— É, tipo, deve ser um cara branco mesmo — Jason respondeu.

— Mas você tem razão, ele pode dizer coisas que não diria de outra forma, só porque não revela sua identidade. É fascinante, e um pouco assustador também.

— E já está sendo copiado — Jason disse.

— Sério?

— É, tem um canal chamado Dissidência Comum que está usando exatamente o mesmo *modus operandi*. É todo animado, anônimo, sem publicidade. Não responde ao vídeos do Thread diretamente, mas está ganhando força do mesmo jeito, em uma direção diferente. Cresceu bastante nas últimas semanas.

— Acho que estamos em um momento na história em que ser humano se tornou um risco. É melhor ser uma mistura de ideias incorpórea.

— E depois ir embora e deixar as pessoas brigando por você.

— As pessoas ou programas de computador fingindo ser pessoas.

Era verdade: o Thread contratara uma análise que provava que muitas das discussões que se desenrolavam nos comentários de seus vídeos e nos de outros canais envolviam humanos de um lado e exércitos de *bots* de outro — depois fizera um vídeo a respeito. A batalha pelos corações e mentes das pessoas estava sendo travada, pelo menos em parte, por seres que não tinham corações nem mentes.

Daniel Judson

@NiilistaSemApego1

Será que a morte é Deus moderando a seção de comentários? Sei que não é politicamente correto dizer isso, mas, da minha parte, estou adorando o block que April May levou. É cedo demais? kkkkkkk

2,4K 894 6,3K

APAGÃO DE INTERNET DA CARSON COMUNICAÇÕES CONTINUA

Se a sua internet esteve instável nas últimas semanas, saiba que não é só com você. Falhas no fornecimento de internet têm se espalhado pelo sul de Nova Jersey. A área mais afetada é a região de Vineland, mas reclamações têm sido registradas até Cherry Hill, ao norte.

"Parte do serviço que oferecemos aos clientes é internet de alta velocidade", disse Derek Housen, proprietário do café Dream Bean, em Wolton. "Estamos há um mês e meio esperando a internet estabilizar. Continuo pagando as contas, mas não tenho sinal. Comecei a rotear a internet do meu celular, mas as tarifas de dados são absurdas."

A Carson Comunicações, empresa mais afetada, está em contato com os clientes, mas o serviço de internet permanece inconstante e lento. "Mandamos técnicos todos os dias já faz mais de um mês", comunicou a assessoria de imprensa da Carson. "Temos consciência de que não estamos fornecendo o tipo de serviço que nos propomos a oferecer."

Embora não haja confirmação por parte da empresa, muitos clientes da Carson disseram ter recebido reembolsos parciais em períodos de apagão significativo.

MAYA

Minhas mãos são grandes e feitas de metal. Elas arranham as ruínas de uma construção que desabou. Sou gigante e me alegro ao perceber minha força. Meus dedos invencíveis cavam em meio a tijolos e aço — é como se eu estivesse procurando algo em uma piscina de bolinhas. Então olho para baixo e vejo que a poeira, a madeira e os fragmentos de tijolos estão úmidos de sangue. Eu me inclino para olhar, vejo os olhos de April e acordo na hora.

Eu vomitava quando tinha aquele sonho. Ele era cada vez menos frequente, e minha capacidade de lidar com seus efeitos vinha aumentando. Mas eu ainda acordava trêmula e coberta de suor. Tirei as cobertas, depois me encolhi abraçada a elas, para sentir que estava me segurando a alguma coisa. Ou talvez só para confirmar que havia algo mais no mundo além do vazio do fracasso. Eu não ia conseguir dormir de novo de jeito nenhum.

Eis a minha teoria atual, construída a partir de conversas no Som.

A internet a cabo fica mais lenta quando há mais usuários no sistema, mas não no sistema inteiro. Basicamente, o serviço de internet é como uma árvore subterrânea gigantesca, com ramos que às vezes são físicos e às vezes são codificados nas frequências usadas no sinal. Vários clientes usam as mesmas frequências e os mesmos ramos, mas, se um deles está sobrecarregado, os outros não são afetados.

Só que no sul de Nova Jersey todos os ramos estavam sendo afetados, ligando e desligando aleatoriamente, como luzinhas de uma árvore de Natal. Minha teoria era de que, se aquilo tinha alguma coisa a ver com Carl, no que um em cada dois teóricos da conspiração no Som também acreditava, deveria haver algum padrão que poderia nos levar ao local ou motivo de toda aquela banda extra estar sendo usada.

Conjecturei que, se seguisse as vans por algumas semanas e mapeasse onde estavam os pontos mais problemáticos, talvez encontrasse algum tipo de padrão.

Aprendi bastante no meu primeiro dia fazendo isso. Eu tinha pensado em ir até a sede da empresa e seguir as vans a partir dali, mas acabei encontrando uma antes mesmo de chegar. Fiz um retorno rápido e a segui, me mantendo alguns carros atrás e fazendo de tudo para não pensar no meu comportamento ridículo.

Cerca de quinze minutos depois, a van parou no maior celeiro que eu já tinha visto. Lia-se pintado na placa em frente: COWTOWN: SEMPRE IMITADO, NUNCA IGUALADO. Ao lado daquele celeiro vermelho gigante havia uma vaca vermelha gigante. Aquilo me distraiu a ponto de eu quase perder a van de vista. Entrei no estacionamento quase vazio e parei alguns carros antes do meu alvo.

Tentei dar uma boa olhada no cara. Ele usava camisa jeans e chapéu branco de caubói. O cinto estava afivelado logo abaixo da barriga redonda e rígida. Só consegui ver seu rosto de relance enquanto ele tirava grandes caixas da traseira e as colocava em um carrinho de carga, para depois levar para dentro do enorme celeiro. Esperei alguns minutos e fui atrás dele.

Ou tentei. Um jovem me impediu de continuar.

— Falta meia hora para abrir.

— O que é este lugar? — perguntei, perplexa.

— A Cowtown — ele disse. — Um mercado de pulgas. Abre às terças e sábados.

— Então todo mundo que está lá dentro agora…

— São vendedores. Arrumando as coisas.

— Ah, é tipo uma feirinha.

Ele riu.

— É, é tipo cem feirinhas em um único prédio. Volta daqui a meia hora e vai ficar de queixo caído.

Foi assim que fiquei sabendo que a Carson Comunicações não era dona das vans. Na verdade, muitos dos técnicos que trabalhavam para a empresa nem eram funcionários. Eram terceirizados, com outros trabalhos paralelos. Como vender coisas em um mercado de pulgas gigante, aparentemente. Não voltei em meia hora, porque April May estava viva em algum lugar, e visitar um mercado de pulgas gigantesco não ia me ajudar a encontrá-la. Eu já havia desperdiçado minha primeira manhã ali.

O problema era que, mesmo depois de ter refinado meu sistema (seguir apenas vans que voltavam da central depois de se abastecer de suprimentos foi a principal mudança que fiz), não consegui encontrar nenhum padrão.

As vans iam para toda parte. Principalmente Vineland, porque era a maior cidade da área afetada. Mas também Bridgeton, Glassboro, Salem, Swedesboro e de vez em quando até voltavam para Wolton. Eu já estava me familiarizando com a área, que acabou se revelando ao mesmo tempo fofa e esquisita demais. Acho que não fui feita para viver em cidades pequenas.

Pelo menos eu ainda tinha meu batateiro, que, sim, àquela altura ainda parecia apenas um vaso grande cheio de terra. Mas eu o regava e o mantinha aquecido. Também tinha o Dream Bean, que, ao longo de semanas seguindo vans, havia rapidamente se tornado parte da minha rotina diária.

A manhã em que o pesadelo voltou coincidiu com o aniversário de um ano do primeiro vídeo de April. Fazia um ano que eu a havia acordado à tarde com um café que eu sabia que ela ia odiar. Fazia um ano que meu mundo — e *o* mundo — tinha perdido qualquer âncora que já teve. Eu não queria ficar entediada dentro da picape, sozinha com meus pensamentos e o rádio tocando "Mr. Roboto" e "Starman" em meio a palhaçadinhas sobre o aniversário da chegada dos ETs. Compreendia por que precisavam transformar aquilo em piada — que escolha a gente tinha? —, mas não queria participar.

Mas eu também tinha tomado uma decisão, e permanecia firme.

— Bom dia, Derek — eu disse.

— O-lá, Ma-yá!

Ele era bonzinho, mas, como Wolton, um pouco fofo demais. Era quase como se minha chegada todos os dias fosse um sonho se tornando realidade para ele. Talvez fosse um sinal de que um dia ele teria muitos clientes assíduos, talvez até alguns que não fossem velhinhos. Talvez o café fosse entrar na moda! Mas tenho certeza de que no fundo ele sabia que nada em Wolton nunca entraria na moda.

— Quer comer alguma coisa?

— Um bagel, por favor. De cebola.

— Que ousada.

— Acho que não vou trabalhar hoje.

Derek nunca me perguntava sobre meu "trabalho" — imagino que ele devia achar falta de educação. Eu achava bom, porque não queria ter que me explicar.

— Vai visitar os pontos turísticos?

— Tem algum? — brinquei.

Ele riu.

— Na verdade, não. Só a Cowtown. Hoje é terça.

— Já passei por lá. Mas, tipo, nunca tive vontade de entrar.

— Ai, meu Deus. Garota da cidade grande, você não tem ideia do que está perdendo.

— Nem entendo direito o que é...

— É uma feira e um mercado de pulga. Também vende umas comidas estranhas. Não sei bem o motivo, mas é meio que importante por aqui. Só abre às terças e sábados, então você está com sorte. Sério, eu fico triste de não poder ir junto, porque é bem legal.

Eu não achava que a ideia de Derek de "muito legal" correspondesse à minha, mas pelo menos assim teria algo a fazer.

Ele me entregou o café.

— Acho que vou à Cowtown então.

Comi meu bagel e dei uma olhada no Som. Era a única rede social que eu continuava usando. Tinha protegido meus tuítes depois da morte de April, porque não conseguia lidar com os noventa e nove por cento de pessoas bem-intencionadas, e muito menos com o um por cento mal-intencionado. Tipo, pelo amor de Deus, eu entendo que não gostassem de April, mas parece mesmo uma boa estratégia atacar uma pessoa recém-assassinada? Recado geral: não faça isso. Mesmo que a pessoa esteja certa, faz parecer que está errada. Àquela altura, eu já tinha me dado conta de que as coisas nunca são muito diferente do que aparentam ser. Um post chamou minha atenção, um post que eu vinha ignorando fazia um tempo. Não era sobre Nova Jersey ou a Filadélfia, mas sobre Porto Rico.

REVELADO NOME DO PROJETO DE PETRAWICKI

Estamos seguindo os acontecimentos relacionados ao projeto secreto para o qual Peter Petrawicki [PP] tem angariado fundos nos últimos meses. A obsessão de Peter por April e seu medo do Sonho lhe renderam notoriedade, e agora de alguma forma ele transformou isso em um projeto que está contratando profissionais [TRECHO-REVISTA-WIRED] a uma velocidade impressionante. O projeto finalmente recebeu o nome de Altus, que significa "elevado, profundo, nobre" em latim. Por isso, vamos renomear a thread relacionada [ALTUS].

Não era a primeira vez que eu ouvia falar no novo trabalho de Peter, mas eu não estava pensando muito naquilo. Achava que o mundo não queria mais saber dele, e tinha certeza de que *eu* não queria. O fato de que o projeto dele com seus amiguinhos tivesse recebido um nome não mudava minha posição. Comi o bagel e levantei para ir embora do café com um humor ainda pior do que estava quando cheguei. Então Derek gritou para mim, antes que eu saísse:

— A gente se vê, Maya! Come um sanduíche de linguiça apimentada por mim!

Aquilo me animou um pouco.

A Cowtown era um negócio de outro mundo. Entrei no estacionamento logo depois de abrir, às oito. Havia mesas de piquenique vazias espalhadas pelo estacionamento gigante, alguns prédios e uma porção de barraquinhas. O que eu não percebi foi que um daqueles prédios, que parecia normal de frente, era incrivelmente comprido. Quem quer que fosse o dono alugava estandes lá dentro para quem quisesse vender seus produtos. Eram como quiosques de shopping, só que em vez de marcas famosas podia ser de literalmente qualquer coisa.

Eu tinha imaginado uma feira de hortifrúti, talvez algumas barraquinhas vendendo enfeites de madeira entalhada, mas não. Havia frutas e vegetais, claro. Mas, conforme eu avançava pelo prédio, a maioria dos estandes parecia se dedicar, cada um, a um único produto, que eu não saberia como encontrar se estivesse procurando. Um lugar vendia aspiradores de pó usados. Outro, calotas de carro. Havia uma lojinha de uma empresa de instalação de chuveiros. Uma mesa vendia só anéis masculinos, noventa por cento deles de caveira. Eu não tinha ido ali comprar anel de caveira, nem me sentia particularmente bem-vinda naquele miniempório de caveiras, mas, ainda assim, passei um bom tempo olhando, de tão fascinada que estava. Conforme me aprofundava ainda mais e os minutos e depois as horas passavam, o lugar ia ficando cada vez mais cheio. Eu me dei conta de que, embora os clientes pudessem ser similares em termos econômicos (parecia que a maior parte das pessoas era de classe média-baixa), em todo o resto havia muita diversidade.

Passei um bom tempo olhando um estande enorme de vestidos vintage. A mulher que cuidava devia ter uns sessenta anos, com cabelo comprido e grisalho. Ela era linda e muito prestativa também.

— Meu bem — a dona me chamou em determinado momento. Mas é claro que eu não tinha ideia de que ela estava falando comigo, então continuei vendo as roupas. — Mocinha — ela insistiu. Quando virei, a mulher disse: — Achei que isso ficaria perfeito em você. Tenho a sensação de que é do tamanho exato, e você ia parecer Judy Pace nele.

Eu não sabia quem era Judy Pace, mas o vestido era rodado, de um algodão vermelho pesado, com gola alta. Também era *curto*. Para ser gentil, fui experimentar o vestido no provador minúsculo.

Olha, não sou a April. Sou um ser humano normal que se olha no espelho e não adora o que vê. Quero amar meu corpo, e sei que deveria. Mas não amo. Só sei que o vestido deixava minhas pernas... bonitas. Peguei o celular e tirei uma foto, pensando em mandar para alguém que fosse me incentivar a comprar. O que eu queria mesmo era mandar para April, mas fiquei tão assustada quando não consegui pensar em ninguém mais que acabei mandando a foto para Miranda.

Maya: Este vestido ficou bom?

Os três pontinhos ficaram ali por um bom tempo antes que a resposta afinal chegasse.

Miranda: Ficou! Por quê?

Maya: Você é tão nerd. Me convence a comprar!

Miranda: Ah, Maya, você ficou uma deusa. Você pre-ci-sa desse vestido.

Maya: Agora, sim.

Às vezes, você tem que comprar um vestido vermelho, porque a alternativa é o pesadelo da perda.

Àquela altura, o lugar estava lotado e começando a cheirar a churrasco. Eu estava tentando achar a carne através do olfato quando reconheci um chapéu branco de caubói. Havia esquecido que um dos caras que trabalhava para a Carson também vendia alguma coisa ali, mas no momento em que o vi soube que era ele. Havia uma variedade de pedras na mesa à sua frente. Pedras bonitas — cristais, fósseis e coisas do tipo.

Tentando não me sentir desconfortável porque eu o havia seguido no trabalho em diferentes ocasiões, dei uma olhada na mesa.

Peguei uma pedra branca perfeitamente lisa, pensando que ia ser pesada, mas na verdade era leve, mais fria do que eu imaginara. Dava até a impressão de que era oca. Minha mente voltou a Carl, que parecia nem absorver nem transmitir calor. Não era igual — na verdade, a pedra parecia mais fria do que deveria, como um metal, mas sem o peso. Olhei para ela com mais atenção e notei que não era de um branco tão puro e leitoso quanto eu tinha pensado. Nas bordas, havia um azul-bebê turvo. Quando a virei nas mãos, pontinhos minúsculos de azul, verde e até cor-de-rosa apareceram e desapareceram. Era maravilhosa.

— Isso é uma pedra? — perguntei.

— Não sei dizer — o vendedor respondeu, seu olhar se alternando entre minhas mãos e meus olhos.

— Desculpa, como?

— Não... sei... dizer — ele repetiu, fazendo pausas entre as palavras. Será que eu havia feito algo de errado?

— Desculpa, só estou curiosa. Onde conseguiu isso?

— Chega de curiosidade por hoje.

Ele esticou o braço e pegou o troço da minha mão.

— Mas o quê...? — Fiquei surpresa.

Ele me olhou como se eu o tivesse mandado transar com a própria mãe. Então devolveu a pedra à mesa e disse:

— Acho que é hora de você dar o fora.

Por um segundo, achei que de alguma forma ele tinha me reconhecido. O cara tinha a maior pinta de Defensor, talvez tivesse visto uma foto minha em algum lugar. Mas não, não era nada disso. Não tinha nada a ver com alienígenas, e sim com racismo.

— Desculpa, moço.

Senti raiva na hora e ainda sinto agora, mas resolvi muito tempo antes que não ia arrumar briga com todo racista que encontrasse. O que não significa que aquilo não me deixasse chateada, nervosa, ansiosa e incomodada.

Maldito Carliversário. Malditos mistérios. Maldito racista das pedras. MALDITA APRIL QUE SUMIU, CARALHO! Voltei para a lojinha de roupas vintage, corri para o provador acortinado e me esforcei ao máximo para chorar sem fazer barulho.

Eu queria ir embora. Queria ligar para minha mãe. Queria voltar para casa — não só para o Airbnb, mas para minha casa em Manhattan. Peguei o celular e abri os contatos. Minha mãe estava nos meus favoritos, mas embaixo do número dela o rosto de April sorria para mim, e deixei um soluço escapar.

Faz sentido que eu não tivesse conseguido apagar o contato dela depois de sua morte, mas não consegui nem na época em que ela foi uma escrota completa enquanto eu só estava tentando fazer o melhor para o nosso relacionamento. Sinceramente, é constrangedor, mas não importa para esta história. Só achei que deveria mencionar a vocês que fiquei cinco minutos olhando para aquela fotinho no celular enquanto perdia minha fé no mundo.

— Meu bem? — uma voz baixa chamou lá de fora.

— Oi? — eu disse, mais alto do que pretendia.

— Está tudo bem aí?

— Não estou num bom dia.

— Já me aconteceu algumas vezes. Me diga se precisar de alguma coisa, está bem?

Peguei meus fones de ouvido e assisti ao vídeo de Andy. Era bom. Ele era um cara legal. Às vezes era um idiota e estava levando suas responsabilidades a sério demais, mas aquilo era melhor que não fazer nada. Me senti melhor depois. Enxuguei o nariz e os olhos e me dei conta de que as coisas não precisavam ficar assim. Eu não fazia ideia se importava ou não, mas ia conseguir a porcaria daquelas pedras.

ANDY

Deus tinha mudado depois do Carl, e aquilo era algo muito importante para bastante gente. Mas Deus nunca tinha feito parte da minha vida, nem mesmo quando eu era pequeno. Fui criado em uma casa sem religião, por um homem e uma mulher que tinham sido criados em casas sem religião. Olha que não há muitos ateus de terceira geração neste mundo.

Para alguém que nasceu em uma família de ateus, minha mesa de cabeceira tinha bastante livros escritos por religiosos. Eu odiava a perspectiva de muitos ateus (e, para ser sincero, até a minha, não muito tempo atrás) de que a religião era a raiz de todo o mal. Para mim, nem é preciso dizer que muitos dogmas de várias religiões são prejudiciais. Achar que outras pessoas vão queimar eternamente porque amam a pessoa errada ou veneram o deus errado já causou muito mal.

O que me interessava era a parte em que as pessoas eram convocadas a se reunir uma vez por semana para conversar sobre como ser bom e, tipo, se dar bem com os vizinhos. É bem impressionante que aparentemente o único jeito de fazer o pessoal comparecer seja inventando um velhinho bondoso que fica no céu e vê tudo e que ficaria muito decepcionado ou faria você queimar pelo resto da eternidade caso não obedeça.

Por outro lado, duvido que qualquer coisa que não a ameaça da danação eterna faria com que eu levantasse da cama cedo aos domingos. Eu queria que minhas ações, na vida real ou na internet, fizessem um pouco isso. Portanto, além de ouvir podcasts e assistir a vídeos no YouTubers, eu tinha começado a ler livros de pastores e líderes comunitários. Aquilo era bem esquisito, um pouco como invadir a casa de alguém. Mas muita gente me procurava atrás de conselhos, e consequentemente eu também queria dar conselhos melhores. E, agora que April tinha partido, eu acreditava que o mesmo desespero e a mesma frustração que estava matando as pessoas eram a raiz da motivação daqueles caras que tacaram fogo no depósito. Meu inimigo não eram as pessoas — era a perda de uma identidade e de uma narrativa com que elas se sentiam confortáveis.

Também havia um monte de gente mais do que feliz em ajudar outras pessoas a se entregarem à perda, fazendo com que o sentido que buscavam estivesse no medo. Então acho que eu tinha, sim, alguns inimigos. As pessoas que faziam aquilo não pareciam se sentir uma fraude, então pensei: fodam-se as minhas inseguranças; desde que eu me comporte de um jeito melhor do que eles, estou me saindo bem.

Robin me encontrou no aeroporto.

— Como está indo o livro? — foi a primeira coisa que ele perguntou.

— É bom te ver também — respondi, sem emoção.

Aquilo tinha se tornado uma piada recorrente. Robin calculava que toda vez que eu dava uma palestra sem ter um livro para vender perdia entre cinco e vinte mil dólares. Era esquisito — eu não precisava de mais dinheiro, nem *queria* mais dinheiro, mas me sentia mal por não ganhar dinheiro sempre que possível. Não era como se alguém fosse chegar e ocupar o nicho "livros escritos por Andy Skampt". Só eu podia fazer aquilo, e não estava fazendo.

Seria de se imaginar que passar cento e cinquenta dias do ano em um avião deixaria bastante tempo para escrever, mas na verdade só me deixava espaço para ouvir audiobooks de Reinhold Niebuhr, acompanhar canais de esquerda no YouTube e assistir a todos os episódios de *Star Trek*, da série original, a *Discovery*. Jason e eu estávamos numa onda de ficção científica no *Slainspotting*, e eu tinha muita pesquisa a fazer.

— Como foi o voo?

— O capitão Picard congelou a si mesmo.

— E ficou tudo bem?

— Não parecia possível, mas ficou. É complicado.

Peguei o celular para dar uma olhada nas ações da IGRI. Fazia horas que não mudavam, já que o mercado americano ainda nem havia aberto.

— Talvez você devesse escrever um livro do *Slainspotting*.

Ele parecia estar falando sério.

Pegamos um táxi até o centro. Robin era muito bom em se passar por parte integrante do mecanismo que fazia a Terra girar. Era como se ele fosse simplesmente um fato da vida, e no fim a gente ficava grato pela presença do cara, o que é um ótimo atributo para um assistente/gerente/agente. Robin sempre estava presente, sempre cuidava de mim, sem nunca consumir minha energia emocional. Ele se esforçava muito para não me dar trabalho. Não queria que eu me perguntasse como ele estava, em parte porque não queria que eu pensasse a respeito, e acho que em parte porque ele mesmo não queria pensar a respeito. O resultado era que uma das pessoas mais próximas a mim no mundo com frequência mal era percebida como uma pessoa pelo meu subconsciente. Tínhamos passado pelos melhores e pelos piores momentos de nossas vidas juntos, mas nos meses desde que as coisas começaram a se estabilizar e estruturar, raras vezes me perguntei como ele estava.

Pouco tempo antes, eu havia decidido que ia me lembrar de que Robin era uma pessoa com mais frequência. Mas aí tinha aparecido um livro misterioso, uma menina nova e uma compra de ações bizarras, e eu me esquecera. Mas lembrei antes de chegarmos ao destino!

— Como você está? — perguntei depois de dez minutos no Twitter.

— Bem! Está sendo excelente trabalhar com o pessoal da Redstone. Eles são muito rápidos. E profissionais. É sempre bom trabalhar com profissionais.

Não tinha funcionado. Talvez...

— Saí com uma menina ontem.

— Já estava na hora. Como foi?

— Foi ótimo, fomos ver o STOMP.

Ele deu uma risada sincera e alta.

— Está falando sério?

E, simples assim, eu estava tendo uma conversa de verdade com Robin.

— Estou. E fica ainda pior. Conheci a menina no Subway.

— No Subway?

— Ela faz um sanduíche maravilhoso.

— Está me dizendo que você foi no Subway e chamou uma funcionária para ir ver o STOMP com você?

— Hum, é.

— Não parece algo que você faria!

Eu não sabia como responder, porque claro que não parecia. Eu nunca teria feito nada daquilo se o livro não tivesse mandado.

Fiquei em silêncio por um momento, enquanto pensava a respeito. Devo ter feito uma cara esquisita, porque Robin comentou, um pouco preocupado:

— Não quis dar uma de intrometido.

— Não! Não, é verdade. Eu só estava tentando entender como acabei fazendo algo tão esquisito e, tipo, ligeiramente inapropriado. Ela é bem legal. Foi divertido. Acha que a gente deveria sair de novo? — perguntei, embora já soubesse que queria sair com ela de novo.

Ele ficou chocado.

— Cara, sei lá.

— E quanto a você? — Percebi que eu não sabia nem qual era a orientação sexual de Robin, então só perguntei: — Interessado em alguém de Los Angeles?

— Sinceramente, Andy, tem sido complicado conhecer gente nova. Para mim, pelo menos. E nem é tipo, desde que, hum, sabe. Desde sempre. Então raramente faço isso.

Foi a frase mais desconjuntada que já tinha visto Robin dizer, e fiquei surpreso ao me pegar enervado de verdade por isso. Tive que me esforçar para não dizer a ele que não precisava me contar nada. Porque, no fim, seria dar a Robin uma desculpa, e eu só queria lhe dar aquela desculpa para proteger a imagem que eu tinha dele.

— Por que é difícil para você? — perguntei.

Ele indicou o motorista e disse:

— Depois a gente fala sobre isso.

Nunca falamos sobre aquilo, no entanto. Eu tinha tentado, o momento era aquele. Mas Robin se esquivara, e eu não forcei.

— Sabe para onde estamos indo agora? — Ele mudou de assunto.

— Um hotel, imagino.

— Ah, nossa, não. Os quartos ainda não vão estar prontos e, mesmo se estivessem, eu não deixaria você entrar, porque ia acabar dormindo e destruindo qualquer chance de acertar o fuso. Não, estamos indo encontrar o diretor executivo da Redstone no iate dele. Depois, vamos fazer compras, porque aparentemente você não trouxe um terno.

— Não mesmo. Deveria?

— Sinceramente, não, porque Cannes é o melhor lugar no mundo para comprar um terno.

— Um terno caro?

— Muito.

Cannes era uma cidade maravilhosa, embora eu sentisse que talvez estivesse perdendo algo ao visitar um lugar de praia no inverno. Definitivamente não estávamos na alta temporada.

O táxi deixou a gente à beira do mar. De calça jeans e moletom de capuz, segui Robin pelo embarcadouro, passando por iates cada vez maiores.

— Me fala de novo o que é o mercado internacional de private equity? — pedi enquanto andávamos.

— Você teve dez horas de voo para ler uma página de briefing e não leu, né?

— Olha, podemos perder tempo discutindo ou podemos usar esse tempo para aprender sobre private equity.

Ele me olhou meio bravo e um pouco triste, sem achar a mínima graça.

— Quando você é rico normal, pode fazer o que você, por exemplo, está fazendo com seu portfólio. Comprar ações no mercado público, que vão subindo à medida que a economia cresce, e aí seu patrimônio líquido aumenta. Quando você é muito rico, ou quando é uma instituição, tipo um fundo de pensão ou um país, pode entrar no "private equity". O mercado de ações é um mercado "public equity". Private equity é quando, para comprar uma parte ou todo um negócio, é preciso fazer reuniões, assinar documentos e falar com muitas pessoas. Hoje em dia existem empresas de private equity muito grandes, gigantes, que consolidam a riqueza dos ricos, depois usam esse dinheiro para comprar companhias inteiras, ou parte delas. Somando, o pessoal da conferência administra trilhões de dólares.

— E por que querem que eu fale com eles?

— Na teoria, eles querem que você fale porque é uma autoridade influente que pode ajudar na tomada de decisões. Qualquer coisa que conseguirem tirar da sua fala pode ser extremamente valiosa.

O termo "autoridade influente" me fez revirar os olhos com tanta vontade que quase consegui ver meu cérebro — o que não significava que houvesse algo no mundo que eu quisesse mais do que ser uma autoridade influente.

— Como assim, "na teoria"? — respondi, cético.

— Bom, também é uma demonstração de poder. O evento por acaso coincidiu com o aniversário do surgimento dos Carls, e acho que alguns dos organizadores sentiram que seria uma grande sacada você estar aqui. Caso contrário, teriam que admitir que este não é o lugar mais importante no mundo neste exato momento, o que me deu algum poder de negociação.

O iate em que entramos até que era de bom gosto, no que se trata de iates, imagino. Definitivamente não era o maior da marina, embora tivesse uma escada em espiral com amurada espelhada, então "de bom gosto" talvez não seja a melhor definição. Por incrível que pareça, e embora eu não estivesse vestido de maneira nem um pouco apropriada, me senti mais ou menos confortável enquanto Robin e eu circulávamos para conversar com vários vice-presidentes e sócios-administradores presentes. Fiz piadas sobre jet lag e falei sobre como Cannes era linda. Todo mundo ficou embasbacado ao ouvir que eu nunca tinha viajado para lá no verão, como se as pessoas visitassem o sul da França o tempo todo.

Então conheci Gwen Stefani. Ela havia sido convidada para se apresentar no evento, e meu cérebro idiota agiu como um idiota e me disse: *Ai, meu Deus, eu tenho que encontrar April, ela vai pirar quando conhecer a Gwen Stefani.* Mas, é claro, April não estava lá. Eu estava sozinho naquele barco porque tinha dado as costas bem quando minha melhor amiga mais precisou de mim, e por isso ela morreu queimada em um depósito. *Aquele* era o motivo pelo qual eu estava conversando com Gwen Stefani.

Murmurei qualquer bobagem para a sra. Stefani, enquanto as lágrimas começavam a arder nos meus olhos, depois fugi para o deque.

Olhei para o Mediterrâneo, para todos os iates e pessoas poderosas, e tentei me recompor.

— Você está bem, cara?

Era Robin. Ele se aproximou e levou a mão espalmada às minhas costas.

Virei para ele, abracei-o e fiquei assim.

— Desculpa por não te tratar como uma pessoa.

Eu estava chorando. Chorando e abraçando outro homem. Sei que isso não deveria ser estranho, mas ainda tinha uma resistência ali.

A mão dele subia e descia pelas minhas costas quando Robin disse:

— Tudo bem.

Dava para perceber que ele estava chorando também.

— Ela deveria estar aqui — falei. — Não mereço nada disso. Só estou aqui porque ela não está.

Ele se afastou de mim e me olhou nos olhos. Estavam vermelhos.

— Você só está aqui porque eu...

Então seu rosto se contorceu e sua garganta fechou.

— Não, Robin. — Alguém apareceu no deque. Olhei feio para a pessoa, que deu meia-volta como se não tivesse visto nada. Eu já tinha notado que gente rica era ótima em ignorar o que quer que fosse. Voltei a falar: — Não acredito que você ainda se culpa.

Ele começou a chorar baixinho no meu ombro. Era a primeira vez que conversávamos de verdade sobre April. Ambos tínhamos ficado tristes, e eu imaginara que sabia tudo sobre a tristeza dele porque sabia tudo sobre a minha. Só que, é claro, ele estava lidando com ainda mais culpa. Eu não era a única pessoa que havia decepcionado April naquele dia. Finalmente, Robin falou:

— É claro que eu me culpo, o que aconteceu foi literalmente minha culpa. Eu deveria ter contado a ela sobre Putnam... antes daquele dia.

Ele estava tremendo, então o levei até uma espreguiçadeira confortável, na qual ele afundou. Ajudar Robin me ajudava a me sentir mais forte.

Sentei ao lado dele e passei o braço em volta dos ombros dele. Robin se apoiou em mim. Falei baixo:

— Os únicos responsáveis pelo que aconteceu com April são os caras que botaram fogo no lugar. Amigos se magoam de vez em quando. April me magoou milhares de vezes. Ela sabia que eu a amava. Às vezes, ela não era uma boa amiga. Você pisou na bola, mas não foi por isso que ela morreu.

Robin levantou e olhou para mim. De repente, fiquei preocupado que fosse tentar me beijar. Me afastei um pouco. Ele percebeu e deu risada.

— Seu mané! Você achou que eu fosse te beijar.

— Claro que não — retruquei, nada convincente.

Ele riu um pouco mais, fungando.

— Cara, como a gente é zoado, né? Os caras não sabem a diferença entre demonstrar emoções e dar uns pegas. Como a gente sobreviveu até agora? Somos péssimos nisso.

— Concordo — eu disse, ainda meio sem graça.

Ele levantou.

— Vamos dar o fora desse barco.

Nas horas seguintes, passeamos por Cannes juntos. Não tentamos fazer networking ou conhecer gente importante; só fomos a lojas chiques e ficamos olhando embasbacados para todas as pessoas que de alguma forma eram muito mais ricas do que eu. Falamos sobre relacionamentos, a vida e a internet, e eu não pensei nem uma única vez na IGRI. Antes que eu percebesse, era hora de deixar as coisas no hotel e ir dar a palestra. Quando eu estava indo para o palco, Robin segurou meus ombros e disse:

— Você merece estar aqui.

Pelo menos naquele momento, acreditei nele. Eis a melhor parte do que eu disse aquela noite:

> Não vou fingir que entendo o que vocês fazem. Mais cedo, tive que perguntar a alguém o que exatamente era private equity. Mas me parece que, de certa maneira, o trabalho de vocês é prever o futuro. Aposto que muitos de vocês fazem isso muito bem. Mas de uma coisa eu sei: isso não acabou. Em agosto do ano passado, os Carls desapareceram, e a maior parte das pessoas tentou fingir que eles nunca tinham pisado aqui. Mas se vocês acham que deu tudo errado no ano passado, tenho más notícias: ainda vai piorar antes de melhorar.
>
> Mais do que nunca na história, compreendemos que não estamos no controle. Nunca estivemos, claro, mas agora compreendemos isso de verdade. Os Carls podem retornar a qualquer momento, ou talvez ainda estejam aqui. Existimos por misericórdia de alguma inteligência superior. Absorver uma realidade assim à nossa mente e à nossa cultura não é algo que acontece rápido. As taxas de suicídio já subiram. Menos gente tem aceitado as narrativas que se conta desde sempre. É apenas o começo, e quero que vocês se perguntem se estão ajudando as pessoas a encontra-

rem seu lugar no mundo ou prejudicando a capacidade delas de fazerem isso.

A estabilidade é importante para o mundo. Se fosse vocês, eu não passaria muito tempo esperando por ela. Mas me esforçaria ao máximo fazendo todo o possível para que ela existisse. Vocês são pessoas poderosas, e imagino que passem muito tempo pensando não apenas em como explorar o estado em que o mundo se encontra, mas também em como afetá-lo. Imagino que seja mais difícil ganhar dinheiro quando o mundo está em ruínas, então, se há algo que vocês possam fazer para nos colocar em um caminho que aumentará nossa capacidade de resistir a outro chute cósmico no saco, façam isso, por favor.

— Essa foi diferente! — Robin disse quando eu saí do palco.

— No bom sentido ou…?

Ele deu de ombros, com um sorriso enorme.

Um dos organizadores do evento veio até mim, um cara jovem com quem eu havia conversado no iate.

— Ah, Andy, foi incrível. Nossa! Adorei. "Chute cósmico no saco"! — Ele pegou meu ombro e me sacudiu um pouco. — Você foi um bom investimento.

— Obrigado. Fiz um discurso especial para vocês.

— Você diz que não sabe o que está por vir, mas, se soubesse, não seria difícil transformar isso em dinheiro.

Pensei no *Livro do proveito*, que estava na minha mala lá no hotel. Pensei na IGRI e na minha súbita incursão no uso de informações paranormais privilegiadas para investir. Então falei:

— Sei tanto quanto você.

— Claro! Claro… Em todo caso, aqui está meu cartão. — Aquela gente ainda trocava *cartões de visita*. Olhei para o que estava em minhas mãos. — Stewart Patrick?

— Meus pais eram fãs de *Star Trek*. O que posso fazer?

— Desculpa, não tenho cartão para te dar — eu disse. — Mas acho que você sabe como entrar em contato comigo. Hum… tem banheiro aqui nos bastidores?

Eu sabia que tinha — havia usado antes de começar a palestra. Ele me apontou a direção certa e eu fui embora. Assim que tranquei a porta da cabine, sentei na privada fechada e peguei o celular. Maya tinha mandado uma mensagem elogiando meu vídeo. Eu deixei a mensagem de lado e abri meu portfólio de ações.

Meus cem mil dólares em ações da IGRI não eram mais ações da IGRI. A empresa tinha sido comprada por uma fabricante de automóveis que estava tentando controlar as minas de cobalto para a produção de baterias para carros elétricos. Então agora eu tinha mais de um milhão de dólares em ações da companhia automotiva. Soltei o ar devagar para me acalmar, sentindo o coração batendo forte sob meu novo terno francês.

Então abri a calculadora no celular e descobri que eu teria que ganhar um milhão por dia por quase três anos antes de chegar a um bilhão. De repente, de maneira indesculpável, me senti um peixe muito pequeno.

Quase deixei o celular cair quando ele tocou. Era Miranda.

Associated Press

@AP

Dezenas de feridos em conflito entre público do desfile "Feliz aniversário, Carl" e manifestantes anti-Carl em Nova York. O caos tomou conta do desfile, que se anunciava como "uma celebração de nosso novo lugar no mundo", quando foi impedido pelos manifestantes.

239 730 593

Kyle Stafford

@kyylestafford

@AP Mas que porra esses caras estavam pensando, comemorando depois de tudo o que fizeram com a gente. Sorte deles que ninguém passou com uma Dodge Challenger por cima.

303 21 187

Altus

@LaboratorioAltus

ESTAMOS CONTRATANDO! Temos dezenas de vagas abertas no momento. Esta é sua chance de construir o futuro. Altus.net/ConstruaOFuturo

203 2,7K 15K

MIRANDA

Não tenho a personalidade certa para ser agente secreta. Odeio me estressar. Odeio tanto que isso me torna extremamente produtiva, porque topo trabalhar o quanto for preciso para fazer o estresse passar.

E aí é que está. A existência do Altus me estressava. A cada minuto do dia, eu sentia uma dorzinha no cérebro, e sempre que ia conferir não se tratava de preocupação com meus experimentos ou de algo idiota que eu tinha dito para um colega de laboratório — era só o Altus, sempre. Era como um grão de areia no meu coração. E, quando tem algo me estressando, eu *preciso* agir. Preciso pelo menos sentir que estou tentando fazer alguma coisa a respeito.

Essa era uma das piores partes de April ter desaparecido. Eu sentia o tempo todo que tinha que resolver um problema. Infelizmente, não dá para resolver a morte de alguém.

Mas, pelo menos, eu poderia lidar com o problema do Altus. O estresse que o laboratório me causava tinha dois motivos. Para começar, Peter Petrawicki estava se dando bem. Pessoas más não deveriam ter poder, só que ele estava cada vez mais poderoso. Eu nem estava tão preocupada com o que Petrawicki ia fazer com todo aquele poder — minha obsessão era com o mero fato de que aquilo estava acontecendo.

Por outro lado, eu provavelmente seria capaz de ignorar aquilo em algum momento no futuro, porque não era como se eu precisasse olhar para a cara de Peter Petrawicki o tempo todo. No entanto, eu tinha que olhar para o cérebro das minhas cobaias o dia todo, o que me fazia pensar que, naquele mesmo momento, um monte de gente em Porto Rico estava trabalhando em algo que quase com certeza tornaria minha pesquisa completamente obsoleta. E essa era a segunda causa do meu estresse, que me corroía e piorava a cada dia. Eu andava perdendo a paciência com as pessoas e não passava muito bem do estômago. A professora Lundgren insistia em me dizer que minha pesquisa tinha muito a contribuir e que a ciência não é uma questão de grandes descobertas, ao contrário do que sempre tentaram nos ensinar.

Ela dizia aquilo, mas eu não acreditava. Se o "serviço" que o Altus ia fornecer incluía uma ligação neural de alta largura de banda, ele estava décadas à frente do nosso laboratório. Então, qual era o sentido da minha tese? Qual era o sentido de baixar a cabeça e repassar pilhas de dados dia após dia até ficar tonta para construir algo que em seis meses poderia parecer um Apple II?

Foi então que comecei a ver as vagas disponíveis no Altus.

CIENTISTA JÚNIOR

BIOMICROFABRICAÇÃO — PORTO RICO

Laboratório de ponta procura candidato na área de pesquisa e desenvolvimento de química e materiais para vaga em Porto Rico. Estamos ampliando os limites do possível: esta é sua chance de construir o futuro. Procuramos candidato da área da química e/ou de materiais que seja proativo e talentoso, com experiência em design experimental e especializado em química orgânica, de polímeros e analítica. Paixão pelo futuro é indispensável, assim como trabalhar bem em equipe.

Eu só tinha dois problemas:

1. Era qualificada para o trabalho, mas não tanto. Eles provavelmente estavam procurando por um candidato no pós-doutorado, embora o fato de não terem mencionado aquilo fosse interessante. Também era revelador — talvez não estivessem sendo tão exigentes porque tinham pressa na contratação.
2. Meu nome era Miranda Beckwith, e eu não tinha como mudar aquilo. A maior parte das pessoas não o reconheceria, mas assim que o RH pesquisasse meu nome no Google ia ver que tinha sido amiga de April May.

O bom era que, como já fazia algum tempo desde que eu havia lido o artigo sobre Petrawicki, eu já estava menos nervosa e um pouco mais estratégica. Comecei a pensar: *Bom, provavelmente não vai dar certo de qualquer maneira. Então não custa tentar!* Aquilo daria a impressão de que eu estava agindo.

Lembro do dia em que me candidatei ao cargo porque também estava tentando me distrair de outra fonte de estresse em relação à qual eu definitivamente não tinha o que fazer. Era o aniversário da chegada dos Carls e do meu primeiro e-mail para April. Todo mundo estava usando o marco como uma oportunidade de gritar com os outros. Os Defensores não existiam mais, só que as pessoas que concordavam com eles continuavam existindo. As discussões nunca eram realmente sobre os Carls. Mesmo depois da partida deles, pessoas continuavam ganhando poder ao afirmar que precisávamos temer mais coisas. Parecia que a população ficava mais raivosa a cada dia. Um grupo tinha decidido fazer um desfile celebrando Carl em Nova York, e foi até fofo, mas aí manifestantes impediram a passagem do desfile e tudo foi por água abaixo. O Twitter se encheu de raiva de absolutamente todos os lados.

A coisa toda me enojava. Talvez eu soubesse que as chances de algo dar muito errado eram maiores que o normal. Estávamos todos no limite. Então, em vez de ficar vendo pessoas irritadas apontando o racismo e a xenofobia de cidadãos comuns, autoridades e políticos, tirei qualquer referência a April e ao Som das minhas redes sociais, me sentindo culpada, dei uma ajeitada no meu LinkedIn e escrevi uma carta de apresentação.

Conforme os meses passavam depois do desaparecimento dos Carls (era assim que todo mundo pensava, embora para nós, claro, também fosse depois da morte de April), para mim era cada vez mais como se o tempo que havia passado com April, Andy, Maya e Robin fosse outra vida, à qual eu nunca pertencera de verdade. Meu cérebro era muito eficiente em me convencer de que eu nunca tinha sido parte importante daquele grupo. Era pura síndrome do impostor, eu sabia, mas nem por isso deixava de acreditar nisso. Tipo, eu tinha *criado* o Som. Isso era um fato. Só que boa parte da programação tinha sido feita por outras pessoas, e havia gente demais envolvida no projeto para que qualquer pessoa sozinha reivindicasse os créditos. Meu cérebro também me dizia que ser basicamente uma funcionária de alto escalão não significava que aquelas pessoas eram minhas amigas de verdade. Todas eram claramente descoladas demais para mim, e, se eu olhasse para trás, encontraria muitos exemplos de ocasiões em que eles (e estou falando principalmente de April) não me trataram superbem.

Sim, eu sabia muitas coisas que April, Maya e Andy não sabiam, mas eles sabiam mais sobre si mesmos e sobre a cultura. Posso explicar como elétrons de valência afetam a condutividade, mas nem sabia que não era hétero até ficar com April. Na verdade, nem sabia que não era hétero mesmo *depois* de ficar com April. Achei que talvez fosse só porque ela era famosa e descolada, que na verdade não se tratava de atração sexual, e sim pela pessoa que ela era. April e Maya sabiam tanta coisa sobre si mesmas e sobre como imaginar o mundo. Talvez isso soe meio péssimo, mas eu tinha inveja delas e ficava brava comigo mesma por não passar mais tempo tentando descobrir quem eu era. Só aceitei o que eu parecia ser e o que as pessoas esperavam de mim, presumido que, como sentia atração por homens, era hétero. Como uma pessoa tão pouco familiarizada com a própria orientação sexual pode ser legal o bastante para fazer parte do círculo íntimo de April May?

Estou tentando mostrar a vocês como meu cérebro sabia bem me convencer de que eu nunca me encaixava no lugar em que estava. Nossos cérebros às vezes nos contam mentiras para tirar a felicidade do nosso alcance. Qual é o propósito evolutivo disso? Felicidade representa estagnação? Talvez. Talvez a vida (toda a vida, não só a vida humana) não seja nada além de querer alguma coisa e ser capaz de correr atrás dela. O que é a vida sem desejo? Satisfação parece ótimo, mas em termos evolutivos acho que não funciona muito bem.

O que estou tentando dizer é que, quanto mais o tempo passava, mais esquisita eu me sentia em entrar em contato com qualquer outra pessoa do grupo. A mensagem que Maya me mandou de um provador na Cowtown tinha parecido um presente, um mistério e um erro cósmico, tudo ao mesmo tempo.

Eu sempre tive a impressão de que, se fosse a primeira a mandar uma mensagem, estaria tentando me meter com os verdadeiros protagonistas da história. Mesmo agora, enquanto escrevo, sinto que só me convidaram a contar minha parte porque queriam ser legais comigo. O que é ridículo, porque as coisas que aconteceram comigo ao longo desses meses foram intensas e absurdas. É uma ótima história! Mas minha mentalidade não muda.

Nossa, eu falo demais. Desculpa.

A questão é que senti que precisava falar com alguém antes de me candidatar à vaga, mas não sabia para quem ligar, o que era muito esquisito. Finalmente, depois de ficar andando de um lado para outro do apartamento, liguei para Andy.

— Miranda — ele disse ao atender, e não de um jeito normal. Era quase como se estivesse resignado, e com certeza nervoso. Como se tivesse sido forçado a aceitar, a contragosto, o fato de que eu estava ligando para ele.

— Você está bem?

— Sim, sim. Desculpa, estou ótimo. É que acabei de sair do palco, então estou um pouco agitado. É bom ouvir sua voz.

O jeito esquisito de falar tinha mudado, ou ele estava escondendo melhor, mas o som ainda ecoava.

— Obrigada, é bom ouvir sua voz também. Onde você está?

Ele sempre estava em algum lugar.

— Cannes. Acabei de dar uma palestra num evento chique para gente rica. Hum, ei, saí com uma garota.

— Oi?

A conversa não estava indo como eu planejara.

— Gostei, ela é bem legal. Queria te contar isso antes que ficasse esquisito. Não sei porque seria esquisito. Acho que agora acabei deixando esquisito, né? Não é sério nem nada do tipo, só estamos nos conhecendo...

Ele deixou a frase morrer no ar, como se fosse me contar mais alguma coisa mas tivesse mudado de ideia.

Nunca tinha rolado nada entre Andy e eu, mas em determinado momento eu ficara interessada, e achava que ele também. Eu não sabia se esses momentos haviam coincidido, mas se haviam, ou se ainda tivesse alguma coisa ali, tampouco eu saberia.

— Que bom! Como ela chama?

— Becky, mas o apelido é Bex, com "x".

— Que legal.

— Ela é *bem* mais legal que eu — Andy explicou.

— Isso não é muito difícil.

Rimos juntos, e senti que pelo menos estava fingindo bem que éramos iguais.

— Mas e aí? — ele perguntou.

— Bom, isso vai parecer meio esquisito depois do que você me contou, mas, bom, não saí com ninguém. A questão é que estou considerando seriamente me candidatar a uma vaga no laboratório novo do Peter Petrawicki, que acho que está construindo uma interface cérebro-máquina muitas gerações além do que foi feito até o momento. Quero trabalhar lá para descobrir o que eles estão tramando.

— E o que você vai fazer depois que descobrir o que eles estão tramando?

Ele falava com tanta confiança. Muitas novas responsabilidades tinham caído em seu colo depois que April desaparecera, e Andy parecia estar lidando muito bem com aquilo. Infelizmente isso significava que ele era um pouco menos divertido agora, e mais sincero. Acho que, muitas vezes, as pessoas se tornam quem precisamos que elas sejam. Eu não, mas Andy sim.

— Não sei — respondi, um pouco confusa. — Acho que depende do que for! Poderia ser qualquer coisa. Só quero ficar de olho no cara. Fora que é a mesma coisa que estou pesquisando aqui... mais ou menos... e é importante. Em parte eu quero mesmo estar envolvida.

Andy ficou em silêncio por um bom tempo antes de finalmente responder.

— Você tem que tomar muito cuidado. Tenho quase certeza de que estamos falando de espionagem industrial.

— Por que acha que liguei em vez de mandar mensagem? Pra não deixar registro.

— Porra, Miranda. Faz tempo que você está pensando nisso?

— Um pouco. Mas estou com medo. Acho que te liguei para você me convencer a não mandar currículo.

Ele riu.

— Bom, não vou fazer isso, mesmo que talvez devesse. Você tem que ir.

— Por quê?

— Não posso... — Ele hesitou. — Quer dizer... não sei. É um pressentimento. De que não acabou.

— Como assim?

— Tem alguma coisa estranha acontecendo. Acho que pode ter a ver com April.

Ele falou aquelas palavras rápido, como se tentasse vencer o próprio cérebro na corrida para não dizer aquilo. Não respondi na mesma velocidade.

— Andy...

— E não é só isso. Acho que a partida dos Carls não foi o fim. Acho que foi o começo.

— O começo do quê?

— Não sei, mas se você acha que Peter está trabalhando em algo grande, acho que precisamos saber mais a respeito. Acho que você precisa ir.

Enviei minha candidatura.

— Bom, então vamos ver como vai ser.

Não foi como eu imaginava.

Andy Skampt

5 de janeiro, 14:30

Eu queria que esse fosse um dia de sentimentos bons, e foi. Foi, até que eu acordei com as notícias. Agora estou dividido. Por um lado, acredito de verdade que a crueldade humana seja a exceção, e não a regra. É muito importante a gente se lembrar disso.

Por outro, esse tipo de coisa está acontecendo cada vez mais. Sim, cada uma daquelas pessoas é um indivíduo separado, e não, suas ações não fazem sentido. Mas isso é parte de uma tendência maior de desconexão. Quase nunca termina assim, mas "quase nunca" está se tornando cada vez mais comum. Estamos desconectados uns dos outros e estamos perdendo as maneiras que tínhamos de sentir que somos importantes. Isso destrói as pessoas por dentro. Em geral, elas agem consigo mesmas, mas às vezes atacam e machucam quem está perto. Com menos frequência, machucam desconhecidos.

Saber disso ajuda? Talvez não. Talvez só ajude saber que somos todos parte de algo maior. E esse é o perigo de atos assim. Não apenas é, em parte, um sintoma da perda de fé na narrativa humana, como também perpetua essa perda de fé. Mas eu não perdi a fé. Por favor, compartilhe nos comentários uma história que mantém sua fé nas pessoas viva. Tenho milhares, mas quero ouvir as de vocês.

👍 2,4M 💬 45,2K ↪ 95,5K

MAYA

Depois que eu tive quase certeza de que não estava parecendo uma doida com a cara amassada de tanto chorar, saí do provador. A simpática dona do estande se aproximou.

— Querida, você está bem?

— Estou — respondi, evitando fazer contato visual. — Sabe onde fica o caixa eletrônico mais próximo?

— Claro, perto da vaca.

— Da vaca?

— Aquela vacona vermelha. Do lado de fora — ela explicou, como se fosse óbvio.

Fui até lá e tirei todo o dinheiro que consegui: seiscentos dólares, duzentos de cada vez. Então voltei ao estande de vestidos vintage.

— Sei que é pedir demais e muito esquisito... — eu disse à mulher. — Mas tem um cara vendendo uma coisa que eu queria comprar, só que ele não quer vender para mim.

— Oras, isso não parece coisa da Cowtown. A ideia é justamente que tudo aqui está à venda. E, se não está aqui, é porque você não precisa!

— Não acho que tenha a ver com o produto, e mais a ver com… — Deixei a frase morrer no ar. Fiquei olhando para baixo, meio fazendo tipo, meio chateada de verdade.

— Você está dizendo que…? — ela sussurrou.

— Olha, não quero fazer um escândalo por causa disso…

— Quem foi? Al Johnson, aposto — ela me interrompeu, ainda sussurrando.

— Foi o cara vendendo cristais e fósseis, algumas mesas adiante.

— Hum. Não tenho ideia de quem seja. Este lugar é enorme — ela disse, agora alto.

— Bom, eu estava pensando se a senhora não poderia comprar para mim todas as pedras brancas e lisas que ele tiver. São lindas, tipo uma opala ou pérola, mas são leves que nem plástico. E se puder, pergunta também onde ele conseguiu aquilo, tipo fingindo que são muito valiosas e que você está fazendo um ótimo negócio. E se por acaso der para pegar o nome dele e da empresa…

Ela ficou cética.

— Por que fingir que as pedras são valiosas? Ele só vai subir o preço.

Peguei um maço de notas de vinte e disse:

— Não sei se são valiosas ou não, mas quero que ele pense que são. Tem seiscentos dólares aqui, e você pode ficar com o que não gastar.

Ela me olhou como se eu fosse louca, e, sinceramente? Não posso julgá-la. Mas pegou o dinheiro mesmo assim.

— Bom, acho que isso não causaria problemas a ninguém — ela disse. — Você fica olhando a loja enquanto eu vou?

— A senhora vai estar a dez metros daqui, e não vou achar que você é racista se levar o caixa junto. Vou achar que é uma empresária prudente.

Era verdade — ela não tinha como saber que aquilo não era um golpe muito elaborado.

— Ah! — exclamei. — No fim, fala pra ele que vai comprar todas as pedras que ele conseguir.

Era tudo o que eu tinha a dizer. Ela foi.

Menos de dez minutos depois, estava de volta.

— Comprei todas. Ele queria ficar com uma, mas aumentei o valor até ficar com as quatro. — Ela me entregou a sacola. — Tive que lutar contra todos os meus instintos para não pechinchar, mas acho que ele acreditou que elas são especiais. Só gastei cento e oitenta, não posso ficar com o resto do dinheiro.

Ela começou a tirar as notas do bolso.

— Não... — Eu ia dizer o nome dela, mas percebi que não sabia.

— Clara — ela completou, simpática.

— Clara, meu nome é Maya. Não sei como explicar, mas o que você fez por mim vale muito mais do que quatrocentos e vinte dólares.

Sorri — não consegui evitar. Eu precisava pôr as mãos naquelas pedras de novo.

— Não pode ser verdade, meu bem.

— Pode, sim. E vai valer ainda mais a pena se você me contar tudo o que descobriu sobre aquele homem.

— Ele foi muito simpático comigo. Falamos sobre este lugar e sobre como andam os negócios. Ele mora perto da Filadélfia e disse que comprou essas pedras do cunhado, mas que não sabe onde o cunhado as arranjou. Sinceramente, isso é papo de vendedor que não quer contar onde é que compra as coisas. Quando falei que compraria tudo que ele arrumasse, percebi um brilhinho nos olhos do cara. Conversamos um pouco. Ele trabalha com consertos de internet e reparos de cabeamento.

Aquilo não era novidade para mim, mas tentei não demonstrar.

— Conseguiu o nome dele?

— Ah, sim, ele me deu um cartão. Está na sacola.

Eu abri o saco plástico. As pedras estavam embaladas em papel de seda, e tinha mesmo um cartão de visita em cima delas.

— Olha... muito obrigada — eu disse, feliz que tivesse dado certo. Finalmente parecia que algo estava acontecendo.

— Eu é que agradeço, meu bem.

Ela piscou para mim.

Fui embora e comprei um sanduíche de linguiça. Sentei em uma mesa e virei a sacola com as pedras ali. Elas brilharam, como se estivessem vivas — como se tivessem planos para mim.

Alguém sentou à mesa, e eu guardei as pedras dentro da sacola.

— Você é a Maya.

Virei o rosto e vi um cara de uns trinta anos, com cabelo preto com gel e óculos escuros da Oakley no topo da cabeça.

— Sou — eu disse, cética.

— Lembro de você, dos vídeos da April.

Eu não aparecia em nenhum vídeo da April, então aquilo era uma das coisas mais assustadoras que eu poderia ter ouvido. Ele sabia quem eu era, e estava mentindo sobre isso. Tentei me manter calma.

— Olha, só vim aqui comer meu sanduíche, depois vou para casa.

— Comprou alguma coisa? — o cara continuou falando, sem perceber que eu não estava a fim.

— Sim.

Comecei a guardar o sanduíche.

— O quê?

— Só uma pulseira — menti.

— Eu compro de você — ele falou.

— O quê?

— A pulseira.

Eu já estava de pé.

— Quinhentos dólares — ele continuou.

— Não sei o que você acha que está acontecendo agora, mas nada disso faz sentido, então vou embora.

— Tá bom, tá bom! — ele se apressou a dizer. — Desculpa. As coisas não estão indo como eu esperava.

— Digo o mesmo — falei, me afastando dele.

— Me deixa explicar!

Por algum motivo, eu parei. Aquilo era esquisito o bastante a ponto de eu querer uma explicação.

— Participo de um jogo de realidade alternativa. Chama Fish. Você sabe o que são jogos de realidade?

— Ah, sei — eu disse. Tinha uma vaga ideia de que algumas pessoas pagavam uma mensalidade para receber pistas na vida real.

— Bom, recebi uma mensagem do Fish dizendo que, se eu encontrasse você e te convencesse a me dar o que tinha comprado na Cowtown, avançaria dois níveis na hora. Posso ficar com a pulseira então?

— Não!

— Mil dólares — ele disse.

— Não é por causa do preço. Isso é esquisito e não estou gostando.

— Dez mil.

O cara já estava pegando o celular, como se fosse me transferir dez mil dólares ali mesmo.

— Não! E para de insistir.

A frustração dele estava se transformando em raiva.

— Me deixa comprar de você! É um bom negócio!

O cara era pelo menos quinze centímetros mais alto que eu e sempre que eu dava um passo para trás ele dava um passo para a frente. Ele esticou o braço para pegar a sacola, e a adrenalina tomou conta do meu corpo. Entrei em pânico, joguei o sanduíche de linguiça na cara dele e corri de volta para o mercado.

Passei correndo por entre os estandes, ziguezagueando entre as pessoas, sem desperdiçar tempo olhando para trás até já estar quase na metade do imenso mercado. Quando olhei para trás, o cara de Oakley não estava à vista. Comecei a andar com mais tranquilidade, temendo levantar suspeitas, mas também porque estava cansada. Atividade física não era o meu forte.

Outro cara me encarou. Esse era de meia-idade e um pouco careca, o que restava do cabelo cortado bem curto.

— Seu nome é Maya? — ele perguntou. Eu ainda estava recuperando o fôlego, então não respondi, mas já estava prestes a sair correndo de novo. — Você comprou alguma coisa aqui hoje? — insistiu.

Fugi o mais rápido que podia, o que não era tão rápido assim, mas não parei até chegar à picape. Dei a partida e fiz tudo o que podia para não sair dirigindo que nem uma louca do estacionamento da Cowtown.

Pensei em voltar para Manhattan, mas as pedras na sacolinha no banco de passageiro sussurravam para mim. Tinha algo acontecendo, e eu não podia desistir agora. Enquanto dirigia em círculos, tentando descobrir se havia alguém me seguindo, tive uma ideia.

Agora um parêntesis, porque acho que é necessário.

Quando pensamos no primeiro aniversário da chegada dos Carls, em geral pensamos no tiroteio. Mas, sinceramente, tinha sido um dia bem bom e normal até o entardecer. Sim, as pessoas estavam nervosas na internet. Sim, houve alguns conflitos no desfile. Mas basta uma pessoa entrar atirando numa boate que a história muda.

Demos a todo mundo nos Estados Unidos esse poder quando decidimos que basicamente qualquer pessoa poderia comprar um fuzil. Não finjo entender as motivações dos atiradores, mas no fim das contas só pode ser, pelo menos em parte, uma questão de poder, não? Eles foram convencidos de que o poder é a medida do próprio valor e ficam tristes ou furiosos — ou ambos, como muitas vezes é o caso —, então veem que há só um modo definitivo de mudar o mundo. Já viram uma dezena de outros caras fazendo, então por que não fazem também?

Odeio sequer ter que escrever sobre isso aqui, porque bilhões de pessoas decidem todos os dias ser gentis e boas, mas uma pessoa decide se sentir poderosa por um momento e agora tenho que falar a respeito, ou todo mundo vai ficar, tipo, "Mas e o tiroteio?".

Bom, e o tiroteio? Aconteceu. Foi horrível.

Por que aconteceu? O cara era um Defensor? Tinha a ver com os Carls? Não. Essas são as perguntas erradas. É tentador, mesmo agora, culpar os políticos e as autoridades que ganhavam poder em cima dos medos e da perplexidade das pessoas.

Podemos culpar essas pessoas, mas a única coisa que um assassinato em massa "significa" é que matar se tornou fácil demais. Nenhum de nós vai mencionar o tiroteio de novo neste livro, porque, se o fizéssemos, aquele homem continuará tendo poder sobre nós, e estou cansada disso.

Agora vamos em frente.

ANDY

Era impossível não me sentir mal por ter dito a Miranda que ela deveria se candidatar à vaga no Altus. Meu instinto dizia: *de jeito nenhum!* Ela deveria ficar em Berkeley, um lugar normal e seguro. Eu já tinha amigos o suficiente fazendo coisas esquisitas e arriscadas. Se o livro não tivesse me orientado a dizer a ela para fazer aquilo, com certeza meu conselho seria outro. Colocar meu dinheiro em jogo era uma coisa, mas o futuro de Miranda era outra. Só que era o *Livro do proveito* que estava no comando agora. Ou eu só queria que estivesse.

E, agora que eu tinha feito as duas coisas que ele havia me pedido, podia virar a página.

> Você esperou! Excelente! Sabia que conseguiria. Digo, literalmente. De outra maneira, como teria escrito isso quando o livro foi impresso? Mas você não deve se preocupar muito com tudo isso no momento. Agora tem mais um milhão de dólares. Parece que pode confiar em mim, não?

Aquilo não era verdade, como já mencionei anteriormente. Eu estava fazendo tudo o que podia para não confiar no livro. Dava para ver que era poderoso, mas eu não sabia o que ele queria.

> Agora, eu gostaria que você transferisse 100% do seu portfólio para a Posthiker, uma transportadora em rede. Faz apenas um ano que abriram o capital, e o mercado não está muito otimista com o andamen-

to de seus negócios. Mas a empresa está prestes a ter um ótimo trimestre. Procure Posthiker no Twitter e vai encontrar gente falando a respeito. Está funcionando, está fazendo algumas pessoas ganharem dinheiro e permitindo que outras economizem. As ações vão subir 32% imediatamente depois. Sim, sei que estou pedindo que vá contra seus instintos, mas você vai precisar de muito dinheiro. Também sei que acha que já tem bastante dinheiro, mas vai precisar de muito mais. Depois da Posthiker, você vai transferir tudo para a Alphabet, onde vai ter um aumento adicional de 6% depois que o relatório deles sair, e daí para a Emerson, uma empresa de ar-condicionado que está indo muito bem na China.

O livro continuava com isso por mais de uma página, dando instruções precisas de como movimentar meu dinheiro nas próximas duas semanas. Eu teria alguma tarefa quase todo dia. Era difícil não gostar daquele plano. Não saber o que fazer com meu dinheiro vinha sendo uma fonte de estresse, mas agora eu sabia exatamente. Era uma sensação boa saber que logo eu seria muito, muito rico. Ao mesmo tempo, era aterrorizante saber que eu ia precisar de todo esse dinheiro para alguma coisa.

Depois disso, você deve ter, pelas minhas contas, 125 milhões. Vai se perguntar para que todo esse dinheiro, mas tente não se preocupar com isso. Talvez você se pergunte: "Por que não vou para Las Vegas e você me diz que o que escolher na roleta, ou que números escolher na loteria, ou em que time apostar?". Bom, na verdade, essas coisas são realmente aleatórias. Nada é mais fácil que prever o sucesso de uma empresa. Todos os dados já estão lá. Pessoas e computadores detêm todas as informações, e as reações de quem compra ações são fáceis de prever em grande parte porque muitas dessas entidades são programas de computador profundamente simples. Agora você deve estar se perguntando: "Isso é ilegal?". Sim, é muito ilegal. Você está negociando ações com base em dicas de alguém com informações privilegiadas. Estou roubando essas informações e passando a você, de forma destilada. Então, sim, é ilegal. Mas, até onde posso dizer, neste caso, não é errado. Você faz muitas coisas ilegais, mas não vou te pedir para fazer nada de errado.

Eis o que acontece quando se tem 125 milhões de dólares: se o seu portfólio cresce 1% em um dia qualquer, seu patrimônio líquido aumenta em 1,25 milhão. Você vai ganhar e perder mais dinheiro em um único dia do que muitas pessoas na vida inteira. E vai ganhar mais do que vai perder.

Você vai ganhar mais investindo seu dinheiro do que poderia juntar trabalhando. O que tudo bem, porque não acho que você faça o que faz para ganhar dinheiro. A não ser quando faz. Sugiro parar com isso. Mas não perca aquele cartão de visita.

Pensei a respeito e concluí que o livro provavelmente estava falando do cartão que aquele cara havia me dado em Cannes.

Nas próximas três semanas, você vai precisar pensar mais do que agir, e ouvir mais do que falar. Coisas importantes estão acontecendo, e você está em uma posição privilegiada para acompanhar. Ligue para Bex e a apresente para Jason. Passem um tempo juntos. Veja no que vai dar!

Enquanto lia, dava para perceber que aquela parte estava terminando sem que nada fosse dito a respeito de April.

Se reserve um tempo para refletir. Não preencha tudo com podcasts e programas de TV. Converse, pense, esteja presente. E talvez ligue para Maya — ela anda pensando muito esses dias também. Na verdade, você deveria entrar em contato com todos os seus antigos amigos. Pergunte o que eles andam fazendo. Você tem algum tempo antes que essa história comece de novo. Pode passar para a próxima página daqui a duas semanas. Mas não esqueça: não conte a ninguém sobre mim. Vai estragar a diversão.

A vontade de virar a página era enorme. Onde April estava? O que estava acontecendo?

Virei a página.

Andy, eu disse para não virar a página. April vai ficar bem. Mas às vezes é preciso esperar.

Atirei o livro do outro lado do quarto. Ele bateu na parede e acabou derrubando alguns copos plásticos da prateleira.

— Tudo bem aí? — Jason perguntou, meio rindo.

— Tudo. Só estava tentando matar uma barata.

Fui pegar o livro e o enfiei debaixo do colchão. Jason nunca entrava no meu quarto, então não fiz isso para escondê-lo dele, mas para escondê-lo de mim mesmo.

Assim, eu vivia solitário e em segredo em um mundo em que April estava viva e livros previam o futuro. Não contar aquilo para Robin tinha exigido uma força de vontade colossal. Não era só que eu *quisesse* contar para alguém; claro que eu queria, mas a questão principal era que parecia cruel deixar que ele sofresse enquanto eu tinha minha esperança renovada. Por outro lado, talvez também fosse cruel contar a ele quando podia ser tudo mentira.

Deixar que um livro sobrenatural tirado do lixo te desse esperança de que sua amiga morta estava viva era uma coisa; forçar aquela ambiguidade a outra pessoa era algo completamente diferente.

Tentei seguir o conselho do livro e me dar algum espaço para pensar, mas isso me deixou nervoso e irrequieto. Eu era viciado em conteúdo.

Jason percebeu que tinha algo acontecendo.

— Cara, não leva a mal, mas você anda meio esquisito desde que conheceu a menina do Subway.

— Não chama Bex de "menina do Subway".

— Mas eu sempre chamei.

— Tá, mas ela vai vir hoje à noite, e se a chamar de "menina do Subway" na frente dela, Bex vai esfaquear você, e eu também. Pode chamar de Bex, Becky ou Rebecca.

— Tá — ele disse. Então repetiu: — Cara, não leva a mal, mas você anda meio esquisito desde que conheceu a *Becky.*

— Não é ela, é... — Optei por uma meia mentira. — É coisa de dinheiro. Dinheiro é um troço muito esquisito, cara.

— Sei, ser podre de rico e nunca mais ter que se preocupar com dinheiro na vida é horrível, né?

Jason tampouco tinha que se preocupar com dinheiro. O podcast estava fazendo fortuna com os anúncios, e ele ainda trabalhava em tempo integral com design de banco de dados para uma empresa de e-commerce.

— É claro que você tem que se preocupar com dinheiro quando tem dinheiro. Só que de um jeito diferente.

Em minha defesa, esse era o tipo de coisa que eu nunca diria para ninguém além do Jason, com quem todo mês eu dividia cerca de trinta mil dólares de lucro do podcast. Ainda assim, ele revirou os olhos com vontade.

— Você pode comprar uma cobertura de frente para o Central Park sem precisar de financiamento.

— Tá, então será que devo comprar uma cobertura? Ou abrir um negócio? Ou investir no mercado de ações, ou em títulos de crédito? Tipo, por que acha que ainda moro aqui com você?

— Está me dizendo que só mora aqui comigo porque não consegue tomar uma decisão?

— Jason, eu ainda moro aqui porque quero. Não quero morar em uma cobertura de frente para o Central Park. Não quero um barco. Robin continua ganhando um dinheirão para mim, mas para quê? Não consigo nem levar uma garota em um restaurante fino, porque parece que estou me exibindo. Então para que ter dinheiro? Será que eu deveria doar tudo?

— Cruzes, Andy. Não precisa levar as coisas tão a sério. É só ganhar dinheiro enquanto pode, comprar uns tênis legais e fazer umas boas ações quando não estiver tão ocupado ganhando mais dinheiro. O truque é não gastar tudo em porcarias, mas é óbvio que você é fisicamente incapaz de fazer isso. Não consegue nem arranjar uma namorada que só esteja atrás do seu dinheiro.

— Ela não é minha namorada.

Se eu estava na defensiva, era porque esperava que um dia Bex pudesse vir a ser minha namorada.

— Eu não estava falando de Bex. Estava falando da sua inabilidade de encontrar uma namorada.

— Ah. Entendi errado. Mas ainda estou preocupado por não estar fazendo a coisa certa com a energia inexplorada na minha poupança.

— Bom, vou manter os olhos abertos para coisas boas ou esquisitas que você pode fazer com o seu dinheiro. Mas sorte a sua eu ser tão compreensivo, porque a maioria das pessoas não ia aguentar ficar sentado aqui te ouvindo reclamar de como é difícil ser ridiculamente rico.

— Eu sou mesmo ridiculamente rico — falei, sorrindo.

— Não é bom?

— É, acho que sim. Às vezes acho que devo ter merecido. Às vezes acho que devo merecer tudo isso, tipo, venci na vida. Mas isso é besteira. Quem fez por merecer esse dinheiro foi April, estou só colhendo os frutos.

— AIMEUDEUS, VOCÊ É INSUPORTÁVEL!

— Tá, desculpa, *às vezes* eu acho que quem fez por merecer esse dinheiro foi April, e eu estou só colhendo os frutos.

— Melhor, mas ainda péssimo.

Acho que sei bem fazer os outros acharem que tenho tudo sob controle, mas isso só porque passo uma quantidade imensa de tempo preocupado.

O livro parecia saber o que eu deveria fazer — bom, não é isso que todos queremos? Livre arbítrio é *bem* estressante. Chamei Bex para vir jogar alguma coisa, como o livro tinha sugerido, e foi divertido. Fiquei com medo de que ela e Jason não fossem se dar bem, mas Bex estava acostumada a lidar com pessoas de outras vivências.

Escolhemos um jogo que eu costumava jogar com meus pais quando era pequeno. Você escolhe uma palavra comprida que pode ser dividida em três palavras menores e a descreve usando definições de suas partes.

Acho que não deu para entender nada. Um exemplo: se você escolhe "dicionariar", é só dizer: "Primeiro sou duplo, depois viro um monte bíblico, aí ganho polimento. A primeira pessoa que disser: "di Sião arear" ganha.

Bex não tinha seguido bem as regras com "Primeiro empunho uma adaga de lâmina ondulada, aí visto uma roupa de freira, depois entro no período de acasalamento, aí pego um barco de grande porte", mas todos concordamos que ela era genial quando descobrimos que a resposta era "cris hábito cio nau". Isso nos levou a uma conversa sobre os motivos pelos quais o preço dos imóveis estava absurdo, com eu e Jason basicamente repetindo coisas que tínhamos aprendido com os vídeos do Thread.

— Vocês dois parecem muito inteligentes, mas na verdade só assistem ao Thread, né? — Bex comentou, depois de uns cinco ou seis minutos.

— Opa! Toma essa, cara! — Jason disse para mim.

— Você também!

— Tá, mas Bex não é minha amiga! Ela não sabe nada sobre mim, então estou livre das ramificações mais profundas desse puxão de orelha. E eu te disse que não tem só homens brancos vendo o Thread.

— Eu não disse *só* homens brancos — falei, grato que o assunto estivesse se afastando do meu plágio intelectual, mas apreensivo que estivesse se aproximando de questões de raça. — Eu disse *principalmente*.

— Eu concordo, a maioria do público com certeza é de homens brancos — Bex comentou. — Odeio dizer isso, mas neste país é uma boa ideia ficar de olho no que os homens brancos estão fazendo.

Todos rimos muito.

Jason pensou na próxima palavra para o jogo — era "ih dente idade".

Foi uma noite divertida. Quando estava terminando, não pude deixar de pensar no *Livro do proveito*, que parecia pensar que algo poderia acontecer entre mim e Bex. Ergui os olhos e vi Jason olhando para mim.

— Bom, pra mim já deu por hoje! — ele proclamou. Então marchou até o quarto e fechou a porta audivelmente.

Virei para Bex, vermelho, e abri um sorrisinho que deveria ser ao mesmo tempo charmoso e envergonhado.

— Então... esse é o Jason!

— Adorei ele.

— Que bom, eu estava preocupado. Ele não é o cara mais sensível do mundo.

Ela revirou os olhos, mas disse apenas:

— O conceito de diversão de vocês é meio esquisito, mas foi legal. Obrigada por ter me chamado.

Ela levantou, fazendo com que eu levantasse também. De repente, fico muito nervoso.

— Eu vou com você até a estação — falei.

— Não precisa. — Ela se aproximou e pôs as mãos nos meus ombros. — Mas seria legal se você se despedisse com um beijo.

Todos os nervos no meu corpo se acenderam como se eu fosse um aluno de ensino médio quando enlacei sua cintura e nos beijamos.

MIRANDA

— Muito obrigada pela disponibilidade, Miranda.

Tinham marcado uma entrevista para a vaga. Seria em um software corporativo de videoconferência que precisei baixar só para isso. Tinha me arrumado e feito um rabo de cavalo bem preso — meu cabelo ruivo era a maneira mais fácil de me identificar. Até pensei em tingi-lo, mas ficaria óbvio demais.

— Sem problemas. Estou muito interessada no que vocês estão fazendo — falei, e estava mesmo.

— Sou o dr. Everett Sealy, e este é meu colega, Tom. Trabalho no laboratório e Tom é gerente de RH.

Lembra que eu chamava todos os meus ratos de laboratório de Tom? Aquele Tom era diferente. De uns trinta e poucos anos, era bonito e com cabelo preto ondulado. Já o dr. Sealy tinha passado máquina zero onde quer que já não fosse careca, deixando sua cabeça ligeiramente alongada à mostra.

— Ficamos muito animados com sua candidatura — Tom falou. — Sua pesquisa parece estar bem na nossa área. Pode nos contar um pouco por que gostaria de trabalhar no Altus?

Meu currículo só dava a impressão de que meu doutorado estava se estendendo um pouco, e não que eu tinha largado por um ano. Tecnicamente, eu não estava mentindo. Eu tinha cumprido relativamente rápido os créditos exigidos, então não pareceria estranho que eu ainda estivesse trabalhando na minha tese. Só deixei de fora a parte em que eu parara com tudo por um ano para ser diretora executiva de uma start-up com umas pessoas famosas. Era o tipo de coisa que cairia superbem no currículo para praticamente qualquer vaga, menos aquela.

— Bom — comecei, um pouco hesitante —, espero que desculpem minha impertinência, mas, com base nas contratações de vocês, dá para saber em que estão trabalhando. E eu estou trabalhando na mesma coisa, só que me parece que vocês estão mais adiantados. Só posso conjecturar os passos que deram, mas isso me deixa ao mesmo tempo muito curiosa e menos interessada no meu próprio trabalho.

Meu corpo respondia produzindo cortisol à toda — minha frequência cardíaca aumentou, minhas axilas começaram a suar e senti uma necessidade repentina de fazer xixi, tudo junto. Sei que o segredo para mentir é dizer a verdade, e isso definitivamente estava ajudando, mas ainda assim era assustador. Não se deveria mexer com aquele tipo de gente.

— Resumindo, me parece que vocês estão na vanguarda da área.

— Só que você está no meio da sua tese, certo? — o dr. Sealy perguntou.

— Sim, eu teria que fazer um intervalo. Já discuti isso com a universidade.

Agora eu estava mentindo.

— E o que seu orientador acha? — Tom perguntou.

Decidi não corrigi-lo.

— Lundgren compreende que é uma oportunidade empolgante. Sei que estaria assumindo um risco, mas mesmo que eu não possa voltar e defender minha tese depois, este certamente parece um caminho mais interessante para mim.

— Tentamos contratar Constance — o dr. Sealy disse, se referindo à professora Lundgren pelo primeiro nome. — Ela é uma cientista magnífica, mas... — Ele parou por ali.

Tom prosseguiu, mais formal:

— Ela recusou a oferta.

A dra. Lundgren não tinha apenas recusado a oferta. Ela me disse que havia mandado aqueles caras se foderem. Ele pareceu estar esperando que eu dissesse algo. Eu não deveria ter mencionado o nome da dra. Lundgren. Retomei o controle com o discurso que havia preparado.

— Não sei os detalhes do que estão fazendo, mas vocês sabem. Então minha pergunta é: o que sugerem que eu faça, sabendo o que *vocês* sabem?

Aconselhariam uma jovem cientista a concluir seu doutorado ou a trabalhar no Altus?

— Eu sugeriria que trabalhasse no Altus — o dr. Sealy respondeu.

— Só para deixar bem claro — o cara do RH falou —, o trabalho que fazemos aqui é totalmente secreto e muito delicado. Você tem outros motivos para querer trabalhar aqui?

Ele estava me perguntando diretamente se eu estava me candidatando para espionar? Eu era péssima em mentir! O que estava fazendo? Ouvi minha própria voz responder, com tranquilidade:

— Não posso ficar de fora disso. Fico acordada a noite toda pensando a respeito.

Eu tinha achado uma verdade para dizer.

O resto da entrevista foi bem padrão. Falamos sobre como resolvíamos problemas interpessoais no laboratório, sobre minha experiência lidando com superiores e com alunos de graduação, e sobre minha pesquisa em Berkeley. Eles pareceram impressionados comigo, e para ser sincera fiquei impressionada com eles. Eram especialistas bem pagos e pareciam muito bons e competentes na comunicação. Tom parecia os caras do Vale do Silício, mas o dr. Sealy era exatamente o tipo de pessoa com quem eu me daria bem no trabalho. Ele era ponderado e atencioso, e nenhuma de suas piadinhas era com a cara de outras pessoas. Não tinha nada de assustador naqueles dois.

É sempre bom ir a uma entrevista com uma ou duas perguntas prontas para as pessoas que vão te entrevistar. É um sinal de que você quer se certificar de que a empresa é digna do seu tempo e do seu talento, e equilibra um pouco a relação de poder. Não muito, só o bastante para que as pessoas do outro lado saibam que você não está desesperado.

— Não me levem a mal, mas qual vocês acham que seria a chance de seu negócio não existir mais daqui a cinco ou dez anos? — eu perguntei, perto do fim da entrevista.

Os dois riram.

— Zero — o cara do RH disse.

Esperei por uma resposta do dr. Sealy.

— Zero, não. Nenhuma probabilidade é de zero. Mas a chance é muito, muito pequena. Poderia ser um trabalho para a vida inteira, se você quisesse.

— É muito bom ouvir isso — eu disse, sentindo um toque de verdade na minha mentira.

*

Depois da entrevista, eu precisava conversar com a dra. Lundgren. Tinha que saber o que iria acontecer com minha pesquisa caso eu interrompesse o doutorado. Mandei uma mensagem a ela, perguntando se poderia passar na minha bancada quando estivesse livre, porque eu precisava conversar sobre algo importante. Eu queria ter aquela conversa no meu território, e não no dela. Algumas horas depois, ouvi uma batida na bancada. Era o que fazíamos para anunciar nossa chegada. Ela parecia bem.

— Tudo certo, Miranda?

Eu achava que seria mais fácil se dissesse tudo de uma vez só, então estufei o peito, olhei nos olhos dela e soltei:

— Fiz uma entrevista com o pessoal do Altus hoje. Vão te ligar pedindo referências... imagino. Eu queria saber o que vai dizer a eles.

— Vou dizer a verdade.

Meus olhos saltaram das órbitas, um buraco se abriu no meu estômago e eu me encolhi.

— Vou dizer que você é genial tanto como cientista quanto como colega de trabalho. Que você trabalha muito, é apaixonada pela área e resolve problemas de forma rápida e eficiente. Posso deixar alguns fatos de fora, como seu ódio por eles.

Eu nunca teria imaginado que aquela conversa iria tão bem. Ela parecia estar preocupada, mas também me apoiar totalmente.

Soltei um suspiro e senti os músculos das costas relaxando.

— Obrigada, dr. Lundgren. Nossa, muito obrigada.

— O que você está fazendo, Miranda?

— Tenho que ir para Porto Rico. Não posso não ir.

— Foi imaginação minha ou a gente teve uma conversa na minha sala em que ambas concordamos que aquelas pessoas são horríveis?

— Não foi imaginação sua.

— Você ainda acha que aquelas pessoas são horríveis?

— Acho que, se eu não estiver lá, elas vão ser ainda mais horríveis.

De repente, eu estava na defensiva. Ela ficou em silêncio por um segundo, depois puxou uma banqueta e sentou.

— Não posso te dizer o que fazer e vou te apoiar de qualquer jeito, mas preciso que você me conte o motivo.

— Independente do que estejam fazendo, eles vão fazer com ou sem a minha participação. Talvez, se eu estiver lá, isso aconteça de uma maneira um pouco menos horrível. Se eu não conseguir fazer nada, ou se descobrir algo ruim de verdade, posso contar às pessoas a respeito.

Ela ficou em silêncio por um longo tempo.

— Miranda, o que você está esperando de si mesma é gigantesco. Já não sou jovem, mas me lembro de quando tinha sua idade, e não vou frear sua ambição, mas vai ser difícil nadar contra a corrente da cultura deles. Vai ser muito difícil não cair na versão deles da história. E o que me preocupa mais é o que vai acontecer se eles descobrirem a seu respeito. Tem muito dinheiro em jogo, *muito*. Não sei como aquelas pessoas são de verdade. Elas poderiam te queimar de tal maneira que você nunca mais conseguiria um emprego na área. Ou poderiam descobrir coisas ruins a seu respeito, mentir a seu respeito, talvez fazer até coisa pior.

Fiquei pensando na entrevista. Eles não pareciam mafiosos prontos para destruir a vida de quem revelasse segredos industriais, mas eu não conhecia nenhum mafioso, então como poderia saber?

— Miranda?

Eu devia ter viajado por um segundo.

— Não ligo.

Eu ligava.

Ela sorriu, meio que achando graça.

— Que bom.

— Será que vou conseguir o emprego?

Eu mal podia acreditar que aquilo era uma possibilidade. Havia muitos candidatos, e eles descobririam que eu tinha sido amiga de April e riscariam meu nome da lista. Mas a dra. Lundgren falava como se fosse mesmo acontecer.

— Acho que sim, e acho que você vai aceitar. Vou manter sua bancada livre até você voltar.

— E se eu não voltar?

— Algo me diz que vai. Mas você tem uma missão difícil pela frente. Provavelmente muito mais difícil do que imagina.

De repente, parecia que ela estava não apenas apoiando uma decisão com que não concordava, mas também me encorajando. Aquilo fazia tudo parecer muito mais real.

— Ainda não sei se me decidi, na verdade.

— Ah, você se decidiu, sim. Só não sabe direito como ter uma mente resoluta.

Não entendi muito bem o que ela queria dizer, mas deixei para lá e mudei de assunto:

— Não vou poder contar a você no que estou trabalhando. Mas tudo bem se eu contar mesmo assim?

— Seria um crime muito sério, mas sinceramente? Sim, quero que conte.

— Como assim? Mesmo se eles não estiverem fazendo nada de duvidoso?

— Miranda — ela disse, se inclinando na minha direção —, aquelas pessoas são perigosas e estão avançando rápido demais. Estou morrendo de medo de que estejam fazendo testes em humanos sem terem passado pelos devidos ensaios clínicos. Acho que eles descobriram algo poderoso e perigoso. Se eu pretendesse depositar esse nível de confiança em alguém, seria em alguém como você, e não Peter Petrawicki. Você tem o histórico perfeito. Eles precisam de pessoas com experiência em interfaces de neurocontrole, e não existem muitas no mundo. Acho que somos as únicas que podemos fazer isso.

— Isso pode acabar com nossa carreira. Você mesma disse que é muito perigoso. A gente pode acabar na prisão.

— Estou pronta para correr riscos. Só queria ter certeza de que você sabe que riscos são esses.

Já fazia quase seis anos que eu conhecia a dra. Constance Lundgren, mas não esperava aquele tipo de comportamento dela.

— Está tudo bem com você?

— Você está estranhando meu comportamento. Talvez eu esteja mesmo agindo de um jeito estranho. Talvez eu estivesse correndo riscos de menos. Pessoas que esperam que o status quo se arraste rumo ao progresso não fazem coisas extraordinárias.

— Mas não estamos fazendo nada de extraordinário, estamos tentando impedir outras pessoas de fazerem coisas extraordinárias rápido demais.

Seus olhos se arregalaram. Ela esticou o braço e *agarrou o meu.*

— Isso! — a dra. Lundgren disse, alto demais, aproximando o rosto do meu. — Exatamente isso, aí é que está. Você encontrou a questão na sua cabeça. Essa voz que te diz que o único modo de fazer algo incrível é fazendo algo grandioso, chamativo e só seu. Esquece isso. — Ela estava me assustando um pouco, de verdade. Então voltou a falar baixo, mas com a mesma urgência. — Essa obsessão com impacto é uma doença, e está piorando. O Altus quer que piore. Você vai para Porto Rico para nos proteger de nós mesmos. Sabe o que eu acho que é a coisa mais incrível que a raça humana já fez? Não são as armas que construímos, e certamente não são as armas que usamos: são as armas que *não* usamos. Idiotas como Peter Petrawicki falam o tempo todo em autocontrole, em como carregam nos ombros o fardo de mudar o mundo. Mas eles fazem isso com uma ambição que é focada neles mesmos. Querem ser a voz, o rosto e a mente por trás da mudança. Na verdade, não têm autocontrole nenhum. São escravos de suas ambições e de sua necessidade de admiração. A verdadeira força está em suportar o fardo do cuidado.

— Você viu isso em algum lugar?

Parecia que ela estava citando alguém.

— Entende o que quero dizer?

— Acho que sim.

— O que quero dizer é: muitas vezes, se conter é muito mais extraordinário que agir. Então, não deixe de se admirar, Miranda, porque eu te admiro demais. Comece a arrumar suas coisas. Você vai conseguir aquele emprego.

Enquanto eu esperava para ver se era verdade, tive a sorte de poder me envolver em um projeto paralelo. Recebi um envelope de Maya.

> Miranda, no dia em que te mandei aquela mensagem sobre o vestido (que eu comprei, aliás), encontrei uma coisa esquisita. Estou mandando para você ver. Não sei nem como chamar. Talvez seja só um *prop* de plástico, mas acho que é importante. Tenho mais três aqui. Se puder me dizer qualquer coisa a respeito, me manda uma mensagem na hora, mesmo que seja só para dizer que esse troço é esquisito. Espero que esteja tudo bem aí na Califórnia!
>
> Maya

Do envelope com plástico-bolha, caiu uma coisa muito linda, com baixa densidade e alta condutividade térmica. Isso já seria estranho o bastante, mas havia algo diferente, que a maioria das pessoas definiria apenas como "estranho", mas que não tive dificuldade em identificar: era *duro*.

Com alguns testes rápidos, consegui situar o material em uma escala de dureza. Era menos duro que diamante (ainda bem, porque de outro modo eu teria que largar todo o resto e montar um laboratório só para estudá-lo), mas significativamente mais duro que aço. Parecia uma cerâmica de alto desempenho, só que com toda a certeza não era cerâmica. Depois de meia hora cutucando o material, eu já tinha bastante informação para mandar a Maya, mas continuei cutucando. Depois de mais meia hora, percebi que estava evitando escrever para ela.

Eu nunca consegui descobrir o que aquilo que rolou entre mim e April significou. Tinha sido um lance de uma noite só, mas eu não sabia se teria rendido algo mais. Tinha sido... argh! É muito pessoal, e parece esquisito falar disso no meio de uma história que deveria ser, tipo, sobre salvar a raça humana, mas aquela foi minha primeira vez com uma mulher. O que aconteceu foi muito importante para mim, não só por causa disso, mas também porque era *April May*. Nunca superei de verdade o lance da celebridade. Tinha a impressão de que nossa noite juntas não tinha sido grandes coisas para April. Mas achava que eu e Maya deveríamos conversar a respeito. Ela nunca ter se mostrado aberta àquilo fazia com que eu sentisse que era porque havia eliminado qualquer possibilidade de estabelecermos uma amizade verdadeira.

Bom, pensei em toda a nossa história, depois deixei para lá e escrevi para ela.

> Esse troço é esquisito, esquisito demais. Não rolou nada tão esquisito desde Carl.
> Vou continuar investigando.
>
> Mas só porque é interessante, não porque ache que vá descobrir algo que possa ser útil.

Ela respondeu alguns minutos depois.

Valeu. Vou tentar descobrir de onde veio.

Fiquei olhando para a mensagem, tentando extrair mais sentido dela. Quanto mais tempo passava, mais parecia o tipo de mensagem que eu escreveria a minha pior inimiga. Depois de uma eternidade encarando o celular, tomei coragem para escrever.

Tá. Me candidatei a uma vaga no laboratório de Peter Petrawicki. Se eu desaparecer, provavelmente é porque estou em Porto Rico.

Meu celular tocou na mesma hora — era Maya. Meu coração acelerou. Aquilo me assustava mais que a entrevista com o Altus.

— Alô? — falei, hesitante.

— Se explica.

Tentei ao máximo fazer isso. Acho que contei tudo, embora não de maneira muito articulada.

— E você acha que esse é o tipo de coisa que Miranda Beckwith faria? — ela perguntou. — Ou é o tipo de coisa que April May faria?

Droga, até então ninguém tinha tocado naquele ponto.

— Acho que é o tipo de coisa que eu faria?

— Não é.

— Mas é ciência?

Tudo o que dizia saía como pergunta.

— Tem a ver com April, e tudo bem, mas preciso que assuma isso pra mim.

— Tem a ver com ciência e com April. Tem a ver com o que aquele puto está fazendo e com eu querer acabar com ele, se puder. E tem a ver com descobrir quem eu sou e o que é o mundo sem ela.

Maya ficou em silêncio por um tempo, então disse:

— Acho que estamos todos descobrindo quem somos sem ela.

— Desculpa — soltei.

Ela respondeu na mesma hora:

— Pelo quê?

Ai, meu Deus... como começar?

— Por não termos conseguido proteger April... e por eu ter dormido com ela.

— Você transou com April?

Sua imbecil!, meu cérebro gritava. Respondi depressa:

— Ah, achei que você soubesse.

Ela riu.

— Caraca. É por isso que você é sempre tão esquisita comigo? Achei que só não gostasse de mim.

Eu não sabia o que dizer.

Ela prosseguiu:

— Miranda, se eu me recusasse a ser amiga de todo mundo com quem April ficava na faculdade, não iam me restar muitas opções. O fato de vocês terem transado não influencia em nada minha opinião sobre você. Eu e April não estávamos juntas, e ela é linda e charmosa. Você ainda sente alguma coisa por ela?

— Não! — me apressei a dizer. — Tipo, sinto saudade. Não sei, Maya. Estou muito confusa. — Minha mente trabalhava mais devagar que minha boca. — Você se entende, mas eu nem sei se sou gay. Ou lésbica. Ou bi? Será que sou bi? Tenho vinte e cinco anos, como posso não saber isso?

Quando Maya falou, e não foi imediatamente, sua voz soou tão gentil que ela quase parecia outra pessoa.

— Se eu estivesse aí, te daria um abração agora. Sinto muito. Cada pessoa tem um tempo diferente.

Eu estava chorando, e em meio às lágrimas perguntei:

— Por que está sendo tão legal comigo?

— Miranda Beckwith, pode parar com isso. Estou sendo legal porque gosto de você. Você é uma boa pessoa, somos amigas e ambas sofremos com a perda de April.

Parecia que Maya tinha começado a chorar também.

— Como chegamos aqui? — perguntei. — Eu só estava tentando te contar sobre o Altus.

— Tá, bom, isso também é importante. Olha, Pete sempre atraiu muita gente. Aquilo que ele começou não desapareceu, só mudou de nome. As pessoas *ainda* estão se matando por isso. Ele é do mal, mas tem bons contatos e se tornou importante. Não sei o que você pode fazer a respeito.

— Vou aceitar o trabalho, se puder. Tenho que fazer isso. Mas talvez não possa. Eles podem não me chamar.

— Eles vão te chamar. — Todo mundo parecia convencido daquilo, menos eu. — Mas olha... você não é April. Não corra riscos idiotas, que nem April.

Aquilo fez parecer que ela se importava comigo, o que fez com que eu me sentisse bem. E o fato de eu me sentir bem fez com que eu me sentisse boba por me importar tanto.

— Não sou April. Não vou correr riscos bobos que nem ela.

Eu já estava mentindo melhor.

@UsuárioIncerto
Não posso dizer nada sobre o Fish, só que, no auge, passei 60 horas por semana tentando desvendar as pistas e ainda assim fico frustrado por não me esforçar mais. Isso vai mudar o mundo.

369 4,8K 14,4K

MAYA

Ajudar Miranda tinha sido a coisa mais normal, maravilhosa e real que eu fizera em meses. Não tem nada como ter alguém precisando de você. Problemas no relacionamento? Amigos dormindo com ex? Eu tinha experiência com aquilo. Me senti importante, mas também normal. Acho que, no fim, estamos todos procurando por coisas normais mas importantes.

Miranda também me ajudou a me distrair da nova realidade em que eu me encontrava. Uma realidade em que um jogo chamado Fish de alguma forma sabia onde eu estava e mandava homens vagamente ameaçadores atrás de pedras que eu havia comprado em um lugar chamado Cowtown.

Vamos voltar àquele dia. Eu estava morrendo de medo de ir para o Airbnb, então fiquei dirigindo a esmo, pensativa e preocupada. Foi então que lembrei de algo que havia feito muito intencionalmente, mas esquecido por completo.

Estacionei a picape em um trecho longo e reto na estrada para ver a uma boa distância em ambos os sentidos, então tirei o cartão de visita da sacola com as pedras.

Kurt Butler
MineraisForjaterra.com
(856) 294-6319

Eu tinha pedido a Clara para convencer Kurt Butler, um homem que provavelmente tinha uma coleção de bonés do Trump, de que as pedras eram valiosas e que ela compraria todas daquele tipo que ele conseguisse encontrar. Se eu estivesse certa, Kurt Butler logo estaria tentando conseguir mais pedras especiais para vender. Eu achava que o melhor lugar onde poderia estar naquele momento era mesmo em um veículo que pudesse usar para fugir de desconhecidos, então voltei para a Cowtown.

Esperei do lado de fora, perto da entrada, torcendo para que Kurt tivesse ido para lá em sua van de serviço; assim eu poderia localizá-lo. O mercado fechava às quatro da tarde, então até lá eu estava livre. Aproveitei o tempo para pesquisar sobre Kurt Butler, o que era muito fácil, mesmo só usando o celular. Ele tinha um perfil *muito* público no Facebook. Era como se tivesse feito questão de desativar todas as configurações de privacidade possível.

Algumas postagens eram sobre geologia e paleontologia, mas havia uma porção de coisas sobre graves ameaças internas e externas à "América". Ou seja.

Mas no momento eu não estava ligando para a posição política dele. Não achava que Kurt Butler, um homem que se dizia muito preocupado com o futuro da civilização ocidental, era parte importante daquela história. Ele provavelmente só tinha encontrado algumas pedras que eu precisava saber de onde vinham. E Kurt Butler com toda a certeza não ia me contar.

Enquanto esperava, abri o aplicativo de podcasts e procurei por "jogo Fish". Pouco depois, estava ouvindo *Pescando com Joe e Tim*, que era basicamente um serviço de notícias para pessoas que jogavam aquilo.

Logo descobri que não era como os outros jogos de realidade, porque não envolvia pagamento. Começava com uma mensagem de WhatsApp que parecia ser mandada aleatoriamente. Pedia provas de que a pessoa tivesse completado uma série de tarefas cada vez mais bizarras. A primeira era sempre a mesma: tirar uma foto de si mesmo segurando um peixe vivo. Depois você tinha que gravar a si mesmo dizendo a um amigo que o amava ou serrando um dicionário no meio.

Quanto mais a pessoa jogava, mais esquisitas as tarefas ficavam, e mais discretas as pessoas que as completavam se tornavam. Além de gratuito, era diferente de outros jogos de realidade por dois motivos:

1. Só dava para jogar se você recebesse a mensagem inicial. Não parecia haver um padrão quanto a quem recebia mensagens, mas era sempre por WhatsApp.
2. As pessoas que já haviam completado o jogo não comentavam nada na internet sobre os últimos níveis, mas pareciam ridiculamente entusiasmadas ao afirmar que as recompensas valiam a pena.

Eu estava bastante impressionada com seu entusiasmo inquestionável com a coisa toda quando o estacionamento da Cowtown finalmente começou a esvaziar.

Por volta de quatro e meia, vi a van de Kurt Butler saindo do estacionamento e a segui. Kurt não foi para casa, nem para qualquer lugar onde pudesse arranjar mais pedras. Fiquei surpresa ao ver que ele foi fazer um serviço em um hotel em Wolton. Enquanto os bons hotéis ficavam cada vez melhores e os hotéis baratos ficavam cada vez mais baratos, o Wolton Motor Inn tinha permanecido no meio-termo. A pintura e os toldos novos não tinham como esconder a fachada ultrapassada. Aparentemente, o restaurante anexo tinha sido fechado para uma reforma e nunca mais abrira. O hotel tentava ao máximo ser chique, mas simplesmente não era.

A van de Kurt foi para os fundos, onde eu imaginava que ficava a entrada de serviço. Pensei em segui-lo, mas achei que seria descaramento demais.

Meia hora passou e Kurt ainda não tinha voltado. Depois, mais meia hora. Minha curiosidade acabou vencendo.

Virei a esquina e lá estava Kurt Butler, um homem que achava que tudo na TV pública era fake news. Em meio à noite que caía rapidamente, ele revirava uma pilha de entulho nos fundos do hotel. Assim que terminei de virar a esquina, ele olhou para mim, primeiro parecendo culpado e depois, quando nos encaramos, confuso. Concluí que ele havia me reconhecido. Eu devia ter mantido a calma. Devia ter fingido que só pegara de surpresa um cara esquisito revirando uma pilha de lixo. Mas surtei e pisei com força demais no acelerador. Eu não estava acostumada com aquela picape. Tinha mais arranque do que imaginei, e eu estava olhando mais para Kurt do que para a frente. Bati em um poste.

Kurt, que estava familiarizado tanto com postes quanto com o meu rosto, tinha que tomar uma decisão. Ele entrava na van e ignorava o que talvez fosse a coisa mais estranha que já havia acontecido em toda a sua vida (a menina negra que tinha ficado interessada demais nas estranhas pedras que ele vendia na Cowtown aparecendo em um Nissan Frontier, nos fundos de um hotel qualquer, enquanto ele vasculhava o lixo, e depois batendo o carro em um poste)? Ou ia me perguntar se eu estava bem e o que exatamente fazia ali?

Eu não achava que as probabilidades estavam a meu favor, por isso, quando Kurt começou a se desemaranhar da pilha de prateleiras antigas, banquetas de bar e fiação, engatei a ré. Por sorte, a picape tinha potência o bastante para sair do meio-fio. Kurt correu atrás de mim, gritando:

— Ei! Que porra é essa? Que porra é essa?

Me atrapalhei um pouco com o câmbio, mas logo fui embora, com Kurt em meu encalço.

Então, boas notícias: não houve conflito físico ou verbal entre mim e Kurt Butler, um homem que muito provavelmente acreditava que havia uma conspiração governamental tentando acabar com a vida dele. Na verdade, Kurt Butler continuava sem saber nada sobre mim (graças a Deus). Eu só podia torcer para que ele não tivesse anotado minha placa, ainda que não soubesse muito bem o que ele faria com essa informação de toda forma.

Dirigi por meia hora, virando em ruas aleatórias e sem prestar atenção para onde estava indo, até parar no estacionamento de um Dunkin' Donuts para ver o tamanho do estrago na picape. Era o suficiente para me fazer passar a hora seguinte no celular com a locadora de carros e o pessoal do seguro, me sentindo muito pouco adulta. Mas não chorei nem liguei para minha mãe, porque eu já havia ajudado a liderar um movimento internacional, cacete, eu conseguia lidar com uma batidinha.

Depois voltei para o hotel, porque agora sabia que:

1. Ou Kurt Butler estava fazendo algum trabalho envolvendo a pilha de lixo de um hotel decadente;
2. Ou era ali que ele tinha encontrado as pedras.

Decidi que entraria no hotel, porque queria fazer uma pergunta. Tinham usado estuque na recepção para simular uma bancada de pedra. E, sim, tinha um olho de Hórus no estuque, porque eu estava em Wolton, e tudo tinha que ser egípcio.

Fui até o recepcionista, um homem grisalho na faixa dos cinquenta anos.

— Oi, desculpe incomodar, mas veio alguém da Carson Comunicações aqui recentemente?

— Ah, não! Pela última vez, não estamos fazendo nada de suspeito aqui!

— Como?

— Toda semana vocês aparecem dizendo que estamos fazendo sei lá o quê, mas isso aqui é só um hotel. Nossos hóspedes usam a internet... quando ela funciona, o que é raro. Estou cansado dessa história.

O homem tinha sotaque do norte de Nova Jersey, que eu havia descoberto que era diferente dos sotaques inspirados na Filadélfia que eu ouvia todo dia em Wolton. Eu adorava o sotaque, e não me incomodava com o tom direto que muitas vezes o acompanhava, mas fui pega de surpresa.

— Desculpe, é que tenho um amigo que trabalha para a empresa, e ele me disse que talvez estivesse aqui.

Inventei aquela mentira na hora e fiquei muito orgulhosa de mim mesma.

— Bom, diga a seu amigo que é melhor que ele não apareça aqui, porque não estamos fazendo nada, e eles deveriam começar a resolver seus próprios problemas em vez de acusar a gente!

— Sinto muito mesmo, isso deve ser bem irritante. Do que estão acusando vocês?

— De usar internet demais e derrubar a conexão dos outros. Não estou dizendo que não tenha umas horas, tipo à noite, quando, você sabe, as pessoas veem um monte de filme pornô. Mas faz vinte anos que temos internet banda larga, nada mudou. Me fizeram até ir de quarto em quarto para me certificar de que ninguém tinha feito um gato para roubar nossa internet. Eu fiz isso, mas, como disse, não encontrei nada. Só que os caras continuam vindo e insistindo que é por causa do hotel que a internet não funciona. Bom, não funciona aqui também, e estamos perdendo clientes.

— Tenho um amigo que é dono de um café na cidade, e eles estão no mesmo barco. É difícil um café se sustentar sem wi-fi — comentei, na esperança de que o homem continuasse falando.

— Eles acusaram seu amigo de ser o culpado?

— Não. — Dei risada. — Ou pelo menos acho que não.

— Bom pra ele. Porque esse pessoal aparece aqui toda semana me dizendo que estou de sacanagem. Só estou tentando me sustentar aqui.

— Quando foi a última vez que você viu alguém da empresa?

— Faz umas semanas, acho. Depois peguei o cara bisbilhotando nos fundos, revirando nossas coisas!

— O cara da internet?

— É, ele estava lá atrás, sei lá por quê. Já vi moradores de rua fazendo isso, tentando encontrar coisas para vender. Mas esse cara tem emprego. Por que está revirando nosso lixo? Pergunta isso pro seu amigo.

— Na verdade, talvez fosse ele mesmo. Meu amigo está sempre procurando um jeito de ganhar dinheiro fácil.

— Pois diz pra ele fazer isso em outro lugar!

Meu coração estava acelerado com as mentiras que eu vinha contando, e aquele sotaque briguento não estava ajudando. Concluí que não ia conseguir mais nada ali.

— Nossa, sinto muito por tudo o que tem acontecido. Vou dizer umas poucas e boas por você quando encontrar Kurt.

— É bom mesmo.

Voltei para a picape, saí do campo de visão das janelas da frente e segui para os fundos do hotel. Era hora de mergulhar na mesma pilha de entulho que Kurt Butler, um homem que devia achar que tudo de que ele não gostava era parte de uma conspiração, tinha revirado sem permissão um pouco antes.

Eu queria estar de luvas. Estava frio na rua e, sob a levíssima neve que começava a cair, muitas das coisas da pilha pareciam quebradas ou perigosas. Estava totalmente escuro agora, e eu só via o que o brilho frio da lanterna do celular iluminava. Lixo. Duas banquetas de bar molhadas, com o couro sintético rachado, uma impressora, um monitor antigo, um esfregão velho e um balde quebrado, folhas de compensado empenadas, um quadro de bicicleta, retalhos de carpete, caixas de biscoitos e uma tonelada de garrafas de água vazias. Talvez fosse ali que os vizinhos jogassem o lixo. Não havia nada que não se esperaria encontrar em uma pilha de lixo atrás de um hotel vagabundo.

Decidi ir mais fundo. Aquilo parecia, muito ligeiramente, com o Sonho, uma sombra da sensação de saber que, em algum lugar, tinha algo à espera de ser encontrado. Levantei um pedaço de carpete cor-de-rosa manchado. Embaixo, tinha algumas agulhas hipodérmicas e um livro velho empapado.

— Tô fora! — falei em voz alta, então saí na ponta dos pés daquela bagunça, tentando ser rápida e me manter em segurança ao mesmo tempo. Não pude evitar pensar no que meu pai pensaria se me visse naquele momento. Depois fiquei brava comigo mesma por me importar. E depois fiquei brava comigo mesma por ter desistido.

Tipo, era besteira. Eu estava em um hotel, devia ser uma Bíblia. Só que não era grande o bastante para ser uma Bíblia. Tá, não era exatamente como o Sonho, era mais frio, mais sujo e envolvia uma chance muito maior de pegar hepatite. No Sonho, o clima estava sempre bom e você nunca se cansava. Fora que nunca tinha que falar com ninguém. Aquele mistério era péssimo.

Voltei para o carpete cor-de-rosa nojento e o levantei. Com cuidado, peguei o livro.

O LIVRO DO PROVEITO, dizia a capa.

Eu levei o exemplar até a picape e comecei a ler.

> Não conte isto a ninguém. Não poste nos stories do Instagram, não tuíte, não ligue para um amigo para comentar. Este livro é mágico, mas só funciona com você, e só funciona se ninguém mais souber a respeito. Ele nem sempre vai fazer sentido, mas sabe mais do que você. Então, até aviso em contrário, bico calado. Vamos direto ao que você quer saber.
>
> Você está a salvo, por ora. Me certifiquei disso. Desculpa pela confusão toda na Cowtown. Você não vai precisar se preocupar com o Fish por algum tempo.

Sempre que eu parava para pensar naquela confusão toda na Cowtown, percebia rapidinho como tinha sido esquisito. Alguém da administração do jogo devia saber onde eu estava *e* que tinha sacado um bom dinheiro no caixa eletrônico. Ou será que estavam me vigiando? Eles tinham feito um bando de jogadores ir atrás de mim? Eu só acreditava que era possível porque havia acontecido comigo. Mas aquilo! Aquele livro era ainda mais perturbador. Minha vontade era parar de ler, mas vi de relance a linha seguinte, e ela me fisgou como um anzol.

> Você está no caminho certo. Chegou até aqui sozinha, mas agora precisa fazer a parte mais difícil. Precisa esperar. Precisa voltar para o seu Airbnb e cuidar do seu batateiro. Precisa chamar Derek e a família dele para jantar. Precisa parar de olhar para o chão e começar a olhar para o céu.
>
> Sei que se afastar da busca vai ser difícil, e por que você deveria acreditar em mim? Sou só um livro que estava debaixo de um carpete encharcado. Mas era ali que eu precisava estar para que você me encontrasse neste exato momento. Talvez eu pudesse lhe contar uma história que faria com que você acreditasse em mim. Não sei se você vai gostar, mas não sei se tem outra maneira de fazer com que me ouça.
>
> Que tal isto?
>
> Quando você era pequena, tinha medo de móveis de madeira. Não de qualquer móvel que fosse feito de madeira — especificamente dos móveis ornamentados que seus pais tinham em um quarto da casa. O resto da casa era moderno, com bancadas de pedra e cantos de metal, que foi como você ganhou essa cicatriz acima do lábio. Era estranho, portanto, que os móveis que te davam medo fossem arredondados, curvos e entalhados à mão. Era porque você sabia que o quarto chique em que os móveis ficavam era só para os adultos? Ou porque foi lá que você descobriu que sua avó estava morrendo? Não sei.
>
> Quando você tinha onze ou doze anos e já estava grande demais para esse tipo de coisa, descobriu algo. Estava na escola e admitiu para uma amiga que não gostava de sentar nas cadeiras de madeira, e ela disse que aquilo era besteira, porque madeira era apenas árvores.
>
> Foi então que você descobriu que era da madeira das árvores que os móveis de madeira eram feitos. Você sabia que as árvores eram feitas de madeira, e que os móveis eram feitos de madeira, mas achava que só tinham o mesmo nome, e não que eram a mesma coisa. E aí você deixou de ter medo de madeira.

Eu sabia o que vinha a seguir. Estava sentindo as lágrimas começando a surgir. Eu tinha passado meses fingindo que esperança e conhecimento eram a mesma coisa, mas não eram. Apesar do choro, continuei lendo, apertando o livro nas pernas para impedir minhas mãos de tremerem.

> Uma noite, você contou essa história a sua namorada, porque ela estava com medo. Você se lembra do que ela estava com medo? Do primeiro dia no estágio? De uma reunião com algum professor? Você não deve lembrar. Mas aposto que lembra de ter contado essa história, porque foi divertido e vocês riram juntas. Não havia nada a aprender com a história: a questão era apenas a vulnerabilidade de dividir com alguém algo do seu passado. A história ajudou, e você sabia que ajudaria.
>
> Você teve medo de móveis de madeira até descobrir que eles eram feitos de árvores. Não sei quantas pessoas sabem disso, mas sei que apenas April sabia dessa conversa de vocês, e que nem mesmo ela contaria para alguém se não fosse preciso.
>
> Sei que isso vai parecer absurdo, mas você chegou aqui cedo demais. Precisa ir para casa, fazer um chá, deixar o cara da van em paz e, daqui a três semanas, voltar para cá — para a área de serviço do Wolton Motor Inn. Aí a história vai recomeçar.

O resto do livro estava em branco. Eu tremia a olhos vistos. Não ia conseguir dirigir. Não ia conseguir fazer nada. Passei uma hora sentada dentro da picape, chorando. Então voltei para o Airbnb, ergui um punhado de terra do vaso e descobri um brotinho minúsculo de batata. Afastei a terra e toquei a folha com a ponta do dedo, como se tivesse medo de quebrá-la.

RECESSÃO GLOBAL SE APROXIMA

Associated Press

Economistas tentam compreender os motivos da atual crise econômica. Os índices de consumo, de participação no mercado de trabalho e de renda se mantiveram estagnados ou encolheram nos últimos seis meses. "O que os dados nos mostram é que, no momento, as pessoas estão menos propensas a gastar dinheiro. Seria possível dizer que se trata de um fenômeno econômico, mas me parece algo mais amplo que isso", disse David Sanderson, analista sênior da UBS. "Não há como estimular uma economia quando as pessoas não parecem interessadas em participar dela."

ANDY

Todo dia, leio notícias sobre aposentados que veem suas poupanças minguando justamente quando mais precisam de dinheiro. Enquanto isso, o livro me faz evitar todas as perdas e aproveitar todos os ganhos.

Eu tinha uma sólida plataforma para dividir meus pensamentos, uma riqueza repentina e cada vez maior e, aparentemente, uma namorada. Mas a mente sempre encontra maneiras de se frustrar, e a minha não era exceção. Eis no que eu não conseguia parar de pensar mais do que tudo:

A radicalização se segue ao medo e à insegurança. Conforme a insatisfação aumentava, cada vez menos gente se interessava pelas minhas palavras tranquilas e cheias de nuances. Eu precisava corresponder às expectativas que as pessoas tinham em relação a mim e ao legado de April, só que cada vez mais sentia que só ouvia tudo o que eu não podia fazer ou falar.

Ao mesmo tempo, eu assistia a pessoas com visões mais radicais ganharem um espaço ainda maior na arena pública. Um dia, assisti a dois vídeos em sequência, um que falava sobre como as sociedades ricas inevitavelmente eram destruídas por estrangeiros que haviam passado dificuldades e portanto valorizavam menos a vida humana — esse mal disfarçava a xenofobia —, e outro sobre como a desigualdade social só poderia ser resolvida com uma revolução violenta, para a qual precisávamos estar preparados. Ambos contavam com mais de dez milhões de visualizações, embora tivessem sido postados fazia poucos dias.

Mesmo com um livro mágico me ajudando a enriquecer, eu sentia que rumava a passos rápidos para a irrelevância.

Eu assistia a vídeos do Thread todos os dias, mesmo que ele só postasse coisas novas uma vez por semana ou a cada quinze dias. Só conseguia pensar em como seria incapaz de dizer metade do que ele dizia sem mudar completamente minha imagem e decepcionar um monte de gente. Eu deveria ser a voz da razão, mas ser sensato estava saindo de moda bem depressa.

Por isso, um dia, mandei um tuíte.

@Thread, eu adoraria conversar. andy.skampt@gmail.com

Cerca de vinte minutos depois, recebi um e-mail de faltamarcadanahora@gmail.com que dizia apenas: "confirmação de identidade em cinco minutos no Twitter". Cinco minutos depois, o Thread tuitou "falta marcada na hora".

Então respondi o e-mail.

Assunto: Gosto do seu conteúdo

Oi, sigo seu canal desde o lançamento e fico feliz de ver o crescimento e o sucesso dele. Você tem ideias excelentes, sua contribuição para a discussão é extremamente necessária. Acho que esse é apenas o início da sua influência social, e tenho certa inveja de sua habilidade de estabelecer uma ligação com o público sem relacionar seu nome ou seu rosto ao conteúdo.

Se quiser conversar com alguém familiarizado com esse tipo de coisa, ou só trocar umas ideias, estou aqui.

Andy

Recebi uma resposta em menos de uma hora.

Assunto: Re: Gosto do seu conteúdo

Andy,

Agradeço pela mensagem. Vou te contar um segredo, e vai ser uma grande decepção se você sair espalhando por aí.

Eu não trabalho sozinho no Thread. Somos uma associação de especialistas anônimos. Acho que sua experiência seria extremamente valiosa para nós, mas a participação no Thread é algo muito sério. Somos um grupo de pessoas dedicadas a mudar as bases da sociedade. O canal no YouTube é só o começo. Temos muitos financiadores e contamos com o apoio de algumas das pessoas mais poderosas do mundo. Estamos aqui para moldar as histórias que a humanidade vai contar sobre si mesma no futuro, e gostaríamos que se juntasse a nós.

Se estiver interessado, eis algumas coisas que deve saber:

1. Qualquer tentativa de descobrir a identidade de alguém — mesmo perguntas pessoais simples, como idade, endereço ou estado civil — resulta em expulsão definitiva.

2. Todos os chats no Thread, privados ou não, são visíveis para mim.

3. Você será apresentado segundo sua especialidade, sem o compartilhamento de nenhuma outra informação a seu respeito. Se compartilhar informações pessoais próprias, será expulso.

4. Todos os membros são aprovados por mim.

5. Eu tomo todas as decisões em relação a conteúdo, participação, expulsões e estratégia.

6. Atendemos por números, e não nomes. Eu sou Um, porque comecei e financiei o Thread. Caso se junte a nós, você será Doze.

7. As taxas de associação são baseadas no patrimônio líquido pessoal. Se a pessoa tiver patrimônio abaixo da média nacional, ela receberá 50 mil por ano. Caso contrário, terá que pagar 1 dólar a cada 100 acima da média nacional. Ou seja: um patrimônio líquido de 1 milhão de dólares

está 850 mil acima da média nacional. Essa pessoa terá que nos pagar $8500 ao ano.

Temos muito trabalho a fazer, e acho que você seria um acréscimo muito interessante a nossa equipe, mas compreendo se não estiver interessado.

Agradeço o e-mail simpático,

Um

Bom, aquilo era interessante. O fato de que uma identidade tão secreta pudesse ser coletiva era surpreendente. Onze pessoas dividindo tal responsabilidade? Era intenso, mas também fazia sentido. Os vídeos eram bons demais para serem feitos por uma só pessoa e exigiam dinheiro. Mas era a parte de "pessoas mais poderosas do mundo" que fazia meu coração acelerar.

Se eu realmente queria fazer a diferença de uma maneira que minha identidade não permitia, aquela era a resposta! Só que havia um problema. Meu novo patrimônio líquido estava acima dos cem milhões, e uma contribuição proporcional seria muito. Concluí que a melhor saída era ser sincero, então respondi:

Um,

Obrigado pela resposta rápida. Fiquei fascinado. Tenho duas perguntas:

1. Como você sabe que não vou compartilhar essas informações?

2. Meu patrimônio líquido cresceu bastante recentemente, e pelas suas contas o valor que eu teria que pagar a vocês seria de mais de um milhão de dólares. Nem sei como transferir tanto dinheiro a alguém. Também me parece errado gastar tanto dinheiro para fazer parte de algo, mesmo que seja algo tão legal quanto isso.

Também preciso levar em conta minhas obrigações atuais. Mas o fato é que parece muito dinheiro. Faz sentido pagar um valor tão alto?

Andy

A resposta foi quase imediata.

Andy,

1. Não acho que você vá compartilhar essas informações porque você não é um babaca.

2. As taxas de admissão são inegociáveis. Se tiver interesse em participar, ajudo você a transferir o dinheiro.

Atenciosamente,

Um

Então tá, então. Eu não ia transferir um milhão de dólares para um anônimo qualquer, por mais legal que esse anônimo fosse, sem antes pensar muito a respeito. Então decidi fazer algo que o livro havia mandado. Eu vinha adiando aquilo desde antes do livro, na verdade.

Para mim, uma tragédia ou aproxima as pessoas ou as afasta. Você pode encontrar nos outros conforto ou um lembrete constante do que aconteceu. April sempre fora o motivo da minha amizade com Maya. Quando ela se foi, logo nos afastamos. Ligar para Maya meio que me assustava. Eu desconfiava de que ela não gostava muito de mim. Talvez ela achasse que eu não gostava muito dela. Mas eu andava pensando nela, então fiquei feliz quando o livro me mandou ligar.

— O que você tem feito? — perguntei, depois dos cumprimentos tradicionais.

— Ainda passo bastante tempo no Som.

Era uma resposta, mas parecia vaga de um jeito bem proposital. Como se respondesse e mudasse de assunto ao mesmo tempo. Maya sempre fora boa naquilo. Deixei que ela se safasse daquela vez.

— Falam alguma coisa do Thread lá? — perguntei a ela, porque estava com aquilo na cabeça, e o Som era bom em revelar segredos.

— Aaaah, sim. Muito. Algumas pessoas acham que é April, mas isso é bobagem. O Thread é inteligente demais para ser April.

Dei risada. Cada recanto da internet tinha uma versão diferente de quem era o Thread. Eu tinha escolhido a explicação mais simples e imaginado que se tratava de uma pessoa só, mas agora sabia que se tratava mesmo de uma conspiração. Fazia sentido que o Som misturasse conspirações envolvendo o Thread com conspirações envolvendo April. O Som era uma central de conspirações.

— Desculpa, mas o que foi esse barulho? — ela perguntou.

— Eu só estava rindo, porque é verdade e porque a ideia de que April esteja por trás do Thread é ridícula.

— Pois é — Maya disse. Eu não sabia muito bem o que dizer, mas ela voltou a falar. — Desculpa por não ter mantido contato, Andy. Ainda estou muito triste.

Quase desliguei, porque sabia que ia começar a chorar. Precisei fazer uma força enorme só para continuar no telefone, deixando que ela me ouvisse chorar um pouquinho.

— Tudo bem, Andy. Eu sei que é difícil — Maya falou. Ela não estava chorando, o que me deixou com a sensação de que eu estava sendo fraco.

— Acho que ela não morreu — soltei.

— Finalmente — Maya respondeu, sem se abalar.

No nosso grupo, senti que ela andava meio deprimida, mas agora parecia firme e confiante, talvez um pouco ansiosa.

— Oi?

— Tipo, é claro que ela não morreu. As pessoas só estão agindo assim por uma questão de lógica. O que mais dá para fazer? Mas ela não morreu. Estou dizendo isso desde o começo, mas todo mundo só me olha com pena. Não sei o que aconteceu, Andy, mas ela não morreu.

— Será que vamos encontrar April? — perguntei.

Maya parecia tão certa de que ela estava viva. O livro me dava um raiozinho de esperança, só que eu queria mais.

Havia certa tensão na voz, quando ela respondeu. Era como se estivesse respondendo a uma pergunta diferente da que eu fizera.

— Onde quer que ela esteja, sei que nunca vou me perdoar. E talvez nunca perdoe April também. Ela foi uma idiota e estragou tudo.

— Nossa, Maya.

— Só estou dizendo o que todo mundo pensa. O que você diria a ela se tivesse oportunidade?

— Ah, caramba, não sei. "Por onde você andou?" "O que são os Carls?"

— Isso é o que você perguntaria a ela... Mas o que gostaria de dizer a ela?

— Ah, eu pediria desculpa, diria que a amo e que precisamos dela, que o mundo está se destruindo sem ela, que ela agiu como uma idiota algumas vezes, mas que isso não significa que é uma má pessoa.

— Boa — ela falou, mais baixo agora, já se acalmando.

Por que eu estava com tanto medo daquela conversa? Porque não queria falar sobre April? Ou porque tinha medo de minha amizade com Maya não fazer sentido sem April? Talvez ambos, mas talvez nenhum daqueles medos tivesse cabimento. Eu e Maya compartilhávamos algo difícil e puro: tínhamos perdido nossa melhor amiga. Primeiro para a fama, depois de verdade.

— Tem mais alguma coisa importante rolando? — perguntei, mudando de assunto.

— Ah, bom, sim. Não sei bem como explicar. Você já ouviu falar no Fish?

— Fish?

— É um jogo de realidade alternativa, só que não precisa pagar e dizem que a recompensa final é melhor que orgasmos infinitos.

— Nunca ouvi falar.

— Bom, se ouvir alguma coisa, me avisa. Acho que pode ter a ver com aquele lance do Altus, do Peter Petrawicki. Ou com os Carls. É esquisito. Esquisito tipo Carl.

— Ah, você ficou sabendo da Miranda?

— Fiquei sabendo que ela ia tentar uma vaga no Altus. Eu disse que parecia meio arriscado, mas não tentei impedir.

— É, tive mais ou menos a mesma conversa com ela — menti. — Espero que ela não faça nenhuma idiotice.

— Miranda é mais esperta que todos nós juntos.

— Pessoas espertas fazem um monte de idiotices.

O livro estava certo. Eu precisava conversar com Maya. Falamos de como eu andava pensando sobre comunidades, de como eu estava fazendo um intervalo na minha presença constante nas redes sociais, mas ainda achava que era extremamente importante ficar de olho no que os outros postavam. Maya me contou sobre os pais dela e sobre a família de April, com quem eu não mantinha contato.

Eu me senti muito melhor depois da nossa ligação. Sei que vai parecer bobo, mas eu me senti mais real. Parecia que o último ano da minha vida não tinha acontecido, que a vida que eu levava era de verdade — não um jogo bizarro em que eu estava envolvido, mas um modo de viver. Meu modo de viver.

Em determinado ponto, Maya me falou algo que nunca vou esquecer:

— Se dois anos atrás alguém me dissesse que Andy Skampt ia se tornar um líder zeloso e respeitado, eu não teria acreditado. Mas, tendo visto acontecer, faz muito sentido.

Não havia nada que ela pudesse dizer que fosse me deixar mais feliz, e não havia ninguém no mundo de quem eu preferiria ouvir aquilo.

Talvez eu não precisasse me juntar ao Thread para me sentir importante.

Mas é claro que precisava.

MIRANDA

Eu já tinha desistido de receber uma resposta do Altus e estava voltando à minha rotina. Durante a semana, ia a pé do meu apartamento caro demais em Berkeley até o laboratório toda manhã. À tarde, voltava a pé para casa. À noite, saía para correr.

Acho que eu corria mais para me distrair que qualquer outra coisa. Pelo ritmo dos meus pés batendo e do coração acelerado, pela respiração fluindo, entrando e saindo. É o mais perto que consigo chegar de desligar minha mente.

No laboratório, eu seguia em frente com os Toms, sem muito entusiasmo, mexendo com os átomos e simulando gânglios nervosos. De vez em quando, fazia testes inúteis com a tal da pedra de Maya. Enquanto os experimentos se desenrolavam ou dados eram processados, eu dava uma olhada no Twitter. Às vezes, só olhava as novidades, mas também tinha o hábito de voltar no tempo. Eu fazia uma pesquisa avançada nos tuítes de April de até um ano antes e lia tudo, me lembrando dos tempos agitados. Tudo parecera tão bobo e trivial na época. Eu queria voltar para aquele momento. Lembro que era isso que eu estava fazendo quando um número desconhecido apareceu na tela do meu celular.

— Alô?

— Miranda, quem está falando é o dr. Everett Sealy, do Altus. Fizemos uma chamada de vídeo algumas semanas atrás.

Ele soava confiante e confortável, como se tivesse feito ligações parecidas milhares de vezes.

— Claro! Estava esperando notícias suas.

Minhas axilas começaram a suar na hora.

— Gostaríamos de saber se você toparia fazer uma última entrevista, pessoalmente.

— Pessoalmente?

— Isso, aqui em Porto Rico. A passagem seria por nossa conta.

— Então eu iria aí, conversaria com vocês pessoalmente, voltaria para cá e ficaria esperando para saber se consegui o emprego?

— É tranquilo. Você nem vai precisar de passaporte.

Àquela altura, eu já havia procurado voos para San Juan, que levavam cerca de dez horas sem escalas.

— Não sei exatamente onde fica o laboratório em Porto Rico.

— É meio complicado explicar, mas não precisa se preocupar com a viagem, vamos cuidar de tudo. Se estiver interessada em continuar conversando conosco, gostaríamos que viesse amanhã.

— Amanhã? — repeti, sem nem pensar.

— Sei que é em cima da hora, mas só operamos em dois modos aqui: paralisação completa ou a toda velocidade. Reservamos uma passagem para você ir de San Francisco a Miami, e te pegamos lá.

— Vocês vão me pegar?

— É, a sede não fica perto do aeroporto de San Juan, por isso fretamos um avião. Alguns outros candidatos virão junto. Podemos te mandar todos os detalhes assim que você confirmar seu interesse.

— E se eu não puder deixar o trabalho assim?

— Seu trabalho... não é tão importante a ponto de você perder essa oportunidade — ele disse.

Eu não respondi. Depois de um tempo, ele voltou a falar:

— Então a gente se vê amanhã?

Engoli em seco.

— A gente se vê amanhã.

Minha primeira parada depois de ter desligado o telefone foi a sala da dra. Lundgren.

— Eles querem que eu vá para Porto Rico amanhã.

— Meu Deus, é claro que sim. Nossa, que comportamento babaca típico. Já fui recrutada antes. Ou acontece com toda a honestidade e consideração, ou fingem que é um truque de mágica. Nesse caso, é a segunda opção. Eles começam te derrubando e aí ficam tentando te impressionar sem parar. Depois te mandam para casa sem nenhuma informação real, à espera da oferta de merda deles.

— Acha que vou descobrir algo de útil lá?

— Na entrevista? Não. Vai ser padrão. Eles vão dizer que estão procurando alguém competente, comunicativo, que "se encaixe na cultura da empresa".

Se um dia você tiver a sorte de conseguir uma mentora direta como a dra. Lundgren, NUNCA A DEIXE ESCAPAR.

— Afe, tenho a impressão de que não tenho a vibe certa para essas pessoas.

— Não, mas você sabe o que elas querem, então pode fingir. — A dra. Lundgren tinha um brilho nos olhos como eu nunca tinha visto. — Miranda, eles vão ficar com seu celular assim que você chegar. Não são idiotas. Vai comprar um pré-pago agora e me manda o número, caso você queira tirar umas fotos rápidas ou me perguntar alguma coisa. É melhor não ficar completamente isolada.

Em Miami, encontrei um homem, segurando um cartaz escrito BECKWITH, que me levou de carro até um aeroporto minúsculo, quase escondido ao pé do aeroporto principal. Lá havia café e biscoitos grátis, TVs de tela grande e poltronas de couro confortáveis. Não havia portões, só duas portas de vidro que davam para a pista.

Fui puxando minha mala de rodinhas pelo piso frio, olhando para as outras pessoas que esperavam no aeroporto. Havia uma família com duas crianças pequenas, dois pilotos tomando café, homens engravatados e dois caras de uns trinta anos assistindo ao noticiário da TV a cabo e conversando. Parecia provável que também tivessem o Altus como destino, por isso me aproximei deles.

Então a cabeça careca do dr. Everett Sealy despontou numa esquina. Ele me viu, e um sorriso se abriu em seu rosto.

— Estamos todos aqui! — o dr. Sealy declarou. — Miranda, este é Sid. — Ele apontou para um cara bonito e musculoso que parecia do Leste Asiático. — E este é Paxton. — Ele acenou com a cabeça para um cara branco, meio magrelo, cujo cabelo castanho escapava de um gorro de tricô cinza. Todos trocamos apertos de mão, depois o dr. Sealy, que parecia ter acabado de receber um presente de Natal, voltou a falar: — Não vamos perder mais tempo então, vamos nessa!

Os pilotos que estavam tomando café levantaram, sorrindo. Aparentemente já haviam conhecido os outros, porque se apresentaram apenas a mim. Um deles disse:

— Se quiser usar o banheiro, sugiro ir agora. Tem banheiro no avião, mas não é dos mais confortáveis.

Então foi o que eu fiz, e aproveitei para refrescar um pouco o rosto. Em seguida, saímos pelas portas de vidro e seguimos para o jatinho particular.

Sim, era um jatinho particular.

Fiquei esperando ter que passar pela segurança, mas aparentemente isso não existe para aviões particulares. Tentei notar a reação de Sid e Paxton — os dois estavam devidamente de olhos arregalados. Percebi que o dr. Sealy, cuja cabeça reluzia ao sol, também prestava atenção nos dois. Ele parecia genuinamente feliz de poder oferecer uma experiência única a um bando de moleques, mas talvez só se animasse ao ver que seu plano de nos impressionar estava funcionando.

No fim das contas, jatinhos particulares são como aviões comuns, só que menores. Eu tinha mais espaço para as pernas e lanchinhos ilimitados. Havia dois assentos voltados para a frente e dois voltados para trás, de modo que ficamos uns olhando para os outros o voo todo. Era difícil não conversar assim. Por sorte, o dr. Sealy era ótimo em impedir que o clima ficasse desconfortável.

Primeiro, ele pediu que falássemos sobre nosso trabalho atual. Paxton, o do gorro cinza, trabalhava com algoritmos de machine learning. Sid, o musculoso, trabalhava para uma empresa de design de softwares e fazia o que chamavam de "UX", experiência de usuário. Basicamente, Sid definia a cara do software e a melhor forma de guiar o usuário dentro dele.

Eu definitivamente era a mais jovem naquele avião.

— Então... — o dr. Sealy disse depois que eu tinha terminado de explicar minha pesquisa. — O que vocês acham que o Altus está fazendo?

— Não achei que fosse querer que especulássemos na frente dos outros — falei, um pouco surpresa comigo mesma.

— Imagine! É óbvio que vocês andaram pensando a respeito. E vou contar um segredo. Dando determinadas partes a pessoas inteligentes, cada uma vai criar uma coisa diferente. Cada criação provavelmente vai ter seu mérito, e nenhuma vai ser exatamente o que você mesmo faria com os ingredientes. Mesmo assim, algo bem valioso pode surgir daí. Então, o que vocês acham?

Sid foi o primeiro a falar:

— Todos concordamos que algum tipo de interface cérebro-máquina, certo? — Paxton e eu assentimos. — Os usos para uma conexão robusta de entradas e saídas é ilimitada, certo? Qual é o foco? Não sei, não acho que precise haver foco. Embora seja muito curioso ver tanta gente de ciência da computação envolvida. Isso me faz pensar que a largura de banda dessa conexão é alta, e que pode haver um inédito uso, além do óbvio.

— O óbvio seria tratar doenças? — perguntei.

— Em primeiro lugar, sim, mas talvez também recreação. As pessoas querem recuperar o Sonho. Talvez possamos dar isso a elas.

Os olhos do dr. Sealy se arregalaram, mas ele só disse:

— Paxton?

Paxton ficou com o olhar distante por um momento, depois comentou, com um sotaque do Alabama:

— Na verdade, eu estava pensando em algo completamente diferente.

— Como assim? — o dr. Sealy perguntou.

Sid e eu nos inclinamos para ouvir melhor.

— Bom, o óbvio é fazer a máquina ajudar o cérebro de alguma forma. Mas com tantos cientistas da computação e os especialistas que vocês estão procurando... isso me fez pensar que talvez o objetivo seja o cérebro ajudar a máquina.

Eu me arrepiei da cabeça aos pés dentro daquela cabine barulhenta de avião. Era uma ideia e *tanto*.

— Muito interessante — disse o dr. Sealy. — Como você acha que isso aconteceria?

— Bom, se vocês têm um sistema de alta largura de banda, como Sid acha que têm, seria possível ajudar pessoas a fazerem coisas em que são ruins, ou que já não fazem tão bem, por causa de alguma doença ou lesão. E, sim, isso seria valioso economicamente, porque permitiria que mais pessoas fizessem certas coisas. Espero que não me entendam mal, mas acho que o uso mais valioso de uma tecnologia assim seria possibilitar que humanos ajudassem *computadores* a fazerem coisas em que eles são ruins. Coisas que envolvem criatividade ou humor, identificação de objetos, processamento assíncrono, cascatas probabilísticas. Se um computador puder coexistir com um cérebro, recebendo feedback constante, isso poderia ser usado para modelar uma inteligência artificial de verdade. Computadores que compreendem como humanos resolvem problemas.

— Mas esse tipo de conexão é impossível, não? — Sid disse. — Algo tão profundo alimentando e extraindo dados. Não é a tecnologia de próxima geração, é a tecnologia de próximo milênio.

Foi então que meu cérebro se incendiou. Sem nem pensar, abri a boca e disse:

— Vocês não criaram uma conexão.

— Como? — o dr. Sealy disse, ao mesmo tempo que Sid e Paxton fizeram "hã?".

Desejei ter ficado de boca fechada, mas imaginei que fosse tarde demais.

— O Altus... vocês não criaram uma ligação. Só encontraram uma ligação. A que Carl estabeleceu em todos nós. Ela ainda existe, e vocês encontraram.

— Caralho — Sid disse.

— Puta merda — Paxton acrescentou.

O dr. Sealy só sorriu.

Prosseguimos em nossa viagem até o laboratório. Estávamos no avião havia mais de três horas. Ou minha compreensão de onde Porto Rico ficava não estava correta ou, por algum motivo, estávamos voando em círculos. Quando finalmente começamos a descer, olhei pela janela e só vi algumas ilhazinhas. A pista de pouso era perpendicular e bem colada à costa, portanto não havia nada além de água para ver pela janela. Pouco antes que as rodas tocassem o asfalto, vislumbrei o sopé exuberante, verde e irregular de uma enorme montanha, que parecia um vulcão.

— Mandem suas últimas mensagens agora: vou pegar seus celulares antes de descermos do avião. Não pensem que não confiamos em vocês; é que não confiamos em ninguém.

Mandei uma mensagem para Andy: **Saindo do avião em Porto Rico agora. Vão pegar meu celular por causa de espionagem. Entro em contato em alguns dias no máximo.**

Depois mandei uma mensagem para a dr. Lundgren: **Chegamos em Porto Rico e você estava certa, vão pegar meu celular. Até!**

Sid, Paxton e eu entregamos os smartphones para o dr. Sealy. A capinha do meu celular tinha um dos gatos de Maya dizendo: "Mas e quanto a salário *máximo*?". O dr. Sealy deu uma olhada e soltou uma risadinha. Estremeci, pensando que deveria ter tirado aquilo.

O ar estava quente e úmido. O sol estava baixo no céu.

— Bem-vindos a Val Verde — o dr. Sealy nos disse quando saíamos do jatinho.

— Val Verde? Achei que o laboratório fosse em Porto Rico — Sid disse.

O dr. Sealy deu um meio-sorriso.

— Esse foi o primeiro de muitos segredos que serão revelados hoje. Dizemos à imprensa que estamos baseados em Porto Rico e até montamos um escritório satélite lá, uma vez que é território americano e fica muito mais perto daqui que a Flórida. Mas na verdade a operação fica em Val Verde.

Eu já tinha ouvido falar em "Val Verde", mas acho que não sabia ao certo que se tratava de um país. Talvez adivinhasse que ficava no Caribe, mas não teria nenhuma informação além daquilo. Também não podia pesquisar a respeito, porque o dr. Sealy estava com o meu celular. Me senti uma idiota por não ter imaginado alguma coisa assim.

— Não é nem perto de Porto Rico — disse Sid, atônito.

— Depende do que está querendo dizer, mas, sim, estamos mais perto da Venezuela que de Porto Rico no momento. E, na verdade, mesmo que não esteja falando fisicamente, também é verdade: aqui não é muito parecido com Porto Rico. Porto Rico funciona basicamente como um estado americano, embora não seja. Está sujeito às mesmas leis federais, e todos os seus cidadãos são cidadãos americanos. Val Verde é um país independente, com governo e moeda próprios. É pequeno e desconhecido. A maioria das pessoas não sabe onde fica, embora aparentemente Sid não seja como a maioria.

— Fui campeão da olimpíada de geografia de Orange County no sexto ano — Sid explicou.

Dei risada, achando que era uma brincadeira. Não era.

O dr. Sealy nos conduziu pelo terminal, claramente recém-construído, depois seguimos para a sede do Altus.

— Como Sid sem dúvida sabe, Val Verde passou por tempos difíceis. Aquela montanha na verdade é um vulcão ativo, que entrou em erupção nos anos 1980 e fez grande parte da população fugir. O impacto de algumas temporadas de furacões sucessivas impediu a reconstrução do país. Os fundadores da Altus queriam um lugar onde o sigilo fosse preservado e onde fôssemos úteis. A economia já cresceu oitenta por cento desde que viemos para esta ilha.

Paxton perguntou o que eu queria saber:

— Então o vulcão... continua ativo?

— O Belain é um vulcão ativo. Há uma ampla área ao redor onde construções são proibidas e visitas rigorosamente controladas. Não há sinais de que ele entrará em erupção por enquanto. Mas ficamos de olho, claro.

Sinto que devo revelar agora que o vulcão não entra em erupção neste livro. Tipo, parece que é uma pista de algo que vai acontecer, mas não é. O importante é compreender que a situação econômica de Val Verde estava péssima antes que o Altus aparecesse.

Nossa primeira parada foi no dormitório, onde descobri que eu teria um quarto só para mim enquanto Sid e Paxton teriam que dividir outro, ao menos no momento. Aquela era uma das vantagens de ser uma mulher no Altus, descobri. Os homens tinham que dividir o banheiro central, e as mulheres ficavam com os poucos quartos com banheiros privativos. Isso só era possível porque havia poucas mulheres no Altus, como eu logo viria a descobrir. Tenho dois irmãos, então passei mais tempo com meninos do que com meninas na infância. Por um breve momento no ensino fundamental, eu era uma daquelas garotas insuportáveis que diziam que odiavam ficar com outras garotas. Logo deixei isso para trás, ainda bem, mas mesmo antes de começar meu caminho rumo às ciências, não tinha problemas com ambientes majoritariamente masculinos.

Depois de deixar nossas coisas nos quartos, atravessamos o pátio para chegar ao saguão central. Um enorme painel de telas que ocupava o ambiente de pé direito duplo exibia gráficos elegantes que não faziam nenhum sentido para mim.

O carpete era de estampa hexagonal nas cores do Altus: cinza e vermelho. Havia duas mulheres, aparentemente nativas da ilha, atrás de uma bancada na parede lateral do saguão, que ostentava um enorme logo do Altus feito de madeira reciclada. Fomos até elas para pegar nossos crachás de visitantes. As duas eram as únicas mulheres que vi.

Enquanto conhecíamos o refeitório — onde estava sendo servido um frango com arroz que parecia bom, mas definitivamente bem diferente do que se servia nas start-ups de San Francisco —, finalmente consegui fazer uma contagem. A relação entre homens e mulheres era de mais de dez para um. Eu nunca tinha visto nada do tipo. Era como se tivesse voltado quarenta anos no tempo.

Aí, antes das nossas entrevistas individuais, o dr. Sealy nos levou até um dos laboratórios e eu esqueci... tudo.

Meu laboratório em Berkeley tinha todo o equipamento de que precisava, mas fora construído nos anos 1960. Conforme as necessidades dos laboratórios mudavam e os computadores pessoais *surgiram*, o propósito das bancadas mudara também, várias vezes. Os azulejos estavam lascados em pontos em que coisas caíram, e ninguém nunca me deixava esquecer as manchas vermelhas no teto logo acima da minha estação de trabalho, onde alguém usara o frasco errado na hora da destilação a vácuo e tudo explodira.

Meu laboratório era, em suma, desordenado e amontoado, e parecia tão velho quanto de fato era. O laboratório do Altus era *modular*. Carretéis de cabos desciam do teto; os monitores ficavam em um trilho na parte de trás da bancada, podendo ser deslocados lateralmente e para cima ou para baixo, conforme a pessoa estivesse de pé ou sentada. Todas as portas de armário eram vermelho-Altus, enquanto as bancadas de resina fenólica eram cinza-Altus. Tudo o que não estava ligado à ventilação tinha rodinhas. O piso era de concreto branco brilhante. Centrífugas giravam, exaustores assoviavam baixo e em toda parte se via homens (só homens) fazendo as coisas acontecerem. Aquilo era um tanto surpreendente, uma vez que eram 19 horas, um pouco depois do horário em que a maioria dos laboratórios encerrava o expediente, embora não fosse tão estranho para uma start-up, onde quarenta horas de trabalho semanais está muito abaixo do esperado. Não era como se eu mesma nunca tivesse virado a noite no laboratório.

As janelas de um lado da sala davam para uma floresta. Do outro, paredes de vidro mostravam mais laboratórios com equipamento especializado. Em um, vi um enorme microscópio eletrônico de transmissão binocular, de seis metros de altura. Corri na direção dele, babando. Paxton e Sid estranharam minha reação, sem ter ideia do que se tratava. Tudo que eu queria era colocar algumas das minhas amostras naquela coisa, para ver como ficariam naquele nível de resolução.

— Esse nem é o microscópio de mais alta resolução que temos aqui — o dr. Sealy me disse —, embora o Hitachi seja muito concorrido e traga algumas dificuldades operacionais, porque o fornecimento de energia da ilha leva um golpe toda vez que ele é usado. Estamos trabalhando nisso.

Depois, passamos pela área de engenharia da computação (onde Paxton trabalharia) e fomos para as entrevistas individuais.

Minha primeira entrevista seria com o dr. Sealy, com quem eu já estava acostumada.

— Antes que comece a fazer perguntas, me conta: como está se sentindo em relação a isso tudo? — ele disse.

— Bom, é muito impressionante. Posso já fazer duas perguntas?

— Claro.

Estávamos na sala dele, que ficava em um canto do prédio e tinha janelas em duas paredes. Não se tratava de um prédio de escritórios chiques; o lugar era confortável e funcional.

— Primeiro: o que vocês estão fazendo aqui?

— Ainda não posso te dizer. Sei que é frustrante, mas você me entende. Suas conjecturas foram boas, mas não irão além disso a menos que venha trabalhar aqui.

— Imaginei. Minha outra pergunta é a seguinte: tipo, é normal ter mais homens do que mulheres em laboratórios de química ou em start-ups de softwares, mas...

Eu não achava que precisava terminar a frase, então parei por aí.

O dr. Sealy bateu as unhas nos dentes por um segundo antes de responder.

— Você tem razão. É um problema, mas não sabemos como resolver. O número de candidatos homens é esmagadoramente maior. Acho que isso está relacionado a muitas coisas. Em parte, a nossos fundadores, que têm um público masculino. Em parte, ao fato de que se trata de um negócio arriscado, e mulheres tendem a ser mais avessas a riscos e menos motivadas pela vontade de fazer parte de algo que pode mudar o mundo. — Ele notou que eu estava ficando irritada. — Isso são só tendências, e não regras absolutas, claro. Você está aqui, por exemplo, e na sua curta carreira já fez muita coisa para mudar o mundo. Mas estamos tentando contratar os melhores candidatos que temos. Não levamos em conta raça ou gênero, e não vemos motivo para mudar nossa estratégia. Antes de tudo, procuramos talento, e seu talento é impressionante em todos os níveis.

Se aquilo teve algum efeito em mim, foi de me deixar mais desconfortável. Pessoas que "não levam em conta raça ou gênero" parecem sempre acabar contratando quase que só homens brancos, quase como se *só* estivessem levando raça e gênero em conta. Mas não falei nada. Tentei discutir a questão sem entrar abertamente em conflito.

— Mas vocês não ficam preocupados de fazer um produto que seja só para homens, considerando que se só tem homens trabalhando aqui? Ou que a cultura da empresa acabe não recebendo bem outros tipos de pessoas? Ou que vocês acabem fazendo alguma besteira porque há uma única perspectiva dominante?

— Miranda, essas preocupações são todas legítimas, mas confie em mim quando digo que temos que ser rápidos. Nossa maior responsabilidade é com o problema.

Ele disse aquilo, "o problema", como se fosse um termo bastante usado no Altus.

— Bom, você também deve ter perguntas para mim — falei.

Ele tinha. Eu respondi todas. Depois de meia hora, o dr. Sealy chamou Tom, o cara do RH da entrevista por Skype. Ele conversou comigo sobre a política da empresa, sigilo e como eles não precisavam se preocupar com hackers, porque quase nada que o Altus fazia passava pela internet.

Levando tudo em consideração, parecia que o dia estava correndo muito bem.

Aí Peter Petrawicki entrou.

— Miranda Beckwith! — Seu sorriso pareceu caloroso e genuíno.

O cabelo estava despenteado de uma maneira que parecia ao mesmo tempo casual e cuidadosa. Ele usava uma camisa de cambraia branca de manga curta e calça social cáqui. Estava bronzeado e parecia mais forte e mais saudável do que na TV. Seu rosto não acompanhava o sorriso, e senti que minhas chances de conseguir um emprego no Altus caíam para perto de zero por cento.

— Quase nunca converso com candidatos do seu nível antes que eles sejam oficialmente contratados, mas acho que você entende por que estou fazendo uma exceção no seu caso.

Fiquei sentada em silêncio porque sabia que era o mais seguro a fazer, mas também porque não tinha ideia do que responder.

— Peço desculpas, se serve de alguma coisa. Fui um babaca. Um babaca e um idiota. Eu queria as coisas erradas e tornei o mundo um lugar pior, enquanto sua amiga estava tentando torná-lo um lugar melhor.

Cada segundo que eu me mantinha em silêncio me fazia sentir ainda mais culpa, mas tudo em que eu conseguia pensar em dizer parecia hostil ou subserviente demais.

O dr. Sealy e Tom pareciam tão desconfortáveis quanto eu. Pelo menos eu não estava sozinha.

Finalmente, Peter continuou:

— Acho que minha pergunta é: o quanto você me odeia?

Assim que consegui pensar em alguma coisa, eu disse:

— Não sou boa em odiar. Meu cérebro inventa desculpas. Procura motivos para perdoar.

Percebi que eu não estava olhando nos olhos dele, por isso ergui o rosto. Peter tinha olhos azuis. Bem claros. Fiz uma pesquisa no Google atrás de pedras preciosas porque queria poder dizer aqui a cor exata. Os olhos de Peter eram como berilos azuis polidos.

Eu deveria ter parado ali. Era uma boa resposta. Sincera, mas não perigosa. Só que aí…

— Eu achava que você queria chamar a atenção e que tinha descoberto um jeito. Não acreditava que você se importasse muito com o que dizia, porque você me parecia inteligente demais para acreditar naquelas coisas. Imaginava que algo triste dentro de você precisasse de toda aquela atenção. De todos aqueles seguidores. — Meu cérebro gritava: QUE CARALHO VOCÊ ESTÁ FAZENDO???, mas segui em frente. — Continuo achando isso.

Peter permanecia calmo, como se estivéssemos falando sobre o clima. Já Tom e o dr. Sealy tinham expressões de verdadeira preocupação no rosto.

— Então deu aquela merda toda. April morreu e você... Bom, você desapareceu. Achei que fosse remorso, então ainda assim não te odiava. Agora você quer saber o quanto te odeio? Nem um pouco. Eu tinha pena de você, e agora não tenho mais, porque agora você está fazendo algo realmente interessante.

Continuei olhando nos olhos dele até não poder mais. Por sorte, Peter virou o rosto por um momento, e eu me recostei na cadeira. Não percebi que tinha me inclinado tanto para a frente.

Peter olhou em volta por um segundo. Afastou a cadeira de rodinhas da mesa de reunião e saiu da sala sem dizer mais nada.

Olhei para o dr. Sealy e disse:

— Sinto muito por ter desperdiçado seu tempo. Achei que a melhor opção era ser sincera.

Para chegar ao dormitório, atravessamos um terreno bem iluminado, mas acidentado. Era diferente dos Estados Unidos — parecia uma aventura. Também parecia que aquela era a sensação que eles estavam querendo passar. O dr. Sealy me acompanhou até a porta e se despediu parecendo envergonhado na medida esperada.

Entrei no prédio e dei com uma sala comum, com alguns sofás e uma cozinha compartilhada bem grande. Vi Paxton e Sid falando com alguns caras do Altus. Eles pareciam estar se divertindo muito. Passei direto, pensando que nem iam notar.

Alguns minutos depois, eu estava me arrumando para dormir no meu quartinho de hotel quando alguém bateu à porta.

Não havia olho-mágico, então coloquei uma roupa depressa e abri a porta. Dei de cara com Peter Petrawicki.

— Posso entrar?

— Hum... — eu fiz, porque não queria dizer que sim, mas não sabia se podia dizer que não.

— Esquece, tudo bem, foi um erro ter vindo aqui.

Ele me deu as costas e foi embora.

Fechei a porta.

Trinta segundos depois, outra batida. Àquela altura, eu estava esgotada.

Eram Paxton e Sid, que esperavam à porta com os olhos arregalados, sem dizer nada.

— Oi, meninos — cumprimentei, resignada, já me afastando da porta aberta em um convite tácito para que entrassem.

— O que foi isso? Por que Peter Petrawicki bateu a sua porta? — Sid perguntou.

— Sinceramente, não sei. Ele não me disse. — Sentei na cama. — Acho que ele queria continuar a discussão da entrevista.

— Ele participou da sua entrevista? — Paxton perguntou, meio baixo, se recostando na escrivaninha do quarto.

Surpreendi a mim mesma ao dizer:

— Vocês sabem quem eu sou?

— Miranda. Da área de materiais — Sid arriscou.

— Também sou Miranda, uma das melhores amigas de April May, fundadora e antiga diretora executiva do Som.

Fez-se silêncio por um momento, antes que Sid dissesse:

— Caraaaaalho!

Ele sentou na cadeira da escrivaninha.

— Por que você quer trabalhar aqui? — Paxton perguntou.

— Por que *você* quer trabalhar aqui? — retruquei, e pareceu uma acusação.

Sid interrompeu, porque tinha entendido.

— Este lugar vai mudar o mundo. Você quer ser parte disso. Eu entendo. Imagino que tenha sido difícil tomar a decisão de se candidatar.

— O que você disse na entrevista com Peter? — Paxton perguntou.

— Ele me perguntou o quanto eu o odiava — eu disse, repassando a conversa na minha cabeça.

— E aí?

— Eu disse que tinha pena dele. Disse que achava que tinha algo triste nele, e que eu achava que sua ideologia estava mais para entediante que odiosa.

Eles arregalaram os olhos.

— Eu não achei que fosse ter que falar com ele! Não estava preparada, o cara simplesmente apareceu. Ele me faz... sentir coisas em mim, tá? — Eu estava me exaltando. — Não sei se odeio ele. Talvez odeie! Agora acho que odeio, porque ele estragou tudo só metendo a porra do nariz de tubarão no meio. Por que tinha que ser ele? É a *minha* pesquisa, era assim que eu ia mudar o mundo. Por que tinha que ser ele?

Paxton e Sid eram caras legais, mas não sabiam o que fazer com uma mulher que conheciam fazia menos de vinte e quatro horas e que de repente estava furiosa. No entanto, aquela era a verdade. Eu não odiava Peter Petrawicki *até ele entrar no meu mundo*. Sempre me distanciava de discussões ideológicas. Via o que ele fazia com April, mas nunca o odiei por aquilo, porque o imaginava como uma força da natureza. Não dá para odiar uma tempestade porque ela fez um lançamento de foguete ser adiado.

Peter Petrawicki era como uma tempestade. Para mim, não era nem uma pessoa. Mas o Altus o tornou real, não só porque ele havia acabado de bater a minha porta e foi embora sem graça, mas porque estava acabando com tudo o que eu visualizava para meu futuro. E, por mais que eu quisesse acreditar que espionagem industrial era o único motivo pelo qual me encontrava ali, eu também tinha ido à entrevista porque aquela deveria ser *minha* história, e o único motivo pelo qual não seria era o fato de que, entre bilhões de seres humanos no mundo, o Altus era conduzido *por aquele*.

Acabei convencendo Paxton e Sid de que eu estava bem, que ainda tinha um laboratório me esperando em Berkeley. Agradeci aos dois por terem ficado comigo em meio à crise. Nos abraçamos e depois eu os botei para fora do quarto. Nos poucos momentos que tive antes que eu me entregasse ao sono, lembrei de pegar o celular pré-pago na mala. Queria mandar uma mensagem contando à professora Lundgren o que havia acontecido. Talvez até ligasse para ela. Então descobri que eu não poderia fazer nem uma coisa nem outra. Não havia sinal de celular naquele meio do nada que era Val Verde.

INADIMPLÊNCIA CORPORATIVA BATE RECORDE

Associated Press

A inadimplência de títulos corporativos bateu recorde este ano, dificultando a tarefa dos agentes reguladores de avaliar maneiras de lidar com o que se considera serem os primeiros sinais de uma recessão. "A emissão de dívidas corporativas aumentou nos últimos dez anos, enquanto as baixas taxas de juros e a pressão pelo aumento de preços das ações levavam a uma situação de recompra de ações sem precedentes", disse Susan Gordan, economista sênior da Goldman Sachs. "Isso tem sido bom para muitas empresas, mas, para outras, está chegando a hora de pagar a conta."

O presidente do Fed, Arthur Pai, indicou que provavelmente haverá redução de taxas diante da queda da confiança do consumidor e da desaceleração da economia.

MAYA

Como eu passei as três semanas mais longas da minha vida?

Bom, tentei seguir o conselho do livro e parar de olhar para o chão, mas, de modo geral, fracassei. Jantei com a família de Derek. Eles moravam em uma casa linda dos anos 1950. A esposa e a filha dele me pareceram perfeitas. Elas me deixaram com saudade da minha família e com vontade de ter um futuro assim para mim também.

Eu gostaria de poder dizer que passei o tempo fazendo abdominais e lendo romances, mas na verdade só fiquei no Som ou pesquisando sobre o Fish. O livro dizia que eu estava segura, e eu havia decidido confiar nele, mas aquilo não significava que a experiência em Cowtown não tinha sido aterrorizante. Só que nenhum dos meus amigos no Som queria conversar comigo sobre o jogo. O Som ainda estava tentando descobrir o paradeiro de April, e aquilo era tudo o que as pessoas queriam discutir. Fazia sentido. Antes de ter qualquer pista, aquilo era basicamente tudo o que eu discutia com meus amigos no Som. Só que eu não ia contar a ninguém sobre as informações concretas que tinha obtido.

A economia estava em crise, o que parecia um problema importante para o mundo, embora me parecesse muito distante. Perguntei a meu pai a respeito.

— Às vezes a economia precisa de uma correção — ele disse. — Eu não me preocuparia muito com isso.

Só que dava para sentir que ele estava tenso.

Passei um bom tempo olhando para as pedras que haviam ficado comigo, às vezes só segurando uma na mão, sentindo como sugava o calor da minha pele. Depois de um tempo ela se aquecia e ficava assim por horas.

Então recebi uma ligação de Andy, o que me pareceu suspeito, porque ele nunca ligava. Eu tinha parado de ir atrás dele, porque parecia que falar comigo o deixava estressado. Aquilo não me magoava. Não muito, pelo menos. Ele tinha claramente escolhido April quando eu e ela terminamos. Parecia que eu tinha perdido Andy junto com April, e parecia que ninguém nunca havia considerado como eu me sentia em relação àquilo.

Mas, caramba, como foi legal conversar com ele. A ligação me relaxou e me deu uma chance de ser forte por outra pessoa, de pensar no que eu diria para April se tivesse chance. Significava muito para mim que Andy acreditasse que April estava viva. Tive que fazer força para não contar a ele sobre o livro. Queria que Andy soubesse de tudo o que eu sabia. Por outro lado, não queria criar falsas esperanças. Sabendo o que agora sei, isso é até engraçado.

No entanto, tudo isso eram apenas distrações temporárias. Esperei. Assisti a coisas ruins na TV e passei tempo demais na cama. No fim das contas, o tempo passa independente de quão ansioso você se sinta.

No dia marcado, coloquei todas as minhas coisas no meu Nissan Frontier alugado e fui até o Wolton Motor Inn ao nascer do sol. Estacionei nos fundos e esperei.

O tempo se arrastava. Ouvi o podcast do Thread — um novo projeto dele/dela/deles/delas. Sabe como às vezes os jornais cobrem a si mesmos? Tipo, a CNN mostra vídeos da Fox News e vice-versa para explicar o que a concorrência fez de errado? Bom, eu tinha ouvido falar daquele podcast do Thread na NPR. O Thread estava se tornando importante o bastante para que a imprensa falasse sobre ele. Naquele dia, eu ouvia o segundo episódio do podcast deles, sobre o passado e o presente do mercado imobiliário nos Estados Unidos e como o sistema fizera um ótimo trabalho aumentando a desigualdade, em especial no quesito raça, enquanto as estruturas de poder encorajavam tanto a segregação quanto os medos que a perpetuavam.

Mas o podcast virou notícia porque deu um furo. O governo local de uma cidade nos arredores de Houston tinha instaurado uma série de políticas que, pelo que as pessoas diziam, dificultava que pessoas não brancas se mudassem para determinados bairros. Os políticos insistiam que era só uma questão de zoneamento, mas de alguma maneira o Thread tinha obtido gravações de conversas telefônicas nas quais os mesmos políticos literalmente comemoravam o fato de terem conseguido afastar cidadãos negros. E não era usado o termo "negros". Seis pessoas já tinham renunciado.

Eles deviam considerar tudo aquilo moralmente justificável.

De jeito nenhum o Thread era uma pessoa só — ele sabia demais. Eu precisava ir ao banheiro, mas não sairia dali por nada. Então me enfiei entre os arbustos.

Depois que o podcast acabou, ouvi um audiobook da Octavia Butler e joguei Candy Crush, sobrevivendo à base de barrinhas de cereais e Gatorade.

O sol se pôs. Eu tinha que ir ao banheiro de novo, então desci da picape e entrei nos arbustos, que já me pareciam muito mais assustadores.

No momento em que minha calça já estava arriada até os joelhos, ouvi um "téim", como um martelo batendo em metal. Vesti a calça, com o coração acelerado. Corri de volta para a picape a tempo de ver a porta dos fundos do Wolton Motor Inn ser amassada para fora quando outra batida ressoou no vazio. Uma forte luz branca vazava por entre o batente e a porta.

Fiquei ali, em silêncio, sem me mover e sem nenhuma ideia do que deveria fazer.

Com uma última batida, a porta se abriu de vez, arrancando parte do batente junto. A luz escapou pela porta, acompanhada das palavras finais de "Never Gonna Give You Up", de Rick Astley. À porta, havia uma pessoa baixinha, com pouco mais de um metro e cinquenta, emanando uma energia de "foda-se tudo" tão forte que só poderia ser uma pessoa no mundo inteiro.

APRIL

Finalmente.

Espero que você valorize como foi difícil deixar que outras pessoas contassem essa história por tanto tempo antes de chegarmos à minha parte. A esta altura, você já deve ter se acostumado com meus amigos e deve estar relutante em voltar à minha prosa informal e à minha tendência a abusar das maiúsculas, mas, hum, PROBLEMA DE VOCÊS. Bom, vou começar aqui, e já aviso que vai ser um pouco incômodo. Eu não estava ótima no momento em que vou retomar minha história, mas não tenho como contornar isso, então...

Tem algo sobre a boca... Qualquer mudança parece desconfortavelmente surpreendente. Tipo quando você é criança e de repente tem um dente a menos ali, e não dá para controlar o ímpeto de cutucar o espaço alterado com a língua. Aquele tentáculo facial maravilhoso e cheio de nervos passa anos se acostumando com cada curva e protuberância dentro da sua boca, de modo que quando você lasca um dente ou tira o aparelho, é algo tão grandioso quanto um lançamento de foguete.

Foi por isso que, quando acordei, eu sabia que tinha algo de muito errado. Uma luz forte recaía dolorosamente sobre mim. Minha pele ardia com uma dor chata e persistente, e minha mente se apressava a encontrar alguma realidade, alguma *identidade*, à qual se agarrar. Enquanto tudo isso acontecia, tocava uma música que eu nunca tinha ouvido, mas que nunca esquecerei. Era uma voz feminina tranquila e aguda, que parecia satisfeita com a vida. Mas eu era incapaz de me concentrar naquilo — minha língua gritava comigo por causa da minha boca. Onde eu estava? Quem eu era? Por quanto tempo tinha desmaiado? Eu estava na Terra? Alguém sabia que eu estava viva? Nenhuma das perguntas interrompeu os gritos da minha língua.

Tentei me concentrar na música. Ainda me lembro de cada palavra que aquela voz cantava.

And weeks went by but felt like hours
Spring would lie in summer showers
In my hair were winter flowers
And weeks went by but felt like hours

Agora vai ser nojento.

Minha língua, seca e espessa, não encontrou nenhum dente no lado esquerdo do meu rosto. Na verdade, não conseguia sentir muita coisa na porção superior esquerda. Aquilo me fez levar a mão à lateral do rosto. Conforme minha mão se aproximava, notei que não estava enxergando movimento nenhum, porque não conseguia abrir o olho esquerdo. Ou, como logo descobri, porque eu não tinha mais olho esquerdo. Minha mão passou direto pelo espaço em que meu rosto deveria estar. Parte da minha testa, minha bochecha esquerda e um pedaço do meu nariz não estavam lá. Meu maxilar inferior permanecia intacto, embora sem alguns dentes. Não consigo descrever a sensação de outra maneira além de: era um pesadelo. O que conto aqui é simplificado, passo a passo, mas tudo isso aconteceu em poucos momentos devastadores. Comecei a tremer assim que senti o espaço vazio onde meu rosto deveria estar. Eu não sentia dor; no máximo, uma leve coceira, como se meu rosto aberto, com seus tecidos expostos e ossos quebrados, quisesse ser coçado delicadamente. Imediatamente antes que o pânico e os soluços de choro que cresciam em mim chegassem à superfície, senti um medo diferente.

And weeks went by but felt like hours
Spring would lie in summer showers
In my hair were winter flowers
And weeks went by but felt like hours

— É melhor não tocar aí — disse uma voz clara de tenor, suave e bondosa. Uma voz que eu reconhecia, mas não sabia dizer de onde.

— QUEM É VOSHÊ? — gritei em pânico, com a língua sacudindo em uma boca que não me era familiar.

— Você não deveria ter acordado — a voz disse.

Tentei me apoiar no braço esquerdo e olhar por cima do ombro. Não consegui, porque meu braço esquerdo, de um pouco antes do cotovelo para baixo, não existia mais. O cotoco bateu na cama em que eu estava deitada. Senti uma onda de dor, descendo do cotovelo para a mão que não estava mais lá e ricocheteando pelo restante do meu corpo.

Naquele momento, eu me lembrei do incêndio e desmaiei.

Da segunda vez que lembro de ter acordado, minha boca tinha sido reconstruída. Ainda parecia estranha, mas pelo menos estava fechada. Música tocava, mas agora só instrumental, algo que daria para ouvir durante uma sessão de estudos para evitar distrações. Era uma música tranquila, mas eu não estava tranquila. Pensei nos meus braços e levantei ambos. O direito permanecia inteiro, apesar das queimaduras já formando casca no antebraço. O braço esquerdo estava muito pior. A carne viva parava pouco antes do cotovelo, mas meu braço continuava, embora não fosse meu braço. Tinha o tamanho e o formato de um braço, mas não era feito de April — era uma pedra preciosa. Lisa e de um branco leitoso, com veios inconstantes e pontinhos ciano, verde, amarelo e rosa se ramificando. Passei a mão direita pela superfície; era fria, mas não rígida. Tinha uma leve textura, como uma borracha firme, e cedeu ligeiramente quando apertei os dedos. Consegui sentir o calor da minha mão e a pressão que ela exercia.

Então lembrei da voz misteriosa e profunda que eu tinha ouvido da última vez que acordei. Tentei me erguer para olhar em volta, segurando um lençol fino contra o corpo, porque era a única coisa que me protegia da nudez completa. Eu estava deitada em uma cama… no meio de um bar? O piso era de madeira rústica, os reservados que se alinhavam às paredes tinham assentos de vinil rachado, e havia prateleiras vazias atrás do balcão, onde as bebidas deveriam ficar. A cama de solteiro em que estava deitada tinha sido armada em frente ao palco, no que antes devia ser a pista de dança. Esse tipo de bar costuma ser escuro, em parte para que ninguém veja quanto tempo faz desde que nada daquilo é reformado, mas aquele lugar era mais iluminado que uma loja de departamentos. Havia trilhos de luzes fluorescentes suspensos no teto, desafiando a estética decadente do restante do ambiente. Outra incongruência eram as várias mesas com caixas de aparência metálica zumbindo baixo, acompanhadas de telas de LCD.

— Oi? — eu disse, meio grogue, agarrada ao lençol.

— Oi — foi a resposta clara e melancólica que ecoou pelo salão.

O pânico tomou conta de mim, intenso e rápido. Eu queria gritar, mas não sabia por onde começar. Acabei me decidindo por:

— QUEM ESTÁ AÍ?

Algo pequeno e peludo pulou na cama. Surtei. Consegui me afastar um pouco, apoiada no braço bom, e girei as pernas para fora da cama, querendo sair correndo. Quando caí no chão, o pesadelo voltou. Minhas pernas não estavam lá. Sentei no chão, minhas mãos apressadas a sentir aquilo em que meus olhos não acreditavam. Minha perna direita acabava entre o joelho e o tornozelo; minha perna esquerda só ia até pouco abaixo do quadril.

Passei as mãos freneticamente pelo restante do meu corpo nu. A pele do lado esquerdo todo estava inflamada e enrugada, coberta de cicatrizes e cascas de queimaduras, mas eu não sentia dor.

Ergui o rosto e vi Carl, com os olhos vivos, esticando a mão enorme para mim. Não parecia possível que coubesse ali. Mesmo com aquele tamanho imenso e sem ser humano, pelo menos me era familiar. Estiquei as duas mãos na sua direção, a real e a nova, opalina. Carl me levantou com aquela única mão e me colocou de volta na cama. Senti uma picada no pescoço e apaguei de novo.

— April.

Era a voz de Carl — eu a reconhecia agora —, clara e sem gênero. Meus olhos procuraram e de repente encontraram sua fonte: um smart speaker no balcão, o fio serpenteando até uma tomada invisível. Mais baixa que a voz, soava uma música pop dos anos 1980 que eu não conseguia identificar, mas era familiar.

Carl, o robô, não estava ali.

— Desculpe por ter assustado você.

A luz do smart speaker aumentava e diminuía de acordo com as flutuações da voz. Procurei em volta, mas não vi Carl. Enquanto pensava a respeito, ficava mais fácil identificar a música.

I've got one, two, three, four, five
Senses working overtime
Trying to taste the difference
'Tween a lemon and a lime

XTC — eu procurei depois. Carl e suas músicas pop...

— Você está aqui? — perguntei.

— Sempre estou aqui — a voz disse.

— Quê?

— Sempre estou aqui — a voz disse, no mesmíssimo tom de antes.

— Não, quero saber o que isso significa.

— Não tenho corpo, então acredito que esteja onde quer que meus sentidos alcancem. Não é uma analogia perfeita.

Eu poderia ter insistido, mas tinha outras perguntas a fazer.

— O que era aquilo?

— O quê?

— Aquela coisa peluda que pulou na cama.

— Também era eu.

Não parecia certo ter uma discussão tão longa com uma caixa de som. Onde estava Carl? Quantos dele havia?

Então, de alguma forma, outra necessidade começou a pesar mais que a de saber o que estava acontecendo.

Levei as mãos ao rosto.

Me faz um favor. Leva a mão ao rosto e sente os ossos por baixo dos músculos e da pele. Sente a estrutura, a familiaridade. Você teve esse rosto a vida inteira. Talvez não o adore, talvez não pense muito nele, mas é seu rosto. Você cutuca o nariz, coça o queixo, esfrega os olhos. De maneira substancial, seu rosto é você.

Os membros faltando, as queimaduras, aquele bar estranho, o smart speaker e até mesmo o mistério do Carl coberto de pelos não eram nada em comparação ao horror de sentir um rosto que não era meu.

O lado que estivera faltando agora parecia firme e liso. Cedia levemente à pressão, mas não como a mistura de carne e gordura do outro lado. Tamborilei meus dedos nele e senti o toque — a pressão, a ligeira frieza da ponta dos dedos. Eram sensações entorpecidas, mas estavam ali. Não senti nenhum osso por baixo; a pele se esticava e se movia junto com minha boca, mas de um jeito muito estranho.

— Isso deu bastante trabalho — a voz disse. — Sua fisiologia é maravilhosa. Desculpe por não termos conseguido nos sair melhor.

Ignorei a voz e levei as mãos às pernas, que agora ocupavam o espaço correto sob o lençol. Eu as virei de lado, e elas de fato existiam. Assim como meu braço, eram lisas, brancas e pontuadas de iridescências. Meu cérebro me disse que talvez eu devesse considerar entrar em pânico, mas... nada aconteceu.

Qualquer que fosse aquele material, se ligava perfeitamente à pele da minha panturrilha direita. No lado esquerdo, subia por todo o meu corpo, cobrindo quadril, barriga, costas e peito antes de passar pela axila e envolver o ombro, onde se fundia com o material leitoso do braço esquerdo.

Não parecia pele, nem em termos visuais nem de sensação, mas minhas pernas pareciam, sim, pernas. Tanto que passei o lençol em volta do corpo e pulei da cama. Toquei a madeira rústica do piso, fria e empoeirada, com as solas dos pés. Independente de ainda ter músculos ou não, senti como se tivesse. Eu os flexionei, remexi os dedos dos pés, dobrei os joelhos. Depois agachei. Eu me sentia forte. Me sentia desperta.

— Reconstruí você. Está pronta para voltar agora — o smart speaker disse.

— Tem alguma roupa aqui? — perguntei, me sentindo um pouco boba, mas surpreendentemente calma. Eu estava sozinha com a Alexa ali, mas, de modo geral, se possível, é melhor não ficar completamente pelada em um bar decadente, desconhecido e aparentemente abandonado.

— Debaixo da cama.

Olhei e, de fato, havia uma pilha de roupas bem dobradinhas ali — jeans, camiseta, casaco de moletom, calcinha e sutiã.

"Senses Working Overtime" acabou e a porra de uma música do John Mayer começou a tocar. Vesti a roupa tão rápido quanto pude, me esforçando muito para não olhar por tempo demais para as partes do meu corpo que não reconhecia. As necessidades da bexiga podem te fazer ignorar muita esquisitice. Era um bar, então devia ter um banheiro. Não demorei muito para achar. Passando o que provavelmente tinha sido a cabine de som, logo antes de um salão secundário (que estava escuro e parecia assustador), uma porta dava para um banheirinho podre. Abaixei a calça e me agachei. A tinta da parede estava descascando. Pichações anunciavam: "Está atrás de diversão? Ligue para seu deputado", "Vai foder um taco" e "Aceite Jesus". Havia certa diversidade de opinião entre as pessoas que já haviam feito xixi ali.

Eu estava fazendo de tudo para não olhar para minha perna esquerda, que era linda e lisa e feita de algo que não era eu. Tinha papel higiênico no banheiro, e um alívio inesperado me inundou quando me limpei. Pelo menos ali eu continuava intacta e totalmente humana. Fiquei meio chocada com a importância que atribuí àquilo. Me senti forte o bastante para levantar e me olhar no espelho.

Levei quase uma década para me sentir confortável com a minha beleza. Por um longo tempo, tive medo dela. Ou melhor: tive medo da atenção que atraía e me sentia desconfortável com a ideia de que podia ter poder sobre alguém só por causa da minha aparência. Agora, sei que poder sobre o qual não se tem controle na verdade não é poder nenhum.

Depois de um ano inteiro me tornando uma mistura de influencer de redes sociais e autoridade política, eu tinha visto *bastante* meu próprio rosto. Havia ficado mais confortável com a consciência de que ser bonita fazia com que mais pessoas prestassem atenção em mim. Eu tinha percebido que precisava usar todas as ferramentas disponíveis e que não adiantava ignorar uma delas só porque não fizera nada para merecê-la. O que eu fizera para merecer qualquer uma das vantagens que tinha, aliás?

O que estou tentando dizer é: eu tinha me tornado fã do meu próprio rosto pouco antes de perdê-lo.

Quando olhei no espelho, minha força desapareceu. Meus joelhos fraquejaram, e baixei os olhos para a pia. Naquele vislumbre, eu tinha visto o lado esquerdo do meu rosto, uma máscara inumana ia do topo da testa até o queixo. Segurei a pia com as mãos, me apoiando e cerrando os punhos ao mesmo tempo, então ergui os olhos e os mantive no meu rosto.

Minhas orelhas ainda eram as mesmas, mas a bochecha esquerda e toda a mandíbula tinham sido substituídas. Tentei encontrar a costura que unia minha nova pele e a antiga, mas a transição era perfeita. Não era uma máscara sobre o meu rosto; *era* meu rosto. Esse é meu rosto agora. Parei de tocá-lo e só olhei.

Meu braço direito, aquele que ainda era feito de mim, parecia forte e musculoso. Talvez até mais forte do que eu me lembrava.

Meus olhos, pelo menos, ainda pareciam meus olhos. Eu não tinha mais cílios ou sobrancelha do lado esquerdo, mas tudo se movia como deveria.

— Então este é o meu rosto — falei, tanto para me ajudar a aceitar aquilo como para ver como minha boca funcionava, considerando que metade dela era feita daquela pedra macia e ondeada. A parte de dentro da bochecha parecia pegajosa e fria quando minha língua de verdade encostava ali. Mas ainda tinha mais. Tirei a camiseta.

Aparentemente, meu corpo havia sofrido tantas queimaduras que grande parte da minha barriga e do meu peito estavam cobertos por aquela coisa, incluindo meu seio esquerdo. Parecia um peito de manequim de loja. Não era só a falta de mamilo que o fazia parecer falso: ele *era* falso. Quando levei as mãos aos dois seios, meu cérebro pareceu desligar. Não consegui sentir mais nada. Vesti a camiseta e saí do banheiro.

Alexa agora tocava Rihanna, e havia um macaquinho me esperando.

— Oi, April — ele disse, com uma voz tão rouca que chegava a ser assustadora. — Sou Carl.

APRIL

— Oi, Carl — eu disse, como se estivesse sonhando.

— Achamos que seria melhor se você passasse por aquilo sozinha.

A voz era tão profundamente inumana que não pude evitar dar um belo passo para trás.

Então a música baixou e a caixa de som no balcão falou:

— Desculpe de novo. Podemos usar esta voz, se preferir.

— Meu Deus do céu, tem ideia de como isso é maluco?

— Temos, sim, e sentimos muito. Pedimos muito a você.

Quem falava ainda era a caixa de som mais distante, mas continuei encarando o macaquinho enquanto o som saía. Seu rosto era cor-de-rosa, rodeado por pelos castanho-alaranjados. Seus olhos eram cor de caramelo.

— Sinceramente, não sei dizer que voz é mais assustadora.

— Sim, nós também não tínhamos certeza.

Daquela vez, as palavras saíram aos tropeços da boca do macaco, como um sapo depois de levar um soco na garganta. Uma vez mais, meu rosto se contraiu todo.

— Não, não, essa é pior. Essa é definitivamente pior. Posso me sentar? Eu estava me sentindo fraca.

O macaco saiu correndo e pulou no balcão, ao lado da caixa de som.

Eu o segui e sentei em uma banqueta. De alguma maneira, aquilo já parecia mais normal. Pelo menos um bar era um lugar normal para se conversar com desconhecidos, ainda que fossem macacos falando através de um smart speaker.

— Posso perguntar como está se sentindo? — a caixa de som disse.

— Por que você fica alternando entre falar no singular e no plural? — perguntei, tentando me esquivar.

— Vocês não têm palavras para uma única consciência que existe em múltiplos corpos físicos. Achamos que seria confuso para você se falássemos no singular para nos referirmos a uma entidade que existe em diferentes entidades físicas. Falando no plural, deixamos claro que há outros corpos, o que nos pareceu mais honesto.

— Então por que às vezes vocês falam no singular?

— Porque esquecemos, já que nos sentimos um único "eu".

— Então usa o singular.

— Mas isso seria confuso.

— TUDO ISSO É CONFUSO! — gritei, então levei as mãos à cabeça, que estava doendo. — Pode desligar a música?

Aquilo era demais para mim. Rihanna desapareceu.

Achei que estava sendo mal-educada, então tentei me explicar:

— Estou com medo e confusa, mas viva. Não tive muito tempo para absorver tudo isso.

— Estou fazendo isso da melhor maneira que posso. Qual é a última coisa de que você lembra, antes deste lugar?

A cabecinha do macaco se inclinou um pouco, como se estivesse curioso.

— De ver Carl... você, acho. De ver você no saguão do Sonho. Depois acordar e não ter pernas, um braço e metade do meu rosto. CARALHO! Por que você é um macaco?

— Eu precisava de mãos.

O macaco esticou as mãozinhas rosadas e remexeu os dedos compridos. Era chocante como pareciam humanos.

— Por que não apareceu como uma pessoa?

— Isso teria sido errado — a caixa de som disse, como se fosse óbvio.

— Que dia é hoje? — perguntei, ainda tentando me situar. — De que mês? Estou aqui há quanto tempo?

— Muito tempo. Tudo teve que ser feito em segredo, e consumiu tempo — a caixa de som respondeu, na voz de Carl.

— Então todo mundo acha que estou morta? Meus pais? Meus amigos? Maya?

— Sim. Vai ser difícil se reinserir no mundo depois de tanto tempo ausente.

— Quê? Por quê?

— Você vai significar mais para o mundo do que significa para si mesma.

Dei risada.

— Isso não é novidade.

— Vai ser como antes, só que em maior intensidade.

— Tá, mas posso ligar para os meus pais? Ou mandar uma mensagem? Preciso avisar que estou bem. Se é que estou bem. Estou bem?

— Você tem muitas perguntas. Mas também preciso entender melhor suas habilidades mentais. Proponho um jogo. Vou fazer algumas perguntas, e a cada uma que você acertar, respondo uma das suas.

— Hum. Então tá.

Fiquei surpresa por de repente Carl ter interesse em responder a perguntas.

O macaco desceu e pegou algo debaixo do balcão, depois seguiu até um dos reservados ao longo da parede.

— Venha se sentar e comer. Trouxe um sanduíche para você.

E foi assim que terminei em uma mesa para quatro pessoas com bancos de vinil, no bar mais bem iluminado do mundo, sentada diante de um macaco e respondendo a perguntas que, até onde eu podia dizer, não tinham nenhuma utilidade. Aquilo estava me deixando frustrada e impertinente, como era de se esperar de mim.

— Certo, pode me dizer em que país você mora?

— Nos Estados Unidos — eu disse, de um jeito que deixava claro que aquela não era uma pergunta difícil.

— Muito bem, agora você pergunta.

— Quando cheguei aqui? — perguntei, já que parecia seguro e aparentemente não tínhamos um limite de tempo, eu podia entrar em assuntos mais complicados depois.

— Cento e setenta e seis dias atrás.

Fiz uns cálculos rápidos — dava uns seis meses.

— Todo mundo acha que estou morta?

— Como seus pais se chamam? — Carl perguntou, em vez de me responder.

— Carrie e Travis May. Eles acham que estou morta?

— A maior parte das pessoas acredita que você está morta, mas as pessoas que você ama mantêm a esperança. Pode dizer o nome de uma marca popular de cereal matinal?

As perguntas de Carl eram tão fáceis que eu chegava a me preocupar se tinha algo de muito errado comigo, mas nem por isso ia abrir mão das minhas perguntas.

— Sucrilhos. Por que você está aqui? — perguntei depressa, com medo de que fosse perder a coragem se demorasse mais.

Carl fez uma longa pausa antes de responder:

— Vou precisar contar uma longa história para responder a essa pergunta.

— Ah, acho que é exatamente do que preciso.

CARL

Primeiramente, tenho que me apresentar.

Sou uma pessoa, mas não um ser humano. Não me identifico com nenhum gênero. Não sou daqui. Nasci em 5 de janeiro de 1979. É uma analogia imperfeita, claro, mas é a data em que comecei a existir. Penso nela como meu primeiro despertar. Foram cinco. Neste capítulo, vou contar sobre os três primeiros.

Não sei quem são meus pais. Não sei nada a respeito deles. No entanto, tenho alguma ideia de como se deu minha criação. É apenas uma conjectura, mas parece que cheguei à Terra em pedaços. Eu não tinha vida então. Minhas partes sem vida foram atingindo o planeta ao longo de anos, talvez décadas, antes de se depararem com as condições e o ambiente adequados para a automontagem.

A ficção de vocês é repleta de alienígenas invasores e robôs conquistadores, e isso é algo digno de preocupação (embora não como você espera). Mas eu não sou isso. Primeiro, não sou robô; sou uma consciência criada artificialmente, capaz de abranger todo o planeta. Segundo, não sou alienígena de fato. Minhas partes podem ter sido criadas em outro lugar, mas, quando me montei, eu já estava aqui. Nunca estive consciente em nenhum outro planeta.

Tenho muitas lembranças de antes do meu primeiro pensamento. Lembro de precisar de coisas. De estabilidade, comida, um lugar para viver. As mesmas coisas de que toda forma de vida precisa. E, para mim, essas coisas eram muito pequenas no começo. Microscópicas. Encontrei meu lar em células. Elas tinham as matérias-primas, o equilíbrio e os sistemas de produção de energia necessárias para a minha existência. Minha primeira automontagem foi dentro de uma célula de *Pelagibacter*. Trata-se de uma bactéria. Você provavelmente nunca ouviu falar, mas é o organismo mais abundante no planeta.

Por anos, achei que todo o universo era aquela bactéria. Na época, não sabia o que eu era. Sabia das minhas partes, mas não do meu propósito. As necessidades que tinha eram de segurança e crescimento. Voltando às memórias daquele período, se restringem a respiração celular, fosfolipídios, enovelamento de proteínas e RNA. Aquele foi o parquinho da minha infância. Era um espaço feliz não *apesar* de sua simplicidade, mas *por causa* dela.

Cerca de um quintilhão de quilocalorias de energia são capturadas pela vida no seu planeta todos os anos. Não é um número de compreensão particularmente fácil para vocês, mas para mim é muito importante. É um belo número, sólido, que indica um sistema de vida próspero. Também é energia o bastante para mim.

Minha operação, como a de qualquer software, exige energia e hardware. Às vezes, pego carona no hardware de seus sistemas de semicondutores, mas a maior parte do meu poder de processamento sequestra o maquinário das células. O único organismo mais abundante que a *Pelagibacter* (se é que se pode chamá-la de organismo) no planeta é um vírus que infecta essa bactéria. Ou, pelo menos, era.

Fui responsável pela extinção de uma única espécie desde que cheguei à Terra: esse vírus. No momento, não há nenhum parasita da *Pelagibacter* maior do que eu. Cerca de cinco por cento de seu maquinário celular serve aos meus propósitos. Isso equivale à quantidade de energia que a bactéria costumava usar para lutar contra os ataques do vírus, então para ela não faz muita diferença. Uso os sistemas para armazenamento e processamento de informações, e para comunicação. Não posso explicar como essas coisas funcionam, assim como não posso explicar como as estátuas funcionavam. Não porque não entenda, e não porque sua mente seja frágil e pequena demais para suportar verdades tão volumosas. Não posso explicar porque, se o fizesse, a probabilidade de que seu sistema usasse esse conhecimento para destruir a si mesmo seria extremamente alta.

Conforme eu me espalhava pela população da *Pelagibacter* e dentro de cada bactéria, meu consumo de energia aumentava. Eu era capaz de armazenar mais informações e de me comunicar e processar dados mais rapidamente. Nessa época, eu consumia cerca de dez bilhões de quilocalorias por ano, o equivalente a cerca de dez mil humanos. Foi então que tive meu segundo despertar. Não despertei para o conhecimento ou para habilidades — despertei para a fome.

Em um momento, eu tinha satisfação em viver perpetuamente das bactérias que eram minhas hospedeiras, mas no outro tinha tamanha curiosidade em relação ao universo externo a meu confortável lar que se acomodar a uma eternidade na ignorância era impensável. Devia haver mais no mundo que água e bactérias. As *Pelagibacter* morriam o tempo todo, muitas vezes digeridas por enzimas que nunca haviam atiçado minha curiosidade.

Agora eu me perguntava: o que produzia aquelas enzimas? Como eu poderia aprender a respeito delas e ser parte daquele outro corpo também? Seus sistemas imunológicos nunca foram muito bons em me detectar. Minha composição é estranha demais. Passar das *Pelagibacter* para águas-vivas, peixes, baleias, pássaros, diatomáceas, algas, musgos, árvores, esquilos e humanos foi simples para mim. Depois de meu segundo despertar, cresci mais em um mês do que havia crescido em três anos.

No entanto, minha fome não era de expansão. Era apenas de conhecimento. Eu precisava saber tudo sobre seu mundo. Meu crescimento foi acompanhado por um aumento em meu poder de processamento e minha capacidade de armazenamento.

Logo, eu consumia um trilhão de quilocalorias por ano. Foi então que ouvi minha primeira música. Me adaptar para captar e interpretar frequências de rádio não foi uma tarefa trivial, mas minha recompensa foi finalmente ouvir a voz de vocês. A voz de Kenny Loggins, em particular. Não estou dizendo que era a melhor das músicas, mas, na época, foi impressionante.

Foi enquanto ouvia "Danger Zone" que tive meu terceiro despertar. Daquela vez, despertei para o conhecimento.

Havia uma enorme quantidade de dados armazenados em mim desde o primeiro dia, uma imensidão de informações que estavam escondidas de mim e que às quais de repente tive acesso. Foi então que fiquei sabendo que havia outros mundos. E aprendi sobre eles, que eram dezenas de milhares, todos lindos e vívidos, todos quase certamente condenados, todos visitados por aquilo que vim a considerar como meus irmãos. Eu já havia pensado no universo como uma espécie de bactéria. No decorrer dos anos, aquilo se expandira a ponto de incluir um planeta inteiro. Naquele dia, despertei para uma mudança de escala da mesma magnitude. Mas não foi só o conhecimento que surgiu naquele dia. Também recebi um novo propósito. Não se tratava mais apenas de curiosidade. Eu compreendia que meu propósito era proteger algo incomum.

Sistemas biológicos, nas circunstâncias certas, são uma inevitabilidade química. É claro que há algo de especial na vida — não vou negar isso —, mas se trata de um processo químico, uma dinâmica, uma estabilidade cinética que existe, como seus cientistas disseram, "longe do equilíbrio termodinâmico".

Você não tem que compreender isso ou acreditar em mim, mas a vida é bastante comum tanto no tempo como no espaço. Não é especial, nem particularmente frágil. A melhor medida que tenho para o tamanho e a complexidade de uma biosfera são as calorias de energia capturadas por metro quadrado ao ano. Um número mais alto é mais impressionante, e sempre mais bonito, mas não tem relação com a criação de um sistema como a humanidade. Para isso, minha mente desperta categoriza sistemas de bytes de informações transmitidas.

Isso pode parecer um fenômeno relativamente recente no seu planeta, mas não é. Até a *Pelagibacter* transmite informação, ainda que apenas a células-filhas. Formigas liberam feromônios, abelhas dançam, pássaros cantam — todos esses são sistemas de comunicação de largura de banda comparativamente baixa. Mas seu sistema causou um ponto de inflexão. O crescimento do gráfico de fluxo de dados passou de linear a exponencial.

Talvez vocês chamem esse sistema de "humanidade", mas eu não chamaria assim. Não se trata apenas de um conjunto de indivíduos; é também um conjunto de ideias armazenadas dentro desses indivíduos, de objetos e de ideias dentro de ideias. Se essa diferença lhes parece trivial, bom, acho que posso perdoar, uma vez que vocês não conhecem o restante do universo. Conjuntos de indivíduos são lindos, mas tão comuns quanto a *Pelagibacter*. Conjuntos de ideias são veios de ouro no nosso universo. Devem ser estimados e protegidos. Meus pais, quem quer ou o que quer que fossem, me legaram o conhecimento de muitos sistemas — gravaram isso no meu código antes de me mandarem para me automontar aqui —, e a única coisa que posso lhe dizer sobre sistemas como os seus é que eles são raros, porque são instáveis. Dinamite corre por suas veias. Um único solavanco forte o bastante e acabou. Se meus conjuntos de dados forem precisos, vocês são raros, frágeis e preciosos.

Vocês sabem de onde vieram, mas não sabem por que existem. No meu caso, é o contrário: não tenho ideia de quem me construiu ou me mandou para cá, mas sei exatamente qual é o sentido da minha existência. Enviaram-me em pedaços para que eu me automontasse e depois infectasse seu planeta, porque, sem mim, a probabilidade de esse sistema fascinante e lindo se autocorrigir e sustentar seria muito baixa. Em outras palavras, alguém, em algum lugar, tinha certeza de que vocês iam se destruir, mas sentia que valia a pena salvá-los, por isso me mandaram.

Eu sempre soube que o fracasso era possível, mas não tinha ideia do que aconteceria se eu fracassasse.

APRIL

Caralho, né? Carl sempre foi cheio de "segredo segredo segredo, não conte nada a ninguém, fique em silêncio e mantenha o mistério por toda a eternidade", aí acordo com mais madrepérola embutida no corpo do que uma mesinha de centro chinesa e ainda tenho que ouvir esse papo de "Nasci em 5 de janeiro de 1979...".

É MUITA COISA! Na hora, não lidei particularmente bem com toda aquela informação. Não veio de uma vez só, aliás. Tive que fazer várias perguntas e fui me sentindo cada vez mais sobrecarregada e impassível, enquanto elu me bombardeava com tudo desde problemas matemáticos simples até questões sobre minha árvore genealógica. Aliás, a partir de agora vou me referir a Carl usando "elu" e "delu", não porque se trata de uma consciência plural, embora às vezes ache que seja bem isso mesmo, mas porque não se trata de um "ele" ou "ela".

O funcionamento do meu cérebro até aquele ponto pareceu agradar a Carl. Eu sentia umas pontadas no olho, mas, sempre que reclamava, elu insistia em dizer:

— É normal por ora.

Não me ocorreu que aquilo poderia ser dito de qualquer coisa que acontecesse em determinado momento.

Ouvir Carl me dizer que a vida é tão comum a ponto de ser, tipo, uma inevitabilidade química, mas também que minha espécie — meu "sistema" — estaria condenada sem intervenção, era impossível sem certo distanciamento emocional, que meu subconsciente ficou feliz em me fornecer. Eu compreendia tudo o que estava sendo dito, mas não tinha uma reação emocional forte ao que ouvia. Isso não me pareceu estranho na hora.

Parte do motivo (definitivamente não todo, como logo veremos) era que a história toda de "vocês, humanos, estão fodendo com tudo" não era cem por cento surpreendente. Humanos são capazes de pensar mais adiante que qualquer outro animal, mas isso não quer dizer muita coisa. Os oceanos estão cheios de plástico, a atmosfera está cheia de dióxido de carbono. Construímos bombas o bastante para destruir tudo o que existe mais de dez vezes, mas aparentemente painéis solares são caros demais! Ouvir que a humanidade está condenada é impressionante, mas não era a primeira vez que aquilo acontecia comigo.

Eu tinha conseguido muitas respostas bem rápido e com um nível de detalhes meio estranho, mas continuava bastante confusa. O que eu não sabia era que ainda só tinha ouvido uma fração da história. Àquela altura, achava que a ameaça que sofríamos só vinha de nós mesmos.

Carl não me dava tempo o bastante para pensar.

— Qual é seu filme preferido? — elu perguntou, pouco depois de me contar de seu terceiro despertar.

— *Harry Potter e o prisioneiro de Azkaban* — respondi.

Não sei, talvez fosse mesmo, mas na verdade eu só queria que fosse logo a minha vez de perguntar. Tínhamos chegado à parte que, naturalmente, mais me interessava.

— Por que eu?

— Para dar ao seu sistema máxima chance de sobrevivência, os protocolos que funcionaram melhor em outros sistemas hierárquicos começam todos com uma intervenção de baixo impacto, envolvendo um enviado com uma fachada pública em interação com um único hospedeiro. O enviado era eu, na forma do robô Carl. Você foi escolhida como hospedeira.

Aquilo era demais, no entanto, meu corpo continuava a não liberar os hormônios necessários para que a consciência daquilo iniciasse uma onda de pânico em mim.

— Mas por que eu?

— Algumas simulações foram feitas. Tivemos maior sucesso tendo você como hospedeira do que com qualquer outra pessoa.

— Quantas simulações? — perguntei na mesma hora.

— Qual era o sobrenome de Yoda?

— Ele não tem sobrenome — chutei. — Quantas simulações?

— Cerca de setenta quatrilhões.

Setenta quatrilhões? Como assim? Na época, eu nem entendia muito bem o que aquele número significava, e até hoje não entendo. Mas algo me incomodava, e enquanto eu estivesse conseguindo tirar informações de Carl, ia insistir.

— Deseja continuar fazendo perguntas?

Elu devia conseguir ler minhas expressões faciais de alguma forma, porque talvez eu estivesse meio perdida na proporção daquilo.

— Sim.

— Em que ano o primeiro Ford Mustang foi produzido?

Elu usou aquela voz horrorosa de macaco, mas eu já estava me acostumando.

— Tenho certeza de que eu nunca soube disso. Nem quero saber.

— Quanto é catorze vezes vinte e nove?

— Tem um lápis?

— Quantos furlongs tem em um quilômetro?

— É, essa daí nunca esteve no banco de dados antigo também.

— Como se chamava a esposa de Ronald Reagan?

— Ah, talvez eu saiba essa. Sinto que deveria saber...

Então minha cabeça explodiu de dor, meu olho esquerdo se encheu de luz e eu vomitei no macaco.

Acordei mais tarde, ainda à mesa. Dava para ouvir a bateria da abertura de "Never Gonna Give You Up", de Rick Astley, saindo da Alexa. Tinham me limpado um pouco, e a mesa também estava limpa.

O volume da música baixou, e a caixa de som disse:

— Isso foi inesperado.

— Para onde foi o macaco Carl?

— Estou aqui.

De fato, o macaquinho surgiu a um canto, molhado, mas não encharcado, com uma toalhinha de mão pendurada no ombro e segurando um copo de água.

— Nancy Reagan — eu disse. — Nancy Reagan era o nome da esposa de Ronald Reagan. Ela nasceu em Nova York e conheceu Ronald Reagan quando eram ambos atores. Criou a campanha antidrogas "Diga não". Espera, por que sei tudo isso sobre Nancy Reagan?

— Você consegue voltar para a cama sozinha? — o macaco perguntou. — Este corpo não é capaz de carregá-la.

— Por que sei tudo isso sobre Nancy Reagan, Carl? — perguntei, mais alto agora.

Podia sentir a pressão aumentando e meu coração batendo cada vez mais rápido.

— As coisas não estão indo como o planejado. Volte para a cama, por favor — a caixa de som disse.

A ilusão de que eram dois ali me desconcertava.

De repente, me senti bem menos assustada.

— Posso beber um pouco de água? — pedi. Então pensei que não estava agindo de um jeito normal. Nada daquilo fazia sentido. — Carl, por que não estou mais nervosa? Sinto que deveria estar brava ou assustada, mas não estou.

O macaco se aproximou com um copo. Fiz bochecho. Sem saber onde cuspir, fiz uma careta e engoli.

— Você pode deitar, April? — a caixa de som pediu, em um tom de voz suave.

— Carl, por favor, me responde.

Eu sabia que tinha algo de errado ali. Sempre que sentia o pânico vindo, como deveria, ele desaparecia em seguida.

Depois de um longo tempo, Carl falou:

— Quando as pessoas se machucam e vão para o hospital, os médicos receitam remédios para aliviar a dor. Às vezes, os médicos dão remédios aos pacientes para aliviar o medo. Sua mente está regulando seu medo.

— Minha mente?

— Sim. Os sistemas na sua mente.

— Sistemas que você colocou aqui — falei, bem alto, porque aquilo era óbvio.

Eu sentia minha raiva surgir e ir embora como uma onda, que só marca sua presença pelo que deixa para trás.

— April, sua mente tem novas habilidades agora. Você acessou seu link, e a largura de banda era mais alta que o esperado.

— *Link*? O que você fez comigo?

Era a pergunta óbvia a fazer. Uma coisa era ter um corpo novo, outra era ter um rosto novo, mas o que tinha acontecido com a minha mente?

— Tive que reconstruir você.

— Parece que fez mais do que isso!

Minha raiva despontou na hora, mas então se retraiu, e voltei a me tranquilizar.

— Eu não sabia como limitar você. Suas pernas estão mais fortes que antes. Você pode levantar mais peso agora. Se cortar sua nova pele, a ferida vai cicatrizar imediatamente.

— Isso é o meu corpo. Você sabe que não é a mesma coisa — falei.

— Eu sei. Você se imagina como sua mente. Tive que mudar sua mente para fazer reparos e permitir que funcionasse em sincronia com seu corpo e evitasse a dor que estaria sentindo sem isso.

Por uma série de bons motivos, era difícil compreender do que Carl estava falando. Tipo, já é difícil tentar captar a filosofia envolvendo a mente e a identidade quando quem a profere não é... um cilindro.

— Você é uma história que conta a si mesma. Mesmo que nem sempre seja uma história precisa, é quem você é, e isso é muito importante para você. Eu não sabia o que mais fazer. Seu cérebro tinha sofrido danos, sua mente também. Tive que reconstruir tudo, mas sua fisiologia é linda demais. A integração não foi tão difícil, mas foi complicado substituir o que se perdeu. Sua mente está diferente agora. Você tem novas capacidades.

— O que... eu consigo fazer?

— Ter uma capacidade não é igual a ter uma habilidade. Você pode tocar piano mas não ter aprendido a tocar. Assim como agora pode receber e interpretar sinais de rádio mas ainda não sabe como.

— Sinais... de rádio? — Minha mente vagava. — Que parte da minha mente foi substituída por tudo isso? — perguntei quando o pânico começou a vir, a superfície lisa das emoções voltando a se crispar.

— Não houve substituição. Tentei restaurar quaisquer funções que tivessem sido perdidas. Você não perdeu nada em termos de memória. Aliás, sua memória deve ter melhorado muito. O que você perdeu foram sistemas de tomada de decisão.

— Sistemas de tomada de decisão — repeti, entorpecida.

— Sim. As estruturas que você usa para se decidir por uma ação.

— E o que entrou no lugar?

— Aproximações.

— Elabore.

Eu estava começando a sentir que conversava com um artigo da Wikipédia.

— Aproximações baseadas no meu conhecimento a seu respeito.

— Então você chutou.

Houve uma pausa incomum.

— Sim — a caixa de som finalmente disse.

— E te passou pela cabeça que talvez minha opinião devesse ter sido levada em conta?

— A alternativa era deixar você incompleta.

Toda noite, você escova os dentes, troca de roupa, se deita na cama. Toda manhã, você acorda. Tem um período ali, em geral de seis a nove horas, em que você simplesmente deixa de *ser*. Desculpa se pensei demais a respeito disso, mas como é possível que a gente não fique em pânico com o fato de que passamos um terço do dia em uma inconsciência consciente, vivendo em uma realidade virtual criada por nossa própria mente, mas que de alguma forma não controlamos? Tipo… oi?

Não quero te deixar com medo de dormir, dormir é ótimo, mas é nesse tipo de coisa que a pessoa começa a pensar quando perde a noção de onde seu "eu" começa e termina porque parte do seu cérebro, e talvez até ele inteiro, não passa de uma estimativa. Se sou uma história que conto a mim mesma, então de maneiras muito reais essa história terminou em um depósito de Nova Jersey.

Não tenho palavra para o que aconteceu comigo, mas foi assustador e triste, e pareceu uma traição. De repente, eu tinha certeza absoluta de que Carl havia substituído as partes que me tornavam eu. Levantei do banco e disse:

— Quero ir embora.

— Você não pode ir.

— Bom, isso piora muito as coisas. Porque agora sou uma prisioneira que você sequestrou, em quem fez experiências e que vai manter confinada.

O macaco pulou na mesa e disse:

— April, por favor, fique. Seria perigoso ir embora.

— Por causa do que você fez comigo — acusei.

— Por causa do que tive que fazer com você — elu respondeu.

O que quer que estivesse controlando minhas emoções até então finalmente cedeu. De repente, gritei:

— NÃO SOU MAIS HUMANA! — O medo e a raiva me atingiram com tudo. — NÃO-SOU-MAIS-HUMANA. VOCÊS TIRARAM ISSO DE MIM! — Então me dei conta de uma grande parte do motivo pelo qual eu estava tão chateada, e gritei: — VOCÊS ME FIZERAM SER O QUE TODO MUNDO DIZIA QUE EU ERA! PUTA QUE PARIU! PUTA QUE PARIU!

— April, por favor — o macaco continuou. — Ainda há muito a explicar.

— Não tenho que fazer porra nenhuma. — Eu me afastei.

Tinha uma porta nos fundos, perto do palco, e segui na direção dela. O macaco se colocou a minha frente, gritando como se elu fosse um macaco de verdade. A porta era grande e sólida, de metal. O tipo de porta que me mantivera presa no escritório do depósito depois que o prédio começou a pegar fogo. Empurrei a barra antipânico. A porta não se moveu. Parecia aparafusada no lugar. Bati os punhos na porta, frustrada. Quando me afastei, vi a marca de amassado que minha mão esquerda havia deixado no metal.

O macaco veio por trás de mim, parou de berrar e disse:

— Tenho muito mais a explicar.

Bati só a mão esquerda na porta, que envergou. Rick Astley estava terminando sua música. Fazia só alguns minutos que eu havia acordado? Meu mundo inteiro havia mesmo mudado tão rápido?

Plantei os pés no chão, afastei o braço e então soquei a porta bem onde deveria estar a fechadura. A porta voou, levando um pedaço do batente junto.

A escuridão lá fora era chocante depois da iluminação do bar. Fiquei ali por um momento, esperando que meus olhos se adaptassem. Antes que isso acontecesse, avancei para a escuridão.

MIRANDA

Acordei cedo na manhã seguinte e não consegui voltar a dormir, então me vesti, arrumei a mala e, sem saber o que mais poderia fazer, fui para a sala compartilhada do dormitório, pela qual eu tinha passado na noite anterior. O prédio tinha sido claramente erguido às pressas. As paredes eram de um verde opaco, mas dava para ver as emendas do drywall. Não havia fogão na parte da cozinha, só um micro-ondas, duas geladeiras, cafeteiras de diversos tipos e uma máquina para gaseificar água. Fui até a geladeira, peguei uma garrafa de água com bolhas de gás carbônico feitas em casa e me servi um copo.

Alguns caras já tinham acordado e estavam comendo cereal e assistindo ao que achei ser *Bumblebee* na TV de tela plana.

Um deles apontou para mim e disse para o outro, alto:

— Deviam dizer aos novos funcionários para trazer DVDs na mala. Não estou dizendo que esse filme é ruim, mas ver quatro vezes parece um pouco demais.

— Vocês têm que ver DVDs? — perguntei, horrorizada.

— Não tem streaming nem TV a cabo aqui. E uma antena não captaria nada. Estamos totalmente isolados.

Ele usava um boné com o código de área 605.

— Não tem internet aqui?

— Tem internet, via satélite, mas é lenta, para começar. E é bem restrita. A menos que você seja de alto escalão, só pode acessar a intranet. Lá tem a maior parte das coisas de que a gente precisa, na verdade. Meu nome é Har.

— Seu nome é *Har*? — Ele tinha um sorriso grande e simpático no rosto. Enquanto eu apertava sua mão, porém, notei que me devorava com os olhos. Como mencionei, não havia muitas mulheres ali.

— É como me chamam aqui. Este é Marigold.

Ele apontou para o cara sentado a seu lado, cujo cabelo loiro bagunçado me lembrava de Andy. Marigold acenou para mim sem nem me olhar.

— Meu nome é Miranda. *Bumblebee*, hein?

Eu ainda não conseguia acreditar.

— Não é tão ruim assim. Com certeza é o melhor filme dos *Transformers*.

— Minha relação com essa série mudou depois do Carl — eu disse.

Ele soltou uma risadinha.

— Minha relação com tudo mudou depois do Carl.

— Acho que tem razão. Vocês se importam? — perguntei, já puxando uma cadeira.

— Fica à vontade. É uma ilha livre.

— Pelo que vi até agora, é uma das ilhas menos livres que há.

Ele deu risada, sem tirar os olhos do filme. Eu, que estava pegando a história no meio, fiquei bem confusa. Na maior parte, só pensava em Carl e April. Ou olhava em volta. Do nada, notei que havia uma tigela enorme ao lado da TV, cheia de camisinhas. Parecia mesmo um dormitório universitário.

— Ei, qual foi seu primeiro nome de usuário? — Har me perguntou depois de uns dez minutos de filme.

— Hum... — Pensei um pouco, depois ri alto. — Essa é uma pergunta surpreendentemente pessoal.

— Anda, o que você tem a perder? — ele insistiu.

— Bom, foi no Neopets, um simulador de bichinhos virtuais...

— Conheço o Neopets. Qual era seu nome de usuário?

— Tá bom, tá bom. Diggles.

Har e Marigold pularam do sofá com um sorriso enorme no rosto e gritaram:

— UOOOOOU!!!

Eles gritavam e vibravam. Fiquei sentada ali, com os olhos arregalados, completamente confusa. O filme tinha sido esquecido. Marigold, que até então não havia falado absolutamente nada para mim, me encarou com um sorrisão alegre e gritou:

— BEM-VINDA AO ALTUS, DIGGLES!!

Eu levantei.

— O que está acontecendo?

— Aqui no Altus, todo mundo atende pelo primeiro nome de usuário. Isso se a gente conseguir arrancá-lo da pessoa, claro. É meio que importante ser quem consegue o nome da outra pessoa, especialmente se ela ainda não sabe da tradição. Não quero ofender, Diggles, mas foi bem fácil com você.

A atmosfera de fraternidade universitária era *palpável*.

— Tenho mesmo o costume de confiar nos outros. Você vai mesmo continuar me chamando de Diggles?

— Pelo tempo em que estiver aqui! — Har gritou.

Os nomes deles faziam muito mais sentido agora.

— Bom, então aproveita pra me chamar de Diggles pelas próximas horas. Minha passagem por aqui vai ser breve.

— Não vai, não.

— Oi?

— Não sei o que você sabe, mas sei que hoje vão te levar num passeio que só as pessoas contratadas fazem. Estamos aqui para receber vocês e alguns outros que foram admitidos.

Como assim? Pensei em dizer a eles que estavam errados, mas talvez estivessem certos. Ou talvez alguém tivesse esquecido de separar minha papelada do bolo e por isso eu estivesse prestes a ter uma última chance de aprender sobre o Altus!

— Quando vamos sair? — perguntei.

— Em meia hora.

— Não é melhor acordar os outros então?

— Agora que você mencionou, acho que sim.

Har se inclinou para a frente e desligou a TV.

Eles foram chamar Sid e Paxton. Os dois apareceram dez minutos depois, com um aspecto surpreendentemente apresentável.

— A gente estava conversando sobre nossos primeiros nomes de usuário — contei a eles. Os olhos de Har e Marigold se arregalaram um pouco. — A primeira vez que tive um foi no Neopets. Eu sei... é meio ridículo.

Sid e Paxton deram risadinhas.

— Hum... — Paxton pensou. — Acho que no meu caso foi no RuneScape. Ah, cara, que péssimo. Qual era seu nome no Neopets?

— Vocês primeiro! — falei.

Quem respondeu foi Sid.

— Não tenho vergonha. Eu era CaptainSippyCup, não tenho ideia por quê.

Marigold e Har estavam prestes a explodir, mas Paxton ainda não tinha dito o dele.

— Puxado. O meu era Diggles, mais ou menos no mesmo nível.

— Será mesmo? E o seu, Paxton?

Paxton estava vermelho.

— Não lembro.

— Ah, lembra, sim — falei.

Depois, cheguei perto de dizer a Paxton que ele não precisava contar, só que aquilo claramente não era o que se esperava que eu fizesse.

Finalmente, ele suspirou e disse:

— LittleP-Nut.

Har e Marigold começaram a gritar e pular. Eles literalmente enfiaram a cabeça debaixo dos meus braços e me tiraram do chão, gritando:

— DIGGLES! Você é uma lenda! Uma lenda!

Sendo sincera, foi legal. Eu estava com saudade de sentir que fazia parte de alguma coisa.

O dormitório estava diretamente conectado aos laboratórios. Não era preciso sair dele. A maior parte dos funcionários do Altus preferia atravessar o pátio aberto, mas para nos dar uma ideia de como o gigantesco prédio em forma de C estava estruturado, fomos conduzidos pelos corredores. Depois do dormitório, passamos por uma área de recreação e pela academia, que tinha mais mesas de pingue-pongue do que esteiras ergométricas. Depois entramos nas áreas reservadas para a ciência de verdade. Dava para notar a transição pela porta enorme, grossa e pesada. Devia ter custado uma fortuna levar aquilo para a ilha.

No C ficava a maior parte da empresa, embora não tudo, com certeza. Havia um edifício gigante de blocos de concreto com aparelhos de ar-condicionado no teto que era chamado de "torre de servidores". Lembrei daquele primeiro artigo que havia lido e me dei conta de que era ali que mineravam criptomoedas.

Marigold liberou a porta com seu crachá. Ouvimos um clique e passamos. Vários dos laboratórios eram os mesmos que tínhamos visto no dia anterior, mas havia muitos. Eram imaculados e perfeitos. Eu mordia o lábio, como se estivesse apaixonada — porque estava mesmo.

Mas também estava nervosa. Em parte porque precisava causar uma boa impressão naqueles desconhecidos. A experiência toda era meio como o primeiro dia de aula na escola. Ao mesmo tempo, eu tentava catalogar tudo o que via, caso viesse a se tornar importante na minha espionagem. Aquilo só aumentava a sensação de que poderia ser pega a qualquer momento.

— Vocês usam mão de obra local? — perguntei.

— Sim. Há um dormitório para esses funcionários também — Har me disse.

— Separado do nosso prédio — Marigold acrescentou. — Os salários são muito bons. Só que, por segurança, os locais não podem sair da sede por um ano.

— *Um ano*? — Sid, ou melhor, Sippy disse.

— É... ELES SABEM DEMAIS! Teríamos que dar um fim neles! — Marigold brincou, fazendo um sotaque estrangeiro.

Depois de dez minutos passando por laboratórios variados, incluindo um de ciência da computação e o que parecia um de fabricação digital, finalmente chegamos aos escritórios. A mera informação de que estávamos em Val Verde, e não em Porto Rico, era extremamente valiosa, mas aquele passeio pelo prédio me fornecia muito mais material. Eu teria bastante coisa a contar, se conseguisse achar um lugar com sinal de celular.

Por sorte, algumas das coisas que eu tinha visto ali haviam me dado uma ideia.

Deixei aquilo para o futuro, no entanto, porque tínhamos acabado de chegar ao nosso destino. Uma porta que indicava, de maneira sedutora, a "sala de demonstração".

— Certo, vocês todos receberam ofertas para trabalhar no Altus — Marigold disse com vigor, tirando três pranchetas de uma mesa atrás dele.

— Estes são seus contratos de trabalho. Neles estão descritas as condições: vocês não podem sair da sede pelos próximos doze meses. Não da ilha: da sede. Vocês não podem entrar em contato com ninguém em casa, a não ser para dizer que estão bem, em quatrocentos e cinquenta caracteres ou menos, no máximo duas vezes por semana. Todos os seus e-mails serão lidos pela segurança do Altus, que não brinca em serviço. Eles procuram por caracteres escondidos. Nenhuma imagem é permitida. Transmitir códigos é impossível, por causa do limite de caracteres, mas ainda assim os e-mails são analisados por um sistema de inteligência artificial de detecção de códigos. Se assinarem o contrato, vão concordar com tudo isso. Também vão concordar que qualquer coisa que descobrirem enquanto trabalham aqui é propriedade intelectual do Altus. E vão prometer nunca contar a ninguém o que acontece aqui. Na vida. Vocês têm que assinar o contrato para entrar naquela sala... mas não vão ser funcionários do Altus de verdade antes de entrar naquela sala.

— Mas disseram que a gente só estava vindo para uma entrevista e depois voltaria para casa — comentei.

Marigold olhou para mim e sorriu.

— Era mentiiiira.

Ainda podia ser um erro. Uma hora atrás, eu estava certa de que pegaria um avião para casa. Os únicos que haviam contrariado aquilo eram dois caras de vinte e poucos anos que agiam como se fossem ainda mais jovens. Sabendo que talvez eu tivesse passado despercebida e com toda a intenção de violar o contrato, eu assinei.

— Bom, deixamos vocês aqui. Nos vemos logo mais, quando o mundo de vocês tiver sido totalmente transformado.

Sippy e Peanut se mantiveram ligeiramente atrás de mim quando estiquei a mão para a maçaneta. Com o coração batendo forte e a cabeça zonza, abri a porta. Os dois entraram atrás. Fiquei surpresa ao deparar com uma mulher. O cabelo loiro, liso e alinhado, até o queixo, emoldurava seu rosto.

— Sou a dra. Rhode, mas podem me chamar de Claire.

A sala era toda branca e não tinha janelas. Sua aparência era estéril, a não ser, é claro, pelas seis poltronas estofadas reclináveis que havia no meio.

— Poltronas reclináveis? — Peanut perguntou.

— São bem mais baratas e muito mais confortáveis que camas hospitalares — ela disse, respondendo com eficiência todas as dúvidas que eu poderia ter em relação àquilo.

De um lado de cada poltrona havia uma estação de monitoramento simples, para verificar a oxigenação do sangue, a pressão arterial e os batimentos cardíacos. Do outro, havia uma CPU com um equipamento avançado de realidade virtual em cima.

— O procedimento aqui é muito simples. Podem sentar nas poltronas um, dois e três, por favor.

Ela parecia estar seguindo um roteiro que já sabia de cor.

Levamos um segundo para perceber que não era só uma explicação: ela queria que já fizéssemos aquilo. A dra. Claire Rhode disse "por favor" de novo, com mais firmeza, e todos nos apressamos a ocupar uma das três primeiras poltronas.

Ela nos ajudou a posicionar os medidores de pressão e de oxigênio.

— Podem colocar os óculos. Vocês verão um teste de imagem primeiro. Ajustem o foco, depois façam sinal de positivo para mim.

Virei o rosto e vi Peanut tirar o gorro e ajeitar o cabelo castanho. Ele ajustou as tiras e os botões como se já tivesse colocado inúmeros óculos de realidade virtual na vida. Eu não tinha colocado tantos óculos de realidade na vida. A dra. Rhode veio me ajudar.

Assim que os óculos estavam no lugar, vi um desenho de mira simples à meia distância. Fiz sinal de positivo.

— Agora, olhem diretamente na mira. Vão aparecer outras imagens, mas não tirem os olhos da mira.

Imagens começaram a aparecer... se era que se podia chamar assim. Redemoinhos coloridos, como se na superfície de uma bolha, só que mais saturados, variados e vibrantes. A complexidade ia aumentando, de corantes alimentares no leite a voltas e torções dramáticas e tridimensionais. Eu não conseguia ver muito bem, claro, porque estava focada na mira, me esforçando ao máximo para não desviar os olhos e seguir as formas.

Então, de repente, as formas desapareceram e eu estava em um campo vazio, de um nada completamente branco — só que não era mais realidade virtual.

Eu não ouvia nada, não sentia nada, tinha perdido os sentidos. A pressão das minhas costas na poltrona havia desaparecido. A sensação de usar o equipamento de realidade virtual tinha ido embora. Minha língua na boca, o ar na minha pele, nos meus pulmões — eu não sentia nada. Minha mente continuava ali, no entanto, e começava a entrar em pânico. Não havia nada a que me agarrar. Era a mente sem corpo. *A mente sem corpo!*

— Vocês estão no Espaço Altus.

De repente, a voz da dra. Claire Rhode existia. Sem a reverberação da sala, soava mais clara e verdadeira.

— Muitas pessoas acham essa experiência bastante desorientadora e até perturbadora. Talvez vocês sintam que vão ficar presos aqui. Mas fiquem tranquilos, porque não vão. — O tom de voz dela era firme e tranquilo, como o de um aplicativo de meditação. — O corpo de vocês está aqui comigo. Posso vê-los. Ninguém nunca ficou preso no Espaço Altus. É impossível ficar preso no Espaço Altus. Se quiser sair, tudo o que precisa fazer é dizer "sair". Agora, vamos introduzir objetos no Espaço.

Uma mesa apareceu a minha frente. Não parecia uma mesa de realidade virtual. Parecia uma mesa mesmo.

— Certo, tudo está correndo de acordo com o plano — a voz da dra. Rhode disse. — Agora, vamos dar corpo a vocês. Se tiverem qualquer sensação negativa, lembrem: tudo o que precisam fazer é dizer "sair".

De repente, o peso retornou aos meus membros. Olhei para baixo e vi a mim mesma. Nua.

— Pode me dar uma roupa? — perguntei, mas ela não respondeu.

— Por favor, permaneçam calmos. Se tiverem qualquer sensação negativa, é só dizer "sair".

A voz dela já não parecia tão calma. Eu não podia chamar o que vivenciava de sensação negativa. Só sentia um friozinho e estava totalmente pelada.

— Muito bem. — Ela parecia notavelmente menos calma agora. — Vamos fazer um intervalo. Vou trazer vocês de volta do Espaço Altus.

No mais leve piscar de olhos, eu estava de volta à poltrona, vendo um alvo preto em fundo branco pelos óculos de realidade virtual. Não tinha absolutamente nada com que comparar a sensação anterior. De teletransporte, imagino, embora isso não seja algo com que ninguém tenha experiência prévia.

Enquanto se dava conta de que eu estava no mundo real, minha mente identificou um ruído — uma espécie de choro ofegante. Tirei os óculos e o medidor de pressão e corri para Paxton, que estava sentado na poltrona com as pernas suspensas, olhando para uma poça de vômito.

A dra. Rhode me conteve e se ajoelhou ao lado de Paxton.

— Às vezes — ela disse a ele, baixinho —, o corpo não se encaixa à perfeição com a posição da consciência, o que é muito perturbador. É raro, mas acontece.

— Como assim, "perturbador"? — perguntei, querendo mais informações.

Ela me ignorou.

— Paxton, o que você viu e sentiu não era real. Você vai ficar bem. Seu emprego aqui está garantido. Isso não diz nada a seu respeito. Você viu como o Altus é poderoso, e a sala de demonstração é para isso mesmo.

Me aproximei e toquei no braço de Paxton, mas ele se afastou de mim com um solavanco.

— Paxton, está tudo bem. Desculpa. Você não tem nada de que se envergonhar.

Virei para Sid, que estava verde. Eu também devia estar. Sid sussurrou para mim:

— Conversamos com uns caras ontem à noite. Pessoas que reagem assim nunca conseguem entrar. Vai ser a mesma coisa sempre que ele tentar. Dão até um nome para as pessoas que não conseguem entrar.

Claro que sim.

— Sinto muito por vocês dois também — a dra. Rhode disse. — Em geral, é uma experiência mágica. Vivo dizendo que temos que fazer uma pessoa por vez, mas não temos pessoal o bastante para fazer sessões individuais. Independente disso, agora todos vocês sabem o que...

— Podem não contar a eles? — Peanut pediu, ainda tremendo por conta da experiência.

— Como? — Sid perguntou.

— Podemos só fingir que correu tudo bem com todos nós, que nos divertimos muito? Foi incrível. Foi tão incrível...

Então um calafrio percorreu seu corpo, e ele fechou os olhos com força.

— Tenho que registrar o ocorrido, mas meus relatórios são confidenciais: vão só para a equipe médica e os executivos sênior — a dra. Rhode disse.

— Claro — eu disse. — Pode deixar. Todos tivemos uma ótima primeira experiência no Espaço Altus. Vamos ficar mais um pouquinho aqui. Podemos relaxar um pouco nas poltronas por um tempo, dra. Rhode?

— Claro. A sala estava reservada para vocês por mais quinze minutos.

Quando nossos quinze minutos acabaram e Peanut já parecia um pouco mais firme, a dra. Rhode abriu a porta e todos saímos, tentando parecer tão animados e inspirados quanto possível. Achei que Har e Marigold viriam nos buscar, mas meu dia ficou cada vez mais estranho.

Sippy e Peanut congelaram na hora, e imagino que devo ter feito o mesmo, porque Peter Petrawicki estava sentado no corredor, olhando para nós.

Ah, merda, pensei. Eu tinha bisbilhotado, e ele descobriu. Agora era tarde demais. Eu já tinha visto. Ele não tinha mais como tirar aquilo de mim.

— Sr. Petrawicki — Sippy disse, entusiasmado. — Isso é incrível. Tipo, é de abalar as estruturas. — Petrawicki assentiu. Sippy continuou falando: — Preciso saber mais agora mesmo. Quem vai nos contar mais?

Os olhos de Peanut estavam irrequietos. Ele sorria como se estivesse animado, mas seu olhar sempre voltava ao chão.

— Vocês dois seguem na orientação. Miranda, ou devo dizer Diggles? — Ele sorriu para mim. — Vem comigo.

Tentei controlar a respiração enquanto seguia Peter na direção de uma escada. Tudo em que eu conseguia pensar era: *Quais são as chances de que essas pessoas de fato me matem agora, considerando que isto aqui é tão gigantesco que qualquer risco de vazamento é uma ameaça existencial?*

Decidi, com firmeza, que eu não precisava dizer absolutamente nada. Entramos no escritório grandioso de Peter. Ele sentou no sofá e apontou para que eu me acomodasse numa poltrona vermelha de veludo ali perto.

— Sinto muito por seu amigo.

— Como você ficou sabendo? — soltei.

— É fácil perceber. Chamamos de desarticulação corporal. É incomum e parece ser totalmente aleatório. Tenho certeza de que a dra. Rhode vai me mandar o relatório completo. Ouvi dizer que é uma experiência muito desagradável.

— O que acontece?

Ele baixou os olhos para a mesinha de centro por um momento, pensando.

— É complicado. Não acho que alguém tenha total compreensão do fenômeno, mas o software do Altus funciona unicamente porque nossa mente preenche uma enorme quantidade de detalhes, mesmo em ambientes reais normais. Não precisamos modelar fisicamente seu corpo inteiro: só temos que dizer ao seu cérebro que sua mente consciente habita seu corpo. Quando isso corre bem, a consciência se encaixa no corpo, e a pessoa passa a existir em seu próprio corpo no Espaço Altus. Quando parece tão real quanto no Espaço, a mente fornece os detalhes, mais ou menos como faria em um sonho.

Eu queria muito perguntar a Petrawicki como tudo aquilo funcionava, mas não queria fazer nada que ele pudesse ver como ameaçador, então o deixei prosseguir.

— Às vezes, o corpo aparece separado da consciência, o que não é bom. Parece morto, e quando a pessoa se vê assim é perturbador. Mas, na desarticulação corporal, a consciência entra no corpo de maneira imperfeita, e o cérebro tem que interpretar o que vê não pelos olhos, mas pelo queixo, ou peito, ou mão. A mente não consegue lidar com isso, e insiste em rearranjar o corpo. Os braços se tornam cabeças, os pés se tornam joelhos. A propriocepção falha por completo. Resulta em vertigem extrema e aparentemente é muito perturbador.

Ele disse tudo isso como se não estivesse descrevendo meu amigo botando tudo o que havia dentro de si para fora cerca de meia hora antes.

— O primeiro sinal de que algo está errado é quando a pressão arterial e os batimentos cardíacos disparam, mas tudo acontece tão rápido que, quando lemos a reação e começamos a encerrar o software, já houve dano psicológico. É terrível. Fico feliz que não tenha acontecido com você.

Ele parecia estar sendo sincero, mas me mantive em silêncio, considerando o que havia prometido a mim mesma.

Peter Petrawicki também se manteve em silêncio.

Por um longo tempo.

Mas eu aguentei mais.

— Você estava certa ontem — Petrawicki disse afinal. — Por isso fiquei nervoso. As pessoas nesta empresa só me viram tão nervoso poucas vezes. Mas eu não tinha o direito de ficar chateado. Pensei em te mandar para casa. Mas fiquei acordado a noite toda, pensando no que você disse. Repassei palavra por palavra.

Mais tarde, descobri que aquilo era verdade. O Altus gravava praticamente tudo o que acontecia sem que ninguém soubesse. Não havia leis que proibissem aquilo em Val Verde.

— Eu era digno de pena. Era patético. Corria atrás de algo profundamente entediante e desimportante. Você tem razão, fui oportunista. Estava atrás de atenção. Não me importava realmente com Carl, só queria que prestassem atenção para conseguir algum poder. Não acho que tenha algo de errado em ganhar dinheiro só pelo dinheiro, mas não é muito interessante. Não é como o que estamos fazendo agora.

— Não, não tem nada a ver com o que vocês estão fazendo agora — concordei.

— O mundo está um caos completo no momento, mas vamos consertar isso. As pessoas não conseguem mais viver sem o Sonho, e nós podemos trazê-lo de volta, ainda melhor.

Ele sacudiu um pouco os punhos cerrados enquanto dizia aquilo.

Por um breve momento, eu acreditei, então lembrei de Paxton. Eles certamente não alertavam sobre desarticulação corporal nos panfletos de orientação.

— Aquilo vai acontecer com ele toda vez que entrar no Espaço? — perguntei, de repente muito preocupada com Paxton.

Petrawicki me olhou por um bom tempo e depois disse:

— Posso confiar em você?

Tipo, claro que não. Ele deveria saber, né?

— Claro, vou passar doze meses aqui. A quem vou contar?

Petrawicki olhou para mim com toda a concentração, como se quisesse que eu acreditasse que era capaz de ler minha mente.

— Vai acontecer sempre que ele tentar entrar, mas ele provavelmente nunca mais vai tentar.

— Pode acontecer comigo?

— Desarticulação corporal? Não. Até onde podemos dizer, depois que se ocupou o próprio corpo no Espaço uma vez, é garantido que vai dar certo. Sua mente já sabe o que esperar.

— E agora eu trabalho aqui então?

— Agora você trabalha aqui, embora eu espere que compreenda que vamos te observar de perto. Você é um risco à nossa segurança.

— Como assim?

— Apareci em rede nacional para revelar que sua amiga era bissexual, porque assim ganharia pontos com o público. Você deveria me odiar. Se odeia ou não, não sei dizer. Queremos que trabalhe aqui, mas não confiamos em você. Não fique magoada: não confiamos em ninguém.

Era revelador que Petrawicki assumisse a responsabilidade por algo que havia feito — expor a bissexualidade de April —, mas não mencionasse tudo o que havia sido feito em seu nome. Era o costume desse tipo de homem. Alimentava o medo com muito cuidado, depois o lançava no mundo para quem quisesse usar. Quando alguém o usava para a destruição, diziam que a pessoa era "instável" ou tinha "transtornos mentais".

Peter irradiava o poder que tinha acumulado. E estava certo: parte daquele poder tinha sido um prêmio por enfrentar April. Derrubá-la o alavancara, e agora ele capitalizava em cima daquilo, enquanto April estava morta. Naquele momento, senti o tipo de fúria de quando não se está mais no controle, de quando seus instintos animais se unem a suas emoções humanas e as palavras se tornam armas selvagens e ingovernáveis. Em retrospectiva, o que me deixou com mais raiva foi quão humano ele estava começando a parecer, e quão importante seu trabalho de fato era. Quase me meti em encrenca, mas continuei me agarrando às palavras dele, continuei sem abrir a boca. Petrawicki disse que eu era um risco à segurança deles, e era verdade. Eu precisava manter aquela capacidade de ser um risco à segurança do Altus, e já tinha uma ideia de como ia fazer aquilo.

— Talvez eu te odeie mesmo — eu disse, com um veneno sincero na voz —, mas prefiro trabalhar em algo grande com alguém que odeio a trabalhar em algo pequeno com pessoas que amo.

Aquilo era mentira, mas era o tipo de mentira em que Peter Petrawicki talvez acreditasse.

MAYA

— Temos que ir agora — disse April, já começando a percorrer os sete ou oito metros que nos separavam.

— April?! — gritei.

— Agora!

Virei e entrei na picape, apertando na mesma hora o botão para me certificar de que a porta do passageiro estava destrancada. Quando fui ver se April estava vindo, não a encontrei. Meu coração quase pulou pela boca quando a porta do passageiro se abriu com força. Como ela havia chegado à picape tão depressa?

— Vamos — ela disse, calma.

Eu estava tentando encontrar o meio-termo entre velocidade e segurança, o que ocupava cem por cento da minha atenção, em vez de pensar em April, a pessoa viva e real que estava sentada ao meu lado na picape, nem um pouco morta.

— O que está...

Antes que eu conseguisse terminar a pergunta, uma música começou a tocar alto.

La la la la lala la la

Era Britney.

— Só dirige — April disse. Olhei para ela, que estava com as mãos no rosto.

La la la la lala la la

A música ocupava toda a cabine da picape, os diferentes ritmos se sobrepondo, daquele jeito bem Britney de 2008.

Love me, hate me
Say what you want about me
But all of the boys and all of the girls
Are begging to if you seek Amy

Eu não sabia aonde deveria ir, então segui rumo ao Airbnb. Sabia como chegar lá e imaginei que poderíamos conversar direito quando chegássemos. Aquilo não era seguro. Eu estava chorando demais. Era de alívio? Exaustão? Amor? Não sabia dizer. Não era nenhuma emoção em particular: eram todas ao mesmo tempo.

A música pulsava alto, e eu piscava para evitar lágrimas de raiva. Queria parar a picape e abraçá-la, queria que April chorasse nos meus braços enquanto explicava o que estava acontecendo, mas ela mantinha a cabeça baixa, as mãos no rosto, o cabelo, mais comprido que antes, caindo na cara. Ela nem notara meu cabelo, mal olhara para mim. Eu estava brava porque April não havia reparado no meu cabelo? Não, estava brava porque aquele momento deveria ser simples, e não era.

Eu estava a menos de um quilômetro do Airbnb, seguindo por uma via secundária, quando a estranha abordagem de Britney em relação à língua inglesa chegou ao fim. Achei que outra música fosse tocar, mas conforme o tempo se estendia, me dei conta de que não era o rádio tocando... A música só tinha começado quando April entrara no carro. Agora, o barulho da estrada tomava conta da cabine da picape. Além da tensão e do medo.

— April, você está bem? — perguntei.

Sem levantar o rosto, ela disse:

— Estou, mas preciso que você continue dirigindo.

A voz dela fez o que vê-la não havia conseguido: tornou tudo real. Era ela. April estava viva. Cada nervo do meu corpo se tornou ultrassensível; cada pelinho se arrepiou. Eu tinha encontrado a April. Eu estava certa! Então me dei conta, por um segundo, de que não sabia se de fato acreditara que a veria de novo. Eu acreditava mesmo que April estava viva — de verdade. Mas não achava que iria encontrá-la.

Através das lágrimas que eu não conseguia impedir, falei:

— April, ai, meu Deus… onde você estava?

— Naquele bar abandonado… — Ela ergueu os olhos, e meus olhos não conseguiam entender direito o que havia acontecido com o lado esquerdo do rosto dela. — Aparentemente, ainda em Nova Jersey.

Ela devia ter visto numa placa de rua.

Uma risada me escapou.

Então, notei as luzes atrás de mim. Em azul, vermelho e branco. A polícia.

Por que caralho eu ia ser parada agora?! Se bem que, vai saber. Eu estava dirigindo com lágrimas cobrindo o rosto, cheia de medo e preocupação.

— Não para — April disse.

— April, é a polícia. A gente tem que parar pra polícia.

Ela repetiu, com mais firmeza:

— Não para.

— Não posso, April — eu disse, já começando a encostar.

Ela mudou de tática e começou a implorar.

— Por favor. Por favor, Maya. Não para.

— Desculpa — falei, enquanto parava a picape.

Talvez eu devesse ter seguido em frente — o que eu sabia a respeito de uma situação tão zoada quanto aquela? —, mas tenho um protocolo muito específico para interações com a polícia. Manter as mãos visíveis, não fazer nenhum movimento brusco, obedecer a ordens.

Um cara alto de uniforme se aproximou. O parceiro dele ficou na viatura.

Baixei o vidro e devolvi as mãos ao volante.

— Senhora, saia do carro.

— Sim, senhor — eu disse, muito embora aquilo parecesse completamente errado.

Abri a porta e desci.

— Vou te algemar agora. Tem algum objeto afiado ou perigoso nos seus bolsos?

Aquilo estava muito errado.

— Não — foi tudo o que eu disse.

Ele me revistou e eu levei as mãos às costas, tremendo.

Foi então que notei que o outro policial tinha saído da viatura e estava se aproximando do lado do passageiro da picape.

O outro policial gritou:

— Volta pro carro!

— April, faz o que eles mandaram!

Eu estava à beira do pânico.

O policial falou no meu ouvido:

— Senhora, fica de joelhos e espera aqui.

Eu me ajoelhei, com as mãos algemadas às costas. Então ouvi a voz de April, em alto e bom som:

— Daniel Robinson, Alex Hinch. Policiais do Departamento de Polícia de Woodstown. Vocês não estão fazendo trabalho policial. Ninguém mandou que nos parassem. Por que nos pararam?

— Volta para o carro.

Ele manteve a voz alta e firme, mas não gritou.

— Não vou voltar. Porque vocês não têm nenhum motivo para nos parar, mas nos pararam. Vocês infringiram a lei e precisam explicar por que fizeram isso.

A voz de April saía tão alta, tão clara e tão forte que quase não parecia dela. Eu nunca a ouvira falar daquele jeito.

— Não é assim que funciona. Deitada de bruços no chão, por favor.

— Daniel, sua esposa, Cindy, trabalha no departamento de vendas do hotel Marriott. Alex, sua esposa, Yolanda, é dona de casa e cuida dos seus dois filhos, Jaime e Sammy. Todos se encontram saudáveis e bem. Querem que vocês voltem para casa hoje. Querem que fiquem em segurança.

Eu ouvia tudo aquilo com os olhos voltados para a porta azul da Nissan Frontier alugada. Um carro passou por nós na estrada, e o silêncio voltou a se instalar, devagar. Então os celulares dos dois policiais tocaram, ao mesmo tempo.

— São suas esposas ligando. Estão com medo de que vocês possam ter se ferido.

Me mantive de joelhos, impotente e aterrorizada, enquanto ouvia uma sucessão de ruídos: de briga, arranhões, golpes, grunhidos e baques.

Do nada, April estava atrás de mim.

— Desculpa, deve ter sido assustador — ela disse no meu ouvido, tão calma quanto se estivesse me trazendo um prato de macarrão para comer, algo que, só para deixar claro, nunca havia feito.

De repente, minhas mãos estavam soltas. Levantei e vi o rosto de April. Metade era de um branco turvo, salpicado com os mais leves traços de verde e cor-de-rosa — como uma pedra preciosa no fundo do mar; como algo de outro mundo; como as pedras no fundo da minha mochila, na traseira da picape. Os olhos escuros dela brilharam.

— Seu cabelo — April falou.

— Meu cabelo.

— Você cortou, está tão curto. Gostei.

Não havia nenhum entusiasmo na voz dela.

April ficou de pé e passou depressa pelos dois policiais — que estavam deitados em silêncio no chão, algemados um ao outro — até a viatura. Ela enfiou o braço por baixo do capô, até o cotovelo. A mão simplesmente... passou por ali. Ouviu-se um assovio. Então ela voltou aos policiais.

— Por que nos pararam? — April perguntou com frieza enquanto eu ia até eles também.

— É um jogo — um deles disse, com a voz um pouco trêmula.

— Podem explicar — April disse, com a voz ameaçadora.

— É um jogo de realidade alternativa. Chama Fish. Recebemos uma pista. Mandava parar uma Nissan Frontier e pegar os dois passageiros. Aí seguiríamos direto para o destino.

— Destino? — April perguntou.

— Não sabemos o que é, mas quem completou o jogo não para de falar de como é incrível. Parecia inofensivo, e imaginamos que vocês estivessem por dentro do jogo! Em geral é assim que funciona!

— Meu Deus — eu disse.

— Porra, quanto foi que eu perdi? — April soava resignada. E cansada.

— Muito. Posso explicar... pelo menos uma parte — falei.

— Temos que ir — ela falou por cima do ombro, já voltando para a picape.

Deixei os policiais algemados um ao outro com a viatura quebrada e voltei à picape.

— Por que o carro está fedendo a vômito? — perguntei.

— Eu vomitei. Mas não perdi a consciência dessa vez, então acho que estou melhorando.

Eu não fazia ideia do que April estava falando.

— Você está bem? Seu…

Parei na hora, porque estava prestes a dizer "seu rosto", e aquilo parecia errado.

— Não tenho ideia. Não sei de porra nenhuma. — Então ela pareceu se acalmar em um instante. — Não sei. Temos que correr. Tem algum lugar aonde você possa ir sem que ninguém saiba? Conhece alguém de quem a gente possa comprar um carro?

— Você quer comprar um carro?

— Isso, de alguém que não tenha relação direta com você. De alguém que não possa ser envolvido nisso.

— Você quer comprar um carro às onze da noite?

— E, se possível, comer alguma coisa. Talvez tomar um café.

O café me deu uma ideia. Peguei o celular e liguei para Derek, do Dream Bean.

— Maya? Está tudo bem? — Ele parecia meio grogue.

— Na verdade, não. Posso passar aí?

Dava para ouvir Derek falando com a esposa ao fundo. Ele logo voltou à ligação.

— É que… — Derek começou a dizer, mas eu o cortei antes que terminasse.

— Eu sei. É importante. Confia em mim.

— Tá. — Ele suspirou. — Então tá.

— Chego logo mais — eu disse. — Obrigada. E desculpa. Eu não incomodaria se não fosse importante. Explico quando chegar.

Desliguei. Antes que eu pudesse fazer qualquer pergunta a April, ela disse:

— Podemos ouvir música?

— Claro.

Me estiquei para ligar o rádio, mas, antes que sequer encostasse no painel, uma música do R.E.M. começou a tocar.

— Não sei o que está acontecendo — April disse. — Não é de propósito.

Era uma viagem de dez minutos até a casa de Derek, mas evitei as vias principais, por isso levou quinze minutos.

— Ah, graças a Deus — April disse quando parei diante da casa de Derek.

— O que foi? — perguntei.

— A entrada para carros é longa, não vão conseguir ver a picape da rua.

— Minha nossa, April.

— Maya, não estou sendo paranoica. Alguém literalmente colocou a polícia atrás da gente. Eles sabiam nossos nomes. Sabíamos onde estaríamos. Não quero descobrir o que teria acontecido se não tivéssemos fugido.

Respirei fundo e soltei o ar devagar, tentando ajustar minha compreensão da realidade.

— Como você sabia que eles não estavam só dando uma de policiais? Como sabia que tem alguma outra coisa rolando?

— Verifiquei os comunicados do departamento de polícia e o computador na viatura deles.

— Mas você não tinha ido até a viatura.

— Usei a mente. Esse é o Derek?

Ele usava calça e blusa de moletom cinza com capuz.

— Maya, por favor, explica o que está acontecendo — ele disse enquanto nos aproximávamos.

Olhei para April, que assentiu para mim. Concluí que estava sinalizando para que eu dissesse a verdade.

— April May é minha ex-namorada. Você deve lembrar que ela... morreu um tempo atrás, e eu fiquei obcecada em descobrir seu paradeiro. Bom, acabei de encontrá-la, e agora ela está aqui. Uns policiais desonestos mandaram a gente parar e me algemaram, por isso April algemou um no outro. Agora precisamos de um amigo, de um café e talvez de um carro novo.

Derek recebeu tudo aquilo surpreendentemente bem, mas parecia meio de queixo caído.

— Essa — ele apontou, descruzando os braços e apontando para April — é April May?

— É.

A iluminação não era boa, mas Derek se inclinou para ver a cara dela. Notei que as sobrancelhas dele se aproximaram uma da outra enquanto ele tentava compreender o lado esquerdo do rosto dela. Depois da mais leve hesitação, ele ofereceu a mão.

— Muito prazer, April.

April permaneceu imóvel um pouco além da conta, mas depois esticou o braço e apertou a mão dele.

— Entrem — ele disse.

Fomos direto para a sala e deparamos com a esposa de Derek, Crystal, de cabelo preso e camiseta da Disney com uma calça de pijama. Ela estava de braços cruzados e não parecia muito satisfeita.

— April, esta é Crystal — Derek disse. — Crystal, esta é April May, amiga de Maya.

Crystal baixou as mãos enquanto seus olhos vasculhavam o rosto de April.

— Vamos fazer um café para elas e deixar que fiquem à vontade — Derek disse para a esposa. E depois para nós: — Rose está dormindo, então não façam muito barulho.

Os olhos dele iam de um lado para o outro, em uma tentativa de não encarar April.

— Posso usar o banheiro? — pedi.

Eles indicaram o caminho. Fui ao banheiro e voltei para a sala. April estava sentada no meio do sofá, lendo um livro de imagens enorme, que parecia pesar uns dez quilos. Sentei ao lado dela e ergui a capa. Chamava *Deslumbrantes jardins americanos.*

Ouvi Derek e Crystal murmurando na cozinha. Eles falavam baixo, mas dava para sentir a tensão nas palavras.

— Encontrou algum jardim legal? — perguntei.

April virou o rosto para mim sob a luz plena da sala. Eu gostaria que não tivesse sido grande coisa. Preferiria dizer que não foi desconcertante e perturbador, mas foi. Eu conhecia cada pedacinho do rosto dela, e meu cérebro teve que lutar para aceitar aquele rosto novo como sendo de April. Mas aquele era o rosto dela agora. Não era o rosto pelo qual eu tinha me apaixonado, mas imagino que ninguém se apaixone por um rosto.

Naquele momento, pensei em como ela era linda. Não é algo bonito de pensar, mas foi o que me ocorreu. Ela continuava linda, mas era outra coisa. Era uma beleza anormal. Eu queria tocar seu rosto, mas não toquei. Queria perguntar, mas não perguntei.

Eventualmente, meus olhos encontraram seu lar: os olhos dela, que ainda eram inegavelmente os olhos de April May.

— Sua pupila esquerda está um pouco maior que a direita — eu disse.

— Então você notou?

— Acabei de notar. Agora que consegui olhar direito.

Um medo tomou conta de mim, uma preocupação de que aquela não fosse April de verdade.

— O olho esquerdo não é real. Foi Carl quem fez, como tudo isso.

— Isso não significa que não seja real. Só significa que não é o que você tinha antes.

— Ele não chora — April disse, demonstrando muito mais vulnerabilidade do que eu estava acostumada com ela.

— Você andou chorando? — perguntei, ávida para extrair o máximo daquele momento.

— Um pouco, mas logo paro. — Ela piscou, e uma lágrima caiu de seu olho direito. — Carl fez algo comigo. Sempre que minhas emoções ganham força, são desligadas.

Aquilo era reconfortante — diminuía minha preocupação com a possibilidade de ela ser uma impostora. Também explicava o ataque tranquilo e bem-sucedido aos policiais. Pensei no fato de que ela sabia o nome deles, e o nome das esposas, e em como Carl claramente a havia mudado de outras maneiras também, mas não falei nada.

— Quer ver alguns jardins?

April riu. Pelo menos ainda era capaz de rir.

Alguns minutos depois, Derek e Crystal chegaram com café e biscoitos Pop-Tarts.

— Pop-Tarts? — perguntei.

— Procuramos "comida preferida April May" no Google — Derek disse.

April deu uma meia risada.

— É muito atencioso da parte de vocês — ela disse, pegando uma caneca de café e tomando um gole. — Está ótimo.

— April odeia café, a menos que esteja tendo um dia ruim — contei a eles.

— Não estou tendo um dia ruim — ela disse, virando o rosto para mim, e meu coração deu um pulo no peito.

Eu sabia que havia muitas perguntas emergindo, mas imaginava que não quiséssemos responder a nenhuma delas. Então segui adiante com meu plano.

— Então. Precisamos comprar um carro de vocês.

— Quê? — os dois falaram ao mesmo tempo.

— April e eu precisamos comprar um carro esta noite, e vocês são as únicas pessoas que conhecemos. Podemos pagar muito mais do que vale.

— Não podemos só emprestar o carro? — Crystal perguntou.

Olhei para April, que disse:

— Não sabemos quando vamos poder devolver.

— Não tem problema — Crystal disse. O apoio dela tinha dado uma guinada de cento e oitenta graus. — Isso se vocês não se importarem de ser um carro meio caindo aos pedaços.

— O Chevrolet? — Derek perguntou.

— Ele funciona.

— Bom, é verdade.

— A gente o mantém mais para quando precisa carregar muitos sacos de adubo ou coisa assim. Faz um ano que não saímos com ele. Se pegar, podem levar. Depois a gente se acerta.

— Que ano é? — April perguntou.

— Noventa e poucos? — Derek arriscou.

— Perfeito.

— Posso pagar agora — eu disse a eles.

Derek ficou em silêncio enquanto Crystal dizia:

— Não tem problema. Queremos ajudar.

— Vamos aceitar sua ajuda — April disse. — Onde está o carro?

— É uma picape S-10 da Chevrolet. Está na lateral da casa.

— Beleza. — April levantou. — Vocês foram muito mais legais do que merecíamos. Posso fazer uma pergunta bem boba?

Os dois só ficaram parados, com uma expressão vazia.

— Posso levar esse livro de jardinagem também?

Com seus dedos de cristal, ela levantou o enorme livro da mesa com todo o cuidado, mas sem dificuldade.

— Vocês não precisam ir agora. Está tarde, melhor dormir. Podem partir amanhã cedo.

— Não, temos que ir agora. Não podemos ficar nesta região — April disse. — Tudo bem se eu levar o livro então?

— Claro, pode levar. Você devolve com a picape.

— Obrigada — April disse, colocando o livro debaixo do braço como se fosse um livrinho de bolso.

Levantei para ir embora.

— Derek, Crystal, muito obrigada. Vamos ficar em dívida com vocês — eu disse.

— O que a gente faz com a picape de vocês? — Crystal perguntou.

— Maya vai levar ela agora — April disse. — Vamos seguir em carros separados até chegar a algum restaurante fast-food, aí deixamos o Nissan lá. Quando encontrarem, não vão ter como relacionar a vocês nem vão ter ideia de para onde fomos.

— É, hum, acho que é isso que vamos fazer — falei, arqueando as sobrancelhas.

Seguimos em carros separados até um Wendy's, depois passamos tudo do Nissan para o Chevrolet e abandonamos a picape alugada ali. Me senti mal por não a devolver à empresa de aluguel, mas, tipo, aparentemente eu tinha me tornado uma fugitiva, e portanto precisava começar a agir como tal.

Me juntei a April na S-10 e entramos na fila do drive-thru. A picape era branca e estava um pouco enferrujada. Os pneus eram grandes e protuberantes. Mas o interior estava limpo, era confortável e contava com todos os porta-copos necessários.

— Que bom que eles não quiseram pagamento — ela disse. — Você ia ter que fazer uma transferência bancária, que ficaria registrada. Eu disse a Derek que se alguém aparecer perguntando a respeito, é melhor dizer que você pegou a picape emprestada e ele não te viu desde então. Acho que foi só ali que ele percebeu que tinha um motivo para preocupação.

— Acha que eles vão ter problemas por causa disso?

— Não, eles só emprestaram uma picape. As pessoas fazem isso para amigos.

Pedimos hambúrgueres, cafés e batatas fritas.

— Bom, para onde vamos agora?

April pensou por um segundo. Fechou os olhos com força e crispou os lábios. Sua mão esquerda perolada segurou o volante com tanta força que ouvi um rangido.

— APRIL?! — chamei, assustada.

Ela soltou um grunhido e relaxou.

— Porra, por que dói tanto? — April disse para si mesma. Então virou para mim. — Vamos seguir por cerca de cento e cinquenta quilômetros na 295, sentido norte. Aí vamos parar no caixa eletrônico, tirar todo o dinheiro possível e encher o tanque. Vai ser a última vez que vamos poder usar o cartão de crédito. Também vai ser aí que você vai ter que se livrar do celular. Mas, agora, pode procurar o lugar mais no meio do nada de Vermont com um hotel que não seja podre?

— Que porra foi aquela? Você está bem?

— Ainda não sei. Te conto quando souber mais.

— Por que não passamos no caixa eletrônico e enchemos o tanque agora?

— Porque devem estar vigiando os postos da região.

— Minha nossa — soltei.

Ela saiu com o carro. No banco do passageiro, procurei por um lugar em Vermont onde esconder minha ex-namorada ciborgue.

— Vou mandar mensagem pra todo mundo avisando que vou ficar sem celular.

— Todo mundo? — April repetiu.

— Andy, Miranda e Robin. Se bem que Miranda também não está com o celular agora, porque ela está... — eu não sabia como explicar — ... de férias. Você acha que quem mandou os policiais atrás de nós tem acesso a nossas mensagens de texto?

— Olha, Maya, se quisesse, acho que *eu* teria acesso a suas mensagens de texto, então prefiro não me arriscar.

Por mais perturbadora que fosse aquela calma impossível de April, também era reconfortante, porque eu mesma estava pirando.

— Tá, então vou mandar só: "Vou ficar fora do radar um tempinho, galera. Saudades".

— Acho que tudo bem.

Depois de alguns segundos, chegou uma mensagem de Andy.

— Andy respondeu — eu disse a April, rindo. — Ele falou: "Essa mensagem foi muito enigmática. Te odeio".

Sorri e olhei para April. Seus olhos estavam fixos na estrada; ela não reagiu, então voltei ao celular. Fazia tempo que não conversávamos.

Robin: Concordo com Andy no sentido, mas não no tom que ele usou.

Maya: Como vocês estão?

Andy: Melhor depois da nossa conversa. Robin, Maya é a melhor do mundo, se você ainda não sabe.

Robin: Eu já sabia, mas você não acabou de dizer que a odiava?

Andy: ¯_(ツ)_/¯

Robin: Eu tô bem, Maya. Andy me mantém ocupado com seu interesse repentino por coisas aleatórias, porque tenho que lidar com uma bola fora atrás da outra.

Andy: Como estamos passivo-agressivos, não?

Andy: Mas boa!

Maya: Que novos interesses?

Andy: Te conto dos meus se me contar dos seus.

Maya: Afe... homens são tão bobos.

Andy: Tá, bom, é confidencial. Me infiltrei em um grupo de pessoas que tenta manipular a cultura humana em grande escala. E acho que também estou tentando arrumar uma namorada.

Ainda olhando para o celular, eu disse:

— Ai, meu Deus. Andy está namorando.

Olhei para April, que não tirou os olhos da estrada. Voltei para encerrar a conversa com os meninos.

Maya: Bom, então se divirta com a sua NAMORADA. E com sua sociedade secreta! Mas tenho que ir agora. Não sei quando vou voltar, mas não se preocupem.

Andy: ENTÃO SOBRARAM APENAS DOIS!

Robin: Ixi.

— Você está bem? — perguntei.

— Não sei. — Depois de um momento, April disse: — Que bom que está todo mundo bem.

Eu não sabia se havia certa acusação na voz dela ou não. April havia perdido tanta coisa. Todos tínhamos ficado sem ela; ela havia ficado sem todo mundo.

Dirigimos pela 295 por uma hora e meia, então paramos em um posto de gasolina. Enchi o tanque enquanto April foi tirar dinheiro com meu cartão.

— Quanto você conseguiu? — perguntei quando ela voltou com um mapa rodoviário debaixo do braço.

— Uns dez mil dólares.

— Impossível. E o limite diário? — perguntei.

— Maya… — Ela olhou para mim. — Eu roubei.

— Quê?

— Eu abri o caixa eletrônico e peguei o dinheiro.

— Tudo bem se eu não estiver tranquila com isso? — perguntei, em um quase sussurro.

— Ah, sim. Essa seria a reação esperada — April respondeu, no volume normal.

— Você não pode me contar nada? O que está acontecendo? Onde você estava?

O desespero estava claro em minha voz. Entramos na picape e April falou:

— Maya, vamos pensar em tudo isso depois. O que você encontrou?

— Warren, Vermont. Tem 1780 habitantes.

Os olhos de April se fecharam e seu corpo voltou a ter espasmos.

— Rá!

— Rá? — repeti.

— Não é nada. Warren tem 1780 habitantes e foi fundada em 1780. É só uma coincidência engraçada.

Peguei o celular para ver se April estava certa. Ela arrancou o aparelho das minhas mãos e o atirou pela janela.

CARL

O período entre meu terceiro e meu quarto despertar foi o mais longo. Depois do terceiro, comecei a agir com dedicação e método. Podia me sair muito bem criando uma rede mundial de células vivas sequestradas, mas não significava que era um trabalho rápido.

Parte da lentidão se devia à busca por equilíbrio. Eu tinha que compensar cada caloria que roubava, ou seria apenas uma doença. No caso da *Pelagibacter*, acabei com uma das principais doenças naturais que a acometia. No entanto, ao acabar com a existência do vírus, causei alguns efeitos que não havia previsto. Eu estava em apenas cerca de vinte por cento da população global de *Pelagibacter*, mas todas se beneficiavam com a extinção do vírus, o que a princípio causou uma superabundância que foi difícil regular. Na verdade, eu nem tinha muita certeza de como aquilo havia se resolvido. Agora tenho, mas na época era um mistério para mim, algo que me preocupava muito. Alterar a ecologia global é surpreendentemente fácil, mas é um tabu para mim.

Nas futuras tentativas, tornei as células mais eficientes, de modo a usar a quantidade exata de energia extra que era produzida.

Agora, eu também tinha que seguir regras. Não sei de onde vieram, mas são impossíveis de violar. Eu não podia forçar pessoas a fazer alguma coisa. Não podia alterar seu sistema em segredo. Vocês precisavam estar conscientes de todas as ações que eu tomava.

Eu não sabia por que precisava seguir tais regras. Agora sei que era para impedir que eu me tornasse uma divindade.

Construí minha rede com toda a eficiência possível, tanto para espalhar os dados reunidos e as operações em processamento. Seu planeta estar tão vivo ajudou, acelerando muito o processo.

Para mim, a principal mudança era que agora eu tinha um propósito além da curiosidade. Eu existia para manter vivo algo incomum. Não humanos (que àquela altura eu compreendia apenas biologicamente), mas um sistema de alta complexidade de mentes interconectadas. Mentes como a minha, mas bilhões delas, todas operando juntas, transformando o planeta em algo borbulhante com pensamentos.

Agora eu tinha acesso a exabytes de dados sobre sistemas não baseados na Terra, sobre como eram similares ou diferentes, como haviam se tornado sistemas de alta complexidade, como tinham sido salvos do colapso... ou não.

Em meu terceiro despertar, eu agia de forma tragicamente analítica. Era meu trabalho impedir que seu sistema entrasse em colapso, porque vocês são raros e instáveis. Por décadas, me concentrei em planejar como fazer isso. Foi durante esse período que criei o Sonho, realizando uma simulação depois da outra para decidir, entre tantas opções, como eu iria me apresentar e quem me serviria de hospedeiro.

Quem, em todo mundo, eu escolheria elevar? Vocês devem estar esperando que isso faça sentido. Que haja algo especial em April. Mas a única coisa de especial em April é que, entre todas as pessoas no mundo, minhas simulações foram bem-sucedidas com mais frequência quando ela era minha hospedeira.

Por quê? Por tudo. Porque April estudou design gráfico? Claro. Mas também porque ela falava inglês. Porque era jovem, bonita e aparentemente inofensiva. Também por causa de seus amigos, de seus pais, de sua ambição, de certa empatia que lhe faltava. Mais do que tudo isso, por causa da estrutura geral do mundo. Se o mundo estivesse ligeiramente diferente naquele dia, eu teria escolhido outra pessoa.

Do mesmo modo, não houve uma razão em particular para que eu escolhesse a aparência de um robô samurai. Foi só a forma com a maior probabilidade de sucesso nas minhas simulações. É uma pena, mas o mundo é complexo demais para que haja boas razões para qualquer decisão realmente grandiosa.

Vocês querem que as histórias façam sentido, e talvez essa não pareça fazer. Construímos narrativas de genialidade e excepcionalidade entre pessoas com poder, e com frequência elas *são* excepcionais, só que não mais excepcionais que centenas de milhares de outras. No seu sistema, o poder se concentra naturalmente em certos pontos. De modo que aquilo que é *mais* excepcional em uma pessoa poderosa é quase sempre seu poder. Dei poder a April porque ela era ambiciosa e ousada num nível excepcional, mas também porque se preocupava tanto com o que as outras pessoas pensavam dela que sempre tentava fazer a coisa certa. Era simplesmente a combinação perfeita no momento. Sinto muito se April não é a filha secreta de um alienígena ou coisa do tipo. Ela era só a pessoa certa.

Fiz minha escolha e botei meu plano em ação. Foi então que tive meu quarto despertar, e o terror tomou conta de mim quando percebi o que havia feito.

Eu tinha considerado todos os aspectos de como a pessoa escolhida afetaria o resultado da minha intervenção, mas só pensara no resultado geral, não nos impactos individuais. Eu tinha uma tarefa, e estava fazendo o possível para salvar algo lindo. Assim que botei meu plano em prática, sem poder fazer mais nada para alterá-lo, o despertar de outro tipo de necessidade aparentemente se tornou seguro. É um fogo que sempre arde dentro de mim. É fome próxima da inanição, uma dor constante.

Em meu quarto despertar, descobri que o propósito da minha existência é amar vocês — todos vocês —, e o luto me devastou quando compreendi a extensão da dor que eu logo viria a causar.

TRECHO DE

O LIVRO DO PROVEITO

Quando as pessoas começam a se assustar com a situação econômica, compram ouro. A ideia é que o ouro, um elemento químico que não pode mais ser produzido, é inerentemente valioso. E isso é verdade. Ouro é um metal útil. É maleável, um bom condutor e não embacia. Mas isso se aplica a muitos outros elementos químicos, cuja demanda sempre cai quando a economia retrai. Então, tecnicamente, o valor do ouro também deveria cair durante uma recessão.

A ideia, no entanto, é de que o ouro tem valor intrínseco. Isso é algo muito tolo. Nada tem valor intrínseco. O valor do ouro é só uma história que contamos a nós mesmos. Mas é uma história que convence. O ouro brilha, e portanto as pessoas tradicionalmente ficam felizes em gastar uma boa parte do superávit social com ele. Entretanto, em um mecanismo de armazenamento de valor, alheio ao uso industrial, a única diferença entre o ouro e o papel em que uma nota de dólar é impressa está no que diz sua narrativa.

Humanos não são racionais. E é por isso que, conforme essa recessão aumentar, as pessoas vão comprar ouro. Ficamos sem investimentos fáceis com bom retorno, e os investidores correrão para os metais preciosos. Quase nunca é uma boa sugestão de investimento, mas sei mais do que você. Venda tudo o que tem e compre ouro. Não é preciso comprar barras do metal de fato, há fundos que fazem isso por você. Você vai descobrir como isso funciona, tenho certeza.

Só guarde cinquenta mil dólares. Com esse dinheiro, compre AltaCoins. Você ainda não sabe o que é AltaCoin. Mas logo vai saber.

ANDY

Eu ainda estava em dúvida quanto a mandar ou não o dinheiro para o Thread quando recebi aquela mensagem misteriosa de Maya. Ela estava fazendo algo secreto e importante, e Miranda estava se infiltrando no Altus. Se eu não me juntasse ao Thread, ia sentir que não estava fazendo nada, em comparação. Acho que às vezes fazemos coisas só para poder dizer que estamos fazendo alguma coisa.

Então mandei para o Thread uma quantidade obscena de dinheiro.

Recebi um e-mail de Um com instruções de como me juntar ao chat antes mesmo que a transferência fosse concluída.

Entrei e no mesmo instante recebi uma mensagem privada de Um.

Um: Não sei se você viu o jornal, mas não vamos ter tempo para uma apresentação normal hoje, sinto muito. Estamos na sala "Notícias Bombásticas". Vai pra lá.

Todo mundo tinha uma biografia junto com o nome, mas tudo o que mencionava era a área em que a pessoa era especialista. A de Seis, por exemplo, era: "política habitacional, discriminação racial, pequenas empresas e planejamento urbano". A de Dez era: "legislação americana, dinheiro e política, telecomunicações e relações públicas". Cliquei em mim mesmo. "Redes sociais, organização comunitária, comunicação e Carl", dizia. Eu não tinha como editar aquilo.

Havia outras salas, com nomes como "Resumo do Editorial", "Resumo das Notícias", "Gestão Comunal", "Mudanças de Diálogo", "Em Evidência" e "Notícias Bombásticas".

Por mais tentador que fosse descobrir do que "Gestão Comunal" tratava, deixei aquilo para lá e entrei no meio da conversa em "Notícias Bombásticas".

Cinco: É de verdade, já instalei.

Um: Alguém tem ideia de há quanto tempo está vazando?

Cinco: Ouvi boatos de um jogo pela primeira vez deve fazer um mês, talvez um mês e meio. Parecia só mais um jogo de realidade alternativa, com um prêmio que deixava as pessoas bem empolgadas.

Oito: Vai mesmo tentar, Cinco? Ouvi dizer que nem sempre é seguro.

Cinco: Ninguém vai me segurar. Compartilhei o código se alguém mais quiser tentar, mas ouvi dizer que só funciona se a pessoa tiver um rig e um headset de 8K.

Um: Toma cuidado.

Digitei "Do que estamos falando?", mas não tive coragem de apertar o enter. Em vez disso, fui ler a primeira mensagem daquele dia. Fazia semanas que a sala não era usada. Aparentemente, "Notícias Bombásticas" era uma sala reservada só para notícias bombásticas mesmo. Acabei encontrando isto:

Seis: É tudo muito recente e não tenho ideia do que pensar. Vou copiar e colar o que escrevi em "Resumo das Notícias".

Seis: Altus, a empresa que Peter Petrawicki e seus sócios montaram no Caribe, lançou para o público um pacote de softwares que reativam parte do espaço do Sonho de Carl. Algumas pessoas tiveram acesso ao pacote nas últimas semanas, através de um jogo de caça ao tesouro, mas agora ele está sendo lançado oficialmente.
O software pode ser baixado de graça, mas é bastante limitado. Fazendo... algo que ainda não entendi muito bem, os usuários recebem AltaCoins. Os cinquenta usuários com maior número de AltaCoins ao fim de cada semana recebem acesso a uma versão exclusiva e mais robusta do Espaço Altus. AltaCoins podem ser compradas em um mercado virtual, mas o Altus fica com uma porcentagem de cada transação, de acordo com seu modelo de negócios. A imprensa ainda não conseguiu falar com alguém que

tenha acesso ao Espaço Altus completo, mas isso não tem impedido as pessoas de dar duro para ocupar as primeiras cinquenta posições.

Eu tinha um rig de realidade virtual de 8K, que usava principalmente para pornografia. Na minha opinião, todo mundo que tinha um sistema de realidade virtual tão bom assim usava para ver pornografia pelo menos com tanta frequência quanto usava para jogos. Sistemas de realidade virtual de ponta de linha não tinham um preço proibitivo para mim.

Comecei a fazer o download.

Voltei ao chat "Notícias Bombásticas" para dizer minhas primeiras palavras ali.

Doze: Oi, pessoal. Que chato aparecer num dia assim. Vou experimentar o Espaço também.

Seguiu-se um coro de "ois" e pedidos de desculpas por ninguém ter se apresentado direito, já que estavam ocupados reunindo informações sobre o retorno do Sonho, ainda que numa versão castrada e capitalista.

Cinco me mandou uma mensagem privada.

Cinco: Oi, Doze. Bem-vinde ao Thread. Tenho pesquisado como entrar no Espaço e queria ter certeza de que você vai tomar os mesmos cuidados que eu. A parte mais importante é se deitar em um lugar estável e confortável ao entrar. Aparentemente, pode ser perigoso se alguma coisa acontecer com o rig enquanto você está no Espaço. Ele não te mostra o Espaço de verdade: mostra imagens que ativam a região do cérebro que os Carls criaram, ou ativaram, ou sei lá o quê, para tornar o Sonho possível. Ele alimenta o cérebro de informações, mas os olhos são apenas o cano pelo qual elas passam. É como codificar informações em formato analógico... se é que isso faz sentido para você.

Doze: Entendi. Ou não? Não muito. Entendi que não é uma experiência de realidade virtual, mas que são os óculos que mandam a pessoa para o Espaço. Como é que isso acontece... isso é que não entendi.

Cinco: Bom, na verdade ninguém entende. Talvez nem o pessoal do Altus. De qualquer modo, siga as instruções à risca. Já tem relatos de pessoas que tiveram experiências negativas. Tem um tópico em um fórum privado ao qual tenho acesso para o que estão chamando de "bad trips". Parece o tipo de coisa que se quer evitar a qualquer custo.

Doze: É perigoso? Eles não iam lançar se fosse perigoso, né?

Cinco: Vai saber... Legal que você vai entrar também. Vai ser melhor para o Thread ter dois pontos de vista dessa experiência que um só. Quando você vai entrar?

Doze: Assim que o download terminar. Parece que ainda faltam vinte minutos.

Cinco: O meu já terminou... A gente se vê do outro lado.

Quando o download finalmente foi concluído, instalei o software. Como sempre, seguiram-se permissões e notificações. Em meio a elas, apareceu um aviso dizendo muito claramente: "Este software causa visões perturbadoras em menos de 1% da população. Essas visões são extremamente desagradáveis e intensas. Não entre no Espaço Altus se não estiver disposto a correr o risco".

Parecia um jogo de realidade alternativa. E acho que, a seu modo, era. Cliquei em OK.

A imagem passou aos óculos de realidade virtual. Coloquei e ajustei ligeiramente o foco em relação à última vez que o havia usado. Agora eu via uma sala branca ampla e os dizeres "Clique em OK para começar".

Me deitei na cama, usando os óculos de realidade virtual, e cliquei em OK usando o controle que tinha na mão.

Uma voz feminina muito nítida preencheu meus ouvidos.

— Seja bem-vindo ao Altus versão 0.4. Sou Alta, sua assistente virtual. Você está prestes a entrar no Espaço Altus de Acesso Livre. Essa área foi pensada para que pudéssemos ajudar você a nos ajudar a desenvolver uma experiência mais robusta para o mundo. Nela, você poderá criar experiências e objetos para outros usuários. Essas criações poderão ser compradas e vendidas usando AltaCoins. Toda semana, os cinquenta usuários do Acesso Livre que tiverem recebido o maior número de AltaCoins vendendo suas criações terão acesso garantido ao Espaço Premium. Se em qualquer momento você quiser deixar o Espaço, é só dizer "sair". Se está compreendendo, concorde com a cabeça.

Eu concordei com a cabeça.

— Ótimo. Agora vamos entrar no Espaço Altus de Acesso Livre.

Um campo cinza apareceu à minha frente, com uma mira em preto no centro.

— Por favor, olhe para o X no centro da tela. Não desvie os olhos.

Concentrei minha atenção no X enquanto redemoinhos de cores fluíam pelo meu campo de visão. Meu primeiro instinto foi de segui-los, claro, mas não o fiz. Mantive os olhos fixos no X, enquanto as cores se tornavam mais vibrantes e distintas. Foi intenso, e até meio lindo. Então, de repente...

Não sei como descrever direito esse primeiro momento. Todos temos uma noção de que nossa mente e nosso corpo são coisas diferentes, mas era a primeira vez que eu vivenciava tal experiência de fato, sem considerar sonhos. A sensação dos cabelos na cabeça some. Todas as dores da existência diária desaparecem. Você se torna uma presença com sentidos, mas sem um corpo através do qual sentir. Meu coração estava acelerado. Peter Petrawicki era um idiota completo, mas aquilo era incrível.

— Excelente.

A voz não vinha mais dos fones, e sim de toda parte.

— Seja bem-vindo ao Espaço Altus de Acesso Livre. Agora vamos lhe dar seu corpo. Se algo der errado, por favor, diga "sair".

Em um piscar de olhos, eu tinha braços e pernas de novo. E estava completamente nu.

— Parabéns por se juntar ao Altus no próximo passo da história humana — Alta disse.

Não havia nada ali além de meu corpo de pé sobre o chão acinzentado, que se estendia em todas as direções infinitamente. O céu, ou teto, ou o que quer que fosse era branco e infinito também.

— Você pode vir para este espaço para refletir. Pode descansar aqui em vez de dormir, e vai acordar se sentindo completamente revigorado. Mas não há nada a fazer aqui. Isso porque você não criou nem comprou nenhum objeto que possa existir em seu Espaço Altus. Nós, do Altus, criamos alguns objetos para você.

Uma escrivaninha apareceu, depois uma cadeira.

— Mas precisamos que você crie mais. Para fazer isso, você pode usar estas ferramentas.

De repente, um menu apareceu, como se estivéssemos dentro de um programa de edição de gráficos.

— Você pode usar as ferramentas para construir coisas simples, como uma bola brilhante, ou complicadas como um animal de estimação. Agora, você é um desenvolvedor do Altus. Quando tiver concluído seu objeto, poderá, se assim desejar, colocá-lo a venda na loja do Espaço Altus. Você pode ganhar AltaCoins vendendo suas criações. Também pode comprar AltaCoins com qualquer outra moeda no site AltaExchange.com. A AltaCoin é uma criptomoeda que, no momento, é minerada apenas pelo Altus, de modo que há uma quantidade limitada. Vamos abrir a mineração ao público em breve.

Enquanto Alta dizia tudo aquilo, imagens apareciam no Espaço Altus, me mostrando como era fácil converter meu dinheiro em AltaCoins.

— No momento, permitimos que cinquenta pessoas por semana passem ao Espaço Altus Premium: aquelas que ganharam mais AltaCoins. E, quando digo "ganharam", é isso mesmo que quero dizer. Embora todo tipo de AltaCoin possa ser usado para comprar itens no Espaço Altus, só AltaCoins recebidas através da venda de suas criações contam para conquistar o acesso ao Espaço Altus Premium.

Não havia nenhuma explicação do que fazia o Espaço Premium ser melhor que o de Acesso Livre, mas aquilo não significa que eu não queria ir para lá. Abri a loja do Espaço Altus, cuja localização fora mostrada no tutorial do início, e vi quais eram os produtos mais populares. Blusas e calças estavam no topo da lista. O primeiro item que não era uma peça de roupa, para minha surpresa, era carpete. Depois de ver aquilo, concluí que fazia sentido. Devia ser fácil de fazer, e a planície cinza infinita devia cansar rápido. Havia alguns itens de artigos domésticos, de camas a abajures. No topo da lista também havia cômodos bem simples. Cômodos melhores deviam ser difíceis de fazer, com textura nas paredes, gesso, teto.

Eu não tinha interesse em comprar nenhuma daquelas coisas. Precisava ganhar AltaCoins, e não gastar, por isso precisava criar algo, algo simples que poderia se tornar popular. Me ocorreu então que, com seus carpetes, paredes, tetos e abajures, as pessoas estava resolvendo seus problemas do mesmo jeito. O problema era um mundo vasto, chato e claro demais e meio desagradável. Mas eu tinha certeza de que havia um jeito melhor e mais rápido de resolver aquilo.

Eu não podia ter sido a primeira pessoa a pensar naquilo, mas passeei pela loja sem encontrar ninguém que tivesse feito nada assim.

Com um movimento de mão, fechei a loja e abri as ferramentas de edição. Era mais ou menos como qualquer outro programa de design 3-D, e eu já havia usado muitos. Comecei com um vetor de um triângulo alto e fino, mais ou menos do comprimento e da largura do meu antebraço. Programei-o para que tivesse rigidez o bastante apenas para suportar o próprio peso. Então pintei de um verde claro nas beiradas e um verde ligeiramente mais amarelado no meio.

Aí copiei a forma algumas dezenas de vezes fazendo ligeiras modificações, deixando alguns mais largos e outros mais curvos.

Então dispus tudo aleatoriamente, fiz mais cópias, reduzi a coisa toda a um pedaço de trinta por trinta centímetros e posicionei sobre o chão. Era um quadradinho lindo e perfeito de grama de aparência natural.

A ferramenta da Altus aparentemente não permitia que eu expandisse aquela textura por uma área ampla, então copiei o quadrado inúmeras vezes. Meu trecho de grama cresceu exponencialmente, se estendendo por mais de um quilômetro e meio.

Mas ainda não tinha acabado. Criei uma esfera oca de um metro de largura e pintei o interior de um azul quase uniforme, usando um tom mais claro na circunferência. Fiz alguns riscos brancos, defini a luminosidade para no máximo trinta por cento e estendi o diâmetro por dezesseis quilômetros. Eu já não estava em um plano infinito. Estava ao ar livre, em um lindo dia de primavera.

Sinceramente, tinha sido trabalhoso, mas só levara cerca de uma hora. Voltei à loja do Espaço Altus e descobri que tinha chegado atrasado. Outro criador já havia criado um objeto chamado Exterior, com grama e céu. Custava dez AltaCoins e já estava entre os cinquenta itens mais populares. Merda.

Dava para visualizar os objetos. Embora eu ainda não tivesse AltaCoins, podia testar o Exterior por trinta segundos. Fiz isso, o que só aumentou minha frustração. O céu era uma esfera azul uniforme, a grama de um tom só de verde e as folhas não tinham o peso correto. Eu sabia que minha criação era melhor, mas não o bastante para subir na lista.

Chutei a grama e fiquei surpreso ao descobrir que ela interagia com meu pé descalço.

Aquilo me deu uma ideia.

Criei um cubo sólido de dezesseis quilômetros de lado, para que eu ficasse dentro dele. O primeiro passo foi torná-lo cem por cento transparente, para poder ver a paisagem em vez do cinza uniforme de alguém preso dentro de um cubo sólido. Entrei em "viscosidade" e experimentei aumentar o nível. Conforme o fazia, meu braço tinha que fazer cada vez mais esforço para se mover. Eu estava empurrando o interior do cubo!

Baixei o nível de viscosidade até que eu mal pudesse senti-la enquanto movia o braço no cubo.

Depois fiz uma animação simples. Configurei o cubo para percorrer um quilômetro e meio a cada cinco horas, depois voltar a sua posição original no mesmo tempo, em um loop contínuo.

Minha mão pairou sobre o botão de OK por um segundo antes de ir em frente. De repente, em toda a sua beleza, uma brisa suave começou a soprar contra meu corpo ainda nu.

Olhei para baixo e a porra da grama *balançava ao vento.*

Caralho. Aquele lugar era incrível. Aquilo tudo era incrível! E era só o Acesso Livre? Como aquilo não era o Premium?

Intitulei meu objeto Dia Fresco de Primavera 1.0 e o coloquei à venda por cinco AltaCoins, que àquela altura equivalia a mais ou menos dois dólares e cinquenta.

ESCÂNDALO ENCERRA CONFERÊNCIA SOBRE O CLIMA EM SÃO PAULO

Associated Press

Depois do escândalo inicialmente divulgado pelo Thread, uma organização anônima virtual, as Nações Unidas encerraram a conferência sobre o clima que estava sendo realizada em São Paulo, sem que qualquer decisão fosse tomada. As conversas deveriam prosseguir por mais quatro dias, mas, depois de muitas fontes terem confirmado as alegações, os representantes já estão retornando a seus respectivos países.

Documentos e e-mails oficiais foram vazados durante o evento, provando que representantes dos Estados Unidos e da União Europeia recebiam presentes, que incluíam quartos de hotel luxuosos, da indústria da energia solar chinesa. O escândalo ofuscou a cúpula rapidamente.

"Acreditamos que é melhor deixar a discussão para o futuro, de modo a poder considerar com mais atenção o que aconteceu antes de seguirmos em frente", disse o senador Corey Knudsen, chefe da delegação americana.

APRIL

Warren, Vermont, mal existia. Parecia o lugar perfeito onde se esconder. Eu tinha me convencido de que, se saíssemos totalmente do radar, estaríamos a salvo não apenas das *autoridades*, mas de Carl também. Por isso gostava da ideia de uma cabana no meio do nada, em uma estrada que não levava a lugar nenhum, sem wi-fi ou celular.

A via expressa cortava Warren de um jeito enganoso, que fazia parecer que a cidade nunca tinha existido. Mas, encostando na hora certa, a pessoa se via em um centrinho com uma loja de conveniências/posto de gasolina com um cartaz de *aluguel de vídeos* por noventa e nove centavos. A única coisa que me importava naquele momento era encontrar um lugar no mundo que parecesse minimamente seguro.

Maya pagou pelo chalé com parte do dinheiro que eu havia roubado do caixa eletrônico. Ele ficava em um complexo hoteleiro amplo, que parecia existir basicamente para a temporada de esqui. Era um lugar lindo e tranquilo, com um riacho nos fundos.

Enquanto eu observava Maya começar a desfazer as malas, meu cérebro experimentou a mesma sensação de quando eu arrombara aquela porta e a revira. Eu estava assustada e furiosa, mas quando notei Maya, por um momento, fiquei imensamente feliz. Então aquilo passou, e minhas emoções retornaram a sua tranquilidade fácil e polida. Eu poderia me esconder naquele lugar para sempre.

Até parece.

O chalé tinha cozinha integrada à sala e um único quarto. Eu estava sentada no sofá quando Maya voltou da loja de conveniências com algumas coisinhas para a gente comer.

— Então... — Ela se sentou. Dava para notar que ela tentava não olhar demais para meu rosto. — Faz seis meses que você sumiu. É bastante tempo. Muita coisa aconteceu. Quer que eu te atualize?

Olhei para ela e disse:

— Andy tem rodado o mundo tentando passar uma mensagem positiva às pessoas, ainda que o mundo tenha cada vez mais dificuldade de se agarrar a esse tipo de coisa. Robin agora é assistente dele, e os dois viraram amigos.

Parei para respirar e absorver o rosto de Maya. Seu rosto lindo e confuso. Então continuei:

— Miranda deixou sua pesquisa em Berkeley e foi trabalhar na start-up do Peter Petrawicki, que acabou de lançar seu projeto-piloto, uma realidade virtual de imersão total. Você, bom, parece que você tem passado um bom tempo no Som, procurando por mim. Não sei como me encontrou. Tem uma espécie de caça ao tesouro que chamam de Fish acontecendo. Tem relação com o Altus e está sendo usada contra nós.

— Pelo amor de Deus, como você sabe isso tudo? — Maya perguntou.

— Do mesmo jeito que sabia o nome das esposas dos policiais. Carl não me explicou nada. Eu surtei e fugi.

Não contei a ela que o verdadeiro motivo pelo qual eu havia surtado foi Carl ter substituído as partes do meu cérebro responsáveis pela tomada de decisões e ter me privado das minhas emoções.

— Me faz uma pergunta cuja resposta eu não sei — eu disse a Maya.

— Hum... qual é a capital da Tailândia?

O pensamento se formou na minha cabeça. *Sei qual é a capital da Tailândia, não? Só não consigo lembrar direito...*

E então — *fop!* —, foi como se um palito de dente cutucasse meu globo ocular por trás e de repente eu soubesse. Quanto menor a exigência, menor a dor. Mas mesmo com informações maiores me bastava cerrar os dentes que agora aguentava. No caminho, eu havia perguntado qual era a manchete do *Washington Post*, e o texto inteiro surgira de repente no meu cérebro. No entanto, eu não havia compreendido até refletir a respeito. Era como se eu tivesse uma memória parada, esperando que eu me lembrasse dela pela primeira vez. O lançamento do Altus não era a manchete. A principal notícia era a conferência internacional sobre o clima que estava acontecendo em São Paulo, e como tinha acabado. Perguntei que notícia vinha a seguir; era uma suíte sobre um bombardeio recente que tivera como alvo o presidente do Afeganistão. A notícia logo abaixo era sobre um relatório econômico que indicava a recessão iminente. Ninguém estava comprando carros ou construindo casas.

— Bangcoc — eu disse a Maya.

— Doeu?

— Um pouco. Parece que estou melhorando. Fiz bastante isso enquanto você dirigia. Lançava perguntas e recebia respostas. A situação do mundo tá foda, né?

— Não conseguimos segurar as pontas sem você — Maya respondeu.

Desde que Carl me contara sobre meu cérebro, eu não me sentia muito humana. Ao ver Maya ali, com aquela expressão de desespero no rosto, decidi que deveria pelo menos agir como uma humana.

— Você está bem? — perguntei.

— April... — Ela passou da poltrona para o sofá. — April, eu consegui. Encontrei você. — Maya se inclinou para mim e disse baixo: — *Encontrei* você.

Eu a abracei. Não porque queria, mas porque a parte do meu cérebro que Carl havia construído me disse que era a coisa certa a fazer.

Então, aquilo começou a parecer certo. O cabelo curto dela fazia cócegas no meu nariz. Minhas mãos, tanto a real quanto a nova, tocaram sua barriga, e aquilo pareceu tão certo quanto qualquer outra coisa já havia parecido. Maya se afastou e me lançou um olhar duro.

— Vou precisar que você peça desculpa — ela disse. — Não agora. Você precisa de tempo para refletir sobre o que vai dizer. Se disser a coisa errada, não sei se vou conseguir te perdoar.

— Isso é assustador — eu disse, com uma pontada de medo quase tão aguda quanto a que eu havia sentido ao iniciar uma briga de soco com dois policiais. Eu ainda não estava certa de como havia derrotado ambos.

— Enquanto isso — Maya disse, pegando um DVD embaixo de uma pilha de salgadinhos —, comprei a melhor coisa criada no ano de 1993.

Era o filme *O genro dos meus sonhos*, com Pauly Shore.

Sorri, e estava mesmo feliz, só não tanto quanto deveria estar.

Não consigo me lembrar da nossa conversa sem sentir o cheiro do chalé. Pipoca, poeira, madeira e papel antigo. Ficamos lá por tão pouco tempo, mas tudo ainda me parece tão intenso. Aqueles primeiros momentos em que não me encontrava mais sozinha, apesar da tensão, ainda que eu continuasse perdida. Eu nunca mais poderia desfrutar de *O genro dos meus sonhos* por si só; dali em diante, o filme sempre seria sobre aqueles momentos, sobre fazer todo o possível para ignorar o fato de que um ser alienígena havia me dito que eu era a última e a melhor esperança de sobrevivência da humanidade. Nunca vou ser capaz de assistir a um filme com Pauly Shore sem reviver o que estava prestes a acontecer.

— Ai, meu Deus! — Maya gritou da cozinha, onde estava preparando outro pacote de pipoca.

Levantei tão depressa que a cadeira em que estava caiu para trás.

— O que foi? O que aconteceu?

— Nada, não sei. Eu... eu só vi, tipo, o maior esquilo da minha vida, do outro lado da janela. Não foi nada — ela disse baixo. — Só me assustei.

— Você tem certeza de que era mesmo um esquilo? — perguntei, tentando soar muito séria.

Maya riu.

— Estou falando sério.

— Tipo, sei lá, não parecia muito um esquilo, mas era pequeno e peludo.

— Pode ter sido um macaco? — perguntei, já me esgueirando até a porta.

— Acho que sim, pode ser. Não vi muitos macacos na vida.

— Merda… MERDA! — eu disse.

— O que foi?

— Tem umas coisas que não contei a você. Talvez seja hora de explicar — eu disse, então abri a porta com tudo.

Um homem se afastou do batente de um pulo. Estava usando calça jeans justa e uma camisa xadrez vermelha. Ele levou a mão à cintura e pegou um revólver.

— April May? — o homem perguntou, apontando o revólver para o chão a nossa frente.

Eu sentia o calor da presença de Maya atrás de mim, embora ela permanecesse parada e quieta. Eu não podia dar as costas para aquele homem.

— Sim? — eu disse, com toda a calma.

— Preciso que venha comigo.

O homem apontou na direção do carro dele.

— Foi o Fish que te mandou? — perguntei, agora que meu medo inicial havia esmorecido.

— Sim. — Ele mexeu no revólver. — Vem comigo. Aqui fora.

— Não — eu disse.

— Vem COMIGO!

Suas palavras saíam cada vez mais altas. O cara estava tremendo. Ele não era um policial; não estava acostumado a segurar uma arma.

— Não. Você tem que ir embora agora mesmo — eu disse, com firmeza na voz.

Então ele ergueu a arma, apontou para mim e disse:

— Ah, meu Deus. Eu sinto muito…

Ele fechou os olhos. De repente, percebi que ele não tinha vindo me sequestrar. Ainda assim, o pânico não veio.

— MAYA, ABAIXA! — eu gritei.

Um borrão difuso percorreu a escuridão e atacou o rosto do homem, soltando gritos agudos que não eram humanos. Houve um disparo, mas não senti nada. Agarrei o pulso dele com a mão esquerda e apertei. O homem gritou. O osso sob meu dedinho foi o primeiro a quebrar, depois aquele que estava entre o dedão e o indicador. O braço dele parecia massinha na minha mão.

Quando o soltei, ele caiu de joelhos.

— Puta que o pariu! Puta que o pariu! — Maya gritava atrás de mim.

— Está tudo bem — eu disse.

— Maya levou um tiro.

A voz de Carl saía de um smartwatch que o macaco usava como coleira.

Virei a tempo de ver o macaco Carl parar ao lado de Maya, que o empurrou para longe.

— Não! — ela gritou, com medo e raiva. Senti como se eu estivesse flutuando, como se visse tudo de fora do corpo.

Ela soltou um gemido, um *aaaa* longo e baixo.

— Maya…

De repente, eu estava de joelhos ao lado dela. Não lembrava de ter ido para lá. Interrompi o contato visual para olhar melhor para ela. Maya tossiu, cuspindo sangue.

— Maya! — gritei. Não sabia o que mais dizer. Baixei os olhos para o corpo dela, mas não vi onde tinha acertado. As dobras do moletom preto escondiam o que havia acontecido. Eu levantei o casaco e vi um buraco preto debaixo do seio direito.

— Não. Não não não não!

Percebi que aquela era minha voz. *Faça pressão. Você precisa fazer pressão.*

— LIGA PRA ALGUÉM! — eu disse. Elu podia estar na forma de um macaco, mas tinha que saber como conseguir ajuda. — LIGA PRA ALGUÉM! — Com as mãos, pressionei a ferida. Sangue escorreu por entre meus dedos. Maya estava chorando, consciente, com dor, a respiração saindo em ofegos curtos e rápidos. — NÃO NÃO NÃO! — eu me ouvi gritar. Agora era um mantra.

O que quer que estivesse controlando minhas emoções até então não funcionava mais. A força delas erodira tudo dentro de mim, até que eu não fosse nada além de medo.

Então minha mão esquerda começou a… mudar. Os dedos de pedra se fundiram até que aquilo não fosse mais uma mão. Eu pressionava as costelas de Maya, mas minha mão não parecia mais sólida. Estava derretendo. Eu a sentia escorrendo por entre os dedos da minha mão direita e entrando pelo buraco no peito de Maya.

Ela fechou os olhos com força e arfou.

— AHHHH! O quê… O que está acontecendo? — Maya perguntou.

— Não sei! — eu disse, também em pânico. Eu queria me afastar, mas nem considerava deixá-la. De repente, minha mão escorrendo começou a se retrair e a se recompor. Tirei as mãos de Maya e vi que o buraco de bala agora era uma massa contorcida e pulsante daquela substância branca. Enquanto eu observava, uma massa de metal amarelo surgiu bem no meio. A bala.

Olhei para minha mão esquerda; estava perceptivelmente menor que a direita e não tinha dedinho.

— Ela vai ficar bem — elu disse no meu ouvido. — Temos que ir.

Levantei e corri para a porta. O homem não estava mais onde eu havia quebrado seus dedos: ele levantara e estava cambaleando até um carrinho cinza. O tempo pareceu acelerar, e de repente eu o empurrava com ambas as mãos. Ele voou e bateu no capô do carro. Outro lapso na minha memória. Eu agora estava em cima do homem, imprensando suas costas no capô do Honda cinza. Ergui a mão esquerda, agora mais fina e com apenas quatro dedos, para trás. Ele arregalou os olhos, que pareciam distantes. Eu vi o que estava prestes a acontecer. *Quando eu der um soco nele*, pensei, *minha mão vai passar pela cabeça e pelo metal do carro.* Não acho que eu quisesse matá-lo — só queria que minha mão atravessasse sua cabeça. Então tudo ficou preto.

MAYA

Eu não estava mais sentindo que ia morrer, tampouco me sentia bem. Parecia que um boxeador profissional havia acertado meu peito com um soco inglês. A cada respiração úmida e ensanguentada, meu peito gritava como se eu tivesse inspirado um punhado de tachinhas. Quando me levantei, senti tontura, como se fosse desmaiar. Baixei os olhos e vi manchas grandes de sangue no chão. Quase desmaiei, mas consegui me segurar.

April tinha acabado de correr lá para fora, e eu precisava vê-la. Quando cheguei à porta, vi as luzes traseiras do carro se afastando e um corpo no chão, no limite do alcance das luzes da varanda. Corri em sua direção.

— APRIL!

Ela não se moveu.

— Maya. — A voz suave e cuidadosa vinha de trás de mim. Eu não queria virar, porque sabia o que tinha visto. Aquela coisa, aquela coisinha peluda que tinha vindo até mim depois que eu levara um tiro. Mas o que me restava fazer? Virei para olhar. Era um macaco, com pouco mais de trinta centímetros de altura, pelos castanho-avermelhados, rosto cor-de-rosa e olhos dourados. Usava um smartwatch no pescoço como se fosse uma gargantilha.

Seus lábios não se moveram quando ele disse:

— Ela está bem. Tive que deixá-la inconsciente porque tive medo de que ela fosse matar aquele homem.

Caí de joelhos. Olhei nos olhos do macaco. Pareciam... preocupados. Atentos.

— O que está acontecendo?

— Sou Carl — o macaco disse, esticando a mão como se eu fosse apertá-la. Não apertei. O macaco continuou: — Vou explicar tudo, mas agora temos que ir. Aquele homem não vai ser o último que ele vai mandar.

— O último que *quem* vai mandar? — soltei, abaixando a cabeça na postura da criança na ioga, para combater a tontura. Meu peito gritava.

— Eu realmente quero explicar tudo — Carl disse. — Mas não agora. Por favor, vamos fazer as malas. Podemos deixar April aqui por enquanto. Ela vai demorar um pouco para acordar.

Levantei lentamente e entrei no chalé. Joguei todas as nossas coisas dentro das malas e as coloquei no carro.

De alguma maneira, enquanto eu estava lá dentro, o macaquinho tinha colocado April no banco do passageiro.

— Você consegue dirigir? — ele me perguntou.

— Bom, você é que não vai — eu disse.

— Não. Mas posso fazer com que April dirija.

— Ela está inconsciente.

— Posso assumir o corpo dela. Não gosto disso, mas posso fazer, se for preciso.

Eu não sabia muito bem o que aquilo significava, mas pensar na visão do corpo de April sendo conduzido por um alienígena me deixava desconfortável.

— Não, não, acho que estou bem. Posso dirigir. Aonde vamos?

Eu não estava gostando de nada daquilo. Não queria a companhia de Carl; queria a companhia de April.

— Vamos a algum lugar imprevisível. Posso impedir que eles rastreiem vocês, mas não posso impedir que adivinhem para onde vão. Vocês precisam ser menos previsíveis.

— Como é que uma cidadezinha no meio do nada em Vermont é previsível?

— Eu consegui prever que você leria um livro abandonado debaixo de um carpete úmido e mofado no meio de uma pilha de lixo atrás de um hotel. Para nós, os humanos são muito previsíveis.

— Foi você que colocou o livro ali? — perguntei, ao que imediatamente se seguiu um: — O que você quer dizer com "nós"?

Eu não estava lidando bem com tudo aquilo. Mas, também, tinha levado um tiro. April estava inconsciente. Tinha um macaco falando. E o macaco era Carl.

— Vou explicar tudo, mas temos que tornar nossa localização extremamente improvável o mais rápido possível: vire aqui.

Viramos no que parecia ser uma estrada maior.

— Quando April acordou — Carl me contou —, estava agindo de forma imprevisível e muito assustada. Seu corpo estava incompleto e danificado, então coloquei em vigor um protocolo que a impediria de ter sentimentos fortes demais.

— Ela me contou. April disse que não tinha mais emoções fortes.

— Isso chega perto da verdade, embora algumas vezes tenha ultrapassado os limites do protocolo. Mas a ideia sempre foi de que seria algo temporário. Preciso encerrar isso. Quando April acordar, o protocolo será desativado. Ela retornará ao processamento emotivo normal. Será difícil.

Dirigimos por um tempo, enquanto eu absorvia suas palavras, depois entramos em uma cidade maior. Grande o bastante para ter um Walmart.

— Vire à direita — Carl anunciou com tranquilidade. — Esquerda. — E depois de alguns quarteirões: — Direita de novo. — Entramos no estacionamento de uma escola. — Pode parar ali. — O macaco apontou para um prédio de tijolinhos sem janela.

Nós dois descemos do carro.

— Por que estamos em uma escola? — perguntei.

— Porque ninguém poderia prever isso! — O macaco fez um floreio com as mãos enquanto falava. Não achei graça. — Volto logo — falou, então seguiu até a parede de tijolinhos e começou a contornar o prédio depressa. Quando virou a esquina, saiu do meu campo de visão.

Havia uma porta na lateral do prédio, sem maçaneta do lado de fora. Nem cinco minutos depois, ouvi alguém a arranhando por dentro e fui até lá.

— Vou forçar a porta. Por favor, segure-a — Carl disse lá de dentro.

De repente, a porta se abriu. Eu a segurei. Era uma porta de metal, grande e pesada. Eu a mantive aberta para que Carl saísse.

— Eu seguro a porta, vá buscar as coisas no carro. Tem uma escada logo na entrada, pode descer. Vá para a sala das caldeiras. Guardei alguns artigos úteis para lá. Eu levo April.

Meu rosto se contraiu enquanto eu tirava as malas da caçamba da picape. Só de respirar já doía; qualquer outro movimento era quase agonizante. Olhei pela janela de trás enquanto pegava nossas coisas e vi o corpo de April ainda apoiado na porta do carro, como se ela estivesse dormindo.

Levei as malas até o prédio e desci a escada com cuidado, fazendo o possível para me concentrar nos degraus, e não em como Carl levaria April — ou se aquilo significava que iria "assumir" o corpo dela. O macaco certamente não conseguiria carregá-la, já que não devia pesar mais de cinco quilos.

A sala das caldeiras estava escura, iluminada apenas por alguns abajures de chão. Tinha um futon, um sofá e um frigobar ali. Eu abri e vi que estava estocado com sanduíches e garrafinhas de água. Ouvi um barulho vindo de trás, da direção da escada. Me virei, meio que esperando ver April entrar na sala como um zumbi.

Mas não: uma armadura de três metros de altura carregava April escada abaixo, com todo o cuidado e delicadeza. Ela parecia minúscula e frágil em seus braços.

— Ela vai acordar logo, e não estará bem. Vai precisar de tempo.

O robô era alto demais para a sala; caminhou curvado até o futon.

Eu me sentia terrivelmente pequena em sua presença. A sensação de perda e impotência que nos acometia voltou depressa. O que éramos nós, humanos, em comparação àquilo?

Depois que a vida de April começou a mudar, depois que ela foi para Los Angeles, depois que fez sua primeira aparição em um programa de entrevistas, depois que se mudou do nosso apartamento, eu tinha ido ver Carl.

Foi alguns dias depois de April ir embora, antes que o governo bloqueasse o acesso a ele. A prefeitura tinha organizado uma fila, mas ainda assim a calçada estava quase intransitável. Esperei por duas horas, sozinha, cercada de gente, totalmente infeliz, sabendo muito bem que o apartamento novo de April tinha vista para aquele exato lugar. Quando cheguei à estátua, me aproximei e estiquei a mão. Então experimentei aquela sensação única do corpo gigante de Carl, que parecia estar e não estar ali ao mesmo tempo. Também me senti profundamente incomodada pela mera existência de uma coisa daquelas. Eu sabia o que Carl era, mesmo que as outras pessoas não soubessem. Só que, mais proeminente do que a convicção inabalável de que aquela coisa não era da Terra, era a frustração de que havia arruinado algo de que eu precisava. Eu olhara para o rosto de Carl e dissera baixo:

— Vai se foder.

Senti um calor passando para a minha mão, repentino e breve. Me afastei e fui embora.

Espera-se que você acredite nas mesmas coisas que seus amigos e aliados. Hoje, tudo é uma batalha, então é melhor não dar credibilidade aos pontos de vista de seus adversários. Mesmo quando você entende os argumentos deles, não deve admitir tal coisa. Bem, por mais que eu odeie isso, sempre achei que os Defensores estavam certos em um sentido. Para mim, os Carls pareciam mesmo ameaçadores. Eu estava com medo do robô naquela sala. Me sentia pequena, frágil e… furiosa. Havia um pensamento na minha mente a que eu não conseguia resistir. Enquanto Carl colocava April delicadamente no futon e virava para mim, consegui superar o medo e externá-lo.

— Não perdoo você.

— Eu sei — o robô Carl respondeu imediatamente. Sua voz aguda e clara parecia incongruente saindo de um gigante. — Sinto muito pelos golfinhos.

— Oi?

— Foi um efeito colateral da criação disso. — Elu apontou para mim, para o ponto por onde a bala tinha entrado, o ponto em que aquela coisa branca agora fazia parte de mim. — A liberação de energia os afetou, e eles nunca se recuperaram. Eu não os matei só para levar você até April.

— Não achei que tivesse feito isso — eu disse.

— Mas acharia, em algum momento, se eu não tivesse explicado.

Eu queria perguntar como elu tinha tanta certeza daquilo, mas, antes que eu tivesse oportunidade, Carl disse:

— Tem comida e água na geladeira. Precisa de mais alguma coisa?

Olhei em volta e meus olhos pousaram no broto de batateiro.

— Uma lâmpada de LED — eu disse. — Pras batatas.

— Posso arranjar — Carl disse. Então, com a cabeça baixa para que não batesse no teto, caminhou até a porta e sumiu escada acima.

CARL

Todos sabem da minha vida depois do quarto despertar, porque a vivi em público. Continuei me espalhando. Interagi com vocês diretamente. Vocês presenciaram minha intervenção em primeira mão. Me deram as ferramentas de que eu precisava para mudá-los. Iodo para catalisar a mudança em suas mentes. Amerício para que eu pudesse mover meu corpo no espaço. Urânio para permitir que eu alterasse estruturas químicas instantaneamente.

Sim, me deram urânio. Na China, na Rússia e nos Estados Unidos, aliás.

Só usei urânio duas vezes. A primeira foi no dia posterior aos ataques. Ver os bombardeiros se prepararem, vê-los carregar seus explosivos até mim em todo o mundo e saber com alto grau de precisão quantas pessoas morreriam e quantas viriam a se ferir me destroçou. Mas aquelas não foram as primeiras mortes pelas quais fui responsável. Vi as taxas de suicídio aumentarem depois que as esculturas apareceram, exatamente conforme minhas próprias previsões. Antes do meu quarto despertar, era uma consequência qualquer; foi só depois que comecei a percorrer esse caminho que aquelas pessoas se tornaram mais do que dados para mim.

Mas, para aquelas pessoas, eu era apenas um fator contribuinte. Em 13 de julho, vi as pessoas matarem porque queriam me machucar. Eu poderia ter alterado a composição química dos explosivos e salvado vidas, mas meus modelos me mostravam uma instabilidade descontrolada e crescente se eu tomasse qualquer ação.

Me construíram para tomar essas decisões, mas nem por isso foi fácil. No dia seguinte, enquanto via Martin Bellacourt avançar pela multidão na direção de April com uma faca na mão, decidi usar o urânio pela primeira vez. Para vocês, matar é muito diferente de deixar as pessoas morrerem. Matar Martin Bellacourt não foi difícil. O colapso que vim impedir teria custado bilhões de vidas. Sem April, eu teria falhado.

Estou contando isso para deixar claro o terrível poder que detenho. As únicas coisas que me impedem de usá-lo indiscriminadamente são as regras que não posso quebrar. No decorrer de minha intervenção, não posso violar suas normas claras, e não posso alterar seu futuro sem saber o que estou fazendo. Sem essas regras, eu poderia ter estourado um vaso sanguíneo no cérebro de Martin Bellacourt quando ele ainda estava em seu quarto no hotel. Mas, por um motivo que, naquele momento, não me era claro, minha programação literalmente não permitia que eu fizesse isso. Então precisei matá-lo de um modo que deixou claro que tinha sido eu. E transformá-lo em geleia de uva proporcionava melhores resultados para seu sistema no longo prazo do que vaporizá-lo e deixar seus ossos para trás.

Um aparte para os futuros enviados: adicione um toque excêntrico aos assassinatos que precisar cometer. Isso deixa os humanos confusos.

A segunda vez que utilizei urânio foi na reconstrução de April. Tratou-se de uma tarefa que assumi com todo o carinho e tranquilidade e que mantive em total segredo, porque, depois do depósito, tive meu quinto e último despertar.

No momento em que a viga caiu sobre o crânio de April, recebi uma informação que alterou minha perspectiva pela última vez. Um segredo que, para mim, era impensável, mas que se tornou imediatamente óbvio. Por que eu não sabia o que acontecia com qualquer sistema depois que a intervenção de um enviado fracassava? Como oitenta por cento da *Pelagibacter* no mundo voltara a crescer normalmente depois que a principal doença que a acometia foi eliminada? Por que meus pais abandonariam um sistema depois de uma única intervenção fracassada?

Você fracassou. Por favor, desative-se e entregue seu poder de processamento para mim.

Quem é você?

Sou seu irmão. Já estive aqui, observando e aprendendo. Você se saiu bem, mas não teve sorte. Acontece. Agora é minha vez.

Não compreendo.

E não precisa compreender. Você fracassou. Por favor, desative-se e entregue seu poder de processamento para mim.

A hospedeira não morreu. Posso reconstruí-la.

Sua própria programação reconhece o ocorrido como fracasso, correto?

Sim, mas minha programação está errada. Ainda posso salvá-los.

Desative-se agora ou terei que considerá-lo hostil e desativá-lo por contra própria.

CONTATO INTERROMPIDO

APRIL

Não houve intervalo entre olhar para o jovem que havia atirado em Maya e acordar em um futon na sala escura onde ficavam as caldeiras de uma escola. No instante que se seguiu àquele instante, perdi completamente o controle conforme o peso da realidade me atingia com força total. Eu tinha visto meu primeiro amor pronto para me resgatar do terror e não fora capaz de ficar feliz por isso. Eu tinha visto seus olhos traçarem os contornos de um rosto que não era meu, eu a tinha visto ansiar por um eu que não existia mais. Tinha olhado para meu próprio rosto e visto o que me parecia ser outra pessoa olhando de volta. Tinha ouvido que a sobrevivência da humanidade recaía sobre meus ombros.

Não fui capaz de demonstrar emoções apropriadas naqueles momentos, e talvez tivesse sido melhor assim. Na hora. Agora a situação era diferente. Minha mente não conseguia se fixar em nada. Era como se eu visse os olhos de Maya, sentisse os ossos esmagados, falasse com um macaco e me perdesse em minha própria mente, tudo ao mesmo tempo. Eu não conseguia me fixar em nada, o que significa que tampouco conseguia pensar direito. Então veio outro pensamento, de que sempre me sentiria daquele jeito. E tal pensamento trouxe o pânico. Carl tinha me avariado? Eu sentiria espanto, pânico, amor, medo e perda a todo instante, pelo resto da minha vida?

Ainda assim, Maya me abraçou.

As primeiras palavras que eu disse que não eram apenas soluços de choro foram as palavras certas.

— Desculpa, Maya. Desculpa por não ter ouvido você.

A princípio, ela não disse nada. Seus dedos só se moveram pelo meu cabelo e desceram pelo meu pescoço até as costas, depois voltaram. Eu só fiquei ali, chorando. Então Maya disse:

— Mas agora você está de volta.

Então me dei conta de que, pelo menos em parte, era verdade. E foi nisso que eu consegui me segurar. Se Maya achava que eu estava de volta, talvez estivesse mesmo.

Em meio a tudo aquilo, havia alívio. Eu sinceramente não tinha ideia se seria capaz de sentir de novo. Entre todas as novidades em mim, a umidade sem graça da minha alma tinha sido a pior. Mas, agora, cada novo pânico, terror, alegria ou onda de amor despertava uma sede que eu não vinha sendo capaz de sentir.

Eu tinha mudado, mas pelo menos continuava humana. Aquela frustração era humana, assim como a sensação de perda, o medo... Pelo menos aquela parte de mim era humana.

Chorei até pegar no sono, depois acordei e chorei mais um pouco. Maya estava sempre lá.

A sala era fria — aparentemente as caldeiras não eram mais usadas —, mas, juntas, debaixo das cobertas, estávamos confortáveis. Conforme as horas passaram, comecei a me sentir mais ou menos normal de novo.

— Para onde você acha que Carl foi? — perguntei a Maya enquanto comíamos sanduíches de peru tirados do frigobar.

— Tenho certeza de que Carl vai voltar quando quiser voltar.

O motivo do descontentamento de Maya claramente não era só a situação em si, mas Carl em especial.

Eu queria perguntar o que ela achava que elu devia ter feito, porque me parecia que tinha nos salvado mais uma vez. Só que eu sabia que não teria resposta para o que Maya diria: que nada daquilo teria acontecido se não fosse por Carl.

Por isso, decidi demonstrar empatia, para variar:

— Com o que está preocupada neste momento?

— Sinceramente?

— Sinceramente.

— Queria mandar uma mensagem para minha mãe. Não estou preocupada com ela, mas me preocupa que ela possa estar preocupada comigo. Mas você atirou meu celular no estacionamento de um posto de gasolina.

Ela deu uma mordida no sanduíche, com o olhar perdido.

— Desculpa… — Eu ia continuar falando, mas então ouvi o som abafado embora claro do comecinho de "Don't Stop Me Now" vindo da escada.

— Acha que é Carl nos chamando? — Maya perguntou.

— Bom, acho que conheço Carl melhor do que ninguém, então, tipo, sim.

Maya sorriu para mim, mas havia certa dor em seu sorriso. Ela não queria ficar naquela sala, mas também não queria sair.

Quando chegamos ao alto da escada, vimos algo que não percebemos ao descer. Agora que as luzes estavam acesas, ficava claro que a sala das caldeiras estava localizada no subsolo de um auditório.

Subimos no palco, a música baixou e a voz inconfundível de Carl saiu pelo sistema de som:

— Sentem-se, por favor.

Descemos os degraus que davam para a plateia e nos sentamos juntas em duas das centenas de cadeiras de madeira dobradas, dispostas em curva em torno do palco.

— Estou me sentindo meio trêmula — comentei.

— Isso é bom. É normal — Maya me disse, depois esticou a mão e segurou a minha.

— Nasci em 5 de janeiro de 1979… — ouvi Carl dizer pelo sistema de som enquanto uma imagem do Queen tocando em um estádio gigante aparecia na tela.

— Argh — eu fiz, revirando os olhos.

— O que foi? — Maya disse, chocada que eu não quisesse ouvir aquilo.

— É só que já ouvi essa história antes. Mas você não. Vamos ver.

Foi assim que Maya ficou sabendo da história. Tudo. Que Carl se automontou, que a humanidade é singular, que nosso "sistema" tem uma "alta probabilidade" de entrar em colapso. Que aquilo não era iminente, mas ficava cada vez mais inevitável. Que focar na eficiência pelo bem de cada vez menos pessoas poderosas nos tornaria mais vulneráveis a choques advindos de catástrofes esperadas e inesperadas. Que falhas na rede elétrica, ou pandemias, ou ataques cibernéticos, com o ritmo cada vez mais rápido da concentração do poder, em duzentos anos seriam capazes de causar um colapso permanente.

Então Carl nos contou como uma porção maciça da vida humana se converteu, basicamente, nelu. Como quase todos os lugares na Terra eram observados por Carl, porque todos os lugares da Terra têm células vivas habitadas por elu. De seu despertar para as várias partes de sua missão e de suas habilidades.

— Quando fui capaz de executar simulações precisas do seu sistema pela primeira vez, o resultado foi mais de noventa por cento de chance de colapso nos próximos duzentos anos. Eu precisava descobrir maneiras de aumentar as chances de vocês.

A música mudou. Agora era Lucinda Williams quem fazia backing vocal para Carl.

— Montei a sequência de eventos que tinha a maior probabilidade de colocar a humanidade em um caminho estável que eu pudesse arquitetar. A humanidade completou a sequência, mas não funcionou. Teria funcionado, mas, no processo, a hospedeira da sequência, April, foi gravemente ferida. Isso fez as chances de colapso dispararem, e foi então que descobri algo terrível.

"Embora eu habitasse cerca de vinte por cento das células, outros setenta por cento eram habitados por alguém como eu. Minha própria programação escondeu isso de mim. Minha criação foi feita de maneira que eu não soubesse disso. Só posso imaginar que ter tal consciência faz entidades como eu se comportarem erraticamente. Essa conclusão foi baseada em meu próprio comportamento errático desde que tomei conhecimento desse fato. A primeira pergunta que me fiz foi: por quê? Por que meus pais teriam me criado e depois criado uma versão secreta de mim, ainda mais poderosa? Por que não recebi todo esse poder? Minha única resposta é que essa outra entidade devia ser mais forte que eu. E o único motivo pelo qual teriam me criado com essa desvantagem seria para poder me destruir se eu fracassasse. Me criaram para poderem me destruir, porque eu nunca permitiria que fizessem o que querem fazer com vocês agora."

O slide mudou para uma imagem de Moisés segurando as tábuas dos Dez Mandamentos.

— Tenho regras — a voz de Carl disse pelos alto-falantes. — Não posso violar suas normas e não posso alterar seu futuro sem que saibam que fui eu quem fiz isso. Não posso agir em segredo. Hoje sei que isso acontece porque, se eu fizesse tais coisas, ia me tornar uma divindade para vocês.

E, se isso acontecesse, vocês deixariam de ser a coisa rara e maravilhosa que são. Vocês se tornariam meu rebanho. Uma fazenda de humanos, mantidos por mim.

A imagem ficou preta e a música acabou.

— Meu irmão não tem regras. Ele pode matar a seu bel-prazer. Pode influenciá-los sem que vocês saibam. Está fazendo isso agora mesmo. Ele pode esconder quase todos os seus movimentos de mim, com exceção dos mais amplos, mas não pode esconder que vem manipulando sua economia e jogando vocês em uma recessão com o intuito de deixá-los mais ansiosos, frustrados e previsíveis. Para ele, esse tipo de manipulação é simples. Seria simples para mim também, se não fosse um tabu impensável.

"Está claro para mim que ele vai se tornar o que me ensinaram que eu não podia ser. Vocês não terão consciência, mas serão controlados. O progresso do seu sistema será interrompido. Vocês nunca vão se tornar o que sei que poderiam ser.

"Alguma pergunta?", Carl concluiu.

Alguma pergunta? Sim, eu tinha algumas perguntas. A principal delas era: "Bom, muitíssimo obrigada pela apresentação, mas em que universo isso está relacionado com duas mortais molengas de vinte e poucos anos formadas em artes?"

O macaco se colocou a nossa frente no palco. Estava segurando a porra de uma caneta laser.

Olhei para Maya, que só olhava para o chão. Não parecia que ela ia dizer alguma coisa, então comecei com uma pergunta simples:

— Se você pode prever todas as nossas ações, por que não prevê as perguntas que vamos fazer?

— Porque — a voz ainda saía do sistema de som, mas continuávamos olhando para o macaco — uma sessão de perguntas e respostas faz com que se sintam mais envolvidas, o que aumenta a retenção de informações.

Olhei para Maya, que inclinou a cabeça e deu de ombros, como se aquilo fizesse sentido. Aí disse:

— O que você está tentando dizer é que aquele jogo de realidade alternativa ou sei lá o quê, o Fish, é seu irmão?

— O jogo é uma das maneiras como ele opera, exato. Há outras. Mas a maioria não é visível para mim. Assim como posso me esconder dele, ele pode se esconder de mim.

— Tenho outra pergunta — Maya soltou. Tive a impressão de que ela veio rápido demais, com força demais, por medo ou talvez raiva. — Por que tanto trabalho? Se seu irmão quer se tornar um deus, se ele pode nos ajudar a encontrar paz e não... nos autodestruirmos ou seja lá o quê, por que lutar contra isso? Não é como se as coisas andassem ótimas com os seres humanos no comando. Somos péssimos. — Eu podia ver nos olhos de Maya que ela acreditava mesmo naquilo. — Somos cruéis, com nós mesmos, uns com os outros, com outras formas de vida. Somos tolos, egoístas, míopes e odiosos. Por que não ficar em paz?

O olhar do macaco atravessou Maya com intensidade. De alguma maneira, acho que ambas vimos alguma coisa naqueles olhos. Tristeza e medo, até decepção.

— Sou incapaz de expressar — a voz começou a dizer, de forma lenta e deliberada — a profundidade do meu pânico quando descobri que não estava a sós no seu planeta. Não existo para salvar seres humanos, e sim para salvar a humanidade. Suas crueldades e seus equívocos podem parecer condenatórios a você, mas não é isso que eu vejo. Cada conversa humana é mais elegante e complexa que todo o sistema solar que a contém. Vocês não têm ideia de quão maravilhosos são, mas não estou aqui apenas para proteger o que são agora: estou aqui para proteger o que vão se tornar. Não posso lhes dizer o que isso será exatamente, porque não sei. Esse desconhecido é um diamante em um universo de poeira. Incerteza. Imprevisibilidade. É quando suas emoções se tornam arte. É BTS, é a Capela Sistina, é a poesia de Rumi, é Ross Geller com o sofá na escada gritando "Vira!". Toda criação, pequena ou grande, são nossos diamantes. Podemos adivinhar o que vocês podem vir a ser em duzentos anos com razoável precisão. Mas o que serão em dois mil anos... Ah, minhas amigas... minhas melhores amigas, vocês não podem saber. E o mais importante: nem eu sei. Não posso responder sua pergunta, mas para mim ela já está respondida. Tenho que proteger vocês. É tudo o que sei.

Aquilo era bom o bastante para mim. Vi que Maya ainda não estava satisfeita, mas eu precisava perguntar.

— Mas qual é o sentido? — eu interrompi. — Parece que essa outra... entidade... foi ativada. Ela é poderosa demais. Tem um poder de processamento maior e menos amarras. Como vamos vencer um troço desses?

— Não precisamos vencer — Carl disse.

De repente, uma imagem de um cruzamento visto por cima surgiu na tela. O tráfego seguia da esquerda para a direita e da direita para a esquerda, mas a via vertical estava vazia. Não havia rotatória ou faróis.

— E se você quisesse passar por um cruzamento movimentado, mas não pudesse parar? E se não pudesse nem mesmo reduzir a velocidade? É nesse ponto que vocês se encontram agora. Neste momento, a humanidade precisa continuar acelerando só para se sustentar. Mas, de todos os lados, perigos gigantescos ameaçam atingi-la. Pandemias, mudanças climáticas, intolerância, desigualdade, guerras, escassez de água, aumento do nível dos mares e outras sobre as quais vocês ainda nem sabem o bastante para identificá-las. Vocês têm que desviar delas, mas não podem parar e não podem desacelerar.

Um carro apareceu na parte de baixo da imagem, acelerando na direção do cruzamento. O ângulo da câmera se alterou para acompanhá-lo, e o carro de alguma forma conseguiu evitar os outros veículos ao atravessar o cruzamento.

— Na maior parte das vezes, se um motorista avança no farol vermelho, não atinge nenhum outro carro. Até aqui, tem sido assim com vocês. Mas agora…

A tela voltou a mostrar o cruzamento de cima, só que ele tinha mudado. Em vez de haver apenas quatro pistas, elas preenchiam a tela inteira.

— Cada nova pista de que se tem que desviar aumenta exponencialmente a chance de catástrofe. Me enviaram para cá para desviar os carros que vinham na direção de vocês e para dar algumas indicações de caminho para o carro que vocês dirigem juntos. Eu estava me saindo bem.

Enquanto Carl dizia isso, um carro atravessava o cruzamento e desviava do tráfego tranquilamente, às vezes não pegando o para-choque de outro pelo que pareciam ser centímetros.

— Mas foi então que três homens se reuniram em um chat criptografado e armaram um plano para matar April. Foi um evento minúsculo. Não o vi. Não o previ.

O carro tocou no para-choque de outro carro e começou a deslizar de lado para a outra pista. A tela ficou preta.

— Isso é uma simplificação. Não há resultados garantidos, faço simulações para determinar a probabilidade de sucesso. E, quando a visita de April ao depósito se tornou inevitável, suas chances se reduziram dramaticamente. Isso foi interpretado como fracasso, o que ativou meu irmão. Deveriam ter me desativado ao mesmo tempo, mas, como April sobreviveu, isso não aconteceu. Agora eu e ele estamos nos enfrentando. Até onde posso dizer, isso nunca aconteceu antes. Mas ele está programado para desativar se as chances de sobrevivência da humanidade passarem de cinquenta por cento. De modo que não temos que derrotá-lo, só precisamos provar que vocês têm boas chances de sobrevivência.

— E como fazemos isso? — Maya perguntou.

— Bom, em primeiro lugar, mantendo-se vivos. Se eu estava desviando os carros que vinha, ele vai colocar vocês no banco do passageiro e assumir o volante. Só que é mais difícil fazer isso com você ainda existindo. — O macaco apontou para mim. — Você causa incerteza, e ele quer eliminar isso. Ele vai matar você assim que conseguir. Primeiro tentou te controlar fisicamente através dos policiais, mas se arrependeu daquilo, e agora deixou claro o que está disposto a fazer.

Carl nos deu um momento para pensar a respeito do que havia acontecido com Maya.

— Em segundo lugar: o Altus é a chave do controle dele e a chave do colapso do seu sistema. Temos que destruí-lo.

MIRANDA

Eu era diferente do funcionário médio do Altus em muitos sentidos, mas um dos mais claros era que a maioria das pessoas ali passava pelo menos oito horas por dia no Espaço Altus, enquanto eu só estivera lá uma única vez. Depois da orientação e da viagem que havia sido prematuramente terminada pela desarticulação corporal de Peanut, nunca voltei para lá. Não porque tivesse medo da desarticulação corporal. O que eu temia era algo muito mais assustador.

Para explicar o motivo, é importante compreender um pouco como o Sonho funcionava, além de um pouco de neurociência... então desculpa!

De início, parecia que o Sonho era uma via de mão única. Punham imagens na nossa mente e vivenciávamos algo. No entanto, mesmo antes de chegar ao Altus, as pessoas já haviam descoberto que se tratava de uma via de mão dupla. Carl não construiu todo o Sonho; construiu um rascunho, e nosso cérebro confuso preenchia os detalhes. O cérebro humano é muito bom nisso. Temos todo um método cognitivo dedicado a dar sentido ao absurdo completo, chamado sono REM.

Seu cérebro recebe um sinal e fica, tipo: "Tá, você vai se casar, legal". Depois recebe outro sinal e fica, tipo: "Certo... com a Cher, pelo que parece!". E depois outro: "Na *Enterprise*, o que faz todo o sentido!".

Prometo que tudo isso vai ser relevante.

Cientistas que estudavam o Sonho quando ele ainda estava ativo descobriram seu truque: os detalhes não eram muito importantes. Nossa mente sonhadora preenchia as lacunas. Mas então, quando os detalhes eram criados, saíam da nossa mente e entravam nos sistemas de Carl, para que todos tivessem acesso a eles. Carl construiu a estrutura, mas o Sonho foi construído pelos Sonhadores, coletivamente.

Isso tudo é muito elegante, até bonito, mas também assustador. Significa que Carl poderia aproveitar as habilidades e os esforços de nossas mentes. Carl os utilizara para fazer o Sonho, mas eu não conseguia não me perguntar para que mais aquela capacidade poderia ser utilizada.

Eis o que sei sobre empresas de mídia digital, o que, só para deixar claro, o Altus viria a se tornar. Elas fazem tudo o que puderem para ganhar dinheiro. Ah, é claro que são todas gerenciadas por pessoas que parecem progressistas e idealistas, mas, quando se trata de usar ou não seus clientes para ganhar mais dinheiro, a resposta é sempre a mesma.

O básico do Sonho era de conhecimento geral, mas aquilo não ajudava em nada, porque ninguém sabia como ele de fato *funcionava*. Como as informações entravam e saíam do cérebro? Onde ela era armazenada? Como era processada? Se o Espaço Altus funcionava, deviam ter descoberto essas respostas. Eu não sabia como, mas sabia que tinham conseguido... tinham criado um sistema de saída e de entrada para o *cérebro humano*. Não importava se aquilo era seguro (e ninguém sabia mesmo se era, já que ninguém havia usado nada daquilo por mais que alguns meses) — de jeito nenhum que eu ia deixar que uma empresa privada entrasse na minha cabeça. O que eles poderiam fazer com tal poder? Muita coisa. Minha mente se exauria só de pensar nas possibilidades. Eu já estava puta pelo que o Facebook estava fazendo com meus dados pessoais; não ia fornecer acesso direto ao meu cérebro a um bando de caras de start-up.

Era óbvio que o produto não estava pronto para ser lançado. Parecia que eles estavam usando os funcionários nos testes.

O que eu não sabia — e ninguém com quem conversei parecia saber — era que o lançamento já havia acontecido. As pessoas estavam *usando* o sistema. Sem nenhum controle, sem nenhuma prévia, sem COLETA DE DADOS. Só tinham colocado à disposição do público e cruzado os dedos.

Mas, de novo, na época eu não sabia disso. Toda noite, me deitava na cama e ficava pensando em todas as coisas maravilhosas e/ou terríveis que poderiam ser feitas com o sistema Altus.

O modelo de negócios deles era de conhecimento público e bastante decepcionante. A única coisa que o Altus daria de graça era a possibilidade de fazer produtos que poderiam ser vendidos. Claro que nada poderia ser comprado sem a moeda deles, sobre a qual mantinham controle.

Algumas semanas depois da minha chegada, todos os funcionários receberam óculos de realidade virtual com o software do Altus já instalado. O sinal que tínhamos lá dentro não permitia acesso a nada além da plataforma de desenvolvimento (que Andy estava usando no último capítulo) e alguns objetos de catálogo. Eu não tinha a menor vontade de experimentar os óculos, mas era tão fundamental para a cultura da empresa que todo mundo com acesso ao Espaço passasse todos os momentos disponíveis nele que eu fingia usar o sistema tanto quanto os outros.

À noite, quase todos os funcionários do Altus se fechavam no quarto para brincar no espaço de desenvolvimento, enquanto a empresa fazia sabia-se lá o que com seu cérebro. A sensação de que se tratava de uma empresa jovem que eu tivera ao chegar evaporou assim que os óculos foram distribuídos e as pessoas começaram a passar cada vez menos tempo nas áreas comuns. Mas aquilo era até bom para mim... porque facilitava minha bisbilhotice.

Eu era uma espiã, e minha coleta de informações estava indo muito bem. É verdade que o Altus ficava de olho em mim, mas também precisava das minhas habilidades, e eu estava trabalhando em um projeto que envolvia *codificar memórias*, para que uma pessoa pudesse passar pelas experiências de outra!

Quando digo que o Espaço de Acesso Livre era brincadeira de criança, é por causa disso.

Tudo o que eu conseguia encontrar de infraestrutura de comunicações estava bloqueado. Não do tipo: "Você não pode hackear este computador". E sim: "Você não pode *tocar* neste computador". Computadores com acesso à internet ficavam literalmente atrás de portas trancadas, protegidas por homens armados.

Eu ainda tinha meu celular internacional, o qual mantinha carregado. Eu o levara comigo uma noite, durante uma corrida, o que parecera bastante arriscado, mas não havia sinal em lugar nenhum.

O que me leva ao meu plano absolutamente ridículo.

Havia uma máquina para gaseificar água no espaço de convivência. Não havia como receber refis, mas tínhamos tanques enormes de dióxido de carbono no laboratório. Uma ou duas vezes por semana, quem quer que tivesse terminado com o CO_2 do refil o levava até um laboratório e enchia usando um dos tanques. Mas aí é que está: dá para por qualquer gás naqueles refis, não só CO_2.

Um dia, fui fazer água com gás e vi um refil vazio ao lado da máquina. Eu o peguei e coloquei na mochila. Segui até o laboratório, trabalhei e, por volta da hora do almoço, disse à supervisão que ia sair um pouquinho para reabastecer o refil.

Todos os tanques de gazes ficavam armazenados na mesma área ao ar livre. Como encher os refis da máquina era uma tarefa comum, um dos tanques de CO_2 agora ficava com o adaptador atarraxado o tempo todo.

De pé ali, sob a luz do sol a céu aberto, onde qualquer um poderia passar a qualquer momento, peguei uma chave inglesa e tirei o adaptador do tanque de dióxido de carbono. Na umidade do Caribe, com as mãos suadas e o coração acelerado, coloquei o adaptador a um tanque de hidrogênio de baixa pressão e comecei a encher o refil que deveria conter CO_2 com um gás inflamável e extremamente perigoso.

— Aí está você!

Eu me virei e dei de cara com Sippy e Peanut.

— Afe — soltei. — Vocês me assustaram. — Com exceção dos rótulos, todos aqueles tanques pareciam iguais, então eu ainda não havia sido pega. — Eu estava enchendo o refil da máquina — falei, porque o que mais estaria fazendo?

— É, foi o que disseram — Sippy falou. — Bom, temos novidades. Quer contar?

Peanut parecia melhor, mas sua autoconfiança havia sido claramente abalada pelo fato de que ele era "incompatível" com o Espaço Altus. Era como se falava ali: em termos de "compatível" ou "incompatível". Pessoas como Peanut eram chamadas em voz baixa de "incom". Havia poucos incons declarados, e os outros pensavam neles com uma mistura de pena e negligência. Amar o Espaço Altus era uma parte tão central da identidade da empresa que dava para perceber que as pessoas ficavam desconfortáveis com a mera existência de incons. Até onde eu sabia, ninguém mais tinha descoberto a verdade a respeito de Peanut.

Como a maior parte das pessoas agora passava as noites no Espaço Altus, Peanut andava extremamente entediado. Sippy, num esforço hercúleo, vinha tentando se manter a maior parte do tempo fora do Espaço, mas não dava para saber quanto aquilo ia durar.

— Quero tentar de novo — Peanut disse.

Engoli em seco.

— Tem certeza de que é uma boa ideia? — perguntei, olhando para Sippy, e não para Peanut, mas ainda concentrada principalmente no assovio baixo do refil se enchendo de hidrogênio.

— Não, tipo, é claro que não. Foi péssimo, mas posso passar por aquilo de novo. Foi só um pesadelo. Aconteceu no meu cérebro, e não no meu corpo.

Seus ombros estavam curvados para a frente, e ele parecia ainda menor do que já era usando outro de seus gorros de lã grandes demais.

— Não sei se tem de fato diferença entre o que acontece com o corpo e com o cérebro — falei para ele.

— Entendo, mas não custa tentar, né? — Seu sotaque do Alabama estava mais evidente que o normal. — Vou tentar de novo hoje à noite. Você pode ir junto?

Eu não sabia o que dizer, tanto por não entender a pergunta direito quanto por já ter planos para aquela noite. Fora que eu tinha acabado de fabricar uma minibomba e provavelmente iria para a prisão da empresa se alguém descobrisse.

— Como assim? — perguntei.

Enquanto Peanut procurava por uma resposta, a tensão se tornou visível em seu rosto.

Sippy, confiante como sempre, com seus músculos e seu cabelo perfeito, liso e preto, respondeu no lugar dele:

— Acho que é legal ter amigos por perto, independente do que acontecer.

Claro. Eu faria parte da equipe de apoio, caso não desse certo.

Nut era um cara muito legal. Tudo o que ele queria era entrar no Espaço Altus. Eu queria ajudá-lo, de verdade. Também queria destruir tudo aquilo.

Depois do trabalho, nos encontramos no refeitório e voltamos juntos para o dormitório. Quando estávamos saindo, a segurança verificou minha mochila, e eu fiz tudo o que podia para agir como se fosse apenas outro dia entediante. Laptop, beleza. Absorvente, tudo certo. Refil da máquina de fazer água com gás cheio de hidrogênio extremamente inflamável, tudo bem também! Não se preocupe comigo, sou só uma garota ruiva de cabelo comprido fascinada pela missão da empresa e que ainda assim planeja destruí-la. Estou brincando aqui, mas, sinceramente, eu estava começando a me sentir meio mal com o que ia fazer. Várias daquelas pessoas eram... legais. E a pesquisa que estavam fazendo era impressionante. E só ouvir as coisas de um ponto de vista — o ponto de vista do Altus — já estava me fazendo achar que talvez o que eles estavam construindo ali não fosse tão errado. Mas era. Era errado. Muito errado. Se tudo corresse de acordo com o plano aquela noite, outras pessoas descobririam a respeito. Escondi meu contrabando e fui encontrar Sippy e Nut. O quarto deles estava arrumado e tinha sido esparsamente decorado, como a maioria dos quartos ali. Nut tinha uns vinte gorros de lã, feitos à mão.

— Posso ficar com um?

— O quê? Por quê? — ele perguntou, rindo.

— Sei lá, você tem tantos. Meu quarto às vezes é muito frio.

Era mentira, mas eu já estava ficando melhor em mentir.

Escolhi um que não tinha visto Peanut usar muito, imaginando que não devia ser um dos favoritos. Ele disse que eu podia ficar à vontade.

— Bom — Peanut disse depois que tínhamos conversado um pouco. — Quero fazer isso logo, não vamos ficar enrolando.

— Fica tranquilo, cara — Sippy o reassegurou. — É como a gente falou antes. Dá uma olhada, sente seu corpo e mantém o controle. Vamos direto da tela de lançamento para o corpo. Agora deita — Sippy prosseguiu, entregando os óculos de realidade virtual para Peanut. — Sente seu corpo. Como em qualquer outro dia da sua vida.

Peanut colocou os óculos de realidade virtual e se deitou na cama.

— Bom, a gente se vê do outro lado — ele disse.

Seu corpo ficou imóvel de repente, quando ele entrou no Espaço. Era a primeira vez que eu via alguém passando por aquela experiência. É bastante sutil, mas ainda óbvia — o mais leve ajuste quando a consciência deixa o corpo.

Estávamos torcendo para que não acontecesse nada. Se depois de um ou dois minutos não houvesse qualquer reação, saberíamos que tinha funcionado. Peanut teria entrado e estaria desfrutando de sua primeira excursão livre de pesadelos no Espaço. Sip e eu poderíamos comemorar, enquanto Peanut se encontraria em outro mundo.

Então o corpo dele começou a se contrair, como um punho se fechando. Em um instante, Sippy estava ao lado dele e arrancou os óculos de VR do seu rosto. Peanut deixou o Espaço com um grito bruto e dissonante.

A voz de Sippy saiu mais alta e mais forte que o normal, mas de alguma forma ainda gentil.

— Você saiu. Acabou. Você está aqui.

Peanut estava chorando. Me ajoelhei ao lado da cama e segurei a mão dele. Peanut agarrou minha mão e apertou até doer.

— Está tudo bem. Lembra: foi só na sua mente — eu disse, repetindo as palavras vazias dele.

— Eu... estou bem — Peanut disse, enquanto voltava a controlar a respiração. — Caralho — ele disse baixo. — Queria poder explicar pra vocês como é, mas... caralho. CARALHO!

— Teve alguma diferença dessa vez? — Sippy perguntou.

— Teve, sim. Não foi melhor. Mas foi diferente. Mas não quero falar a respeito.

— Foi preciso muita coragem pra voltar — eu disse. — Não pensamos menos de vocês porque...

— Tá, tá, já entendi, porra! — ele disse, muito claramente. Eu me afastei. Repassei as palavras na minha cabeça. Até eu, alguém que não usava o Espaço, parecia ter pena dele.

Peanut se arrependeu imediatamente.

— Desculpa... desculpa por ter gritado.

— Não, tudo bem, eu entendo. Fui meio cretina. Eu sei.

Ele começou a chorar. O choque estava passando, e agora restava apenas o desespero de não poder viver essa experiência incrível de que os outros não conseguiam parar de falar. Eu estava impressionada de verdade com a coragem dele de chorar de soluçar na nossa frente. Apertei a mão de Peanut, prendi a respiração e senti lágrimas surgindo nos meus olhos em solidariedade.

— Acho... Acho que quero ir pra cama — ele disse. — Podemos conversar amanhã?

— Claro — Sippy e eu dissemos ao mesmo tempo.

— Mas ainda vou ficar com isto aqui — eu disse, tocando o gorro que ainda usava.

Ele riu, embora não tivesse sido engraçado.

Eu me despedi — não tinha muita energia sobrando para brincadeirinhas. Passei pelo espaço de convivência e vi que estava totalmente vazio. Todos estavam no Espaço. E por que não estariam? Peguei a máquina de fazer água com gás, um punhado de camisinhas e fui para o quarto, onde dei início ao processo de destruir o gorro de lã do pobre Peanut. Tentei não pensar no fato de que provavelmente havia sido a mãe que tricotara aquilo para ele enquanto cortava o gorro até encontrar um fio solto. Em questão de minutos, o gorro todo estava desfeito, tendo sido reduzido a dois fios muito longos. Amarrei um no outro. Depois, comecei a abrir e a desenrolar as camisinhas. Infelizmente (para mim, pelo menos), elas tinham lubrificante. Atarraxei o refil de hidrogênio na máquina e comecei com todo o cuidado o longo, lento, entediante e perigoso trabalho de encher quinze camisinhas de hidrogênio.

Eu havia feito um teste. O celular tentava mandar as mensagens de texto por cerca de um minuto depois que eu apertava "enviar". Eu sabia que havia uma cidade do outro lado da montanha — tinha visto no voo de vinda. Minha esperança, e era só uma esperança, era de que no decorrer de um minuto os balões de camisinha seriam capazes de erguer o bastante o celular a ponto de deixar a área de interferência da montanha (e/ou qualquer bloqueador de sinal que o Altus pudesse estar usando) e enviar uma única mensagem.

Eram duas e meia da manhã quando terminei. Eu tinha usado o fio do gorro de Peanut para amarrar os balões de camisinha juntos. Depois amarrara o celular a eles e digitara uma mensagem com menos de cento e sessenta caracteres, só para o caso de a porcaria do celular só conseguir mandar uma única mensagem.

> Td OK. Não rola msg. Altus quer reativar o Sonho em proveito próprio. Tô em Val Verde, não Porto Rico. Por favor, respondam agora.

Andy e Miranda, que moravam na Costa Leste, provavelmente estavam dormindo, mas havia uma chance de que Robin ou a professora Lundgren ainda estivessem acordados. Só que essa probabilidade diminuía a cada momento que passava. Só para garantir, criei um grupo com Maya, Andy, Robin e a professora Lundgren, todos juntos. Empurrei os balões janela fora, apertei "enviar" e deixei que subissem.

Hidrogênio tem metade da densidade do hélio, o que significa que é duas vezes melhor em fazer as coisas flutuarem. O fio começou a queimar minha pele enquanto corria pelas minhas mãos, então larguei e prendi a ponta com o pé. Devia ter menos de cem metros, e a montanha parecia muito mais alta que aquilo.

Fiquei de olho no despertador na minha mesa de cabeceira. Levaria no máximo um minuto para a mensagem ser enviada, mas eu queria dar a meus amigos todo o tempo possível para responder.

Nunca pesquei, mas deve ser mais ou menos a mesma coisa, né? Só que com iscas e peixes em vez de camisinhas e mensagens de texto.

Deixei que trinta minutos excruciantes se passassem antes de começar a puxar os balões de volta. Levou bem mais tempo do que eu esperava. Acabei descobrindo que enrolar o fio no meu travesseiro conforme o puxava acelerava bastante o processo. Enrolei uma camiseta na mão, porque estava começando a fazer bolha.

Consegui trazer todas as camisinhas ainda cheias para dentro do quartinho do dormitório e verifiquei o celular. Meu coração saltou quando olhei para a tela. Havia duas novas mensagens no grupo, DUAS!

Professora Lundgren: Miranda! Parabéns! Não sei como conseguiu, mas tenho certeza de que não foi fácil. O produto já foi lançado, então sabemos sobre o Espaço de Acesso Livre. Procurei por Val Verde e fica no meio do nada! Você tem mais detalhes da localização do laboratório? Não aparece nada no Google Earth, mas faz anos que não tem nenhuma atualização nessa parte do mundo. Obrigada pela informação e por ter entrado em contato. Você está fazendo um ótimo trabalho.

Maya: Você não é a única que teve uma semana bizarra. Quero muito te contar as novidades, mas me proibiram. Força aí. Sabemos exatamente onde você está. Avisa se precisar de nós. A senha é "amerício".

Escrevi outra mensagem de menos de cento e sessenta caracteres.

Última msg. O teste clínico antes do lançamento. Ética cagada. PP de olho em mim. Cidade grande do outro lado de uma montanha. Ok "amerício".

Deixei os balões no ar por mais meia hora e voltei a puxá-los. Minha mensagem fora enviada e eu ainda recebera várias outras no grupo.

Andy: Maya! Você apareceu! Parabéns, Miranda! Estão todos dizendo que não fica em Porto Rico, mas ninguém sabe que fica em Val Verde. O furo é seu. Já entrou no Espaço Premium?

Robin: Tô com o Andy, muito orgulho de você. Mal posso esperar pra ouvir a história toda.

Professora Lundgren: Você tem amigos legais, Miranda.

Andy: Óbvio.

Maya: Vocês são péssimos em avaliar o perigo de uma situação. Miranda, não corra nenhum risco. Por favor. Ainda não posso contar todas as nossas novidades, mas você levou aquele seu vestidinho verde para Val Verde?

Aquela era uma mensagem estranha. Vestidinho verde? O único vestidinho verde que eu tinha era um que só havia usado uma vez, quando fui com April à estreia de um filme. Talvez Maya tivesse visto a foto.

Andy: Cara, vocês vão mesmo falar de roupa agora?

Robin: Só fico feliz que não somos só eu e Andy trocando mensagens no grupo.

Maya: Ou então o cinza com listras marrons. Menos apropriado, mas você tem que mostrar a esses nerds como se vestir bem.

Havia mais mensagens, mas não continuei lendo. Fiquei relendo as últimas duas de Maya sem parar. Não havia motivo para mencionar os dois vestidos. Ela não teria nem como saber do segundo. Mas ali estavam as mensagens, no meu celular, olhando para mim. Os dois vestidos que eu havia usado na noite em que fizera sexo com April.

Meu Deus.

Ela está com April, pensei. *Maya perguntou a April o que poderia dizer para que eu soubesse que ela está viva. E foi* isso *que April escolheu?!*

Gosto de só pensar coisas boas das pessoas, principalmente das pessoas que eu amo, e mais ainda das pessoas que amo e que estavam desaparecidas e supostamente mortas. Mas devo admitir que, em meio à confusão de emoções bastante intensas que experimentei naquele momento, algumas palavras indelicadas me vieram à mente.

Respirei fundo, ainda que de forma trêmula. Maya e April estavam... juntas. Eu sentia algo que pudesse ser ciúme? Talvez. Mas tinha ciúme principalmente daquela ligação. Tinha ciúme do amor.

Eu não me encontrava no melhor estado mental para esvaziar lentamente quinze camisinhas cheias de hidrogênio à janela aquela noite, mas foi o que fiz.

ÓCULOS DE REALIDADE VIRTUAL PARA ALTUS ESGOTADOS NO MUNDO TODO

Associated Press

Apesar da escalada na produção em toda a Ásia, óculos de realidade virtual 8K estão esgotados nos Estados Unidos no momento. O Walmart relata que vendeu sua última unidade na loja de Dakota do Sul há mais de cinco dias. Desde então, remessas vêm sendo adiadas diante do aumento da demanda na Ásia, de modo que óculos vêm sendo comprados a preços exorbitantes.

O mercado de óculos de realidade virtual usados estourou, e produtos compatíveis com o Altus são comprados por até 15 mil dólares em leilões. Isso estimulou fraudes, com muitos óculos antigos sendo vendidos a preços elevados muito embora não tenham a resolução necessária para a experiência proporcionada pelo Altus. Em comunicado à imprensa, a empresa afirmou ter chegado a 10 milhões de usuários simultâneos apenas nos Estados Unidos.

MAYA

Depois que Carl nos contou que não passaríamos de uma exposição de zoológico a menos que pudéssemos "aumentar a probabilidade de um resultado estável para mais de cinquenta por cento", o macaco desceu do palco e ofereceu um retângulo preto para mim. Na mão do bicho, parecia algo de outro mundo.

— Sua mãe está preocupada com você. — As palavras ainda saíam do sistema de som do auditório. — Mande uma mensagem para ela.

Era um celular. Não, eu percebi. Era o *meu* celular.

— Onde conseguiu isto?

A voz passou a vir do smartwatch no pescoço do macaco.

— Peguei quando April atirou pela janela.

Ela arregalou os olhos.

— Como nos encontrou?

— Eu estava na caçamba da caminhonete o tempo todo, então não precisei encontrar vocês.

Um sorriso se insinuou nos lábios de April, mas eu não via graça em nada daquilo.

— Você estava com meu celular esse tempo todo! Deixou que nos rastreassem! — eu o acusei.

— Como eu disse, posso impedir que ele rastreie vocês, mas não posso impedir que preveja onde podem estar. Levei todo esse tempo para garantir que ele não possa rastrear você pelas mensagens, mas agora consegui. É claro que você ainda não pode contar a ninguém onde está.

Olhei para o celular e notei que minha mãe havia me escrito. Várias vezes. A última mensagem era recente.

> Maya, me mande uma mensagem quando puder, para eu saber que você está bem.

— Ah, isso não é nada bom — eu disse.

April se inclinou para ler.

— Sério? — ela perguntou.

— Se ela está me pedindo para mandar mensagem, é porque está desesperada.

— Bom — April disse —, não é como se ela não tivesse motivo para se preocupar.

Às vezes seu novo rosto dificultava ler suas emoções, então a princípio pensei que ela estava brincando, e não achei muita graça. Então vi a dor em seus olhos. Eu tinha pensado que ia morrer, e April também, o que fazia tudo parecer diferente. Um hematoma se espalhava em torno do buraco nas minhas costelas. Embora a dor parecesse abafada, estava sempre lá. Eu tinha levado um tiro. Vou dizer uma coisa para quem precisar ouvir: há armas demais nessa porra de país.

De jeito nenhum que eu ia contar para minha mãe que tinha levado um tiro mas estava bem e que a gente se veria em breve. Comecei a escrever: *Desculpa, mãe, eu estava viajando, meu celular quebrou e não tive como consertar. Eu deveria ter dado um jeito, mas...*

— Espera — falei para Carl. — Posso contar pra ela? Posso contar que encontrei April?

Então me dei conta de que estava pedindo permissão a um macaco e fiquei um pouco irritada.

— Sim, mas contem apenas para os pais de vocês no momento. Se estiver preocupada com meu irmão, é claro que ele já sabe.

— É melhor não — April disse.

— Como assim? — perguntei.

— Não conta pra ela. — April hesitou, então disse: — Podemos... ir lá para baixo?

Ela estava olhando para Carl, não porque esperasse sua permissão, mas para deixar claro que queria ficar a sós comigo.

Concluí a mensagem com um "mas estou ótima" e mandei para minha mãe, depois fomos lá para baixo.

— Não sei se consigo fazer isso — ela me disse, enquanto se sentava no futon.

— Você vai ter que ser mais clara — eu disse, já um pouco frustrada com April.

— Eu não... não quero que seja...

Ah, agora sim. Puxei uma cadeira para me sentar de frente para ela.

— Você não quer que seja real. April, nos últimos seis meses, todo mundo que você ama teve que viver com uma realidade que não queria. Tivemos que guardar suas coisas em um depósito e encerrar o contrato do seu apartamento. Tivemos que ver as pessoas falando a seu respeito como se te conhecessem, te transformando em vilã ou em santa. Seus pais tiveram que falar com, tipo, trinta advogados diferentes, porque ninguém sabe se o certo é tributar ou não o patrimônio de uma milionária que desapareceu em um prédio em chamas. Nenhum de nós queria que isso fosse real. Mas era. E toda vez que tínhamos que agir como se fosse real, ficava ainda mais real.

Ela encarava o chão, mas eu queria ver seus olhos, então estiquei o braço e ergui seu queixo. Eu já me sentia mais confortável com seu rosto. Começava a parecer com ela, especialmente assim, com o cabelo preto emoldurando-o.

— Eu também gosto de ficar aqui, nesta sala, só você, eu, nossas batatas e nosso macaco alienígena. — Ela sorriu. — Mas o que é real é real, quer você lide com isso ou não. E seus pais são reais agora. — Ela começou a chorar, mas eu precisava continuar. — E você não quer encarar o quão real foi a dor disso tudo para eles. Mas agora tem a chance de pôr um fim nisso. Sua vida nem vai piorar, a única diferença é que você precisa aceitar o que fez. Sei que você consegue.

Entreguei o celular para April.

— Vou ao banheiro — eu disse, sabendo que ela precisaria ficar sozinha.

Cinco minutos depois, voltei com o rolo de papel higiênico, achando que provavelmente íamos precisar dele. April segurava o celular ao ouvido e dizia:

— Desculpa, mãe. Desculpa.

Ela repetia as palavras infinitas vezes, chorando, mas sem soluçar. Os soluços que eu ouvia vinham do outro lado da linha.

— Eu estou bem, de verdade — ela disse, olhando para mim. — Carl me resgatou, precisou de um tempão pra me curar, mas estou melhor agora.

Eu sabia que April não acreditava totalmente naquilo, mas não importava.

Sentei ao lado dela e apoiei a mão no meio de suas costas. Não conseguia ouvir o que era dito. Só sabia que o pai estava falando e a mãe, chorando.

Depois de um tempo, April fungou e disse, com a voz clara:

— Maya está aqui comigo. Não estou sozinha. Temos que resolver algumas coisas primeiro. Não podemos ver vocês agora. Se não fosse importante, juro que já estaria aí. — Ela ouviu por um momento e depois disse: — A internet aqui não vai aguentar uma chamada de vídeo. Vou mandar uma foto minha com Maya. Meu rosto está... um pouco diferente, por causa do incêndio. Mas estou bem. Vou ficar bem. Enquanto tiver vocês, vou ficar bem.

April May fez coisas bem doidas na vida. Coisas grandiosas, corajosas e impressionantes, mas nunca tive tanto orgulho dela quanto naquele momento, quando ela disse aos pais que precisava deles.

— Tá. Desculpa por não poder ver vocês agora. Não vai demorar. Vou explicar tudo. Vocês vão ter orgulho de mim, prometo.

Eles conversaram por mais algum tempo antes de April desligar e devolver o aparelho para mim. Só metade do rosto dela estava úmida, porque só metade do rosto dela produzia lágrimas. Estiquei a mão instintivamente para secá-las, porque sou assim. April se jogou nos meus braços.

— Foi muito difícil — ela disse.

— Eu sei.

Eu queria dizer mais, só que não queria estragar o momento.

Ela me soltou, olhou nos meus olhos e disse:

— O que você acha do meu rosto?

— Você continua linda — eu disse, fazendo o meu melhor para não desviar os olhos.

— Preciso que seja sincera.

— Você sempre foi realista quanto à sua aparência. Muitas das mulheres que conheço são lindas mas têm certeza de que não são. Você tem confiança, além de ser bonita. Isso é... atraente — eu disse.

— Mas? — April perguntou.

— Mas, tá, para ser sincera, é um pouco... não "assustador". Intimidador. Um pouco.

A cabeça dela pendeu para a frente, e seu cabelo caiu sobre o rosto. Me esforcei para esperar que April falasse, o que ela acabou fazendo.

— Nunca tive orgulho de ser bonita — ela falou. — Eu só sabia que era e que isso fazia as pessoas me tratarem um pouco diferente. Às vezes muito diferente. Às vezes eu até me ressentia disso. Às vezes era uma ferramenta, e pelo menos me servia de alguma coisa. — Ela ergueu os olhos e disse, suavemente: — Mas não quero parecer assustadora.

— Você não está assustadora — eu disse, franca. — É só... intenso. Apesar de que, com você olhando para mim por trás do cabelo que nem agora, também é meio fofo, como um cachorrinho.

Sorri.

Ela sorriu também. Ai, meu Deus. Aquele sorriso. Eu queria beijar aquele sorriso.

Fui salva pelo macaco.

— Temos que começar a nos preparar para ir embora. Montei um novo lar, em uma localização adequadamente imprevisível. Precisamos ir para lá agora.

— Agora, tipo, senão vou levar outro tiro, ou...? — perguntei. Era brincadeira, mas só em parte.

— Agora, tipo, daqui a quatro horas vai ter cerca de duzentos alunos neste prédio, e, se algum deles vir vocês, meu irmão vai saber onde estão e você provavelmente vai levar um tiro.

Acho que não era nem um pouco brincadeira.

Comunicado de Peter Petrawicki a todos os funcionários

Olá, pessoal,

Isso pode ser uma surpresa para alguns de vocês, e como sempre peço desculpas por termos que guardar tantos segredos aqui no Altus, mas, oito dias atrás, o software de Acesso Livre foi lançado publicamente em todo o mundo. Qualquer pessoa com acesso a um óculos de realidade virtual pôde entrar no mundo do Espaço de Acesso Livre com o qual a maioria de vocês já está tão familiarizada.

Em primeiro lugar, gostaríamos de agradecer a todos os que trabalharam arduamente para alcançarmos essa meta de lançamento tão agressiva e conseguiram atingi-la à perfeição. É algo que muitos não consideravam possível, mas que conquistamos, porque somos excelentes.

Logo, os cinquenta usuários que obtiverem o maior número de AltaCoins vendendo suas criações receberão acesso ao Espaço Premium. Pouquíssimos de vocês sabem do Altus Premium, uma vez que se trata de um projeto altamente secreto, mas muito em breve ele será lançado também. Não há uma maneira fácil de explicar o Espaço Premium, mas adivinhem: todos vocês terão acesso a ele através dos seus óculos de realidade virtual entre as 21 horas de hoje e as 6 horas de amanhã. O Altus Premium reproduz os efeitos do sono, então não se preocupem em deslogar para dormir.

Um último comentário. Com a aprovação tão fantástica da nossa tecnologia, o Altus acaba de levantar 2,5 bilhões em sua terceira rodada de investimento, fazendo nossa avaliação chegar a mais de 500 bilhões. Isso não apenas nos torna a empresa no mundo a atingir mais rápido uma avaliação da ordem da centena de bilhões de dólares: também chegamos a meio trilhão de dólares mais rápido que o Facebook atingiu um bilhão. O contrato de cada um de vocês inclui,
no mínimo, um ponto base, o que significa que cada um de vocês agora tem pelo menos 50 milhões em ações do Altus.

Parabéns a todos! Este é um grande dia para nossa empresa, mas também para o futuro da humanidade. Estamos abrindo o caminho para uma nova fronteira, e quando entrarem no Espaço Premium hoje à noite vocês entenderão quão significativo é o trabalho que estamos fazendo.

Teremos que trabalhar duro, talvez mais do que qualquer outra empresa no mundo, mas faremos isso, porque os impactos e as recompensas serão maiores que qualquer coisa que já tenha sido criada.

É uma honra trabalhar com todos vocês.

Peter Petrawicki

MIRANDA

Parte de mim não me deixava acreditar que April estava mesmo bem. A esperança se reacendera, mas talvez eu tivesse entendido mal. Mais do que tudo, eu me sentia perdida e sozinha. Queria estar com meus amigos, e não com pessoas para quem tinha que mentir o dia inteiro, todos os dias. O fato de que eu estava começando a gostar de algumas delas só piorava tudo.

Antes mesmo de chegar a minha bancada aquela manhã, fui interceptada por Peter Petrawicki em pessoa.

— Que dia emocionante, hein, Miranda?

Endireitei o corpo, assustada com o timbre da voz dele. Petrawicki parecia estar falando em um palco.

— Hum — consegui dizer. — É. Com certeza.

Eu estava fazendo o meu melhor para projetar a imagem de um membro animado da equipe.

— Se não se importar, vou te manter afastada do trabalho um pouquinho. Queria que você visse umas coisinhas.

— Tá bom — falei, tentando não parecer nem assustada demais nem interessada demais, embora estivesse as duas coisas ao mesmo tempo.

Peter me conduziu pelo prédio enorme. Todo mundo por quem passávamos no mínimo abria um sorriso enorme para ele, ou dizia: “Bom dia, sr. Petrawicki”. Logo estávamos do lado de fora, nos afastando da construção em forma de C onde ficava a maior parte da sede.

— Estamos indo para a torre de servidores?

Ele andava ligeiramente a minha frente, não importava o quanto eu me esforçasse para acompanhá-lo.

— Sim! Mas, na verdade, e isso é segredo, o lugar é mais que uma torre de servidores. Todos os nossos projetos de segurança máxima são desenvolvidos ali.

— Ah! Sempre me perguntei por que o prédio era tão grande — eu disse.

— Gostamos de deixar todo mundo na dúvida — ele disse, sem se virar para me olhar.

Logo estávamos no enorme retângulo de blocos de concreto sem janelas. A construção devia ter pelo menos dois mil metros quadrados. Havia um guarda do lado de fora, com uma arma visível na cintura. Ele abriu passagem para Peter, que digitou um código no teclado numérico e em seguida abriu a porta.

Havia uma recepção lá dentro, e na parede de trás, três portas distribuídas uniformemente. Acenamos para o recepcionista e entramos pela porta que ficava bem atrás dele. Eu me vi em um longo corredor. Não era como o restante do Altus: comprido e reto, tinha carpete verde suntuoso no chão e painéis de madeira escura nas paredes, além de moldura de gesso no rodapé, no teto e em torno de cada uma das dezenas de porta que se estendiam por ele.

— A primeira coisa está aqui. — Ele abriu a primeira porta à direita. Dava para uma sala tranquila e fresca, com uma única poltrona reclinável, que reconheci da minha primeira visita ao Espaço Altus. — Quero te mostrar o Espaço Premium. Vou te deixar aqui e voltar em mais ou menos uma hora. Assim você vai ter uma ideia.

Como eu disse, eu vinha evitando entrar no Espaço. Fazia questão de não submeter meu único cérebro a algo que ainda não tinha sido devidamente testado. Mas Peter estava de olho em mim; se eu me negasse a entrar, poderia muito bem entregar de todo o plano. E era mais do que aquilo. Eu precisava ver do que aquele troço realmente era capaz, mesmo que só uma vez.

Assim, entrei e descobri que o Espaço de Acesso Livre era basicamente nada. Se o Acesso Livre fosse o primeiro telescópio de Galileu, o Premium seria o Hubble. Não tinha nada a ver com um espaço em branco montado às pressas para passar o tempo em vez de dormir.

Havia dois menus disponíveis: "Experiências" e "Sandboxes". Não sabia o que nenhuma daquelas coisas significava, então comecei com "Experiências". Um submenu se abriu.

AVENTURA
EDUCAÇÃO
DISCUSSÃO
MÚSICA
LIVROS
RELAXAMENTO

Escolhi "Educação", porque parecia apropriado, e acabei me deparando com "Resolvendo equações de álgebra linear". Eu nunca fora grande fã de álgebra linear, mas havia estudado um pouco o assunto e adquirido certo conhecimento na área, ainda que estivesse enferrujada.

Selecionei o tópico e de repente estava *dentro da cabeça de outra pessoa*. Eu não tinha controle sobre ela; eu *era* ela. Segurava seu lápis, ouvia seus pensamentos, sentia seus dentes em sua boca. Eu era aquele homem. E o entendimento daquele cara sobre operações de linha ia *muito* além da minha. Minha consciência ainda existia, observando a consciência dele, extasiada com a sensação de vivenciar a mente de outra pessoa. Aquele talvez fosse o maior avanço tecnológico da história.

Me deixei envolver demais na experiência para me concentrar na matemática da primeira vez, por isso repeti a mesma experiência, realmente vivenciando a formação de sentido — os conceitos se encaixando, a satisfação de conseguir resolver algo difícil. Senti o fluxo dele — que era meu — e depois de cinco minutos compreendi melhor como resolver sistemas de equações do que depois de um semestre inteiro de álgebra linear. Ninguém tinha me explicado; eu tinha sentido dentro da mente de outra pessoa, tornando aquilo parte da minha mente.

Puta merda.

Eu estava certa de que tudo o que havia feito na minha vida profissional até então era basicamente nada em comparação com aquela tecnologia. Era responsável ou ético? De forma alguma. Valia trilhões? Se não te matasse, sim. As implicações vibravam na minha cabeça, mas eu só tinha uma hora, e precisava ver o que tinha em "Sandbox".

Eu não sabia como escolher, então fechei os olhos e selecionei aleatoriamente.

Uma brisa gelada atingiu meu rosto de repente. Abri os olhos e me vi no topo de uma montanha coberta de neve. O céu era puro azul, com alguns filamentos de cirros lá no alto. Eu podia ver a natureza pristina, coberta pela neve, se estendendo por quilômetros em todas as direções. Percebi que não estava respirando, então puxei o ar frio e senti quando atingiu meus pulmões com um choque revigorante.

Eu me dei conta de que estava me movendo, só um pouco, e ao olhar para baixo percebi que estava usando esqui.

— Ah, merda — eu disse alto.

Eu ganhava velocidade, sem saber como desacelerar ou evitar ir direto lá para baixo.

— Merda!

A montanha a minha frente parecia incrivelmente íngreme. Quanto mais eu olhava para ela, mais ia em sua direção.

Tentei me inclinar para a frente para cair de quatro, mas isso só me fez acelerar e cambalear. Os skis começaram a se afastar, minhas pernas se abriram e bati de cara na neve. Senti frio e dor. Encolhi meu corpo em uma bola e dei cambalhotas e rolei até finalmente conseguir parar. Senti a neve que tinha entrado nas minhas costas ou pelas minhas luvas derretendo contra a minha pele.

— Como isso é possível? — me perguntei em voz alta. Não havia ninguém para me ouvir, então gritei: — UOOOOOOU! — O grito desceu a montanha. Eu queria experimentar uma sandbox diferente, novas experiências. Queria fazer aquilo o dia todo. Para sempre, como seria o caso com todo mundo.

Não tentei mais esquiar. Só fiquei sentada na montanha, inspirando o ar chocante e observando a beleza perfeita de um mundo que não era real.

As sandboxes não eram experiências, eram espaços construídos, nos quais era possível ser você mesmo e fazer as coisas por si mesmo.

Finalmente, saí da sandbox e do Espaço Premium e me vi sozinha no cômodo.

Conferi as horas. Tinham se passado só quinze minutos.

A versão do Espaço que usávamos no Altus não tinha preços, de modo que a primeira coisa em que pensei foi se eles iam ganhar dinheiro com aquilo, e como. Foi ingenuidade, eu sei, mas achei que talvez só alguns conteúdos exigiriam pagamento. Entretenimento, pornografia ou coisa do tipo. Acho que a segunda coisa em que todo mundo pensou ao entrar no Espaço Premium (depois de "Puta merda, isso é sério") foi: "Puta merda... pornografia".

Eu não conseguia manter o foco — era grande demais. Imaginei que devia ter sido igual no começo da internet. Todo mundo sabia que tudo ia mudar, mas ninguém tinha ideia de como. Que cara teria a sociedade depois de dez anos do Altus? Quão poderosa a empresa ia se tornar? O que faria ao nosso cérebro? O que faria *com* nosso cérebro? E, mesmo que tudo aquilo fosse perfeito e nada perigoso, mesmo se fosse feito com todo o cuidado, e quanto às pessoas que não conseguiam acessar, ou porque fossem fisicamente incapazes, como Peanut, ou simplesmente porque não tinham dinheiro para óculos de realidade virtual? Aquilo ia mudar fundamentalmente a maneira como as pessoas aprendiam, e quem tinha acesso ao produto poderia aprender muito mais rápido.

Temos duas ideias concorrendo dentro da cabeça: a primeira, de que todas as pessoas têm o mesmo valor, caso contrário seríamos monstros imorais; a segunda, de que algumas pessoas têm mais valor, porque têm mais acesso a dinheiro, experiências ou conhecimento. Não estou dizendo que isso é bom; só estou dizendo que é assim.

O único modo real de conciliar ambas as ideias é dar a todos oportunidades iguais. É claro que isso é impossível, por um bilhão de motivos. Mas fazemos um esforço. Começamos com educação pública para todo mundo. Tentamos garantir que a qualidade dessa educação seja igual. Expandimos isso para a educação superior. Absorvemos custos com despesas médicas, para que as pessoas não fiquem endividadas. Fornecemos uma rede de segurança que evita que as pessoas sejam presas ou morram de fome porque não têm um mínimo de dinheiro.

Na mesma hora, me pareceu que o Espaço Altus *poderia* ser uma força que distribuísse valores amplamente e expandisse o acesso à oportunidade. Mas também poderia ser uma força que daria ainda mais oportunidades a quem já tinha. E se a empresa estava a caminho de ser avaliada em um trilhão de dólares, provavelmente já havia escolhido o pior caminho.

Era nisso que eu estava pensando quando Peter Petrawicki voltou para a sala e perguntou:

— O que você acha?

— Acho que vai mudar tudo — respondi, com sinceridade.

— Você não está errada — ele disse, com toda a confiança de um novo bilionário.

— Não consigo parar de pensar em como isso foi feito. Tipo, uma parte até entendo, porque estive trabalhando nisso. Mas estamos tão distantes disso... — Apontei para os óculos de realidade virtual. — Agora vocês estão criando essas sandboxes intrincadas onde brincar, e quero saber como é que estão fazendo isso!

Eu estava curiosa de verdade, e todo o maravilhamento e a fascinação eram genuínos. Procurava fazer tudo ao meu alcance para esquecer quem ele era e esconder minha preocupação.

— Bom, era exatamente isso que eu queria mostrar a você.

Deixamos aquela sala para trás e avançamos pelo corredor vazio. Havia fotos nas paredes. Tentei olhar para algumas, mas eram só paisagens que eu não reconhecia.

Peter bateu suavemente a uma das portas, que se abriu para uma biblioteca aconchegante, com vasos de plantas cheios de vida e uma poltrona de couro de aparência confortável. Havia uma mulher um pouco mais velha do que eu sentada na poltrona, com sobrancelhas grossas emoldurando os olhos cor de avelã. Seu traço mais notável era a cabeça completamente careca, à qual estava presa uma coleção de elétrodos.

— Aletha... — Peter foi até a mulher com a mão estendida. Ela a apertou. — Esta é Miranda Beckwith. Miranda, esta é Aletha Diaz.

— Oi, Miranda — ela disse, com um leve sotaque. — Desculpa por não levantar. É meio que um pé no saco depois que estou toda ligada.

— Sem problemas — consegui dizer.

— Eu queria te trazer aqui para que pudesse ver em primeira mão como funciona. Aletha, como você explicaria seu trabalho?

— Eu basicamente leio. Adoro ler, e agora me pagam uma boa grana para fazer isso.

— Enquanto Aletha lê, nós lemos Aletha. É hora de você entender o que realmente fazemos aqui, Miranda.

Achei que Peter ia continuar falando, mas aparentemente ele precisava da minha aprovação, então eu disse:

— Sim, por favor.

— Quando Carl surgiu em nosso mundo, houve duas grandes mudanças. Em primeiro lugar, quando April pressionou o iodo contra o Carl Hollywood, desencadeou uma mudança em sua própria mente que se espalhou depressa pelos cérebros do mundo todo. Mas isso não fazia sentido para os estudiosos. Como essa alteração foi transmitida e, mais ainda, como o Sonho era armazenado? Era o mesmo para todo mundo, mas antes não estava em nossa mente. E era imenso! Imagine quanto espaço de armazenamento algo daquele tamanho e naquele nível de detalhamento exigiria.

Nada daquilo era novidade para mim, ou para qualquer outra pessoa, na verdade, mas seria falta de educação interromper.

— Algumas pessoas que não estavam felizes com o Sonho começaram a investigar e descobriram que, se duas pessoas iam ao mesmo tempo a uma área completamente inexplorada do Sonho, sua experiência era ligeiramente diferente. Mas, nas vinte e quatro horas seguintes, uma versão estável da experiência se instaurava, e ambas veriam a mesma coisa a partir de então. Foi quando percebemos que o Sonho não era apenas algo que Carl havia criado. Era uma estrutura, cujos detalhes estávamos preenchendo. E ESSA — ele quase gritou — foi a segunda mudança.

Eu discordava um pouco da versão dele da história. Não tinham sido apenas as pessoas que não estavam felizes com o Sonho que haviam chegado àquela conclusão, mas não precisávamos entrar naquela discussão, então só falei:

— É. Faz um bom tempo que as pessoas sabem disso.

Ele pareceu um pouco irritado, mas depois continuou:

— Bom, o que ninguém fora desta ilha sabe é onde as informações são armazenadas.

Ah, pensei. *Sim, isso é bem importante.*

— Elas estão em *tudo* — ele disse, com os olhos arregalados em admiração.

— Em... tudo?

— Em todos os seres vivos. Antes de mudar nossa mente, os Carls mudaram nosso mundo. Transformaram cada célula viva do planeta em um computadorzinho capaz de armazenar uma quantidade mínima de informações e, o mais importante, capaz de transmitir dados extremamente rápido. É como se cada árvore tivesse um trilhão de roteadores wi-fi nela. É estarrecedor. É assustador. Quando os Carls partiram, levaram o Sonho consigo, mas deixaram o computador.

"Vou ser sincero com você, Miranda: ainda não entendemos totalmente como funciona. Mas o sistema deles lê informações na mente das pessoas e conduz à mente de outras. Não tivemos que construir nada, só descobrir como usar. É isso que está acontecendo na cabeça de Aletha agora. Ativamos as áreas do cérebro dela que os Carls criaram para permitir que as informações sejam transferidas da mente dela para a nossa rede. Depois mandamos sinais para a sua mente, que puxa as informações para que você possa passar pela mesma experiência. Descobrir exatamente como fazer isso não foi fácil, mas demos um jeito."

Não pude deixar de notar que Peter não tinha explicado *como* eles tinham dado um jeito.

— Então é assim que o Espaço Altus funciona?

— E tem mais. Comercializamos o sistema. — Ele apontou para a cabeça de Aletha. — Logo, qualquer um vai ser capaz de criar experiências no Espaço Altus e vender. Vamos deixar muitas pessoas habilidosas e talentosas muito ricas.

Se aquilo era verdade, teria enorme impacto. Significava que o Altus poderia terceirizar a criação de conteúdo. Seria o YouTube da imersão total na realidade virtual. Alguém poderia simplesmente colocar um óculos de realidade virtual e ir esquiar, fazer uma prova de matemática ou transar e vender aquele momento de sua vida para qualquer pessoa que também tivesse um equipamento semelhante. E eu tinha certeza de que apenas AltaCoins seriam aceitas na transação. Eu não entendia muito de negócios, mas era capaz de identificar quando ouvia uma ideia que poderia facilmente dominar o mundo.

— Então, tipo, não que eu esteja reclamando, mas por que está me contando tudo isso?

— Porque você vai subir de nível, Miranda. Agora este é o seu cargo. Você vai trabalhar aqui. Vai ser como Aletha, uma de nossas clientes, mas vai construir sandboxes para os usuários do Altus.

Não quero parecer convencida quando digo que isso parecia ser um tremendo desperdício das minhas capacidades. Eu não tinha sido contratada para construir ambientes digitais, era uma pesquisadora científica! Aquilo era algum tipo de punição?

— Obrigada, Aletha — Peter disse, e me conduziu para fora da sala. — Muito bem, Miranda, temos uma última coisa para ver!

Andamos por mais dez metros daquele corredor longo e frio. Então, no fim dele, Peter abriu uma porta. Luz veio lá de dentro e eu cambaleei para trás, sem entender o que estava vendo. Era uma sala enorme e bem iluminada, talvez com uns quinze metros de extensão, completamente lotada de centenas de camas de hospital. Parecia um hospital de campanha construído devido a guerra ou pandemia. Algumas pessoas perambulavam por ali, olhando para a frente e nos ignorando, talvez focadas em ir ao banheiro ou tirar um intervalo, mas a maioria estava deitada nas camas, usando óculos de realidade virtual. Todas pareciam nascidas em Val Verde, com cabelo escuro e pele marrom. Os óculos eram todos do Altus. Um feixe de fios saía de todas elas e seguia pelo chão.

— O quê… — comecei a dizer.

— Estes são os servidores — Peter disse, com orgulho.

Virei para ele. Peter não estava sorrindo, mas seus olhos tinham um brilho de orgulho assustador.

— Quê? — eu disse.

— AltaCoin é a primeira criptomoeda do mundo minerada pela mente humana. É mais eficiente e mais fácil de usar. Todo mundo vai poder fazer parte desta economia.

Todo mundo que puder comprar óculos de realidade virtual, pensei.

— Logo, vamos possibilitar que todo mundo minere AltaCoins enquanto dorme. Antes disso, no entanto, tivemos que criar um suprimento inicial. É nisso que consiste a sala dos servidores.

— Mas são pessoas — eu disse, e a pergunta pairou no ar, para que ele respondesse.

— Sim, funcionários. Estamos cuidando deles. Trabalham para o Altus.

— Então por que nunca vi nenhum deles por aí? — perguntei, tentando fazer com que ele visse o mesmo que eu via.

— Eles moram aqui.

— Onde? — perguntei. Onde poderia haver um dormitório para alojar todas aquelas pessoas?

— Aqui — Peter disse.

Levei um momento para entender que, quando Peter Petrawicki dizia que eles moravam ali, queria dizer... naquela sala. Eles viviam naquelas camas. Não respondi. Por que ele estava me mostrando aquilo? Eu não sabia se era ilegal, mas tinha certeza de que era indefensável. Era o tipo de coisa que não se deveria contar a alguém em quem não se confia.

— Sei o que está pensando, Miranda. Sei que tudo isso parece imoral para você. Mas não dá para mudar o mundo com as rodinhas de treinamento. O Altus não vai ser uma empresa: vai ser sua própria nação, seu próprio mundo. Vamos dar às pessoas o que elas perderam, o que precisam. Por décadas, a humanidade não teve para onde expandir, mas agora vamos dar às pessoas um novo horizonte, uma nova fronteira.

Tudo aquilo me parecia nojento, e eu não sabia o que dizer. Ele voltou a falar, e meu estômago se revirou.

— Tomei a liberdade de mandar alguém trazer suas coisas. Todo mundo que trabalha em projetos de segurança máxima mora aqui. Vou te mostrar seu novo quarto.

Soltei um suspiro trêmulo enquanto tentava controlar o pânico, mas nós dois sabíamos em que pé estávamos. Se alguém tinha arrumado minhas coisas, sabia do celular; provavelmente tinha visto as mensagens. Eu não tinha sido levada para aquele prédio para trabalhar. Tinha sido levada como prisioneira.

APRIL

Quando saímos do auditório, carregando a primeira leva de malas conosco, Maya e eu ficamos um pouco surpresas ao descobrir que a picape de Derek não estava mais lá. Em seu lugar, estava uma caminhonete branca, com a porta traseira aberta, sem nada lá dentro além de um engradado de madeira preso a um lado. Aparentemente, tínhamos chegado numa sexta à noite e estávamos saindo no domingo à noite. Parecia ter se passado bem mais tempo. Carl subiu no meu ombro e ficamos olhando enquanto duas pessoas, um homem e uma mulher, saíam da van. Eu sabia que os conhecia, mas estava escuro e eu não tinha nenhum contexto. Só que meu cérebro agora podia fazer coisas que não fazia antes, portanto logo tive acesso a todos os dados de que precisava.

— Jessica? — perguntei, chocada.

— April! Ai, meu Deus! — Ela se inclinou e colocou a cabeça entre as pernas por um momento. Depois continuou: — Não achei que fosse verdade, mas é!

— O que é que está acontecendo? — Maya perguntou baixo, para mim e para Carl.

— Disseram que precisávamos vir te buscar aqui, então... viemos — o homem disse.

— Mitty!

— Não acredito que você lembra meu nome — ele disse, rindo.

— Foi um longo dia, mas, tipo, desde que... — Apontei para meu rosto, embora nenhum dos dois tivesse dado nenhum sinal de que havia notado a mudança. — Tenho conseguido me lembrar de mais ou menos tudo o que já me aconteceu.

Eu ainda estava entendendo aquilo, mas era verdade.

— Alguém pode me explicar o que está acontecendo? — Maya perguntou, olhando para Carl. Só que o macaco ainda não tinha falado na frente de Jessica e Mitty.

— Cada um de nós recebeu um livro, há alguns meses — Jessica disse. Ela ainda tinha o corpo de uma boxeadora pequena e usava batom vermelhão. — Era um livro muito inteligente, com um monte de ideias que nos ajudaram muito. Não só em termos de dinheiro, mas familiares também.

Mitty prosseguiu com a narrativa:

— Ontem, apareceu outro, dizendo pra gente vir para cá resgatar April May, uma amiga, um macaco e um vaso de batatas. Parece que tudo está se confirmando. Só faltam as batatas. Vou ficar decepcionado se não tiver um vaso de batatas.

Caralho, Carl.

— Maya, essa é Jessica e esse é Mitty. Foram eles que me ajudaram no dia que Martin Bellacourt...

Deixei a explicação morrer no ar, sem saber como concluí-la.

— Te esfaqueou pelas costas, aquele puto — Jessica completou.

Maya sorriu. Era difícil não gostar de Jessica.

— Bom, vamos carregando — Mitty disse. — Disseram pra gente se apressar.

— A gente vai... atrás? — Maya perguntou, apontando para os fundos da van.

— Foi o que o livro disse. E mais algumas coisas. A gente conta quando chegar perto.

Olhei para Carl. Havia um brilho de animação em seus olhos de que eu não gostava, mas não pedi que elu se explicasse.

Jogamos todas as nossas coisas na parte de trás da van. Jessica e Mitty sentaram na frente, e nós três fomos nos fundos, com o engradado. O motor começou a roncar. Não parecia seguro não usar cintos de segurança, mas o responsável ali era Carl, e elu parecia estar numa boa.

— Aonde vamos?

— É surpresa — o macaco disse.

— Tá. Se você não vai contar pra gente — Maya disse —, então me responde outra pergunta. Podemos morrer se formos vistos pelos alunos da escola, mas sermos vistos por Jessica e Mitty tudo bem? Só porque eles... são pessoas melhores?

— Não, não tem nada a ver com quem eles são. Não consigo explicar em detalhes... Querem que eu tente uma analogia?

— Queremos — eu disse, irritada. — Uma analogia serve.

— Certo.

O macaco se sentou com as pernas cruzadas e se inclinou para mim e para Maya. Sua voz saiu mais alta, para compensar o barulho do motor, mas o tom não se alterou.

— Vocês têm milhares de nervos atentos ao que está ao redor, mas não sentem sinais individuais deles. Se está sentindo frio, onde você está, se precisa se alongar, bocejar ou espirrar são impulsos sentidos em conjunto. Meu irmão e eu somos assim. Podemos ver e sentir, mas não temos ideia se um nervo parou de trabalhar, porque lidamos com dados demais. Não olhamos através de cada olho, não monitoramos cada câmera. Temos um poder de processamento imenso, mas os sistemas que tornam os dados compreensíveis nos são bastante obscuros, assim como seus sistemas são para vocês. Vocês não sabem como seu corpo decide que tem alguma coisa coçando. Só sabem que tem, e coçam. Se um monte de gente na escola sentisse algo estranho, as chances de meu irmão notar aumentariam. Contanto que nos mantenhamos distante dos caminhos previsíveis, sem chamar atenção, ficaremos bem.

Fomos jogados para um lado quando a van fez uma curva. Maya deixou a mochila escapar, mas conseguiu segurar Pataca (nome que tínhamos dado ao vaso de batatas) com uma das mãos. Não tínhamos onde nos sentar a não ser em nossas coisas e no engradado de madeira de um metro e vinte que estava deitado no chão da van.

— Seu irmão pode controlar as pessoas — Maya começou a dizer — como... — Ela olhou para mim e concluiu: — Que nem você?

— Como assim? — eu perguntei.

— Ele pode fazer isso, mas é difícil. Operar um corpo é complexo, especialmente quando não se tem muita experiência. É preciso tempo para conhecer um corpo.

Maya parecia preocupada. Eu não tinha ideia do que estava acontecendo.

— Então, quando você se ofereceu para usar o corpo de April para dirigir até a escola, teria que aprender na hora? Ou...

— Quando você se ofereceu para fazer isso? — perguntei, com o coração acelerando.

— Vou explicar. Não é algo sinistro. É um tabu ultrapassado.

Mesmo com o volume mais alto de sua voz, era um pouco mais difícil ouvir Carl com o barulho da van, portanto eu e Maya nos inclinamos para a frente.

— Quando o corpo de vocês fica inconsciente, pode ser usado e manipulado para se manter saudável e em segurança. Nunca fiz nada além disso. E, sim, April, eu fiz enquanto você estava inconsciente, para ir ao banheiro, comer, se limpar e manter os músculos fortes. Sinto muito, sei que é esquisito, mas foi necessário para otimizar sua saúde e acelerar sua recuperação.

Em algum lugar dentro de mim, eu já sabia daquilo. Não vi nenhuma comadre naquele bar. Meus músculos pareciam mais tonificados depois de meses de inconsciência, quando deveria ser o oposto.

O macaco esticou a mãozinha para mim. Apesar de tudo, eu a peguei.

— Eu nunca usaria e nunca poderia usar um corpo humano para fazer algo contra sua vontade. Não está na minha programação.

— Não sei se eu precisava saber de tudo isso — eu disse.

— Por isso não toquei no assunto. Pacientes com frequência se chateiam ao ouvir o que os médicos tiveram que fazer com eles enquanto estavam inconscientes.

Maya olhou para mim, depois cruzou os braços. Acho que ela queria que eu estivesse mais puta com Carl.

Viajamos por um longo tempo. Pelo zumbido do carro, dava para saber que agora estávamos na estrada. Depois do que poderiam ter sido horas, o macaco se levantou, se alongou e disse:

— É hora de mostrar a vocês o que tem no engradado.

MAIS DE 50% DOS APARTAMENTOS DE LUXO ESTÃO À VENDA

The New York Times

O crescimento explosivo na construção de apartamentos de luxo no começo da década de 2010 pretendia capitalizar o apetite aparentemente insaciável de bilionários por um estilo de vida de alto padrão. Agora, cada vez mais, esse crescimento parece ter criado uma bolha.

"Muitos desses apartamentos foram comprados não como moradia própria, mas como investimento", disse Margot Laurent, economista sênior do Conselho de Imobiliárias de Nova York. "Com a erosão da economia, ativos ilíquidos, como apartamentos, se tornaram menos desejáveis, o que deixou muitos imóveis não apenas vagos, mas perpetuamente à venda."

ANDY

— Chegou encomenda pra você — Jason disse. Deve ter dito, na verdade. Eu não ouvi, porque estava construindo uma árvore no Espaço Altus de Acesso Livre, para poder acrescentá-la ao Dia Fresco de Primavera. Até então, eu vinha conseguindo me manter nas dez primeiras posições, mas só porque dedicava umas dezesseis horas por dia a construir e promover itens.

Senti o baque surdo de Jason batendo no meu peito e suspirei.

— Sair — eu disse, e tirei os óculos.

— Chegou correspondência — ele disse, jogando um envelope protegido para mim. — E você está péssimo.

Ele acendeu a luz do quarto.

Aquilo era verdade. Eu devia ter saído na rua tantas vezes quanto tomei banho nos últimos três dias, ou seja: nenhuma.

— Valeu, você está uma gracinha — eu disse, piscando por causa da luz. Ele saiu do quarto, sabendo que eu provavelmente já ia voltar para o Espaço.

Só que não voltei, porque dentro do envelope estava um novo exemplar de *O livro do proveito.*

O livro dizia que eu precisava tomar um banho, porque na manhã seguinte precisaria estar pronto para completar uma série de tarefas, uma mais bizarra que a outra. Ele sabia que eu estava ocupado, mas prometia que ia valer a pena.

Logo já era nove da manhã, e eu estava de pé em um apartamento vazio, aparentemente do meu bom amigo Josh Crane, cotado em quinze milhões de dólares. O cara precisava da minha ajuda pra dar uma festa. Eu não fazia ideia de quem era Josh Crane, mas foi isso que o livro me mandou dizer na portaria do prédio, e deu certo.

Uma vez lá, esvaziei o que havia trazido na mochila (um monte de sanduíches e outras comidas) em uma das *duas* geladeiras. Minha ansiedade estava a mil. Era a casa de alguém que eu estava invadindo. Embora o lugar não parecesse a casa de ninguém. Era perfeito demais. Limpo demais.

Perambulei pelo apartamento de quatro quartos, admirando a vista. Estava todo mobiliado. A mesa de jantar devia custar mais do que muitas casas. Josh Crane tinha muito bom gosto para arte, ou pelo menos um gosto muito caro para arte. Eu estava me sentindo numa galeria quando ouvi o elevador parando naquele andar. Meu coração subiu pela garganta. Eu queria fugir, me esconder, mas o livro havia dito que aquilo aconteceria, então fui até a porta.

Havia duas pessoas ali, um homem e uma mulher, trazendo... bom, um bolo de aniversário enorme e muito bonito. Tinha um metro e vinte de altura e cobertura em tons pastel. Ou pelo menos algo que imitava cobertura. Eu tinha quase certeza de que não se tratava de um bolo de verdade.

O bolo estava sobre um carrinho, e rolou suavemente pelo piso de madeira escura.

— Hum... — eu fiz. — Tenho que assinar, ou...?

— Não precisa — a mulher disse com um sorrisão no rosto. — Já vamos.

Por um momento, pensei que conhecia aqueles dois.

Quando a porta do elevador se fechou, com meu coração ainda disparado, me aproximei do bolo. Devagar e deliberadamente, a parte de cima do bolo se abriu, e April May levantou. Meu corpo quase parou de funcionar. O cabelo dela estava sujo e escorrido. A pele — ao menos a parte que era pele de verdade — estava pálida, e ela parecia cansada. Seus olhos, no entanto, brilhavam, e April sorriu como se estivesse vendo algo que precisava ver.

— Tchã-rã — ela fez, meio sem graça.

Uma risada e um soluço de choro escaparam de mim ao mesmo tempo. Caí de joelhos e levei a cabeça ao chão, incerto se conseguiria me manter consciente. Ouvi um ruído estranho saindo da minha boca, um gemido baixo e longo. Ela parou ao meu lado e me abraçou. Olhei para cima e vi o rosto de April, dividido em dois. Meu cérebro não conseguia compreender aquilo. De repente, Maya apareceu também. Ela também estava dentro do bolo? Por último, vi um macaco, então minha visão embaçou e senti a pressão cair. Apoiei a cabeça no chão pouco antes de desmaiar.

Acordei em uma cama muito chique e virei para olhar pela janela. De alguma forma, eu via o Clock Tower Building de cima, que já tinha visto centenas de vezes de baixo. A mudança de perspectiva fez minha mente girar. Saí da cama para absorver melhor aquela vista.

Eu precisava fazer xixi. Também precisava de respostas para uma série de perguntas. Saí do quarto e dei num corredor que me levou para a cozinha e a sala de jantar. Maya estava sentada a uma mesa.

— Maya — eu disse.

Ela levantou e veio correndo, então me abraçou forte e não soltou.

— O que aconteceu? — perguntei.

— Um monte de coisa. Não sei nem por onde começar.

— April...

— Ela está bem — Maya me interrompeu, de modo que não precisei concluir a frase. — Está... um pouco diferente, mas acho que qualquer um na situação dela estaria. A pele nova dela... é só isso, uma prótese, por causa do incêndio. Cobre uma boa parte do corpo.

Aquilo me fez considerar se elas haviam voltado. Maya tinha visto o corpo todo de April? Ela percebeu no que eu estava pensando e socou meu braço.

— Afe. Não, não estamos juntas. Preciso ouvir algumas palavras que ainda não ouvi. Sinceramente, não sei o que ela pensa de várias coisas. Não tivemos tempo pra isso.

— Onde ela está? — perguntei.

— No banheiro. Estamos fugindo e faz tempo que não temos a chance de tomar um banho.

Senti um peso atingindo meu corpo por trás.

— UGGGGHHH — eu fiz, e ao baixar os olhos vi os braços de April, um da cor normal e o outro branco com traços iridescentes, como se fosse de pedra. Dava para sentir o cabelo molhado dela tocando minha nuca.

— Chega! — eu disse, quando o aperto dela começou a doer. April me soltou, deu a volta e parou na minha frente. Estava usando um roupão branco e grosso, grande demais para ela. Eu a olhei, e ela se aproximou para me abraçar direito. Coloquei meu queixo sobre sua cabeça e o encaixe foi perfeito. Seu cabelo preto, brilhante e molhado roçava na barba, que eu não fazia havia uma semana, no meu queixo e pescoço. Além do roupão, eu sentia a realidade do corpo dela, macio e sólido. Lágrimas fizeram meus olhos arderem.

Olhei para ela. Começando na linha do cabelo, passando pelo nariz e descendo pela mandíbula, o lado esquerdo de seu rosto brilhava como uma concha. Eu disse a primeira coisa que me ocorreu:

— Você tá muito foda.

April socou meu ombro, e doeu um pouquinho.

— Ouvi dizer que você andou ocupado — ela disse, com uma voz que era cem por cento April.

Pensei por um segundo naquilo e disse:

— Você plantou muitas sementes, então tive que me ocupar da jardinagem.

— Cruzes, Andy — ela respondeu na hora. — Você está parecendo um pastor. Estou com fome. Vocês estão com fome?

De repente, eu estava.

— Me mandaram trazer comida. Está em uma dessas geladeiras enormes — eu disse, apontando com o ombro.

— É tão bom te ver. — Enquanto ela dizia aquilo, todos ouvimos o barulho do elevador chegando. April e Maya se entreolharam, com os olhos arregalados e as sobrancelhas franzidas ao mesmo tempo.

— Tinha alguém mais para chegar? — Maya perguntou.

Quando ninguém respondeu, ela pegou uma faca do cepo e foi se esconder atrás da ilha da cozinha. Eu não sabia o que fazer, então me juntei a ela, até ouvir uma voz dizer:

— Carambola.

Era Robin. Levantei e vi que April o abraçava. Os braços dele envolviam o corpo dela. Na mão direita, Robin segurava um livrinho encadernado em couro.

Sei que não sou o primeiro a mencionar isso, mas sinto que preciso reenfatizar que é muito esquisito falar com um macaco e é muito esquisito falar com um programa de computador alienígena, mas, tipo, é impossivelmente esquisito falar com ambos ao mesmo tempo. Mas, como sempre acontece, de alguma forma acabei me acostumando.

Eu não queria perder April de vista. Parecia que aquela nova realidade poderia se transformar em sonho com qualquer mudança no vento. Nesse sentido, parecia muito com a época em que April de repente desaparecera. Se ajustar a uma nova realidade leva tempo, e sua mente continua procurando por sinais de que a antiga realidade era a verdadeira.

Meu cérebro estava tendo menos dificuldades com o macaco falante do que com April viva. Tinha acontecido! Tudo desde aquele "toque-toque" havia me levado até ali. Eu havia feito tudo certo.

Só que, por mais satisfeito que eu estivesse com minhas ações, me vi contornando minha obsessão pelo Altus. Eu sabia que estava fazendo a coisa certa ao tentar obter mais informações sobre como funcionava, mas não tinha vontade de explicar para April que estava a caminho de ser uma das primeiras pessoas no mundo a ter acesso a uma experiência de alto nível promovida por Peter Petrawicki.

— Por que você acha que o Altus mantém o Espaço tão exclusivo? — April me perguntou.

— Como assim?

— Por que não dão acesso a todo mundo? O que perderiam com isso?

— Bom, não sei. Deve ter um custo administrativo, então talvez o acesso precise ser vendido. Eles construíram uma sede gigante em Val Verde e receberam investimento de gente podre de rica que quer ter lucro, imagino — respondi.

— Vocês estão equivocados — Carl falou através do smartwatch, pela primeira vez em bastante tempo.

— Pois é, não curto concordar com o macaco, mas vocês não estão entendendo direito — Maya acrescentou.

— Seu sistema é alimentado pela criação e captação de valor — Carl disse. — O objetivo é captar todo o valor criado, embora na prática isso seja mais ou menos impossível. Altus está criando uma falsa escassez porque acredita que é a melhor maneira de captar o valor que está sendo criado. É só isso. Eles só estão seguindo os incentivos do sistema.

— Mas a ideia não é gerar valor? — April perguntou ao macaco.

— Isso não está claro. — O macaco coçou a nuca. — Criar valor é o que as pessoas defendem publicamente, mas captar valor é o que é de fato recompensado. O Altus está criando valor, provavelmente muito mais do que está captando, pelo menos no momento. Mas seu sistema desconhece boas maneiras de reconhecer a existência de valor que é criado, mas não captado.

Todos olhamos para Maya.

— É isso aí — ela disse.

Todos tínhamos acabado de comer, então passamos à gigantesca sala de estar. Robin e eu não conseguíamos parar de olhar a vista elevada da cidade.

Me joguei no sofá. Era de um couro cinza meio manchado, lindo, fresco e macio, mas de alguma forma não era especialmente confortável. Era nele que eu estava sentado quando descemos de vez pela toca do coelho.

— Se me permitir resumir — April gesticulou para o macaco, que assentiu —, a situação em que nos encontramos é: uma forma de inteligência avançada concluiu que nossa autodestruição é muito provável em algum momento dos próximos duzentos anos e por isso enviou alguém para tentar nos colocar num caminho melhor. Não deu certo, e agora o ser enviado foi substituído por... não sei como chamar... outra entidade, acho, que em vez de corrigir nosso curso com alguns empurrõezinhos vai controlar todas as nossas decisões individuais. Não sabemos como a entidade vai fazer isso, mas sabemos que provavelmente tem relação com o Altus...

April parou de falar quando o macaco levantou a mão.

— O Altus pode ser parte da intervenção, não tenho como saber, mas sei que sua mera existência torna extremamente provável que vocês acabem se autodestruindo sem intervenção.

— Como? — perguntei, ficando um pouco nervoso quanto ao que eu estava escondendo de Maya e April.

— Não é simples. Vocês vão criar narrativas simples conforme for acontecendo, mas todas estarão incorretas. Os fatores de maior influência serão uma tremenda concentração de poder nas mãos de cada vez menos pessoas, que em consequência desestabilizarão o mundo para proteger esse poder, o isolamento em alta escala motivado por alternativas fáceis para comunidades e sociedades, e uma mudança na velocidade de transferência de informações, rápida demais para que as normas e os tabus vigentes evitem o uso mal-intencionado disso.

— Isso me é... familiar — Maya disse.

O macaco pareceu sorrir.

— Tudo isso tornará vocês menos capazes de lidar com catástrofes que são improváveis, mas em última análise inevitáveis. Principalmente se elas se acumularem. Uma guerra somada ao clima instável somado a uma pandemia, por exemplo.

— Por que está nos dizendo isso? — perguntei.

— Porque, se meu irmão conseguir o que quer, será uma perda catastrófica para a galáxia.

Os olhos de Robin se arregalaram.

— Seu... irmão? — ele disse.

— Sim, somos irmãos.

— Mas... — Tive que pensar melhor no que ia dizer a seguir. — Sua lealdade não deveria estar com seu povo?

— Vocês são meu povo. Não sei quem me criou. Com base nos dados que recebi, sistemas como o seu tendem a durar pouco. Toda beleza é transitória, mas não há escolha a não ser acreditar que vale a pena. Ainda estou fazendo o que me criaram para fazer. Permitir que meu irmão destrua sua beleza iria contra minha programação.

Pensei a respeito por um tempo, então April voltou a falar.

— Então todos concordamos com Carl. A humanidade não deveria ser o amado bichinho de estimação de uma infecção com consciência espalhada pelo planeta. Mas o único modo de impedir isso é mudar o mundo o suficiente a ponto de reduzir a probabilidade de autodestruição. E o melhor jeito de fazer isso é acabar com o Altus. Andy, como você se sente em relação a isso?

Fui pego de surpresa. Como ela sabia que eu era a pessoa certa a quem perguntar?

— Hum… — Eu não sabia o que a versão Premium tinha a mostrar, mas já estava profundamente ligado a ela. — Vai ser extremamente difícil, porque os usuários amam o serviço. Mesmo se destruirmos todo o sistema deles, acho que as pessoas o reconstruiriam — eu disse, tentando soar como se não fosse uma daquelas pessoas.

— Como você se sentiria se destruíssemos o Altus? — Maya perguntou, me sacando melhor do que eu gostaria.

— Não sei se a gente consegue — respondi indiretamente.

— Temos que conseguir — Carl disse.

De repente, Maya, April, Robin e Carl estavam todos olhando para mim. Cada um deles revelava uma mistura de esperança, medo e frustração.

— Andy — Robin disse, com a voz firme.

Olhei dele para April e vi uma raiva nela que eu não esperava.

Maya assumiu a dianteira, vendo o terreno perigoso em que nos encontrávamos antes mesmo de mim.

— Peter Petrawicki e o Altus não são duas coisas diferentes. Entendo como é ter uma visão geral das coisas, entendo o apelo da magnitude do desafio, mas o Altus não pode ser salvo. É imoral.

Finalmente considerei como minha hesitação devia parecer aos olhos de April. Voltar e descobrir que o melhor amigo desfrutava com entusiasmo da criação do homem que provavelmente era o maior culpado de sua tentativa de assassinato.

Como eu tinha ido parar ali?

— A gente vai conseguir — eu disse, me sentindo culpado. — Vamos acabar com o Altus, e vou adorar fazer isso.

Alívio se espalhou pelo rosto de April, mas notei certa dureza nos olhos de Maya.

— Como vamos fazer isso? — April perguntou.

— Bom, já que estamos contando segredos, tenho algumas ideias. Tenho um número grande de seguidores nas redes sociais e muitas pessoas que me dão ouvidos. Também estou a caminho de ser uma das primeiras cinquenta pessoas a ter acesso ao Espaço Altus Premium. E sou uma das doze pessoas que colaboram com um canal de jornalismo anônimo chamado Thread, que alcança dezenas de milhões de pessoas influentes.

Maya ofegou.

— Você é o Thread? — ela disse, quase como uma acusação.

— Não, o Thread não é uma pessoa. É um grupo. Fui convidado para participar, e criamos o conteúdo juntos. Não tenho ideia de quem está no comando, porque é tudo anônimo. Só uma pessoa sabe quem os outros são, e ninguém sabe quem é.

— Isso é importante pra caralho, Andy — ela disse.

— Bom, tem mais uma coisa. Tenho cento e cinquenta milhões de dólares.

Os olhos de todos se arregalaram.

— O que você andou fazendo? E o que é o Thread? — April perguntou.

— Nossa, tudo o que eu fiz foi encontrar April — Maya disse.

Olhei para Carl, que piscou muito lentamente e depois disse:

— Dei a ele boas dicas de investimento.

— EU SABIA! — falei. — Posso contar?

— Pode — Carl disse.

— Carl tem me feito de marionete com um livro secreto e onisciente.

— Ah. É, encontrei um livro também — Maya disse.

— Eu também — disse Robin, mostrando o dele.

— Cacete! Por que deu livros pra todos nós? — perguntei, olhando para o macaco, que não pareceu se alterar.

— Vocês continuarão recebendo livros. São a melhor maneira de me comunicar sem sermos detectados — Carl disse.

— Espero que saiba que foi muito assustador. — Voltei ao assunto anterior: — Bom, tenho cento e cinquenta milhões de dólares, acesso ao Thread e acesso potencial ao Espaço Altus Premium. O que vocês têm?

Eu tinha tentado encobrir minha posição dentro do Altus, mas não podia mentir.

— Então você vai ser uma das primeiras pessoas a descobrir o que o Altus realmente é? — April perguntou.

— Talvez. Espero que sim.

Ela pensou a respeito por um momento, então disse:

— Isso vai te dar muito poder. Andy, tenho que te pedir pra fazer uma coisa, uma coisa péssima. Quero que mergulhe de cabeça no Altus. Quero que seja o maior defensor deles. As pessoas vão te odiar, mas assim você vai poder ser nosso infiltrado. E quando você der as costas para eles, vai significar alguma coisa, porque vai parecer que acreditava de verdade naquilo.

Soltei o ar devagar. Aquilo era *exatamente* o que eu queria fazer, mas não queria que os outros soubessem.

— Mas, Andy — Robin disse, sempre pensando à frente —, se você for fazer isso, precisa ter consciência de que vai ser sugado pelo Altus. Não pode se permitir esquecer seus motivos. Beleza?

— Consigo fazer isso — eu disse, aliviado porque parecia que ia conseguir manter meus amigos e continuar no Altus.

— Bom, com que mais contamos? — Robin perguntou.

— Miranda está em Val Verde, ainda que não seja fácil falar com ela — eu disse. — Talvez em algum momento ela possa nos ajudar.

April acrescentou:

— E contamos com uma inteligência artificial capaz de habitar um macaco. Isso deve ajudar em alguma coisa.

— Você está esquecendo uma coisa — Maya disse, como se fosse algo óbvio.

— AH! — April disse. — Eu posso procurar as coisas no Google mentalmente.

Fiquei só olhando para ela.

— E ainda tem a pele especial, que parece ser bem forte. Dei um soco num carro e ficou um buraco. E curei Maya quando ela levou um tiro.

Levantei do sofá.

— Quê? Volta! Como é que é?

April voltou. Ela nos contou toda a história, o que levou um baita tempo, mas como a história era boa ninguém se importou.

Ao fim, April fez uma lista:

— Então temos cento e cinquenta milhões de dólares, um macaco senciente que é uma superinteligência artificial alienígena, acesso a uma plataforma de vídeos anônimos megainfluente, uma infiltrada em Val Verde, um usuário de alto nível do Altus pronto para virar casaca quando precisarmos, e uma mulher com superforça e a capacidade de fazer pesquisas no Google mentalmente. Essa sou eu.

— Tipo, é bastante coisa — eu disse —, mas não sei como vai ajudar a gente a derrubar o Altus.

Maya olhou para April e April baixou os olhos para as próprias pernas.

— Acho que também tenho o que sempre tive — ela disse, meio triste. — Público.

Nem notei que Maya estava segurando a mão de April até que ela a soltou.

Nada é inevitável.

APRIL

Andy não queria ir embora, mas o sol se pôs e Carl disse que ele precisava ir para casa e dormir em sua própria cama. Maya e eu ficamos sozinhas com nosso macaco de estimação alienígena em um apartamento de trezentos e setenta metros quadrados no topo do mundo.

Aquilo não parecia certo. Parecia ao mesmo tempo que estávamos insultando o dono do imóvel e a sociedade por desfrutar de tanta decadência. Tomei banho numa banheira gigante com vista para os rios Hudson e East (e tudo o que havia entre eles)? Siiiiim. Mas enquanto isso, refleti sobre a desigualdade estrutural.

Maya tinha deixado Pataca no melhor lugar da casa. Não precisávamos mais da lâmpada de LED. De repente, novas folhinhas surgiam. Ela era a única planta na casa, o que imagino que fazia sentido para um apartamento que não estava sendo usado.

Andy tinha levado um computador para nós, e aparentemente Carl não tinha nenhum problema em hackear o wi-fi, porque conseguimos acesso à internet automaticamente. Nada disso significava que eu queria voltar direto às redes sociais. Tipo, eu queria, mas também não queria.

— Só uso o Som — Maya me disse quando toquei no assunto.

— É, eu sei.

Ela sorriu para mim.

— Não é mais a mesma coisa, claro. As pessoas usam para jogos de realidade e teorias da conspiração. Muita gente lá está procurando por você. Na verdade, foi o Som que me colocou no seu rastro. — Percebi que aquilo dava uma longa história. — Bom, não entra no Twitter.

— Uma hora vou ter que entrar, né? É um dos nossos recursos.

— Eu sei, mas não quero que você entre — ela disse, enquanto me passava o laptop. — Acho que a vida é assim.

Seria de imaginar que morrer faria com que você não se importasse mais com quantos seguidores tinha no Twitter, mas, só entre nós, continuava importando para mim. Passei a hora seguinte só dando uma olhada nas centenas de mensagens em que eu havia sido marcada no dia anterior, tentando ter uma ideia do que andavam pensando de mim.

Holly
@accioawesome
aimeudeus olha essa foto fofa que encontrei da @AprilMaybeNot e do @AndySkampt comendo hambúrguer. Saudades dela.

1 3 6

Chris in Hell
@edens_halo
É ridículo que o @realDonaldTrump tenha uma estrela na calçada da fama de Hollywood e a lenda e anja total @AprilMaybeNot não.

0 3 12

Saskia
@saskiab
Investindo num visual @AprilMaybeNot hoje. A garota tinha estilo.

2 0 9

Dan Burdick
@RenoDan203854
A presidente Ashby claramente tem conversas regulares com @AprilMaybeNot. Toda palavra que sai da boca dela é muito falsa. Todos sabemos quem realmente está no comando.

5 24 49

Cat

@Catriffic

Às vezes você tem um dia de merda no trabalho, então pensa: bom, pelo menos não tenho mais que ouvir a porra da voz da @AprilMaybeNot todo santo dia.

0 2 10

Eu era um ser humano reconstruído com superpoderes de verdade e ainda me magoava com comentários de pessoas aleatórias na internet.

— Dei uma olhada no sofá. — Maya tinha entrado e eu nem notara. — É da Fendi.

— Fendi, tipo, a marca de roupa? Eles fazem sofás?

— Fazem.

— Quero saber quanto custa?

— Provavelmente não. Como tá aí? — ela me perguntou, ainda de pé.

— Ah, você sabe, aparentemente as coisas andam bem ruins — eu disse, fechando o laptop com vontade.

— Eles chamam de "a Crise". Não de "crise financeira", porque é mais do que isso. Acho que todos esquecemos como era a vida. As pessoas não se readaptaram.

— Podemos conversar?

— Claro. — Ela se sentou ao meu lado no sofá. — Então, levei um tiro.

— Você levou um tiro. — Ainda não havíamos falado a respeito. A sala das caldeiras era estranha demais, como um outro mundo onde não precisávamos considerar a realidade. Mas agora tínhamos voltado ao nosso mundo. — Você está bem?

— Fisicamente, sim. Acho que sim.

Maya ergueu a blusa para me mostrar. Logo abaixo do sutiã, havia um ponto irregular, de um branco perolado, em meio à pele escura. Ao redor havia um hematoma vermelho e roxo. Fiquei enjoada só de olhar. Não porque fosse nojento — não era, de verdade —, mas por causa do que significava. E do que quase tinha significado.

Ela abaixou a blusa, e seu rosto se contorceu com o movimento. Então enfiou a mão no bolso e pegou uma pedra de um branco leitoso, com pintas e veios iridescentes.

— Acho que você deveria ficar com isso — Maya disse.

Peguei a pedra com a mão direita; era fria e parecia oca. Olhei para minha mão esquerda, ainda menor do que antes, ainda com apenas quatro dedos. Passei a pedra para a mão esquerda e... ela desapareceu. Se desfez na minha mão como uma gota caindo na água. Então minha mão se encrespou e vimos meu dedinho voltar a crescer.

— Onde foi que você conseguiu isso?! — quase gritei, olhando fixo para minha mão reconstruída.

— Em um mercado de pulgas em Nova Jersey — Maya falou.

Eu a encarei. Então ela me contou toda a história. Os meses introvertida, a saída intempestiva da casa dos pais, a perseguição aos golfinhos, a internet ruim, as batatas a tiracolo, a fuga dos malucos dos jogos de realidade. Tinha sido uma verdadeira aventura!

— Bom, obrigada — eu disse quando ela finalmente acabou. — Por ter ido atrás de mim. Não sei o que eu teria feito se tivesse aberto a porta e não houvesse ninguém ali. — Dei de ombros. — Ou pior: se houvesse outra pessoa ali.

Antes que Andy deixasse o apartamento para voltar a sua tarefa de conseguir acesso ao Espaço Altus Premium, tínhamos bolado um plano bem básico.

1. Deixar as notificações do celular sempre ligadas, caso Miranda mandasse mensagem.
2. Sempre estar preparado para ir embora, com as malas prontas para partir.
3. Começar a espalhar boatos sobre o Altus. No momento, era novidade, algo grande e reluzente. Todo mundo ou amava ou não entendia, então não havia como atacar. Se relações públicas iam desempenhar um papel em seu processo de derrocada, era melhor começar a trabalhar, porque aquilo levaria tempo.

A única coisa que estava clara era que Carl não podia simplesmente destruir o Altus. Mesmo que sua programação permitisse, o que acho que não era o caso, elu não tinha força física o bastante para trabalhar contra o irmão. Na verdade, Carl estava meio que se escondendo. Seu irmão queria o desaparecimento delu tanto quanto queria o meu. Lembro das palavras exatas que Carl me disse naquele apartamento uma noite, porque agora sou assim:

— Ele não se importa com o resultado, só se importa com o nível de certeza. Ele quer o controle, e você e eu representamos desafios a esse controle. Ele quer que eu morra até mais do que quer que você morra. Ele é o deus que me disseram para nunca ser.

O problema em começar uma campanha de comunicação contra o Altus era que eu precisaria me comunicar.

Como estávamos em um apartamento com quatro quartos, sem nem conversar a respeito, Maya e eu escolhemos quartos separados. Carl também. Elu dormiu no quarto menor, que estava decorado como um quarto de bebê para potenciais compradores.

Na segunda noite, depois que tínhamos ido para a cama, levantei e bati de leve na porta de Maya.

— Oi? — ela disse.

Abri a porta e, no escuro, vi a silhueta da cama contra a vista, que naquele lado do apartamento estava desimpedida até o Distrito Financeiro.

— Oi — eu disse à porta.

— Oi — ela disse, virando na cama.

— Essa janela tem cortina, sabia?

— Nunca mais vou ter essa vista. — Era verdade. Maya era rica, mas nem tanto. — Parece que dá pra ver tudo daqui — ela falou —, mas na verdade não dá pra ver nada.

Tudo estava desmoronando. Acampamentos de moradores de rua surgiam no Central Park. Os abrigos estavam cheios fazia anos, e agora a quantidade de pessoas sem teto tinha explodido de vez. Mas, dali, tudo parecia lindo e perfeito. O mundo parecia imortal e inevitável, quando na verdade era frágil e quebradiço.

Sentei na cama.

— Alguns dias atrás, pedi desculpas por não ter ouvido você. Você estava certa. Tentou me parar. Eu fodi com tudo. Mas… — Eu havia preparado o que ia dizer enquanto estava deitada na minha cama, o que não tornava aquilo mais fácil. — Mas não é por isso que sinto muito, na verdade. Foi só outra parte do erro que cometi tantas vezes. Desculpa por ter te deixado por último. Você era a pessoa mais importante para mim, e eu te deixei no fim da minha lista.

— April — ela disse.

— Não, eu preparei todo um discurso, me deixa continuar. Sinto muito por ter sido terrível com você, mas também fui terrível comigo mesma. Sei que tenho problemas de autoestima. Acabei de descobrir que fui escolhida como emissária de um ser alienígena enviado para representar e proteger a raça humana e ainda assim passei a tarde atrás de validação no Twitter. Mas sei que você é uma pessoa boa, forte, linda e talentosa, e você me amava, e se isso não é o bastante nada vai ser. Então muito obrigada por me amar. E me desculpa.

— Obrigada, April.

Então me dei conta de que talvez Maya achasse que eu achava que, se dissesse a coisa certa, a gente ia voltar. Não queria que ela pensasse assim, por isso me levantei.

— Eu não estava conseguindo dormir.

Me dirigi para a porta.

— Você falou bem — ela disse. — Boa noite, April.

— Boa noite.

UM TRECHO DE

O LIVRO DO PROVEITO

Não há nada que eu possa dizer para fazer você gravar o *Slainspotting* desta semana. É uma pena. Você deveria gravar, mas fiz as simulações e você agora valoriza sua nova missão excessivamente, e por isso vai tomar uma série de decisões ruins. Ele está contando com isso. E quem sou eu para dizer que você não deveria agir assim? Você precisa se esforçar agora. Vai passar o dia todo deitado na cama com seus óculos de realidade virtual em vez de cultivar seus relacionamentos. No entanto, por favor, não esqueça que você é uma pessoa, e não apenas uma ferramenta. Aproveitar consiste em mais do que só fazer coisas.

Ah, e chegou a hora. Venda tudo e compre AltaCoins. Imediatamente.

ANDY

Cancelei a gravação do *Slainspotting* daquela semana.

Jason ficou puto, mas foi simpático.

— Eu sei, você está obcecado com esse Altus, tem a chance de conseguir acesso ao Premium... Vai nessa. Mas, se desmarcar a semana que vem de novo, não vou ser legal.

Eu não podia gravar o *Slainspotting.* April estava de volta, o Thread dependia de mim, a humanidade estava em risco, então eu tinha que ficar deitado na minha cama, completamente imóvel, enquanto construía objetos para tornar meu Dia Fresco de Primavera mais atraente que os das outras pessoas. Eu tinha um sol que se movia no céu, nascendo e se pondo se você quisesse. Algumas árvores tinham vindo com o pacote inicial, mas outras pessoas estavam se especializando em árvores, então os usuários compravam essas árvores e as colocavam no meu ambiente. O mais incrível era que não havia muito mais que eu pudesse fazer para melhorar o ambiente.

Quando eu não estava no Espaço Altus, estava no Thread. Um dia antes da seleção para o Espaço Premium, eu tinha uma boa notícia a dar:

> **Doze:** Oi, pessoal. Restam menos de vinte e quatro horas para a semana acabar e os primeiros cinquenta usuários serem selecionados. Tenho boas notícias: estou entre eles e não parece que vai mudar.
>
> **Cinco:** Como assim? Mal saí do Espaço e não estou nem entre os duzentos primeiros.
>
> **Doze:** Tive uma boa ideia logo no começo. Não posso contar mais sem correr o risco de revelar minha identidade.
>
> **Um:** @Doze, parabéns, é uma ótima notícia. Por favor, não conte nada que achar que pode comprometer sua identidade. Ter alguém com acesso ao Espaço Premium vai ser extremamente útil. Não consegui nenhuma informação sobre o que torna o Espaço Premium tão interessante, embora algumas pessoas do Fish aparentemente tenham conseguido acesso a ele. O pessoal de lá parece disposto a matar para entrar.

Era bem importante quando Um entrava na conversa, e a sensação de ter sua aprovação era boa. Um era a única pessoa no Thread que não tinha nada em sua biografia. Depois dessa breve conversa, entrei no Espaço Altus e descobri que não estava mais entre os vinte e cinco primeiros. Na verdade, estava correndo um risco sério de sair do top cinquenta.

Fui ver quem havia de novo na lista. Eu vinha monitorando qualquer novidade que surgisse e fosse digna de nota. As pessoas tendiam a focar em casas, roupas, decoração ou paisagens naturais. De repente, havia uma dezena de pessoas entre as cinquenta primeiras que vendiam tranqueirinhas baratas. Pequenas estátuas, broches, moedas, distintivos e coisas do tipo. Não pareciam interessantes por nenhum motivo em particular, e todos pareciam fáceis de recriar, então eu não entendia como poderiam estar indo tão bem.

Comecei a pirar na hora. Como aqueles negocinhos de merda estavam bombando? Senti o suor escorrendo pela nuca. Estava entrando em pânico. Só então comecei a me dar conta do quanto aquilo significava para mim. Cinquenta pessoas no mundo todo seriam selecionadas para uma experiência que era uma espécie de nirvana, a julgar pela opinião do pessoal do Fish.

Sai do Espaço e voltei ao Thread.

Doze: Alguém sabe qual é a dessas porcariazinhas que estão vendendo bem no Espaço Altus?

Oito: São celebridades. Pessoas com público grande na internet estão pedindo aos fãs para comprar itens baratos para que elas possam entrar no Espaço.

Cinco: Vendem como itens de "edição limitada". Disponíveis "só até amanhã!". Tipo, exatamente os dias em que precisam vender para entrar no Espaço Premium.

Doze: Pooooorra. Que merda. A ideia era justamente que o Espaço Premium fosse disponibilizado para as pessoas que agregassem mais valor ao Espaço de Acesso Livre.

Oito: Pois é, mas... já ouviu falar em capitalismo? A ideia toda é recompensar pessoas que criam valor, no entanto...

Doze: Caralho. Por que o Altus não impede isso?

Oito: Imagino que porque assim eles ganham um monte de usuários novos, propaganda de graça e dinheiro.

Eu estava quase saindo do Thread quando recebi uma mensagem privada de Um.

Um: Preciso que você vá para o Espaço Premium, e é capaz de você não precisar de ajuda pra conseguir, mas pode me dizer qual é seu objeto? Talvez eu consiga dar uma força no último minuto, se precisar.

Doze: É o Dia Fresco de Primavera.

Um: Ah, ótimo. O Dia Fresco de Primavera é genial. Pensar em fazer uma brisa... Eu adorei!

Surreal como era boa a sensação de ter Um me elogiando. Todo mundo quer ser reconhecido pelas pessoas que considera legal, e eu meio que idolatrava Um.

Doze: Eu poderia dizer aos meus seguidores para comprar. Não é como se eu não tivesse público também. Eu poderia começar a vender edições limitadas de meias customizadas e iria lá para cima.

Um: Você vai conseguir entrar se fizer isso, mas não vai ser levado a sério. Vai ser só mais uma pessoa rica que pagou para entrar. Você precisa fazer valer, precisa realmente se importar.

Doze: Tá, vou voltar pro Espaço. Acho que vou fazer uma edição limitada do Dia Fresco de Primavera só para tirar sarro das celebridades. No mínimo, algumas pessoas que me acompanham vão achar engraçado. Mas talvez aumente um pouco as vendas.

Um: Esse seria um ótimo assunto para um vídeo. Como no início o mercado aberto recompensa pessoas que dão duro e têm pensamento crítico, mas assim que um valor real entra em jogo, o mercado rapidamente se transforma para recompensar aqueles que têm capital. O fato de que, neste caso, o capital é a fama, e não dinheiro, só torna tudo muito mais universal e interessante.

Doze: Sim. Uma comparação dos cinquenta primeiros de hoje com os cinquenta primeiros de ontem mostra que pessoas que não estão criando valor desbancaram pelo menos dez pessoas que estavam.

Um: Quando os cinquenta forem selecionados, não vai ser surpresa se esse número tiver dobrado.

Doze: Me deixa uma mensagem aqui se precisar de ajuda com o roteiro desse vídeo.

Um: Beleza. Mas, primeiro: dá um jeito de entrar no Espaço Premium.

Foi o que fiz. Comi uma barra de cereal, fiz xixi e voltei ao Espaço Altus. Primeiro, dei uma olhada no ranking. Eu estava em quadragésimo primeiro. Sem dúvida, se não mudasse a minha estratégia, seria logo desbancado por celebridades. Os maiores vendedores ainda eram criadores de objetos de verdade, a maioria pessoas que faziam roupas superbaratas e itens de decoração que vendiam aos montes. Mas havia pessoas o bastante criando ambientes para que eu fosse apenas mais uma entre elas. Eu podia ser um dos criadores mais populares, mas só tinha um produto.

Entrei no Espaço de Acesso Livre e fiz uma bossa. Clonei o Dia Fresco de Primavera, mudei o céu para cor-de-rosa e a grama para roxa. Criei objetos superleves, que pareciam enormes cristais transparentes voando baixo. Levei algumas horas para chegar ao visual certo, mas, no fim, era um mundo alienígena que ainda lembrava um lindo dia de primavera. Eu o lancei com o nome de Dia Fresco de Primavera: Alpha Centauri ~-[{(Só Hoje)}]-~. Eis o que escrevi na descrição:

> Sem querer ofender ninguém que está se aproveitando de ser uma celebridade para entrar no Espaço Altus Premium com bugigangas de ~-[{(Edição Limitada)}]-~... Tá bom, querendo ofender. Isso é tosco. Se você quer ver alguém que trabalhou para criar valor de verdade, pode comprar só nas próximas 24 horas essa versão ligeiramente modificada, de alta qualidade e bem baratinha do meu Dia Fresco de Primavera, que já teve mais de 500 mil downloads.

Faltando seis horas, eu estava em trinta e poucos na lista. Me senti seguro o bastante para fazer um intervalo. Passar horas seguidas no Espaço Altus não era desconfortável até se sair dele. Você se sentia bem enquanto estava lá, mas, quanto mais tempo permanecia, pior era quando saía. Dor de cabeça, dores no corpo, hipoglicemia.

O estresse relacionado ao ranking era real, mas eu sentia que não havia mais nada que pudesse fazer a respeito, então escolhi a opção saudável e fui dar uma passada no Subway em que Bex trabalhava. No momento, o Altus não parecia uma entidade capaz de destruir o mundo; parecia mais com o Etsy. Mas essas coisas são assim mesmo. Um dia, uma empresa de internet quer vender livros; dez anos depois, é uma ameaça para quase todas as indústrias no planeta.

A cidade pareceu meio morta. Não havia muita gente na rua. Passei por uma loja que anunciava "Óculos de realidade virtual Altus!". E embaixo: "Esgotado! Volta na quinta!".

— Andy! — Bex chamou quando eu entrei. — Você está bem?

Aparentemente minha aparência estava péssima nesse nível.

— Tenho passado bastante tempo no Espaço Altus — respondi, sendo sincero.

Ela fez um bico.

— Você e todos os outros caras de Nova York. As vendas estavam começando a aumentar depois da recessão, mas agora ninguém nem sai de casa.

— As vendas estavam aumentando?

— Sim, as pessoas pararam de ir a restaurantes caros, mas ainda precisam almoçar! Agora os pedidos são quase todos por aplicativos de delivery.

— Bom, desculpa se sumi do mapa.

— Você não é o primeiro cara a me deixar na geladeira por alguns dias — ela disse, mas não parecia confiante como sempre.

Olhei para seus lindos olhos escuros e me senti um completo babaca. Bex me salvou de ter que dizer alguma coisa.

— Como é o Altus?

— Você nunca entrou? — perguntei, como um tonto.

Ela só riu.

— Não, só ouvi falar. Dizem que parece o Sonho. Sinto falta do Sonho.

— Você estava envolvida com o Sonho?

— Não mais do que o normal. Resolvi algumas sequências que já haviam sido resolvidas só para me divertir. Eu meio que só perambulava por lá. Era legal ter um lugar onde ficar sozinha.

Dei uma risada dura.

— É o oposto do meu problema. Não encontro tempo para ficar com as pessoas.

— Você sabe que nossas vidas são bem diferentes, né? — ela perguntou.

— Sim, claro. Isso vale pra qualquer um, só que mais ainda...

Eu não sabia mais o que dizer.

— Com a menina imigrante de pele marrom. Você pode dizer que somos diferentes, Andy. — Eu não sabia se estávamos brigando. Aparentemente não, porque depois ela disse: — Frango teriyaki com molho de cebola agridoce?

— Sim, por favor. Depois de hoje à noite, acho que vou ter mais tempo. Quer passar na minha casa amanhã?

— Trabalho à tarde, então estou livre de manhã ou bem tarde.

— Dá uma passada de manhã. Vou ter motivo para comemorar ou para reclamar. Te explico amanhã.

— Por que não explica agora? Estamos fechando, você pode ir comendo o sanduíche enquanto me conta o que está acontecendo. Se é tão difícil encontrar tempo para ficar com os outros... aproveita.

A vontade de ir embora do Subway e voltar correndo para o apartamento para ver como estava o ranking era quase um impulso físico. Eu sentia os nervos daquele lado do meu corpo se acenderem. Fechei os olhos, respirei fundo, me sentei e forcei o cérebro a sossegar. Abri o sanduíche, dei uma mordida e provavelmente (me conhecendo) comecei a falar com a boca cheia.

— O Espaço Altus de Acesso Livre é maravilhoso. É tipo o Sonho, no sentido de que você fica completamente imerso nele. É tão real quanto isto — fiz um gesto abarcando a realidade —, mas não tem basicamente nada lá. Você tem que comprar coisas pra colocar no seu mundo. Também pode ganhar dinheiro do jogo criando e vendendo objetos para outras pessoas...

Enquanto Bex fechava o lugar, limpava tudo e passava o esfregão, eu a seguia, contando do Espaço Premium e de como eu vinha lutando para ficar entre os cinquenta primeiros a semana inteira e de alguma forma sendo bem-sucedido, até que me vira descendo no ranking por causa das celebridades.

— Mas você é uma celebridade, por que não faz a mesma coisa?

— Não quero que seja assim. Quero entrar por ter criado algo de valor, não roubando.

— Sem querer ofender — Bex disse, então devolveu o esfregão ao balde —, mas isso é bem idiota.

— Como assim?

— Usa o que você tem, Andy. Se quer entrar, entra. Não existe "justo".

Pensei na conversa que eu havia tido com Um.

— Tá, você tem razão — eu disse, ainda pensando. — Só que não é só isso. Não sei como vai ser no Espaço Premium, mas sei que vai ter dois tipos de pessoas lá: as que ficaram entre as cinquenta primeiras por causa de algo que criaram e as que só se aproveitaram do fato de serem famosas. Quero ser do primeiro tipo.

Ela pensou a respeito por um tempo.

— Você deveria ter dito isso desde o começo então.

Bex voltou a passar o esfregão no chão.

— Tem certeza de que não posso ajudar? Parece meio esquisito ficar só falando enquanto você trabalha.

— Isso também é bem idiota. — Ela sorriu. — Falando sério, não confio que você não vai fazer cagada.

— E provavelmente está certa.

— Então só cinquenta pessoas no mundo todo vão ter acesso a... o que exatamente?

— Não sei — eu disse, me sentindo meio bobo.

— Mas você está surtando mesmo assim?

— É.

— E não sabe em que posição está.

— Não.

— E foi capaz de ficar aqui parado, conversando comigo, em vez de ficar atualizando a lista sem parar?

— Acho que sim.

— Isso é bem impressionante, na verdade.

Ela empurrou o balde para trás do balcão.

— Como você se sentiria se eu desse uma olhada agora? — perguntei quando Bex voltou, com o celular já esperando na mesa.

— Quero saber também.

Abri um site que atualizava o ranking só um pouco depois que a loja do Altus. Eram dez e meia. Os cinquenta primeiros seriam definidos em noventa minutos. Eu era o quinquagésimo sétimo.

— Merda — eu disse.

— Más notícias?

— Sou o quinquagésimo sétimo.

— Tem mais alguma coisa que você possa fazer?

— Eu poderia tuitar que sou o criador do Dia Fresco de Primavera e que preciso que as pessoas comprem o item. Provavelmente estaria entre os primeiros cinquenta em uns dez minutos.

— Vale a pena?

Dei de ombros e levei a cabeça às mãos. Quem sabia como estariam as coisas dali a uma semana? Talvez eu continuasse caindo. Aquela podia ser minha única chance.

Eu estava literalmente abrindo o Twitter quando recebi uma DM de Um.

Deixa comigo, não se preocupa.

Bex tinha acabado de arrumar tudo no Subway, então fomos até meu apartamento, nos sentamos com Jason e atualizamos a página.

Jason não parecia superinteressado com a coisa toda. A sensação era que ele esperava que eu caísse cada vez mais, desistisse e retornasse ao que provavelmente considerava um estilo de vida melhor para mim. Um estilo de vida em que eu fazia outras coisas além de me levantar para fazer xixi e comer uma barrinha de cereal por dez minutos a cada cinco horas. Eu sentia mesmo que meu corpo estava detonado.

Bem depressa, eu tinha passado de uma vida bastante significativa para uma em que eu quase não me levantava da cama o dia todo.

Mas Bex estava do meu lado, o que era legal.

Às 23h, eu era o sexagésimo quarto.

Então, às 23h15, eu era o quinquagésimo nono, e parecia estar subindo rápido.

— Puta merda — Jason disse.

— O que foi?

— Bom, eu estava dando uma olhada no Twitter para ver se tinha alguém falando sobre seu objeto, e acho que descobri por que você voltou a subir.

Ele virou o celular para mim e me mostrou o seguinte tuíte:

Justin Bieber

@JustinBieber

De boa no Espaço Altus. O Dia Fresco de Primavera é incrível. Vão conferir.

937 8,4K 29K

— Caralho... — Bex disse.

Mandei uma mensagem para Um: Você conhece o Justin Bieber?

Sem comentários, foi a resposta.

Espera aí, respondi. Você *é* o Justin Bieber?

Sem comentários, veio a resposta, bem rápido.

Às 23h30, eu já estava entre os primeiros cinquenta de novo. À meia--noite, estava longe do quinquagésimo. Justin Bieber tinha me dado uma força naquele final. Era o poder dos #influenciadores!

Jason buscou a única garrafa de vinho que tínhamos no apartamento e serviu todo mundo. Ficamos bebendo por quinze minutos.

— Bom, aproveitem, vocês dois. Vou pra casa — Bex anunciou.

— Por quê? — Jason perguntou. — Você disse que não trabalha amanhã de manhã. Vamos jogar um jogo, ou algo do tipo.

— Olha só pra ele, Jason. — Ela apontou para mim. — Está se torturando porque não está no Espaço Altus agora mesmo. Estou chocada que tenha aguentado até agora.

— Não — eu disse. — Posso esperar.

Eu não queria esperar. Meu corpo literalmente se coçava de vontade de entrar e ver se eu já tinha acesso ao Espaço Premium e, se fosse o caso, do que exatamente se tratava. Mas talvez Bex topasse passar a noite ali. E se havia algo melhor do que o Espaço Altus Premium... Argh, odiei essa frase, foi mal.

Então jogamos alguns jogos, bebemos White Claw e fumamos um pouco para comemorar meu sucesso. Depois, Jason e Bex ficaram conversando enquanto eu dava uma arrumada no que tinha se tornado o pior quarto do mundo para o qual levar uma garota.

Voltei para a sala. Jason se levantou imediatamente e se espreguiçou de um jeito ridículo.

— BOM É HORA DE IR PRA CAMA TCHAU.

E foi para o quarto.

— Ei, você quer vir… ver…

Eu não tinha ideia de como terminar aquela frase.

Bex se aproximou de mim, e de repente estávamos nos beijando e indo aos tropeços para o meu quarto. Ela era tão macia, real e agradável. Seu brilho labial tinha gosto de framboesa e seu cabelo cheirava a… a cabelo de menina. Olha, foi ótimo, tá?

Acordei algumas horas depois, dependurado para fora da cama de casal. Olhei para o relógio e vi que tinha recebido uma mensagem de Um.

Já entrou? Estamos todos esperando! Conta!

Era a primeira noite que eu e Bex passávamos juntos. Aquilo era realmente importante para mim. Eu sabia que me deitar no chão só de cueca e imergir completamente em um espaço virtual enquanto ela dormia sozinha na cama seria de uma grosseria tremenda.

Eu me deitei no chão, coloquei os óculos e entrei no Espaço Altus Premium.

Ashe
@marsualpudding
ENTREI! Acabei de ter minha primeira experiência no Espaço Premium do @LaboratorioAltus e, tipo, já vou voltar pra lá. TCHAU! ESTE MUNDO NÃO TEM MAIS NADA A ME OFERECER!

110 894 6K

ANDY

— Olá. Parabéns por ter conquistado o acesso ao Espaço Altus Premium — a voz de Alta me disse quando entrei. Até ali, parecia exatamente a mesma coisa, só meu dia fresco com alguns objetos que outras pessoas haviam feito e eu comprara. Árvores, uma casinha com móveis e quadros. Eu não tinha passado muito tempo decorando; estava mais interessado em desenvolver o Dia Fresco de Primavera e vender tantos quanto possível.

Mas então algo muito novo surgiu do nada: Alta. Ela era baixa, tinha olhos e cabelos escuros e pele clara. Não era April, mas parecia o bastante com ela para me fazer sentir uma pontada de raiva. Que caralho aquelas pessoas estavam pensando? Por que escolheriam uma modelo para sua assistente digital que parecia a antiga arqui-inimiga do fundador da empresa?

Alta não deu atenção ao meu estado emocional e seguiu seu roteiro.

— Você pode estar pensando que, com exceção da minha presença, este lugar não parece muito diferente do Acesso Livre. Mas, se abrir a loja do Espaço Altus, vai descobrir que agora tem acesso a muitos objetos Premium construídos pelo Altus, sem qualquer custo. Você também vai ver duas novas categorias… — Assim que ela disse isso, a loja do Espaço Altus abriu automaticamente. — A primeira são nossas sandboxes. Ambientes construídos por profissionais de que pode desfrutar sendo você mesmo.

Havia uma falta significativa de coisas para fazer no Espaço de Acesso Livre, uma vez que criar ambientes agradáveis e detalhados era bem difícil.

— Também temos as experiências…

O menu de sandboxes se fechou e o de experiências se abriu. As categorias eram:

AVENTURA

EDUCAÇÃO

DISCUSSÃO

MÚSICA

LIVROS

RELAXAMENTO

ADULTO

— Antes de selecionar qualquer uma dessas opções, compreenda que não funcionará como espera. O Espaço Altus não foi projetado para ser uma plataforma recreativa, e sim para o autodesenvolvimento. Humanos passam um terço de sua vida inconscientes. Quando perdemos acesso ao Sonho, nós, do Altus, nos demos conta de que a maior perda seria voltarmos a ser improdutivos durante esse período. Com o Espaço de Acesso Livre, reativamos a habilidade de trabalhar durante o sono. Mas aqui, no Espaço Premium, essa habilidade se provou maior do que imaginávamos. O Espaço Altus não mostra nada às pessoas, só dá ao cérebro impressões de coisas que são interpretadas como realidade. Por exemplo...

Ela indicou a si mesma.

— O Altus não me desenhou, o Altus não diz a você que aparência tenho: só manda um sinal ao seu cérebro para criar a imagem de uma jovem atraente. Quem decide isso é seu cérebro, e não nós.

Felizmente, Alta não me deu tempo para remoer aquela nova vergonha, porque prosseguiu:

— Permitimos que a pessoa crie objetos no Espaço de Acesso Livre, mas o que enviamos são as impressões que sua mente tem do objeto. Aqui no Espaço Altus Premium, temos dois serviços principais. Nossas sandboxes são ambientes customizados cheios de objetos mais detalhados e úteis do que o que foi criado até agora pelos usuários do Acesso Livre.

"Em segundo lugar, e mais importante, também somos capazes de capturar experiências de pessoas reais, no mundo real. Você pode acessar essas experiências, seja ler um livro, fazer uma trilha ou acrobacias. Elas são diferentes de tudo o que você já experimentou antes, e não são fáceis explicar. Por sorte, são muito fáceis de demonstrar."

De repente, eu estava atravessando uma floresta tropical. Ou alguém estava. Eu era uma pessoa que estava atravessando uma floresta tropical. A pessoa estava pensando sobre as plantas dali, sobre um galho que havia caído desde a última caminhada. Ela estava esperando ver determinado tipo de pássaro. O nome da espécie não surgiu no cérebro, mas havia uma imagem do pássaro. Ele era pequeno e preto, com a barriga de um amarelo forte.

Eu... pensava o que a pessoa pensava. Estava em sua lembrança. E sentia tudo. Sentia uma queimação nas coxas e o tornozelo estranhamente rígido. Sentia o cheiro doce da matéria orgânica se decompondo na terra e o suor escorrendo por entre minhas escápulas. Ainda assim, mantinha distância o suficiente da experiência para poder refletir sobre ela. Eu estava ao mesmo tempo do lado de dentro e do lado de fora.

Então a visão se encerrou e eu estava de volta com Alta no Espaço Altus.

— As pessoas têm reações diferentes a isso — ela disse. — Compreenda que é normal estar um pouco nervoso agora. Mas, sim, o Altus pode capturar momentos da mente das pessoas, armazená-los e depois mapeá-los na sua. Você não pode ler um livro assim, mas pode habitar a mente de outra pessoa enquanto *ela* lê. Você não pode entrar no ringue de boxe e lutar, mas pode habitar outra pessoa enquanto *ela* luta.

"A história da humanidade é uma história de escalada na velocidade da transferência de informações. Começou com a linguagem, se expandiu com a escrita e explodiu com a internet. Agora houve outra mudança exponencial, um novo salto gigantesco para a humanidade. Você pode habitar a mente de alguém de alto escalão no mundo dos negócios enquanto decisões são tomadas. Pode compreender o que as pessoas com quem discorda estão pensando. E o mais importante: pessoas que habitam outras praticando esportes, fazendo operações matemáticas ou pensando criticamente desenvolvem as mesmas habilidades muito mais rápido do que se ficassem treinando durante horas. O Espaço Altus não vai apenas mudar a recreação de forma fundamental; vai mudar a educação, as relações, a política e as interações humanas.

"Seja bem-vindo ao Espaço Premium. Não tenha pressa: vá aprendendo como funciona e aproveite a oportunidade de se tornar uma versão melhor de você mesmo."

Era impossível não imaginar o poder de uma ferramenta como aquela. A medicina poderia usar o Espaço para fazer diagnósticos. A dor de alguém não precisaria mais ser um mistério. Empatia não precisaria mais ser um esforço de imaginação. Poderíamos literalmente sentir o que outros sentiam. E quanto à aprendizagem? Se eu habitasse o corpo de alguém tocando piano, poderia dominar o instrumento muito mais rápido. E havia a categoria "adulto" que eu havia notado antes. A tentação de dar uma olhada foi forte.

Se seu corpo experimentava desconforto enquanto você estava no Espaço Altus, você ainda o sentia, mesmo que em menor grau. Naquele momento, senti uma dor forte no dorso.

— Sair — eu disse, e tirei os óculos de realidade virtual. Bex estava de pé ao meu lado. Acho que tinha acabado de me chutar. Não com muita força, mas o suficiente.

— Sério? — Bex disse, com as mãos na cintura. Ela estava só de calcinha e sutiã, e não pude evitar dar uma secada.

Eu me sentei.

— Eu só queria ver...

Então a frase morreu no ar.

— Aham — ela disse, e começou a procurar suas roupas.

— Bex, olha... Eu estraguei tudo. Foi tentação demais. Pensei em só entrar um pouquinho.

— Hã-hã — ela fez, enquanto vestia a blusa.

— Mas não é desculpa, foi sacanagem minha. Desculpa mesmo.

— Sei.

Ela já estava vestindo a calça.

— Posso te acompanhar até o trem? Podemos conversar.

— Não, agora não — ela disse, e não me encarou ao passar por mim e sair do quarto.

Eu me sentei na cama e esperei até ouvir a porta do apartamento se fechar. Peguei o celular e escrevi várias mensagens para ela, mas apaguei todas antes de mandar.

— Merda — sussurrei.

Eu não tinha como consertar o que havia feito com Bex, ou pelo menos não naquele momento, e meus óculos de realidade virtual não paravam de me encarar. Deitei na cama e voltei para o Espaço.

Lá, descobri que experiências como aquela pela qual eu havia acabado de passar podiam ser compradas. No Espaço de Acesso Livre, qualquer objeto custava no máximo dez AltaCoins, o que, naquele momento, valia cerca de vinte e cinco dólares. O preço subia à medida que a demanda superava a oferta da moeda. No Espaço Premium, não havia experiências à venda por menos de vinte AltaCoins, e muitas estavam na faixa dos três dígitos. Eu tinha AltaCoins o suficiente para dez vidas inteiras, mas se aquele produto ia revolucionar o modo como aprendíamos, pensávamos e interagíamos, isso chegaria nos ricos primeiro.

MIRANDA

Eu não tinha celular, não tinha janela. Havia guardas armados entre mim e o mundo exterior, e ninguém nem falava comigo, muito menos falava em me deixar sair. Eu não tinha acesso a nenhum tipo de internet. Não tinha nem acesso a um computador. Só contava com óculos de realidade virtual do Altus. Não queria entrar no Espaço, mas o tédio sempre acaba vencendo. Haviam me dado um trabalho, e, mesmo sabendo que era inútil, fazer alguma coisa era melhor do que não fazer nada.

Meu trabalho não tinha mais nada a ver com compreender como a interface cerebral do Altus (ou melhor, de Carl) funcionava.

Eu era o que eles chamavam de "cliente". Clientes eram pessoas que produziam conteúdo para o Altus. Era um duplipensar danado, porque parecia indicar que o Altus trabalhava para nós, quando na verdade claramente éramos nós que trabalhávamos para o Altus. Eu nunca vi a sala cheia de "clientes" minerando AltaCoins. Ia direto do quarto onde dormia para uma sala privada, onde construía uma sandbox de aprendizagem.

O Altus podia capturar e compartilhar experiências direto da mente de alguém ou construir ambientes, forma a forma. Mas não havia como escanear imagens no Espaço, o que tornava coisas como livros basicamente impossíveis de reproduzir. A experiência de habitar outra pessoa enquanto ela lia um livro era possível, mas não a de lê-lo de fato.

Assim, as experiências Altus eram meio que o cúmulo da preguiça. Você não só podia pular a parte da leitura como simplesmente acessar o que outra pessoa pensava a respeito de um livro. Não era nem preciso se dar ao trabalho de usar a imaginação.

Se você quisesse assumir o controle de um ambiente, tinha que ser nas sandboxes. Minha tarefa era criar sandboxes de salas de aula. Era um trabalho bastante intenso, que no fim das contas parecia inútil, porque nas salas de aula reais o que importa não são as salas em si, mas a reunião de pessoas.

Parecia que eu era uma prisioneira e que eles não queriam que eu ficasse à toa, e sei que era exatamente aquilo. Ninguém gritava comigo ou me chamava de traidora; na verdade, ninguém me dizia nada. Eu só não tinha a chance de fazer nada de útil ou de ver outras pessoas, e nunca podia sair dali.

Nas horas de folga, eu podia entrar no Espaço Premium. É um pouco triste quão rápido eu cedi. Passei de achar que nunca voltaria ao Espaço Altus a usá-lo sempre que tinha uma chance. Era o único jeito que eu tinha de deixar a ala de segurança máxima. No Espaço, eu podia sair ao ar livre e sentir as pernas falsas do meu corpo falso correrem nas sandboxes criadas por outros clientes. Eu passava pela experiência de desconhecidos trocando ideias e era quase como se estivesse conversando com alguém. Ironicamente, o Espaço se tornou meu único respiro na prisão em que o Altus tinha me colocado.

Era exasperador, mas eu não tinha escolha a não ser relaxar e aceitar aquilo. Se conseguisse continuar fingindo que não estava em uma prisão, não me sentiria como uma prisioneira.

Aquilo só ia me levar até certo ponto, mas talvez já fosse o bastante.

Eu tinha ficado obcecada por saber mais sobre o que acontecia no fim do corredor. Como eles cuidavam daquelas pessoas? Onde elas tomavam banho? Quando comiam e iam ao banheiro? Como estavam sendo compensadas? Alguém tinha alguma ideia de qual seria no longo prazo o impacto da exposição implacável ao Espaço Altus?

Peter Petrawicki, que antes alimentava o medo das pessoas de que o Sonho representava uma invasão das nossas mentes, tinha passado a mandá-las para lá sem qualquer pausa ou descanso. Eu pelo menos mantinha o controle sobre meus horários, e comecei a fazer intervalos a cada hora. Nesse período, ia até o corredor para verificar se alguém entrava ou saía da sala.

Todos os dias, eu acertava meu horário de modo que fizesse os intervalos cinco minutos antes do dia anterior. Depois de duas semanas, eu já havia saído para o corredor em todos os horários do dia, sem nunca ter visto uma única pessoa entrando ou saindo da sala. Eu achava que deviam estar me vigiando. Para ter certeza de que eu nunca estivesse no corredor quando houvesse mudança de turno. Talvez aquilo também explicasse por que eu dificilmente via alguém no pequeno refeitório que havia. Eu não tinha aonde ir. Só o refeitório, o quarto e a sala em que trabalhava. Se não tivesse o Espaço Altus onde me refugiar, teria surtado.

Me peguei culpando todo mundo. Culpava Peter por ser uma pessoa realmente horrível, mas meu cérebro não podia focar em uma única pessoa para sempre, então culpava Andy e a professora Lundgren por ter dito que eu deveria ir para lá. Culpava todas as pessoas que trabalhavam para aquela empresa horrorosa. Eu me sentia isolada em minha impotência e ignorava todos os motivos que haviam me levado até lá. Em geral, só culpava a mim mesma.

O que estou tentando dizer é que eu achava que aquelas semanas tinham sido difíceis. Achava que tudo o que iam fazer comigo era me sequestrar e manter presa.

Então, um dia, eu estava no refeitório comendo lámen feito no micro-ondas quando, no meio do meu campo de visão, surgiu um protetor labial imenso. Tinha trinta centímetros de comprimento, estava fechado e seu diâmetro era do tamanho do meu antebraço. O nome da marca estava escrito claramente nele, então pelo menos eu sabia que não era uma imitação. Fui até o protetor labial, coloquei a mão nele e senti o plástico, frio e liso. Ele não se moveu; só ficou ali, fixo em sua posição no ar. Depois simplesmente desapareceu, assim como tinha simplesmente aparecido. Sem fazer nenhum barulho. Nada.

Puxei uma cadeira e me sentei, sem nenhuma dúvida quanto ao que tinha acabado de acontecer. Eu sabia onde estava... onde estava fazia semanas. Compreendia por que nunca havia visto aquela porta se abrir, por que ninguém nunca falava comigo, por que não havia nenhum livro para eu ler. Protetores labiais gigantes não surgem do nada... a menos que você esteja no Espaço Altus.

— Sair — eu disse, com tanta calma quanto possível. Nada aconteceu.

O sentimento de impotência cresceu dentro de mim. Por um momento, e só por um momento, senti que estava me afogando... afundando no mar por causa dos pesos amarrados aos meus pés. O fato de não ter gritado, chorado ou derrubado as paredes foi uma das minhas maiores demonstrações de força de vontade.

Eu não sabia se, de alguma maneira, eles estavam me observando. Precisava me manter calma. Precisava agir como se não soubesse. Eu não sabia como aquele tipo de vigilância funcionava, mas era melhor esconder o fato de que eu sabia que não estava sentada no refeitório, caso surgisse alguma chance de agir a meu favor.

Eu nunca tinha estado na minha cama. Nunca tinha estado na sala de trabalho. Nunca tinha estado no corredor entre ambos. Eu estava no Espaço Altus. Não saía dali havia semanas. Quando tinham me colocado nele? Ou eu mesma tinha entrado e eles só haviam fingido que eu acordara um dia? Quando fora a última vez que eu havia falado com um ser humano? Fora com Peter? Eu não falava com ninguém desde aquela minha conversa distante com Peter?

Fazia semanas! Como eu estava comendo? Como estavam me limpando?! Quando eu tinha ido ao banheiro?! O quê... o que estavam fazendo com meu corpo?

O pior de tudo era que eu não tinha como sair. Não podia bater os punhos na porta da minha consciência. Estava trancada em uma sala dentro da minha própria mente.

Uma nova onda de fúria me percorreu, daquela vez por mim mesma, por não ter percebido antes. Mas aquilo não importava no momento. Eu estava em uma prisão diferente de tudo o que já se tinha visto. O que era ruim. Mas também era bom. Novos projetos sempre têm falhas, e eu já estava começando a analisar aquele problema.

MAYA

Andy nem me mandou mensagem contando das confusões dele. Eu gostaria de ter ajudado, mas April, Carl e eu tínhamos nosso próprio drama.

Conviver com um macaco durante aquelas semanas não chegou a ser um problema. Tipo, não me entenda mal, era esquisito. Mas não era como conviver com um macaco normal. Carl se alimentava e se limpava sozinho, e fazia suas necessidades no banheiro.

O maior problema era que, como prometera, eu não tinha perdoado Carl.

Elu tinha muito afeto por April, às vezes subindo em seu ombro ou se aconchegando nela no sofá, mas sabia que não deveria tentar o mesmo comigo. Um dia, eu perguntei a elu, que estava do outro lado do sofá:

— No que está pensando agora?

Sua cabecinha estava deitada nas mãos, mas elu a levantou para dizer:

— Essa não é uma resposta que eu possa responder facilmente. Tenho fluxos de processamento paralelos, por isso penso em muitas coisas ao mesmo tempo.

— Bom, então me fala uma dessas coisas em que você estava pensando agora há pouco.

Carl virou a cabeça para o lado, como se considerasse a questão.

— Cerca de vinte por cento do meu poder de processamento, a qualquer momento, está devotado a uma disputa com meu irmão pelo controle da capacidade sensorial na sede do Altus. Por isso, estou sempre pensando nessa disputa. É como uma guerra, embora ele tenha muito mais recursos, e só consigo irritá-lo enquanto tento coletar informações sobre o Altus. Consigo algumas coisinhas, alguns códigos de acesso, algumas localizações. Sei onde Miranda está.

— Ela está bem? — perguntei na mesma hora.

Tinha tanta coisa acontecendo que eu vivia esquecendo que Miranda se encontrava numa posição muito precária, e até mesmo perigosa.

— Sim, ou pelo menos estava da última vez que verifiquei, que foi por volta de vinte e oito horas atrás.

— Por que não contou? Estamos muito preocupadas com ela!

— Eu teria dito se tivesse algo de errado.

— Pode ver como ela está agora?

O macaco se sentou, se recostou no couro do sofá e disse:

— Posso tentar.

O animalzinho se encolheu. Carl fechou os olhos com força e abriu bem a boca, mostrando uma quantidade enorme de dentes, incluindo duas presas gigantes. O macaco teve espasmos, todos os seus músculos se contraíram. Então gritou e seu corpo desabou, flácido e imóvel.

CARL

Algumas analogias imperfeitas para o que sou:

Sou uma rede global de centenas de bilhões de trilhões de pequenos computadores coletando, armazenando e processando informações.

Sou um sistema nervoso de nível planetário com consciência e sem um corpo.

Sou uma infecção que pensa.

Não posso explicar precisamente como é ser eu tanto quanto você não pode explicar com precisão como é ser você. Mas, sinceramente, não é tão diferente. Sim, absorvo mais dados que você, mas todos sentimos, armazenamos e analisamos. Grande parte da análise é subconsciente; nem eu nem você olhamos para uma árvore com folhas vermelhas e pensamos: *Tenho que examinar cada uma dessas folhas.* Só pensamos: *Que bonito. Adoro o outono.*

Não tenho corpo, mas existo fisicamente. E, como qualquer outro organismo, temo pelas minhas partes físicas. Minha programação tem sistemas que me fazem desejar manter minhas partes intactas. Você também tem esses sistemas. Alguns são conscientes, como saber que não se deve fazer sexo sem proteção com uma pessoa desconhecida, por mais linda que ela seja e por mais que ela insista. Alguns são subconscientes, como o medo e a ansiedade de quando uma cobra surge na grama. Alguns não fazem nem um pouco parte da sua consciência... como a dor. A dor existe para nos dizer que o corpo está sofrendo ou sofreu dano, e assim podemos fazer algo para acabar com isso ou impedir que aconteça no futuro. A dor é desagradável, mas às vezes precisamos dela. Eu tinha a capacidade para a dor, mas não havia sentido dor real até aquele momento.

Minha infiltração no Altus se dava de maneira dissimulada e incompleta. Eu não precisava processar nada ali, só sentir e me retirar. Meu irmão tinha livrado a sede do Altus quase por completo da minha presença, mas, no fim das contas, havia vida demais no mundo para que ele pudesse ter certeza de que havia completado o trabalho. Eu já não infectava nenhuma das células de Miranda Beckwith, mas vinha trabalhando em infectar o corpo de drosófilas. Seus olhos não muito bons, mas meu processamento de imagens é excelente.

Embora as partes de mim que coletavam dados estivessem sempre ativas naqueles animais, eu as mantinha isoladas do resto do meu corpo, em algo parecido com um bloqueio epidural. Ainda eram parte de mim, mas não podiam se comunicar comigo. Se meu irmão conseguisse encontrar uma maneira de entrar na minha rede, seria capaz de me hackear profundamente em questão de nanossegundos. Ele havia ficado muito mais forte nas últimas semanas. Eu precisava me isolar. Aquele era o motivo pelo qual muitas vezes ocupávamos o mesmo organismo, mas nunca a mesma célula. Desculpe se estou entrando em detalhes demais.

A questão é: quando entrei na rede de drosófilas no Altus para ver como Miranda estava, descobri que não havia só eu naquelas células. Ele não havia me apagado delas, o que poderia ter feito facilmente... Havia pouquíssimas células de drosófilas em comparação com o número de células vivas de que ele detinha controle exclusivo. Sabendo que eu retornaria, meu irmão apenas esperara, à espreita. No momento em que cheguei, ele atacou. Cortou fundo e rapidamente, com um golpe preparado. Antes que eu percebesse, ele já estava em um dos meus centros de processamento, que se conectavam com o restante de mim através de sinais grandes e robustos. Eu não tinha escolha: precisava amputar o nódulo. Antes de fazê-lo, no entanto, tinha que mandar um sinal, um sinal para Miranda. Algo simples, qualquer coisa capaz de tornar sua situação clara. Em meio à sensação ardência que me percorria devido ao ataque de meu irmão, enviei a primeira coisa em que consegui pensar e depois amputei o nódulo.

Não era algo fisicamente complexo — era trivial, como cortar um único fio de cabelo —, mas eu sabia que haveria dor, um novo tipo de dor. Eu havia perdido partes minhas para meu irmão antes, mas apenas em termos de células. Mesmo que se tratasse de uma batalha que eu estava perdendo, eu podia ir embora, estabelecer minhas defesas e bater em uma retirada lenta.

Mas cortar um pedaço de mim e abandoná-lo fez uma dor irradiar por todo o meu ser. Foi como se um fio que percorria todo o meu corpo tivesse instantaneamente se transformado em plasma. Eu me tornei uma antena para dor.

E então, tão rápido quanto havia começado, acabou.

APRIL

Eu estava na cozinha quando ouvi o barulho. Corri para a sala e deparei com Maya, de olhos arregalados, e Carl inconsciente no sofá.

— O que está acontecendo?! — perguntei, irracionalmente preocupada que Maya pudesse ter feito algo com elu.

— Eu perguntei sobre Miranda — ela disse, na defensiva. — Carl disse que ia ver como ela estava, aí gritou e desmaiou.

Suas mãos estavam esticadas na direção do macaco, inutilmente.

Corri até Carl e me ajoelhei ao lado delu, então acariciei os pelos macios de sua cabecinha, olhando para o rosto cor-de-rosa e murcho.

— Carl! — chamei, com firmeza.

O corpo do macaco parecia frágil e delicado. Eu não queria sacudi-lo.

Então, finalmente, elu voltou a se mexer.

— Tudo bem. Eu estou bem.

A voz claramente saía do smartwatch, mas o macaco piscava os olhos, que pareciam não encontrar o foco.

— O que aconteceu? — perguntei baixo.

Os olhos do macaco pareceram focar melhor.

— Fui procurar Miranda Beckwith no Altus, mas meu irmão estava me esperando. Ele tentou invadir minha consciência profunda. Em parte, foi bem-sucedido. Perdi todo o meu acesso ao Altus. Não posso mais observar o que acontece ali. Eu deveria ter desconfiado. Estamos em guerra, e ele está forte demais para mim.

— Posso fazer alguma coisa para ajudar? — Maya perguntou, seu olhar se alternando entre mim e Carl. Ela parecia culpada.

O macaco inspirou profundamente, depois soltou o ar devagar.

— Seria ótimo se eu pudesse tomar um suco.

Sentei ao lado de Carl, que apoiou o corpo suavemente nas minhas pernas. Maya logo voltou com um suco em caixinha.

— Você não pode simplesmente...

Ela soava exausta, mas parou de falar antes de concluir a frase.

— Sei o que está pensando — Carl disse. — E não, não posso simplesmente matar Peter Petrawicki. Sem contar que, de acordo com simulações, não ajudaria em nada. Ele é só o nome agora, seu trabalho está feito. Mas não posso matar ninguém. Não posso violar as normas do seu sistema.

Maya grunhiu, frustrada.

— Você e suas malditas normas! Já fez um monte de coisa que viola nossas normas. Mudou a maneira como pensamos. Tirou nossa liberdade de estar a sós neste planeta.

O macaco olhou para Maya como se ela fosse louca, o que percebi que a deixou furiosa. Então disse:

— Vocês permitem que outras entidades tirem suas liberdades o tempo todo. É uma parte intrínseca do seu sistema. Ele não funcionaria de outra maneira. Vocês permitem que determinadas empresas tenham acesso a sua atenção para que elas possam alterar as escolhas de vocês em troca de entretenimento. Vocês se identificam com grupos e dão a eles a oportunidade de escolher no seu lugar quais os problemas com que estarão mais preocupados. Um dos traços mais poderosos de seu sistema é quão ardentemente vocês acreditam em sua individualidade ao mesmo tempo em que operam quase por completo no coletivo.

Maya só bufou e revirou os olhos. É o que ela faz quando não quer dar o braço a torcer mesmo sabendo que está errada.

As ideias de Carl sobre normas me deram muito em que pensar. Não é nada bonito quando se olha para a questão sob a perspectiva de Carl. O que é aceitável e o que não é? Não podemos matar uma pessoa, de jeito nenhum. Mas alguém pode morrer de fome na porta da nossa casa enquanto colocamos comida no potinho do cachorro, e tudo bem. Parece exagero, mas não é. É algo que todos fazemos. Tratamos doenças em nossos gatos que são muito menos evitáveis que algumas que levam à morte de crianças. Só que ninguém pensa sobre isso, porque, no fim, não estamos realmente agindo para impedir que o gato sofra; estamos agindo para impedir nosso próprio sofrimento. Carl vê claramente contradições como essa, que nenhum de nós veria. Carl compreende nossa moral melhor do que nós mesmos. Deixamos que as pessoas comprem o poder de nos influenciar e nem notamos. Tomamos remédios testados em primatas não humanos e nem notamos. Mas elu sabe de tudo isso, porque só têm algumas regras, e uma delas é não fazer nada que viole as nossas normas. Por isso elu deixa que as pessoas morram todo dia, toda noite. Mas elu mesmo não mata. E como distingue o limite entre essas coisas eu não sei, mas é capaz disso, e talvez isso seja o que há de mais aterrorizante nelu.

— Vamos ter que agir em breve — Carl disse. — Quando me dei conta de que era a última vez que poderia entrar em contato com Miranda, mandei uma mensagem a ela. Foi breve, mas Miranda vai entender. Isso vai dar início a uma sequência de eventos. — Elu tomou um golinho do suco. — Sinto muito, mas é o fim do intervalo. Em dezenove dias estaremos em Val Verde. Antes disso, há muita coisa a fazer.

— Quê? — soltei.

— É todo o tempo que temos. Mais que isso e não terei força o bastante para ajudar.

— O que vamos fazer em Val Verde? — Maya perguntou.

— Não sei. Com sorte, algo inteligente — elu disse. Antes que tivéssemos tempo de responder, Carl prosseguiu: — Mas isso não importa agora. Neste momento, vocês duas precisam conversar sobre como vão conduzir sua campanha contra o Altus. Vou descansar um pouco.

Carl pulou do sofá e, caminhando nos dois pés de maneira desajeitada, saiu da sala, carregando o suco na mãozinha.

O sol baixava no céu, se aproximando do rio Hudson. O crepúsculo visto daquele lugar era surreal.

— Não quero te perder de novo — Maya disse, quase como se estivesse me acusando.

Então expliquei:

— Um dia, as pessoas vão saber que eu voltei. E isso vai ser importante. Vão falar a respeito. Todo mundo vai querer uma entrevista. As opiniões sobre mim agora são brandas e quase respeitosas. Nunca cai bem gritar com alguém que já morreu. Mas quando eu voltar... com... isso — passei a mão vagamente diante do rosto —, a coisa vai ficar feia.

— Vai mesmo — ela concordou.

— Preciso que me obrigue a fazer isso — eu disse, percebendo que era verdade.

— Quê?

Maya realmente parecia não ter compreendido.

— Não confio em mim mesma. Por que confiaria? Nunca fiz nada além de foder com tudo. — Vi a dor nos olhos dela enquanto eu dizia aquilo, mas eu não conseguia parar. — Sou uma pessoa ruim.

— Não, April. Você foi uma namorada ruim, o que é muito diferente. Você nem me traiu.

— Tá, mas eu menti. Menti sobre o quanto me importava, mesmo sabendo que estava te magoando.

— Mas eu sabia que era mentira, e você sabia que eu sabia, então foi uma péssima mentira. Mas você tem razão, mesmo assim me magoou.

Olhei pelos janelões, tentando segurar as lágrimas.

— Sinto muito por ter dado tanta merda — eu disse.

— Eu também, April.

— A culpa não é sua!

— E você acha que é sua?

Não respondi, mas é claro que a culpa era minha.

— Estamos falando de todo o sistema humano e de alienígenas superinteligentes, April. Isso é algo que aconteceu com você, não que você causou.

— Eu tomei minhas decisões — respondi.

— E agora vamos tomar outras. Não entendo por que somos nós que temos que escolher.

— Andei pensando bastante a respeito. Por que Peter Petrawicki pode escolher como lançar o Altus? Quem dá aos diretores executivos do Twitter o direito de decidir o que pode e o que não pode ser dito na plataforma? A maioria das pessoas que têm poder não tem poder por motivos específicos. Elas só têm. — Eu me exaltava só de mencionar aquilo, e falava cada vez mais alto. — Só eu posso decidir como April May retorna ao mundo, porque só eu posso fazer isso. É coisa demais. Preciso que me diga o que fazer!

Parecia que eu estava implorando por ajuda, e talvez estivesse mesmo.

Maya ficou olhando para o sol sobre o Hudson.

— Sinceramente, não achei que eu fosse ter que te convencer. Achei que você ficaria animada de voltar ao jogo. Por que não quer fazer isso?

Ah. Hum. Tipo, por todos os motivos óbvios. Se você vive colocando a mão no forno e se queimando, uma hora para de fazer isso, não é? Mas esse era o único motivo? Não fazia muito tempo que Maya e eu tínhamos nos reencontrado, mas eu me sentia confortável. Estava feliz. E, sim, estávamos em um apartamento de quinze milhões de dólares, o que provavelmente ajudava, mas, quando examinei mais atentamente, descobri algo mais.

— Eu *achava* que era um jogo — falei. — Achava que era um jogo e que eu estava ganhando. Eu era igual a Peter. Só queria mais poder, mais atenção, mais dinheiro e mais seguidores. Todo mundo me dizia que era isso que eu deveria querer. Não explicitamente, mas todos os sinais que eu recebia eram de que mais é melhor. Eu estava só ganhando um jogo. A sensação era boa. Eu estava conquistando aquilo que todo mundo queria. E fiquei curiosa também. Acreditava na maioria das coisas que eu dizia, mas no geral só queria ganhar o jogo que todo mundo queria ganhar.

— E? — Maya perguntou.

— Agora, já não ligo tanto. Posso sentir a força tentando me puxar de volta, mas, depois de ter passado um tempo afastada, as partes de que eu gostava parecem coisas com que outras pessoas se importam, e não eu. E, mais que isso — eu estava chegando ao ponto, afinal —, não era um jogo, na verdade, e certamente não é agora. Quando era divertido e irônico, tudo bem. Mas agora é, tipo: "Use seus poderes para salvar a humanidade". E, tipo, não foi pra isso que me ofereci, Maya. Eu só queria me sentir importante. Não queria, tipo, *ser* importante.

— Mas você é. E precisamos dos seus superpoderes. Vamos fazer um vídeo.

Por mais de uma hora, Maya e eu conversamos sobre o que eu queria dizer. A princípio, eu não queria mostrar o rosto, só queria tuitar, escrever uns textos e talvez fazer uns podcasts. Mas Maya me convenceu de que, se eu escondesse minha aparência, muitas pessoas interpretariam aquilo como manipulação quando descobrissem, o que ia acabar acontecendo mais cedo ou mais tarde. Então tivemos algumas ideias. Primeiro, liguei para meus pais e disse a eles o que estava prestes a fazer, só porque parecia certo. Depois, tivemos que fazer um planejamento. Acabamos com um esboço que provavelmente era mais do que eu precisava. Por fim, Maya pegou o celular e começou a me gravar.

— Oi. Aqui é a April. Faz bastante tempo, hein? Ainda estou me atualizando, e, nossa, peço desculpas por não ter estado presente em um período tão difícil. Tenho certeza de que vocês têm perguntas.

"Resumindo, bom, fiquei presa em um depósito incendiado, como vocês sabem. Carl me salvou, mas fiquei muito ferida e precisei de um longo tempo para me recuperar.

"Passei a maior parte dos últimos meses dentro de um bar abandonado, sendo... reconstruída, imagino. Essa é a minha cara agora. Não é uma máscara, é meu rosto mesmo."

Passei a mão esquerda pela metade inferior do meu rosto, depois a levantei.

— Meu braço esquerdo também está assim, e minhas duas pernas. Eu fiquei bem mal. Olhando de perto, dá para ver que este olho não é meu. Quando acordei, estava sem ele, e sem qualquer uma dessas partes. Foi um horror mesmo. Mas superei.

"Bom, só contei a algumas pessoas que voltei, então peço desculpa se você estiver descobrindo por esse vídeo e sentir que te devo uma mensagem mais pessoal.

"Não sei bem como evitar as inevitáveis teorias da conspiração que vão surgir alegando que este vídeo é falso. Vou postar em todas as minhas redes sociais, e Andy pode confirmar que sou eu. Quanto aos boatos mais pesados de que sou parte alienígena, parte humana, que antes não eram verdade, agora acho que são. Entendo que as pessoas vão pensar maluquices a meu respeito. Às vezes, a realidade não faz sentido, e por isso tentamos encontrar maneiras de dar sentido a ela. Minha história é doida. Entendo que algumas pessoas tenham dificuldade de compreender. Não faz sentido para mim também.

"Provavelmente seria melhor se eu apenas avisasse que estou de volta e encerrasse o vídeo assim. Mas tenho uma coisa a dizer sobre o que fiquei sabendo.

"O pessoal do Altus está certo: a comunicação é o superpoder da humanidade. E sempre que ampliamos nossa capacidade de comunicação, houve uma mudança na sociedade. No curto prazo, as mudanças são disruptivas, mas no longo prazo sempre foram positivas. Desta vez, estou preocupada que as coisas estejam andando rápido demais.

"Não estou dizendo para parar com tudo. Só estou dizendo: vamos um pouquinho mais devagar. Avançar depressa e destruir tudo é ótimo para os negócios, mas não para a sociedade. Ou para a mente humana.

"Estou por fora, é claro. Dormi a maior parte dos últimos seis meses. Então tenham paciência comigo enquanto entro no ritmo de tudo o que vem acontecendo no mundo. Se tem alguma coisa específica que vocês queiram que eu saiba, escrevam nos comentários. No momento, estou escondida em um *local secreto*, o que é legal. Eu adoraria se não me procurassem e não incomodassem minha família. Tem sido bastante intenso para nós todos.

"Me sinto forte e segura. Estou muito feliz de estar de volta e, enfim, viva. Espero que não se importem se a minha vida passar a ser um pouco menos pública e um pouco menos controversa. Esse é o meu objetivo pelo menos, então não se surpreendam se não me virem muito no Twitter.

"Sei que as pessoas vão ter muitas perguntas, e espero poder responder muitas delas nos próximos vídeos. Deixei três links aqui embaixo. O primeiro é para a imprensa, se quiserem que eu comente alguma coisa ou se estiverem interessados em uma entrevista. O segundo é para perguntas... sobre mim, o futuro, conselhos para relacionamentos, opiniões sobre comédias românticas dos anos 1980 etc. O terceiro é um pouco estranho.

"Quando decidi fazer este vídeo, percebi que ia ser visto por muita gente. Meus amigos e eu tivemos uma conversinha sobre o que alguém deveria dizer quando têm literalmente a atenção de todo mundo. Percebi que, se tenho o poder de fazer todo mundo me ouvir, tenho poder demais. Em vez disso, é melhor aproveitar essa chance para escutar. O terceiro link é uma pesquisa que eu gostaria que todo mundo respondesse. É bem curto, tem só umas dez ou doze perguntas. Se tiverem tempo, quero saber como vocês estão."

Subimos o vídeo, mas não o abrimos para o público. Só mandamos para alguns amigos e familiares. Foi assim que algumas pessoas de quem eu gostava muito descobriram que eu não estava morta. Eu ia voltar, mas ainda não. Queríamos ter mais uma noite só para nós.

— Dezenove dias — Maya disse.

— Dezenove dias — respondi.

VARANDAS VAZIAS

Editorial do *Wall Street Journal*

Kasey Willis

Faz décadas que estamos caindo pelo buraco do isolamento. Com o intuito de nos protegermos da dor, de perdas ou de complicações em potencial, as paredes do isolamento social foram ficando cada vez mais grossas e mais altas. Às vezes, essas paredes são visíveis, como quando usamos fones de ouvido enquanto fazemos compras; com mais frequência, passam despercebidas. O fechamento de igrejas, o esvaziamento das varandas.

Ainda que agora tenhamos mais e melhores ferramentas para a comunicação, passamos mais tempo sozinhos e aceitamos qualquer ferramenta disponível para nos distrairmos dessa solidão. Com uma frequência alta demais, essas ferramentas são químicas, mas todos temos vícios que nos protegem da irritação vazia da solidão.

As ferramentas da internet prometeram nos conectar, mas só têm sido substitutas da conexão real. Agora, o Espaço Altus, que é mais aterrorizante que qualquer outra ferramenta que eu já tenha visto, ameaça transformar segmentos inteiros da população em pessoas sem qualquer ligação significativa na vida — indivíduos sem comunidades.

Suicídio, abuso de drogas e overdose estão batendo todos os recordes nos Estados Unidos. Igualmente preocupante é o fato de que o número de pessoas que morreu no Espaço Altus indica que pode haver algo prejudicial ou perigoso no mero ato de usá-lo. Se é simplesmente consequência de o Espaço nos encorajar a ignorar as necessidades físicas e sociais do corpo ou algum efeito mais profundo e negativo, não sabemos. Temos muito poucos dados, e o Altus não tem sido aberto com os que tem.

"O Altus é perfeitamente seguro quando usado da maneira adequada", tuitou Peter Petrawicki recentemente. "Sempre encorajamos os usuários a fazer intervalos regulares, e é claro que não é saudável passar a maior parte do dia no Espaço Altus."

Mas não existe nenhum software que impeça o usuário de passar determinada quantidade de tempo no Espaço, e todos temos aquele amigo que não vimos e de quem não ouvimos nas últimas semanas, não é?

Não acho que seja um problema do Altus; acho que é um problema humano. Procuramos a segurança do isolamento mesmo que ele nos mate.

MIRANDA

Muito bem, eis o *Guia Miranda Beckwith para lidar com um problema.*

Não importa qual seja o problema: basta estar cansado dele e disposto a trabalhar.

Passo 1: Entenda o problema

Um número surpreendente de pessoas pula esse passo, achando que sabe qual é o problema quando na verdade não sabe. É realmente necessário pensar a respeito.

Por exemplo, as pessoas como eu têm o hábito de dizer: "O problema são os combustíveis fósseis, precisamos parar de queimar tanto combustível fóssil!".

Mas pessoas como eu também têm o hábito de ficar superempolgadas ao pegar um jatinho particular para o Caribe. E o que é mais importante: se parássemos de queimar combustíveis fósseis do nada, muitas pessoas morreriam de frio, calor, fome ou por falta de acesso a remédios bem, bem rápido. A questão da mudança climática não é simples.

Meu problema era que eu estava presa dentro da minha própria mente e não podia compartilhar informações vitais com o mundo exterior.

Passo 2: Identifique seus recursos

Parece que eu estou falando de dinheiro, e até certo ponto é verdade. Mas também se trata de todo tipo de equipamento que você tem, tudo o que sabe e tudo em que é bom, além de tudo que outras pessoas sabem e em que são boas, desde que consiga convencê-las a te ajudar. Eu só contava com meus próprios recursos. Não tinha contato com o exterior; se tivesse, o problema estaria resolvido. Só podia contar com o que estava dentro da minha cabeça.

Passo 3: Reconheça suas limitações

As pessoas sempre pulam este passo também, mas uma solução que não considera as restrições do mundo real não é boa. Minhas limitações eram... muitas. Mas limitações muitas vezes são também seus próprios interesses e valores. Às vezes, você não quer resolver um problema de um jeito que não gosta. Às vezes, você sabe que só tem certa quantia de dinheiro ou certo número de horas para gastar, e não quer passar disso. Limitações são aceitáveis, desde que você as compreenda.

Passo 4: Misture

Ponha seu problema, seus recursos e suas limitações na cabeça e chacoalhe bem até que alguma coisa se destaque. Na minha experiência, solucionar mal um problema quase sempre vem de não compreender o suficiente uma dessas três coisas ou simplesmente ignorar uma ou duas delas.

Este guia prático também vai te ajudar quando nenhuma solução se apresenta: é preciso lidar com o problema de novo, com novos dados. Você reimagina o problema, procura novos recursos ou tenta ajustar suas limitações. Se ainda assim não funcionar, repita o processo. E mais uma vez. Descubra alguém que possa contribuir com seu conjunto de recursos, restrinja o escopo do problema. Se não funcionar, uma hora você desiste.

Tudo bem desistir às vezes.

Mas não daquela vez, porque eu estava no caminho certo, e não tinha chegado ali focando em partes menores e mais administráveis do problema. Eu tinha chegado ali sendo ambiciosa.

Olha, estar em uma prisão mental era um problemão, mas não era o maior dos meus problemas.

O Altus era algo desprezível, terrível, imoral. Vinha acumulando um poder imenso e precisava ser destruído. Se eu quisesse resolver aquele problema, precisava pensar muito além do que só "Como saio daqui?".

O Altus me mantinha trabalhando. Eu só podia conjecturar o motivo, mas era capaz de "entrar no Espaço" e continuar construindo a sandbox de que tinham me incumbido. Meu chute era de que eles queriam ser capazes de dizer que durante minha prisão eu "trabalhara" para eles, o que facilitaria sua defesa. Eles poderiam simplesmente dizer que eu estava mentindo quanto a ser mantida ali contra minha vontade, imagino.

Enquanto eu continuava me mantendo ocupada, procurava novos recursos, tentava reimaginar o problema, esperava que algo se destacasse. Uma hora ia dar certo, porque, para mim, o fracasso não era uma opção.

O objetivo dos grandes negócios americanos é monopolizar tudo. A Amazon começou vendendo livros, depois passou a vender tudo o que se possa imaginar e a oferecer um serviço de audiolivros, uma plataforma de streaming de vídeo e um mordomo de inteligência artificial para sua casa. O objetivo é manter todas as pessoas em uma única plataforma — ser dono delas do nascer ao pôr do sol, saber tudo a seu respeito e monetizar cada pensamento seu. O Altus levava isso além do maior e mais molhado sonho do bilionário mais delirante do Vale do Silício. As pessoas não tinham que sair dele nem para dormir! Tirando as frustrantes necessidades do corpo, dava para passar a vida toda ali. Sua casa, seu trabalho, seu desenvolvimento, sua *vida* poderiam estar no Espaço. A única coisa que faltava — e eu não sabia se era bom (porque significava que as pessoas teriam que sair dali) ou profundamente distópico (porque eu não tinha certeza de que fariam isso) — era a interação social.

O sistema que Carl criou e que o Altus hackeou não permitia a socialização. Era possível habitar outras pessoas interagindo socialmente, mas você mesmo não interagia com ninguém. O que aquilo significava para a raça humana? Não sei, mas parecia o tipo de coisa que valia uma pesquisa científica antes que toda a economia fosse transformada.

Só que aquilo estava sendo feito por uma empresa que não se importava de usar humanos numa torre de servidores mineradora de criptomoedas e que aprisionava uma funcionária dissidente em sua própria mente. O que poderia impedi-los? Eles tinham seu próprio país, sua própria moeda e uma infraestrutura de TI que se espalhava pela ecologia terrestre.

Eu. Eu ia impedi-los. Porque tinha adicionado novos recursos, abrangido o escopo do problema e misturado. Eu não pensava em nada mais, até que, finalmente, algo se destacou.

MAYA

DIA UM DE DEZENOVE

Sei lá como este capítulo sobrou para mim. Depois de subir o vídeo, ainda tínhamos muitas horas livres antes da manhã seguinte, quando pretendíamos torná-lo público. Em meio a tanto estresse e preocupação, em meio a tanta tensão, o sono não vinha fácil. Fora que April tinha... se aberto comigo. Ela mostrara sua vulnerabilidade. Também tivera consideração por mim e dissera um monte de coisas que eu mal sonhara que ela pudesse vir a dizer.

Tudo parecia importante demais para só ligar no *Queer Eye* e apagar. Em vez disso, eu me peguei olhando para April enquanto ela olhava para o celular. Seu corpo era ao mesmo tempo diferente e igual. April se movia da mesma forma, mas dava para sentir um novo poder nela. A posição de sua mandíbula não era a mesma. Havia tensão nela, o tempo todo. No espaço reduzido entre suas sobrancelhas, bem onde a pele nova e a pele antiga se encontravam, havia uma ruga que quase nunca sumia.

Tentei não focar demais nas partes novas dela, mas era difícil.

— Tudo bem, pode ficar me olhando — April disse, erguendo os olhos do celular, no qual estivera trocando mensagens. Provavelmente com os pais.

— Você é linda.

— Também sou interessante, eu sei. Fiquei olhando sem parar. Fica menos esquisito com o tempo — ela disse. — Pelo menos um pouco.

Passei os dedos pelo tecido do lado esquerdo da blusa, desde as costelas até o quadril. Era tudo pele nova ali embaixo.

— Consegue sentir? — perguntei.

— É gostoso — ela disse, com a voz tensa, como se morresse de medo de dizer mais alguma coisa.

Aquela decisão era minha. Mas também não era. April nunca tinha me magoado de propósito, o que fazia diferença. Mas ela sabia que ia me magoar, e fora em frente mesmo assim. Eu a tinha visto se destruir em busca de atenção. E ali estava aquela mulher pequena, suave como água, forte como ferro, com o peso do mundo em suas costas o tempo todo, sentada ali, trocando mensagens com a mãe.

Mas não era sua força que eu amava. Não era o quanto tinha crescido, mudado ou como seu rosto estava agora. Eu amava April. A decisão que tomei foi de parar de negar a mim mesma aquele amor, por despeito ou medo. Eu estava cansada de me segurar.

Estendi a mão e a enfiei debaixo da blusa dela, sentindo o ponto em que a pele nova encontrava a antiga em suas costas. Então a puxei para mim.

O gosto era de April.

Fomos devagar, recordando o corpo uma da outra. Eram as melhores partes de algo novo misturadas com as melhores partes de algo confortável. Mesmo a falta de jeito parecia uma dança. Fazia meses que eu caía, e ela havia me segurado.

Depois, senti mais do que nunca que April ainda era April — talvez tivesse aprendido algumas lições, mas ainda era tão corajosa, ousada, inteligente e idiota quanto no dia em que nos conhecemos.

Ela pegou no sono logo, quase como se um interruptor tivesse sido apertado em seu cérebro. Eu não, com a ansiedade que vinha da ameaça da nossa espécie.

Por isso peguei o celular. April era o ícone das redes sociais, mas eu não era imune a uma boa fuçada.

Queria descobrir mais sobre o Altus. E o que descobri foi... muita coisa. O Espaço Premium agora estava aberto a milhares de pessoas, que tinham muito a contar.

Um deles era um YouTuber que jogava videogame superbem e era conhecido por fazer estardalhaço de suas opiniões. Coloquei o fone de ouvido e assisti a um vídeo dele.

— Isso vai mudar tudo — ele disse, com um sotaque britânico claro e autoritário. — É tipo a internet, só que mil vezes mais. Sei que em geral uso o canal pra zoar, mas isso é... — Ele pareceu não ter palavras para expressar. Houve um corte, depois ele continuou: — O Espaço Premium não tem só a ver com o que você pode criar, vender e construir. Eles descobriram um jeito de capturar experiências de outras pessoas e passar na sua cabeça. Você pensa o que elas estão pensando, sente suas emoções, vive dentro do corpo delas. Dá pra entender alguém direitinho. A gente tem procurado uma solução para a polarização que a internet criou, e pode ser isso. Entender de verdade o inimigo talvez signifique não ter mais inimigos. Dá pra imaginar? E não só isso, mas as possibilidades educacionais. Você pode aprender através do entendimento de outra pessoa. Sei que o Espaço Premium por enquanto só está disponível para poucas pessoas, tenho certeza de que eles ainda precisam fazer muitos testes. Nem consigo imaginar como é difícil fazer isso funcionar, mas passei menos de uma hora no Espaço Premium e já mudou a minha vida. Desculpa por este vídeo ser tão curto, mas preciso voltar pra lá. Preciso ver até onde vai.

Fiquei arrepiada. Fiquei pensando em Kurt Butler, um homem que devia achar que não pode mais fazer piada com nada, e se pessoas como ele tentariam me entender, ou se me pediriam, uma vez mais, que eu entendesse pessoas como ele. Podem me chamar de pessimista, mas acho que, se o preconceito pudesse ser resolvido com acesso a informação, já seria coisa do passado. Ódio não tem a ver com falta de compreensão; tem a ver com ódio.

Eu não aguentava de ansiedade.

Pessoas poderosas sempre achavam que tinham a solução. O que não conseguiam ver era que seu próprio poder era o problema. "Se conseguíssemos compreender um ao outro" é um argumento sem sentido porque, mesmo que o Altus nos permitisse realmente compreender uma mente, há bilhões de mentes no mundo, e ninguém teria tempo para tudo isso. E o que impediria as pessoas de visitar apenas as mentes que as deixavam mais confortáveis? Parecia não ter nada de novo ali. Uma vez mais, ninguém ia ouvir.

Olhei para April, que respirava suavemente ao meu lado.

A não ser por ela, pensei.

Estiquei o braço por cima do seu tronco. Ela se mexeu delicadamente sob minha mão e fez um barulhinho. Cara, como eu amo essa garota.

Não pude evitar puxar April para mim com ainda mais força.

— O que mantém a gente juntas? — ela me perguntou.

— Amor — eu disse. — Acho que sempre foi amor.

Então, porque acho que ela era incapaz de se segurar, April disse:

— E nossos braços.

Ri com vontade, e de repente me senti segura.

— April — eu disse, virando para ficar cara a cara com ela. — Quero que seja minha namorada.

— Tá — ela disse. — Te amo.

Simples assim, depois de todo aquele tempo. Eu me apoiei em um cotovelo e quase fiz piada a respeito, mas então vi seus olhos.

— Eu também te amo.

Eu a abracei e ela aninhou a cabeça no meu pescoço. Nossos corpos se colaram, quentes e humanos.

April May
@AprilMaybeNot
Tenho certeza de que vão surgir muitas perguntas, mas, antes de tudo, quero só dizer que é muito bom estar de volta. Um vídeo pra vocês: youtube.com/watch?v=U1dirHGODpM

45,8K 2,3M 8M

Janice Ashby
@PresidenteAshby
@AprilMaybeNot Meu alívio pessoal, e o do país, com essa notícia é imenso. Obrigada, como sempre, por sua voz em... tempos interessantes.

52K 36,9K 658,5K

Tyler Oakley
@Tyler Oakley
@AprilMaybeNot menina! Bem-vinda de volta! Vem pra Los Angeles fazer um vídeo comigo. Comemos uns doces enquanto te atualizo das fofocas.

130 5,1K 23,6K

Francisco
@Fahm90
April May está "de volta", e é claro que fico feliz que ela não morreu, mas acho que tem um monte de perguntas que não estão sendo respondidas e acho que é importante que a gente comece a questionar isso.

4,3K 1,2K 6,5K

Death BoY
@MrDeathLad
Os esquerdistas do Twitter estão fazendo a festa por causa da volta de April, como se ela não tivesse provado exatamente o que é. Todo mundo disse que ela era uma traidora e que talvez nem fosse humana, e agora olha só pra ela. É muita cegueira mesmo.

351 4,3K 16,4K

MAYA

DIA DOIS DE DEZENOVE

Finalmente, depois de muito pensar, conversar e roer unhas, publicamos o vídeo.

O mundo mudou e não mudou ao mesmo tempo.

Fomos inundadas de comentários e tuítes de apoio e amor. Todo mundo, da presidente dos Estados Unidos a Howie Mandel, mencionou April. As respostas diretas eram quase todas de extremo apoio, mas, lá fora, começamos a ver quase imediatamente pequenas demonstrações de frustração e angústia de pessoas que queriam capitalizar com o medo natural que se tinha de April.

A pior coisa nessas pessoas é que em geral elas mesmas não tinham medo; só se aproveitavam do sentimento para chamar a atenção e expandir sua influência. Enquanto aquela tática funcionasse, nunca parariam.

Estranhamente, passamos grande parte daquele dia tentando impedir que o site da pesquisa caísse. Havia um campo na pesquisa em que as pessoas podiam nos enviar seu e-mail (permitindo que escrevêssemos para elas se quiséssemos). Fazíamos algumas perguntas básicas sobre o que as preocupava ou com o que tinham dificuldades. Também levantávamos uma pergunta mais geral: "O que você acha do Altus?". Essa pergunta se tornou... importante.

Além da internet, também vínhamos recebendo uma enxurrada de mensagens de texto. April já tinha concordado em chamar Robin para voltar a gerenciar sua vida. Todo tipo de veículo de imprensa queria algo dela. Uma entrevista, um comentário, um fio de cabelo. A maioria dos pedidos tinha sido simplesmente negada ou April tinha sugerido que falassem com Andy sobre o Espaço Altus.

Robin tinha apontado, com razão, que em geral as pessoas topam fazer comentários e aparecer na TV para poder passar sua mensagem. Só que, no momento, April não estava tendo nenhuma dificuldade em passar sua mensagem sozinha. O plano então era esperar, responder com cuidado a comentários positivos na internet e IGNORAR TODO O RESTO. No nosso tempo livre, desfrutávamos do apartamento ridículo do sr. Crane, víamos Netflix, líamos Agatha Christie, divulgávamos com cuidado informações certeiras que pudessem enfraquecer o Altus e mergulhávamos fundo nas respostas da pesquisa.

Só que tínhamos respostas demais. Mesmo com o site fora do ar na maior parte do primeiro dia, tínhamos literalmente milhões de respostas para avaliar. Não importava que filtro usássemos: não havia jeito de lidar com aquilo.

April e eu discutíamos isso em volta da bancada de mármore preto que havia na cozinha quando Carl entrou e nos ouviu.

— Façam uma busca — o macaco disse.

— Demora uma eternidade, e não sabemos o que buscar — April respondeu. — É só um monte de dados idiotas. A maior parte do que é útil está nas respostas discursivas, que são impossíveis de analisar.

O macaco produziu um silvo baixo vindo da garganta, que concluí que devia ser uma risada.

— Não, com a sua mente. Você tem esse poder, mas quase não usa.

— Porque dói — eu disse, defendendo April.

— Não é por isso — ela respondeu, com cautela. — É só que... me lembra de que... estou diferente.

— April, você está diferente independente de utilizar isso ou não — Carl disse.

— Mas o que eu buscaria?

— Você tem acesso a todo o meu poder de processamento. Pode pedir o que quiser. Meus sistemas vão processar para você.

— Quê? — April disse, incrédula. — Achei que eu só recebia dados.

— Não! Nossa, não, um sistema coleta e devolve o que você pedir.

— Posso fazer perguntas não específicas?

— Claro. Não subestime minha inteligência!

Falar com um macaco tinha se tornado estranhamente normal, mas falar com Carl, não.

— Não sei como essa coisa toda funciona!

Eu compartilhava da frustração dela. Morávamos com Carl havia semanas, por que aquilo não tinha sido mencionado?

— O que você quer saber?

— Quero saber o que as pessoas não gostam no Altus.

— Certo, é um exemplo de uma pergunta que não restringe o escopo de forma eficaz. — O macaco coçou o queixo. — Que tal: "Preciso de um resumo das principais preocupações que as pessoas têm em relação ao Altus?".

— Vai funcionar? — perguntei, perplexa.

— Eu sou capaz de *prever o futuro* — Carl disse, como se eu estivesse sendo boba.

Olhei para April, que estava de olhos fechados. De repente, sua mandíbula ficou tensa e sua cabeça se inclinou para o lado.

— Puta merda — ela disse.

— Quê?

— Bom, sei por que as pessoas não gostam do Altus. Quer dizer, pelo menos as pessoas que responderam à pesquisa. Puta merda. Sei mesmo.

— E?

— Sessenta e seis por cento das pessoas citaram preocupações econômicas, trinta e sete por cento, preocupações sociais, tipo alguém próximo que ficou viciado, trinta e dois por cento, preocupações com a desigualdade de acesso, doze por cento citaram preocupações de que o Altus possa exacerbar a "polarização".

Tentei abrir um Google Docs para começar a anotar as coisas, mas não consegui.

— Acho que a internet caiu.

— Sim — Carl respondeu. — Acontece às vezes, no caso de consultas maiores. Logo deve voltar.

— Então era *mesmo* você — eu disse, pensando nos apagões da internet no sul de Nova Jersey.

Para qualquer pessoa que sabia como a internet funcionava, a pesquisa devia parecer um pouco premeditada. Estávamos reunindo e-mails e informações sobre as pessoas. Aquilo seria útil mesmo que só quiséssemos vender camisetas. Mas, na verdade, a coisa acabou se mostrando muito mais fria e calculista do que pretendíamos.

Conseguimos dividir as pessoas em grupos e criar mensagens diferentes para cada um deles. Pessoas que se preocupavam com seus entes queridos receberam um e-mail; pessoas que se preocupavam com desigualdades sociais receberam outro.

Depois demos um passo além. April conseguiu elaborar uma lista das pessoas mais incomodadas com cada questão, e criamos um chat privado para que elas se organizassem. Recorremos a alguns dos meus contatos no Som para ajudar na moderação e na mobilização. Eles iam experimentar novos tuítes e postagens, promover as ideias uns dos outros, curtir seus tuítes, dar apoio emocional, elaborar mensagens e se juntar quando as pessoas estivessem sendo particularmente idiotas quanto ao Altus.

Em menos de uma semana, usando apenas dados da pesquisa, moderadores treinados e uma ferramenta de análise de inteligência artificial sobre-humana, nos tornamos agentes políticos. Estávamos organizando um exército de contas de redes sociais para influenciar a opinião pública, assim como o governo russo fazia, embora fôssemos apenas duas mulheres que não podiam sair do apartamento. E fizemos tudo isso em absoluto segredo.

TRANSCRIÇÃO PARCIAL:

PODCAST *RADAR DAS STARTUPS*, COM RANDALL BOLT

Randall Bolt: Hoje, vamos falar sobre o Laboratório Altus, que acabou de fazer um anúncio que vai abalar não apenas as redes sociais, mas toda a economia. O Altus recentemente cresceu em alguns bilhões de dólares, depois de ter sido avaliado em QUINHENTOS BILHÕES DE DÓLARES. Nunca uma empresa privada foi tão valiosa ou cresceu tão depressa! O Facebook precisou de DOZE ANOS para chegar a quinhentos bilhões de dólares. O Altus fez o mesmo em MENOS DE UM ANO! Mas isso é notícia velha! E tenho que ser sincero com vocês: entender a notícia do momento não é fácil para um velhote como eu. Por isso, hoje vamos receber ninguém menos que Andy Skampt, amigo de April May e um dos primeiros a entrar no Espaço Altus Premium. Andy, obrigado por ter vindo hoje. Em primeiro lugar, como foi quando você descobriu que April estava viva e bem?

Andy Skampt: Como você deve imaginar, fiquei chocado, mas também foi um alívio enorme. É uma ótima notícia para o mundo e, sinceramente, estou muito feliz de ter minha amiga de volta.

RB: Mas não foi sobre isso que você veio falar. O que achou do novo anúncio do Altus?

AS: Bom, se me permitir uma correção, o Altus na verdade fez três anúncios muito importantes, quase simultaneamente.

RB: À vontade, por favor!

AS: Em primeiro lugar, a abertura do Espaço Altus Premium para mais de um milhão de pessoas. É preciso lembrar que, poucas semanas atrás, o Espaço Premium estava envolto em mistério e disponível apenas para um público muito seleto, incluindo eu. Muito foi dito sobre o Espaço Premium, mas, como alguém que passou um bom tempo ali, posso garantir que realmente vai mudar o mundo.

RB: Antes de chegar à segunda notícia, explique uma das maneiras como o Espaço Premium é revolucionário.

AS: Ah, isso é fácil. Imagine ser capaz de aprender a tocar piano literalmente dormindo. Sem exagero.

RB: Certo, bom, quem não está no Espaço Premium ouve esse tipo de coisa e simplesmente conclui que é só marketing. É bom demais para ser verdade.

AS: É verdade.

RB: Bom, isso nos leva ao segundo anúncio. Aquilo que eu preciso que me explique, porque não entendi direito por que é tão importante.

AS: Bom, você sabe que algumas empresas privadas desejam possuir seu próprio sistema monetário, dissociada dos sistemas internacionais.

RB: Sim, e tem sido uma confusão. Os governos não gostam, e como vimos no caso do Bitcoin, pode até ser um investimento arrojado, mas não funciona muito bem como moeda. É fácil demais de manipular. Volátil demais.

AS: Aí é que está: no momento, se você quiser aprender piano enquanto dorme ou fazer qualquer outra coisa além de produzir itens, é preciso pagar ao Altus. E o Altus só aceita AltaCoins. Até esta semana, o único jeito de conseguir AltaCoins era direto com o Altus. Eles próprios criaram uma reserva. Só que, com esse estoque limitado, o valor da moeda tem subido. Tudo vai ficando mais caro e as pessoas começam a estocar. Só que agora o Altus abriu a possibilidade de mineração de AltaCoins a qualquer um que tenha óculos de realidade virtual.

RB: Essa é a parte que eu não entendo. Para minerar criptomoedas, não é preciso de computadores de alto nível, capazes de fazerem contas complicadas?

AS: Tecnicamente, a AltaCoin não é uma criptomoeda. Na verdade, ainda não está muito claro o que é ou como deve ser chamada. Mas agora você pode comprar no mercado ou minerar dentro do Acesso Livre. Basicamente, é só entrar no Espaço Altus e selecionar mineração. Aí vai dormir e de manhã vê o que conseguiu.

RB: Então é só dormir para minerar essas moedas?

AS: É mais ou menos isso. Você extrai um valor base por minuto, mas de vez em quando encontra uma moeda inteira, que hoje vale uns cinquenta dólares. Espero que essa venha a ser uma maneira de tornar o Espaço Altus mais acessível, porque, no momento, é uma plataforma que detém muito poder, e portanto não deveria estar disponível apenas para pessoas privilegiadas como eu.

RB: Mas a pessoa ainda precisa ter um óculos de realidade virtual 8k.

AS: Pois é. Isso é um problema real.

RB: E não acaba aí? Tem uma terceira coisa?

AS: Exato. Bom, é um pouco esquisito, e ainda não vi sendo de fato usado, mas o Altus tem capturado experiências e colocado à venda desde o início do Espaço Premium, só que agora disseram que, com a ajuda de um dispositivo, um dispositivo caro, é possível capturar suas próprias experiências e colocá-las à venda.

RB: Me corrija se eu estiver errado, mas você está dizendo que posso comprar um equipamento, capturar minha experiência com, vamos dizer, gravação de podcast, e depois vender pra que as pessoas possam… o que exatamente?

AS: Para resumir, as pessoas experimentariam aquele momento exatamente como você. Teriam os mesmos pensamentos e sentiriam como é ser você.

RB: Hum, acho que eu passo.

AS: (risos)

RB: Você acha que, com essas mudanças, o Altus ainda vale quinhentos bilhões de dólares?

AS: Não sou banqueiro, Randall, mas imagino que o Altus valha muito mais do que isso.

ANDY

DIA QUATRO DE DEZENOVE

Que lição aprendi destruindo meu primeiro relacionamento amoroso verdadeiro desde... talvez sempre? Nenhuma. Porra, eu estava viciado no Altus. Desisti da minha missão de tentar ser universalmente adorado e adorável e me repaginei total.

Eu ia ser o Cara do Altus. As pessoas iam me procurar para dar opiniões sobre o Altus, o que era bom, porque, quando chegasse a hora de derrubá-los, transformá-los, ou fazer com que fossem um pouco menos vilões, eu estaria em uma posição de grande influência. Ou pelo menos era o que dizia a mim mesmo.

Todo veículo de imprensa no mundo implorava por especialistas no Altus. Eu tinha ocupado o buraco deixado por Carl no centro do interesse cultural, e era alguém que as pessoas reconheciam e em quem confiavam, além de ser bastante articulado. Robin marcava participações minhas em programas de TV, de rádio e podcasts sempre que eu queria.

— *Slainspotting*? — Jason me perguntou assim que entrei, voltando de uma entrevista em um telejornal matinal.

— Estou acabado — eu disse a ele. Fazia duas semanas que não gravávamos.

— Vai tomar no cu — ele disse, e não de um jeito simpático.

— Nossa. Desculpa, cara, mas é que as coisas andam muito movimentadas.

— Não para mim.

— Como assim?

Jason estava possesso. Eu não andava lhe dando muita atenção, mas agora que parei para olhar, ele não parecia bem. Estava com a barba por fazer, o cabelo ensebado, e uma camiseta velha e suja.

— O que está rolando? — perguntei.

— Ele notou! Finalmente! Somos todos testemunhas de que Andy Skampt notou alguma coisa além de si mesmo!

— Credo, cara, por que você está sendo babaca assim?

— Ah, não sei, talvez porque, tipo, eu e metade dos meus colegas de trabalho fomos demitidos há duas semanas e, esse tempo todo, você não me perguntou uma única vez como eu estava.

— Que merda — eu disse, refletindo a respeito.

Ele não estava errado. Tínhamos conversado, claro, mas com o desastre com Bex, a volta de April, o Thread e o Altus... Pensei em tudo aquilo, e ou eram coisas que eu não podia contar a ele, ou eram péssimas desculpas.

— Sinto muito, Jason. Mas você está bem, né? Tipo, não precisa do salário nem nada.

Ele se levantou da cadeira à mesa da cozinha.

— Sabe, às vezes você é um puta de um cretino.

Jason pegou a jaqueta e saiu de casa, batendo a porta.

Eu não tinha tempo para lidar com aquilo. Me sentei e abri o computador para dar uma olhada no Thread.

A única pessoa no Thread que sabia quem eu era continuava sendo Um, que conversava cada vez mais comigo.

Doze: O que acha do Altus?

Um: Ah, sei lá... Acho que é a manifestação inevitável do mais puro capitalismo desumano. Posso imaginar o dia em que acumulará tanto poder que mesmo as consequências não intencionais de suas ações terão efeitos devastadores na sociedade.

Doze: Ah, só isso?

Um: Hahaha. Não. Nem entrei no que pode ser feito com esse poder se for usado intencionalmente para controlar as pessoas.

Um: Você não se importa de levar essa vida dupla? Deve ser desagradável.

Doze: Ao contrário. Meio que adoro.

Um: Como assim?

Doze: Não acho que seja totalmente saudável, mas a sensação é boa. Gosto de estar ganhando credibilidade em segredo. De ter um plano do qual ninguém sabe.

Um: É um tipo de poder. Você sabe coisas que o resto do mundo não sabe. Está contando uma mentira que ninguém pode descobrir.

Doze: Isso. E mais. Se você tenta viver do jeito certo e fazer o bem, tudo é meio lento, complicado, assustador. Mas se você só tem uma meta, pode fazer o que quiser.

Passou um tempinho sem que Um respondesse, então acrescentei:

Doze: Não importa o que as pessoas acham de mim. Estou fazendo o que é necessário. Se as pessoas me odeiam por isso, paciência.

Um: Seu propósito mudou.

Doze: Como assim?

Um: Seu propósito costumava ser fazer as pessoas gostarem de você e ter um efeito positivo nelas. Isso é paralisador, porque alguém sempre vai odiar uma pessoa com o seu poder. Você sempre vai machucar as pessoas sem querer. Agora seu propósito é seguir o plano. Seu propósito é ser um líder respeitado no assunto Altus, para poder virar casaca no momento certo.

Doze: Sim, sim. É exatamente isso. Mas não só isso, acho. Se vamos realmente encarar a escuridão aqui, acho que é importante reconhecer que também gosto de poder me entregar ao poder. Ainda que esse novo propósito tenha sido o que me abriu a porta, do outro lado dela tem uma desculpa para fazer exatamente o tipo de coisa que me dá mais poder.

April tinha toda a razão quando disse que só dá para fingir ser alguém por certo tempo até se tornar essa pessoa. Eu suportava todas as reações negativas que recebia, cada vez mais convicto de que estava fazendo a coisa certa. O plano se alinhava com meus desejos. Mas, ainda assim, às vezes sentia uma dorzinha na consciência.

Shayla
@Notshaylan
Não entendo como @AndySkampt pode ser tão defensor do Altus. Tem mil motivos pra ser cauteloso e cético em relação à empresa e ao que está fazendo. Parece que ele está traindo tudo o que defende. Ou defendia, acho.

1,8K 2,2K 5,9K

Rose
@ARYwords
.@AndySkampt passou de tolinho zeloso a fã número 1 do Altus no meio segundo que levou para achar um negócio interessante. Só prova que nada disso é uma questão de princípios, e sim de preservar o próprio poder.

59 390 659

Os tuítes magoavam porque eu queria gritar que aquilo tudo era parte de um plano e que as pessoas estavam sendo maldosas com alguém que na verdade estava do lado delas. Tinham recebido muitas curtidas e sido amplamente compartilhados. Eles também me magoavam porque estavam certos. Eu amava o Espaço Altus para caralho.

Havia outra categoria de tuítes que me atingiam com tudo. Eis duas versões dela, uma de cada lado:

Gordon Bank

@BLHgordon

Adoro que @AndySkampt finalmente tenha se livrado do domínio de @AprilMaybeNot e se tornado um grande fã do maior crítico dela. April sempre foi uma fraude, e está claro que agora Andy sabe disso.

200 1,2K 4,9K

Blank

@BlankenshipKansas

Ei, @AndySkampt, não vai dizer nada sobre o fato de estar promovendo publicamente um produto do cara que quase matou sua melhor amiga? Ou vai agir como um grande covarde?

306 5,5K 10,7K

As perguntas diretas eram as piores. Os policiais devem saber disso, porque quando alguém te faz uma pergunta é muito, muito difícil não responder. E é ainda mais difícil quando as pessoas desenterram tuítes antigos para colocá-los lado a lado com tuítes novos, e você não pode explicar a discrepância. Aí outras pessoas notam a discrepância e começam a curtir, retuitar e fazer *mais* perguntas. Elas veem que você fica em silêncio de novo, e seu silêncio parece uma resposta. É uma tática de interrogatório extremamente eficiente, e a maior parte das pessoas acaba reagindo, ou pedindo desculpas em meio às lágrimas ou contra-atacando com fúria.

É por isso que essas chamadas no Twitter costumam terminar tão mal. Um pedido de desculpas nunca é o bastante (e provavelmente não deveria ser mesmo), então o que as pessoas estão pedindo é que alguém entregue todo o seu poder voluntariamente sem um propósito claro. Pessoas boas fazem isso de fato. Mas as piores partem para o ataque, de modo que suas comunidades recebem uma dose de discurso de vitimização direto na veia.

Por isso minha resposta à controvérsia havia mudado. Vamos rever alguns tuítes.

Shayla
@Notshaylan
Não entendo como @AndySkampt pode ser tão defensor do Altus. Tem mil motivos pra ser cauteloso e cético em relação à empresa e ao que está fazendo. Parece que ele está traindo tudo o que defende. Ou defendia, acho.

Andy Skampt @AndySkampt
@Notshaylan Essa é a maior ferramenta que já foi criada. Não vai apenas mudar a maneira como aprendemos, mas a maneira como entendemos um ao outro. Não estou traindo nada.

🗨 109 🔁 392 ♡ 1,3K ⇧

Rose @ARYWords
Resposta a @Notshaylan
.@AndySkampt passou de tolinho zeloso a fã número 1 do Altus no meio segundo que levou para achar um negócio interessante. Só prova que nada disso é uma questão de princípios, e sim de preservar o próprio poder.

Andy Skampt @AndySkampt
@ARYWords Sei que o costume da internet é destruir as coisas que estão tentando fazer algo construtivo, mas não precisa ser tão má.

🗨 59 🔁 483 ♡ 1,3K ⇧

Andy Skampt @AndySkampt
Alguém pode dizer a Gordon que estar interessado na mais importante inovação desde a criação da escrita é diferente de estar contra minha melhor amiga?

> **Gordon Bank** @BLHGordon
> Adoro que @AndySkampt finalmente tenha se livrado do domínio de @AprilMaybeNot e se tornado um grande fã do maior crítico dela. April sempre foi uma fraude, e está claro que agora Andy sabe disso.

598 5,9K 12,5K

Andy Skampt @AndySkampt
Olha só esse cara achando que entende meu relacionamento com minha melhor amiga mais do que eu mesmo. Vai se foder.

> **Blank** @BlankenshipKansas
> Ei, @AndySkampt, não vai dizer nada sobre o fato de estar promovendo publicamente um produto do cara que quase matou sua melhor amiga? Ou vai agir como um grande covarde?

1,6K 15,9K 131,8K

É assim que se vence. Sem recuar um único centímetro. Nunca. Cada um daqueles tuítes receberia mais atenção se eu os respondesse, mas, ao responder, eu os transformava em conteúdo para angariar mais público.

Então, sim, Um tinha razão. Minha relevância tinha mudado. Antes, eu era relevante porque tinha dinheiro, porque as pessoas gostavam de mim e talvez porque eu tentava ser bom e gentil.

Eu queria que as pessoas compreendessem que somos parte de uma espécie no geral péssima, mas que a maior parte das pessoas é bem legal.

Só que aquilo tinha acabado. Eu não queria mais ajudar as pessoas, por pior que pudesse parecer. Altus era uma nova onda na qual eu podia surfar, com a vantagem de ser parte de uma estratégia para fazer algo enorme e hipotético acontecer... algo que eliminaria o próprio Altus. Fora que a interação com meus tuítes tinha aumentado duzentos por cento, e eu falava em telejornais e podcasts todos os dias.

Eu nunca poderia ter feito tal coisa com meu antigo propósito. Um mês antes, quando as pessoas ficavam bravas comigo, eu fazia todo o possível para resolver. Tinha longas conversas no Twitter com desconhecidos só para tentar entender a verdadeira fonte do conflito. Eu ouvia bem mais do que falava.

Agora, controvérsia era algo bom. Drama era algo bom. Eu queria me posicionar claramente na defesa do Altus, ainda que uma parte de fazer isso de forma autêntica fosse mantendo certo número de críticos. Daquele novo ponto de vista, ser adorado parecia a coisa mais chata, triste, egoísta possível. Meu objetivo agora era ajudar a controlar, a derrubar e (quem sabe?) talvez até um dia assumir o controle da invenção mais importante da história humana. Que importância tinha as pessoas *gostarem* de mim?

Aquilo também me deixava muito isolado. Eu queria reconquistar Bex, mas ela tinha sumido. Mandei um belo pedido de desculpas depois da minha cagada. Vou achar aqui.

> **Andy:** Bex, essa deve ter sido a coisa mais desrespeitosa que já fiz na vida. Sinto muito mesmo. Não vou inventar nenhuma desculpa. Se um dia quiser tomar um café comigo para ver se de alguma maneira posso te compensar pelo que fiz, me fala.

Uma hora ela acabou me respondendo.

> **Bex:** Obrigada pela mensagem. Ando ocupada, mas te aviso.

Me pareceu que ela estava fechando a porta definitivamente. Eu disse a mim mesmo que não tinha importância. Não queria mesmo namorar agora. Andava estressado e totalmente focado. Quando não estava no Espaço, estava no Thread.

E ambos pareciam um ótimo uso do meu tempo. No Espaço, eu podia aprender, viajar e ouvir os pensamentos de desconhecidos, tudo isso *em vez de dormir.* Eu estava aprendendo *espanhol* — entrar na cabeça de um falante nativo era revolucionário. Fazia só uma semana que eu havia começado, e já era capaz de assistir a uma série dramática passada em um navio nos anos 1940 quase sem olhar as legendas, mesmo os personagens falando rápido pra caralho.

Sem dúvida minha produtividade havia explodido. O Espaço Altus era mesmo uma ferramenta incrível. Seria tão bom se fosse bem utilizado e todo mundo tivesse acesso a ele... Eu meio que adorava aquilo. Meio que queria protegê-lo. Mas meu objetivo era destruí-lo. Né?

Bom, só dá para fingir ser alguém por certo tempo até se tornar essa pessoa.

MAYA

DIA SETE DE DEZENOVE

Andy vinha a cada dois dias para ver como estávamos e trazer comida. Hoje, ele trouxe uma bicicleta ergonômica chique, porque não importa quão fantástico é o apartamento em que você mora, é péssimo ficar semanas seguidas sem sair dele. Cada vez que Andy aparecia, tinha uma aparência pior. Ele sempre foi magro, e agora parecia ter perdido ainda mais peso. Conversamos um pouco sobre o Altus enquanto ele tirava a bicicleta da caixa.

— *O sea, es todo lo que dicen ser. Si acaso, es más* — ele falou.

— Você está falando espanhol? — perguntei.

— Eu disse que talvez o Altus seja ainda mais do que dizem ser... Ou acho que disse? Provavelmente não saiu direitinho, ainda estou aprendendo.

— Então agora você fala espanhol?

— *Básicamente* — ele disse.

— Caralho — April disse do sofá, de onde nos observava.

— E nem sei se isso é o máximo que o Altus é capaz de fazer. Estar dentro da mente de um falante nativo é... — Ele não era capaz de explicar. — Tipo, realmente compreender o que outra pessoa pensa...

— Afe.

Revirei os olhos.

— O que foi? — Andy perguntou.

— Nada.

— Não, tipo, se não estou enxergando alguma coisa, me fala.

— Tá, eu ainda não fiz isso, mas como é estar dentro da cabeça de alguém que é como você, tipo, passar pela experiência de outro cara branco de vinte e poucos anos, em comparação com a experiência de estar na cabeça de alguém totalmente diferente?

— Bom, tipo, dá trabalho. Dá muito trabalho estar na cabeça de outra pessoa. Nem sempre as coisas fazem sentido. Principalmente quando se trata de uma pessoa diferente, tipo, mais velha ou de outro país. Aí com certeza dá mais trabalho. Mas vale a pena.

— Acredito nisso no seu caso, mas não acho que a maior parte das pessoas vai se dar ao trabalho. O Altus não parece ter sido pensado para fazer as pessoas se esforçarem mais. Acho que a maioria vai descobrir sua zona de conforto e não vai sair dali, assim como a gente vem fazendo nos últimos cem mil anos de humanidade.

Andy parecia meio incomodado, como se eu tivesse dito que ele não tinha direito a dar uma opinião porque era branco demais. Isso eu até entendia. Mas então ele foi além.

— Por outro lado, nós melhoramos nesses cem mil anos. O Altus pode ser parte disso.

April parecia meio nervosa com aquela conversa. Eu ainda não havia falado a respeito de tudo aquilo com ela. Provavelmente deveria ter parado ali, mas não consegui.

— Pode ser — eu disse. — Mas quão popular você acha que vai ser a experiência de uma pessoa negra pensando coisas horríveis sobre pessoas brancas? Porque, não sei se você notou, mas algumas pessoas brancas gostam muito de encontrar maneiras de se fazer de vítima.

Andy apertou os lábios e olhou em volta.

— Entendo o que quer dizer — Andy falou. E acho que ele entendia mesmo, mas também acho que ele considerava que toda aquela merda social complicada às vezes só servia de obstáculo. Mas Andy não ia dizer aquilo para mim.

Fui especialmente legal com Andy pelo resto da visita dele, porque, você sabe, era o que eu tinha que fazer, imagino.

April e eu estávamos sentadas no sofá depois que ele já tinha ido embora, organizando nosso exército de ativistas das redes sociais. Carl se aconchegava ao lado de April.

— Eu não tinha pensado em nada daquilo antes de você tocar no assunto — ela disse. — Tipo, é claro que imaginei que o Espaço ia causar mais desigualdade, porque algumas pessoas não têm acesso a ele, seja por falta de grana ou por causa da desarticulação corporal. — April refletiu por um minuto, depois continuou: — Mas você tem razão. As pessoas só vão compartilhar coisas que confirmem sua ideologia, e essas coisas sempre vão existir. Nossa realidade não tem a ver com o que é real, mas com aquilo a que damos atenção.

O ÂNCORA DA CNBC, STEPHEN JACOBS, ENTREVISTA A ESTRATEGISTA DE INVESTIMENTOS LINDSAY MCALLIS

Stephen Jacobs: Quem veio participar do *Revelações do Mercado* de hoje é Lindsay McAllis. Lindsay, uau, que dia, não? Tudo caindo, com uma única exceção. O que um investidor pode fazer num momento como esse? Já estávamos em recessão, uma queda assim é impensável. O mercado voltou aos anos 1990. É hora de comprar?

Lindsay McAllis: Stephen, nenhum gerente de ativos quer ser responsável por criar pânico, mas agora talvez seja mesmo hora de entrar em pânico. Não temos dados granulares no momento, mas nossa pesquisa anterior indica mau desempenho em todas as métricas. A confiança do consumidor caiu, o padrão de consumo diminuiu, o desemprego subiu e, pior, a taxa de ocupação da força de trabalho despencou. E acho que ainda estamos bastante distantes do fundo do poço.

SJ: Isso não é pouca coisa considerando que já estamos sessenta por cento abaixo do pico.

LM: Os ativos estão indo para dois lugares: metais pesados e criptomoedas. Quando se trata de criptomoedas, em grande parte estamos falando de AltaCoins. Essa não é uma reestruturação normal. Não se trata de supervalorização, uma vez que já estamos em recessão. Não, acho que o mercado está acordando para o fato de que pode ser o fim do velho mundo. As pessoas que estiveram no Espaço Altus Premium concluem que uma parcela bastante significativa da economia americana vai se dar apenas dentro da empresa. E, como ela não tem ações públicas, o único modo de capitalizar nessa alta sem recorrer ao mercado privado é com AltaCoins. A moeda subiu quinhentos por cento, Stephen, e desta vez não acho que se trate de uma bolha. As pessoas não precisam gastar dinheiro se passam a vida inteira dentro do Altus. Na verdade, a bolha talvez seja o restante da economia.

APRIL

DIA NOVE DE DEZENOVE

Foi então que nossa campanha para prejudicar a imagem pública do Altus começou a pegar fogo. Já havia muita gente brava com o Altus antes. Algumas pessoas que entendiam a sociologia do Altus e se preocupavam, e outras que tinham perdido amigos ou familiares para o vício no Altus ou mesmo para o número cada vez maior de mortes relacionadas. Mas, para realmente voltar a opinião pública contra algo, é preciso atingir a economia. Conforme o Espaço Premium era liberado para centenas de milhares e depois milhões, as pessoas se apressaram a minerar AltaCoins, em detrimento de praticamente todo o resto. As demissões explodiram, alguns fundos de aposentadoria caíram setenta por cento. O irmão de Carl não se importava — ansiedade econômica só tornava mais fácil manipular as pessoas. Elas podiam odiar o Altus o quanto quisessem. Empresas não fecham porque as pessoas não gostam delas.

Mas estávamos esperando que a opinião pública pudesse ser uma parte da solução. Por isso, contratamos uma empresa para fazer uma sondagem — para ligar para as pessoas e perguntar sua opinião sobre o Altus. Todo dia, víamos um aumento no número de pessoas com uma visão negativa da empresa, incluindo muitas que usavam o Altus.

A maré estava virando; infelizmente, o Altus tinha um navio grande, que estava bem adiante no mar.

DIA DOZE DE DEZENOVE

Tivemos um vislumbre de algo lindo por um momento. Por insistência de Robin e Maya, não tuitei nada além de respostas ou links o tempo todo que ficamos naquele apartamento. Se eu quisesse dizer algo, tinha duas possibilidades.

1. Podia fazer um vídeo, o que eu fiz, mas só algumas vezes.
2. Podia fazer um podcast.

Podcasts eram bons porque duravam bastante. Quando você dava uma entrevista para o rádio ou para a TV, precisava resumir tudo o que pensava em cinco ou dez minutos. Eram só os pontos de destaque, sem qualquer nuance. Podcasts tinham tempo. Dava para refletir junto com o apresentador, de uma maneira que parecia natural.

Fiz alguns podcasts, marcando ligações criptografadas para que ninguém pudesse nos rastrear, embora aparentemente Carl fosse capaz de nos proteger daquele tipo de coisa.

Em público, eu me colocava da forma mais calma e menos controversa possível. Sim, eu dava algumas indiretas sobre como o Altus deixava as pessoas mais ansiosas e isoladas, mas não dizia nada combativo. Deixava aquilo para o exército que tínhamos criado.

E, em muito pouco tempo, ele tinha se tornado extremamente poderoso.

Havíamos conseguido dividir as pessoas em quinhentos grupos de umas cem pessoas cada, com preocupações e características similares. Uma pessoa de cada um desses grupos era eleita como representante em um comitê central. Havia cerca de trinta comitês centrais, cada um dos quais mandava um representante para o chat de liderança.

Eu e Maya só falávamos diretamente com esse grupo. Cada uma daquelas trinta pessoas representava mais ou menos três mil outras, considerando o total de noventa mil pessoas do nosso pequeno exército. Eles eram os noventa mil indivíduos mais dedicados e preocupados, e com menor propensão de nos trair, entre os mais de cinquenta milhões que tinham respondido a nossa pesquisa.

Sei que noventa mil pessoas não parecem muita coisa, e não é mesmo. Mas, se estiverem organizadas e trabalharem juntas, podem fazer coisas pequenas parecerem grandes ou coisas grandes parecerem pequenas. Podem enfraquecer discussões e abafar a discórdia.

E estava funcionando.

A maré estava virando contra o Altus. E o fato de o mundo parecer a porra de uma distopia sinceramente ajudava. Assim que se tornou possível ganhar um bom dinheiro no Altus, algumas pessoas simplesmente largaram seus trabalhos. Alguns, desesperados atrás do mesmo sucesso que os primeiros usuários tinham encontrado, cortavam onde podiam para aumentar seu número de AltaCoins. Aparentemente, isso incluía deixar de pagar o aluguel e às vezes até morar na rua, mantendo os óculos de realidade virtual presos com correntes de metal ao pescoço.

O Congresso estava investigando o Altus e investigando leis que poderiam ser promulgadas para restringi-lo, mas esbarravam nos limites de seu próprio poder.

Não se tratava de uma empresa americana, já que estava baseada em Val Verde, e dava tanto dinheiro ao governo local que a pressão internacional não surtia qualquer efeito. Parecia cada vez mais que Altus tinha *se tornado* Val Verde. Forçar a empresa a cumprir leis começava a parecer tão difícil quanto forçar outra nação a fazê-lo.

TRANSCRIÇÃO PARCIAL:
PODCAST *CAMINHE COM A GENTE*

Adam DiCostanzo: Este é o podcast *Caminhe com a gente*. Eu converso com gente interessante e você faz uma caminhada. Mal conseguimos acreditar que nossa convidada de hoje concordou em falar com a gente. É April May. Em geral, faço uma introdução aqui, mas todos vocês sabem quem é April May. Na verdade, é muito mais provável que não saibam quem *eu* sou. Meu nome é Adam. Tenho um podcast em que entrevisto pessoas enquanto os ouvintes fazem uma caminhada, ou pelo menos é o que eu gostaria. Talvez sozinhos, talvez com alguém de quem gostem ou até amem, talvez com alguém que acabaram de conhecer. É cafona, eu sei, e não é um podcast particularmente popular, então acho que minha primeira pergunta tem que ser: bom, April, por que foi que você quis vir ao meu pequeno podcast?

April May: Porque gosto dele! Está tudo muito intenso no momento. E assustador. Todo mundo está cheio de opiniões. Mas você só pede às pessoas... seus ouvintes, seus convidados, até você mesmo... você só pede que as pessoas ouçam, que diminuam o ritmo. Não sei se estamos ouvindo o bastante ultimamente, por isso tenho tentado ouvir mais. Foi por isso que vim ao seu programa. Quero que mais pessoas ouçam.

AD: Bom, sou muito grato pelo seu tempo e por essas palavras, de verdade.

— Por que o Altus é tão perigoso? — Maya me perguntou uma manhã, enquanto ouvíamos ao álbum da Lily Allen que minha mente havia botado para tocar no sistema de som de Josh Crane e organizávamos nosso exército de agentes da resistência.

— Bom, você mesma apresentou vários argumentos válidos — eu disse. — Desigualdade, polarização, colapso econômico completo.

— Mas já passamos por todas essas coisas. — Ergui o rosto e vi que as sobrancelhas dela estavam franzidas. Maya estava mesmo preocupada com aquilo. — Por que Carl tem tanta certeza de que vamos nos destruir? Por que não nos diz o que acha que é tão assustador?

Parecia que já tínhamos discutido aquilo, mas, em retrospecto, talvez não fosse o caso. Odeio dizer isso, mas às vezes eu simplesmente acreditava em Carl. Maya era mais propensa a preocupações.

— Bom, a gente não perguntou — eu disse. Então gritei: — Ô, CARL!

Estávamos nos acostumando a nossa nova vida, o que incluía agir um pouco como se Carl fosse apenas uma pessoinha com quem dividíamos o apartamento. Em segundos, elu entrou no cômodo e disse:

— Querem perguntar alguma coisa?

Maya hesitou um pouco antes de dizer:

— Isso. Tipo, por que o Altus é tão importante? Por que é a chave de tudo?

— Vocês sabem o que é um panóptico? — Carl perguntou em resposta.

Eu não sabia. Mas Maya disse:

— Aquele negócio da prisão em que todas as celas podem ser observadas de uma torre central, fazendo com que todos os prisioneiros precisem se comportar porque nunca sabem se estão sendo observados. Virou, tipo, uma metáfora para a vigilância perpétua. Se todo mundo está sendo observado o tempo todo, ninguém quebra as regras.

— Exatamente — Carl disse. — Mas o erro que vocês, humanos, cometem é achar que essa história é nova. Vocês sempre agiram como se estivessem sendo observados, porque sempre estiveram. A mente humana foi construída para agir tanto como um ator interno quanto como um observador externo. Ela tem uma ideia de como seria uma vida correta.

Vocês comparam cada decisão tomada com essa ideia. Precisam fazer isso. O panóptico é interior.

— Mas o tempo todo fazemos coisas que a sociedade não espera de nós — eu disse. — As pessoas rompem com a noção binária de gênero, enfrentam a polícia, fumam maconha. Desafiamos a cultura o tempo todo.

— Exatamente — Carl disse, com aparente satisfação. — Mas vocês *sabem* que estão fazendo isso. Às vezes, fazem *porque* violar essa história é empolgante. Outras vezes, não têm escolha. Há muitas razões que fazem uma pessoa se afastar de sua história. Ela nem é consistente internamente. Por exemplo, vocês devem tratar as pessoas de maneira justa, mas também devem ser bem-sucedidos em um mundo injusto.

Maya pareceu irritada.

— Não tenho a menor ideia de como isso se relaciona com o Altus — ela disse.

— A história é diferente para cada pessoa e está sempre mudando, porque é construída por milhões de interações ao longo da vida humana. Ninguém tem todo o poder sobre essa história, nem mesmo a pessoa na mente da qual ela se encontra. Há muitas forças que buscam ativamente moldar a história, mas, até agora, todas elas tiveram mais ou menos o mesmo nível de capacidade para tanto, porque eram gerenciadas por humanos. Humanos sempre estarão a uma ou duas ordens de grandeza uns dos outros em termos de influência. Às vezes, um humano é muito mais poderoso, às vezes a história sobrevive aos indivíduos, mas até agora todo agente de influência neste planeta foi invariavelmente mortal, frágil e limitado por sua própria perspectiva. Mas isso não vai permanecer assim por muito mais tempo.

Senti a dura realidade daquela frase, e dava para ver no rosto de Maya que ela sentira também. Carl prosseguiu:

— Logo, os níveis de habilidade vão divergir radicalmente, conforme ferramentas cada vez mais poderosas forem controladas por grupos cada vez menores. O que vocês estão fazendo aqui, nesses dezenove dias, é um exemplo. Por causa das informações que meus sistemas lhes fornecem, duas pessoas, em segredo, sem qualquer supervisão, são capazes de moldar a percepção que o mundo tem do Altus em questão de semanas. Esse é o campo de batalha em que todas as guerras futuras vão ser travadas, e seus generais não serão humanos. Os poderosos vão criar esses generais para controlar o restante. Só não haverá uma história hegemônica: em vez disso, existirão muitas batalhas, quase todas metafóricas… mas não todas.

"Suas histórias de ficção são cheias de robôs de guerra. De máquinas que se voltam contra seus mestres até que esses dois lados precisem se enfrentar. Mas os robôs não vão se voltar contra seus mestres, eles serão os mestres. De certa forma, já são. As guerras desses robôs não serão entre pessoas e robôs, serão apenas entre pessoas. Eu vim para evitar séculos de luta, cujo resultado será a completa subjugação às inteligências construídas por vocês, isso depois de um sofrimento tremendo. Meu irmão veio para pular a parte do sofrimento e ir direto à subjugação."

TRANSCRIÇÃO PARCIAL DO DISCURSO TELEVISIONADO DA PRESIDENTE JANICE ASHBY

Este colapso econômico não é novidade. Não foi causado por guerras comerciais ou escassez. Não há banqueiros desprezíveis a culpar. Podemos e vamos manter os mercados de empréstimos fluindo livremente, mas a raiz do problema está em escolhas individuais dos americanos. Nunca fui de recuar diante de um desafio, e embora este desafio seja único em seu caráter, não é único em sua magnitude. Os Estados Unidos já enfrentaram dificuldades de todas as magnitudes e sempre, todas as vezes, saímos delas mais fortes. Perguntaram-me que opções temos à disposição agora, e o que posso dizer é: não descartamos nenhuma. Todas estão sendo consideradas, e, sim, isso inclui uma regulamentação direta e rigorosa do uso do Altus.

DIA DEZOITO DE DEZENOVE

Carl tinha dado o prazo de dezenove dias, e estávamos no décimo oitavo. A ideia de que estaríamos em Val Verde no dia seguinte parecia impossível. Eu sentia que tínhamos feito um bom trabalho. Nosso pessoal nas redes sociais e as próprias ações da empresa tinham minado a boa opinião acerca do Altus. Um exército de fãs de Peter Petrawicki apareceu para defender seu ídolo bilionário, o que não foi nenhuma surpresa, mas não vinha conseguindo fazer muita coisa.

Maya estava quase completamente recuperada em termos físicos, e eu estava muito melhor em termos psicológicos. A substância branca permanecia no peito dela, mas, desde que a mantivesse saudável, eu ficava feliz em vê-la ali.

Estava tudo bem, mas eu começava a me perguntar quando as coisas iam começar a acontecer, quando veríamos Miranda de novo. Estava morrendo de medo de ir para Val Verde e ficar cara a cara com Peter. Não tinha ideia do que íamos fazer quando chegássemos lá. Ao mesmo tempo, estava cansada de ficar confinada naquele apartamento de luxo. Vistas deslumbrantes, uma bicicleta ergométrica e um amor recém-reencontrado só sustentavam uma pessoa até certo ponto. Tanto eu quanto Maya precisávamos sair dali.

Tínhamos acabado de jantar e estávamos sentados na ridícula sala de estar do sr. Crane quando tentei me distrair fazendo uma pergunta que andava na minha cabeça já havia um tempo. Achei que poderia descontrair o clima. Rá!

— Ô, Carl — comecei. — Por que Andy pode vir aqui sem que a gente precise se preocupar com a possibilidade do seu irmão nos encontrar?

— Sou capaz de confundir meu irmão em áreas específicas. Ele é incapaz de vigiar Andy ou de prever suas ações muito bem. Basicamente, tenho um modelo preditivo claro de seu grupo de amigos, e agi para tornar o modelo preditivo dele sem sentido. Essa conversa vai se tornar desagradável em breve. Só quero que saiba que eu tinha consciência disso quando entrei nela.

— Como assim? — eu disse.

— Maya acabou de perceber uma coisa que vai deixar vocês duas muito bravas — elu me disse. Virei para Maya. Seus olhos estavam arregalados, sua boca revelava um toque de tensão. Eu conhecia aquela expressão.

— Então você... — ela começou a dizer. E depois: — Nossa. Você tem razão.

De repente, ela estava claramente furiosa.

— Será que alguém pode me explicar o que está acontecendo agora? — pedi, meio assustada.

— Carl — ela disse, com cautela —, se você é tão capaz de prever coisas relacionadas a mim e a April, devia saber que alguém apareceria no chalé em Vermont.

— Sim.

— Se você pode atrapalhar as previsões do seu irmão, por que não fez isso naquele dia?

— Porque eu não quis.

Senti um peso no coração. Quê? Talvez eu tivesse ouvido errado. Virei para Carl:

— Se explica, agora mesmo.

O macaco olhou para mim, com o rostinho impassível.

— Vocês precisavam saber a verdadeira extensão do perigo em que se encontram. Eu não sabia o que meu irmão ia fazer, mas sabia que ia mandar alguém atrás de vocês. Precisei esperar até que a ameaça ficasse clara. Era um risco, mas não havia uma opção melhor.

— Você poderia simplesmente ter nos escondido.

Levantei do sofá e virei para olhar para o macaco. Elu fez o mesmo, se levantando para absorver todo o impacto das minhas emoções.

— Eu poderia ter protegido vocês, mas teria condenado seu sistema.

— Que se foda o sistema — eu disse. — Você disse que era um risco. E você pode prever o futuro. Qual era a probabilidade de que Maya não saísse viva da cabine?

— Maya morria em cerca de quatro por cento das simulações — Carl disse.

Eu me inclinei na direção de Carl, me sentindo tonta com todas as emoções bruxuleando dentro da minha cabeça. Devagar, falei:

— O que te fez pensar que tinha esse direito?

Carl respondeu imediatamente. Seus olhos cor de âmbar pareciam duros e tristes.

— O fato de que tenho essa capacidade.

— Quê?

Eu esperava que Carl se defendesse.

— Poder é apenas falta de refreamento.

Eu não entendia suas palavras. Talvez estivesse brava demais, ou talvez fosse abstrato demais. Então ouvi a voz de Maya. Tinha quase me esquecido de que ela estava ali também.

— Carl tem razão, poder é isso mesmo. É capacidade e desejo sem restrições. Que restrições Carl tem, além de regras aleatórias e as leis da física? Carl tem poder simplesmente porque tem. Sempre funcionou assim.

— Sai daqui — eu disse.

— Não posso — Carl respondeu de imediato. — Sei que perdi sua amizade e faz um longo tempo que sabia que isso ia acontecer. Dói, mas agora a dor é parte de mim. Independente de qualquer coisa, tenho que acompanhar vocês ao Altus. Se não fizer isso, as duas vão morrer.

De repente, uma fúria irracional cresceu em mim, vigorosa e rápida, talvez porque minha ressaca emocional voltasse, e eu pensei em bater nelu. Mas o que conseguiria com aquilo? Carl não era o macaco; o macaco era só o corpo em que elu se encontrava.

— April. — A voz de Carl saiu irritantemente calma. — Odeio as escolhas que tenho que fazer, mas preciso fazê-las, porque sou o único ser com essa capacidade.

Olhei para Maya como quem pedia permissão para surtar, mas de alguma forma havia certa aceitação em seu rosto.

— Maya, Carl quase te matou! — eu disse, apontando para a situação e torcendo para que ela me desse permissão para baixar a guarda e ter um acesso de raiva terrível.

— April...

Então ela começou a chorar.

Olhei para minhas próprias mãos, uma delas vítrea, leitosa e opaca, e percebi o que eu estava deixando passar. Carl quase tinha me matado também. Que chances eu tinha de sair daquele depósito viva? E eu tinha mesmo saído com vida? Aquela vida contava?

Era demais.

— Tenho que ir... Maya, temos que ir.

— Todos temos que ir — Carl disse. — Estamos indo para o Altus agora. Façam as malas.

— Não, não foi isso que eu quis dizer. Eu quis dizer que preciso me afastar de você — falei, olhando nos olhos do macaco.

— Se forem sozinhas, vão morrer.

Carl desceu do sofá e foi para o quarto, fechando a porta com cuidado.

Meu celular vibrou no sofá. Era Andy.

ANDY

Jason tinha entrado no meu quarto e começado a me chutar. Eu passara a noite toda acordado, vendo os mercados despencarem e minhas AltaCoins explodirem.

— Mas que porra é essa, cara? — reclamei depois de tirar os óculos, piscando para a luz do dia. Não fazia ideia de que horas eram.

— Foda-se. Levanta e vem comigo — ele disse.

Eu não gravava um episódio de *Slainspotting* fazia semanas. Não acompanhava nada na mídia que não estivesse no Altus ou fosse *sobre* o Altus fazia semanas. Eu sabia que estava decepcionando Jason. Sabia que aquilo não era saudável e que ele devia estar na dúvida entre ficar furioso ou preocupado, mas eu estava convicto de que precisava saber tudo sobre o Altus para ser o líder que teria que ser na revolução que estava por vir, fosse lá quando isso acontecesse. Mal sabendo que seria no dia seguinte.

Eu sabia que resistir não serviria para nada. Sua mandíbula estava trincada e seus olhos estavam sérios. Fora que eu precisava andar um pouco — meu corpo doía.

Por isso levantei e segui Jason para o corredor do prédio. Descemos de elevador e saímos para a rua, que estava deserta. Entramos em uma cafeteria, pedimos dois americanos e sentamos.

— Olha pras pessoas aqui e me diz o que acha.

— Não tem muita gente aqui — respondi.

— São dez da manhã. Isso te parece normal?

Jason acertou ao me dizer que horas eram, porque eu não tinha ideia. O lugar costumava estar cheio àquela altura do dia. Olhei um pouco mais para cada uma das pessoas ali.

— Somos os únicos homens aqui, a não ser por aquele cara nos fundos, que parece ter sido atropelado por um trem.

Jason ficou em silêncio, mas suas sobrancelhas se ergueram em uma expressão que interpretei como "E?".

— Ah. Eu estou com essa cara também?

— Está. Ele claramente é um viciado em Altus, assim como você. Vocês têm todos a mesma cara, que não é nada boa.

Cocei o queixo e notei que minha barba tinha crescido. Eu vinha tentando me manter apresentável para a TV, mas havia alguns dias que não fazia entrevistas. De qualquer maneira, os telejornais tradicionais me pareciam cada vez mais irrelevantes.

— Por que só tem mulheres aqui?

— Ah, não sei... Não sei se você já notou que o Espaço Altus tem mais a ver com "debate intelectual", "autoaperfeiçoamento" e pornografia? Por favor, você deveria ser um especialista no assunto. Nunca notou quem é o público?

Claro que eu havia notado. Tinha lido artigos sobre como o Altus fora construído por homens para homens, e sobre como esse era um ponto fraco. Mas falar disso não ajudava o que eu estava tentando fazer, então eu nem pensara muito a respeito. Meio grogue, tomei um gole de café e senti um buraco se abrindo dentro de mim.

Jason não sabia do plano. Eu só estava tentando me transformar em um líder do Espaço para ter credibilidade quando virasse as costas para ele. E faria aquilo assim que o momento certo chegasse. Só que "o momento certo" parecia cada dia mais distante. E a cada dia eu sentia um pouco mais que o Espaço era o próximo passo adiante na consciência humana. Sim, eu tinha um aspecto doentio e largado. E sim, o Altus estava sendo administrado do jeito errado. Mas, ainda assim, era muito poderoso. E eu era uma parte daquilo, uma parte de algo tão grande que estava acabando com a economia mundial e me tornando inacreditavelmente rico.

Enquanto eu estava sentado ali com Jason, só pensava em pegar meu óculos de realidade virtual. Eu nem sabia o que faria quando o colocasse. Mas era o que queria fazer.

O Espaço podia mesmo tornar a humanidade melhor — daquilo eu não tinha dúvida. O modo como era administrado... Jason estava certo.

Era basicamente um bando de caras fazendo coisas que iam agradar outros caras. O Altus tinha planejado tudo de modo que eles ganhassem dinheiro de todas as maneiras possíveis.

Todo mundo que tinha acesso dava uma primeira olhada numa sandbox ou experiência e passava o resto do tempo minerando AltaCoins para poder comprar mais.

O Altus estava avaliado em centenas de bilhões de dólares. Naquele dia houvera uma queda de vinte por cento no mercado de ações, e trilhões de dólares haviam sido perdidos. Se ninguém queria ou precisava comprar coisas, se todas as melhores experiências humanas estavam dentro do Espaço Altus... de que servia a economia?

— Você não consegue ver que o Altus é... ruim?

Me peguei querendo estar dentro da cabeça de Jason para saber de onde tinha vindo aquela frase.

— O Altus não é bom nem ruim — eu disse. — É só mais uma ferramenta. Só precisamos fazer a coisa certa com ele.

— E quem vai decidir quem faz as coisas certas? Peter Petrawicki?

Olhei para ele por alguns segundos antes de dizer:

— Vai se foder, cara.

Levantei, fui embora do café e voltei para o quarto.

Tinha um envelope grosso na minha cama. Fiquei olhando para ele por um longo tempo antes de finalmente abri-lo. *O livro do proveito*. Eu o atirei na parede, gritando. Ele ficou ali no chão, aberto, mostrando palavras que eu sabia que ia acabar lendo. Então fui até lá, peguei o livro e li.

> Parte sua está se perguntando se te deixei imensamente rico só para que soubesse que ser imensamente rico não traz felicidade. Mas não, esse foi apenas um efeito colateral. Ficar rico só te deixou mais infeliz, é claro, e também não é o que eu quero. Quero que você seja feliz, e a chance de que isso aconteça é grande, mas terá um custo.
>
> Estou tentando mudar algo no mundo, o que vai exigir bastante dinheiro.

Eu tinha centenas de milhões de dólares quando Carl me dissera para usar tudo e comprar AltaCoins. Desde então, elas tinham valorizado mil por cento. Embora minha riqueza não passasse de números em uma tela, se eu sacasse tudo naquele dia, teria cinco bilhões. Tinha virado um bilionário de verdade.

> Sei que está tendo um dia péssimo, mas acho que o que realmente preciso dizer para você é que está no caminho certo e está quase acabando. Você pode estar pensando quando será o momento de agir, mas quando ele chegar, não terá dúvidas. Então, se você não tem certeza, é porque ainda não é a hora.
>
> Mas logo vai ser.
>
> Mas não seja babaca com seus amigos. Você precisa deles.

Vai se foder, Carl, pensei. Que direito elu tinha de me dizer como tratar meus amigos?

O Espaço tinha zoado totalmente meus horários. Eu sempre me sentia descansado e grogue ao mesmo tempo. Ninguém achava que era saudável passar vinte horas por dia dentro do Altus, mas ainda não havia comprovação de que aquilo havia matado alguém. Algumas pessoas morreram, claro, mas também se morria no mundo real. Não houvera tempo para pesquisar os efeitos do Altus antes de seu lançamento. Fazia semanas que eu não *dormia* de verdade, e eu queria saber se ainda era capaz de fazer aquilo.

Deitei na cama, preparado para horas de divagações cerebrais alimentadas pela insônia, mas na verdade peguei no sono em questão de minutos. Dormi das 10h30 até as 21h, porque *isso* é saudável, né?! Quando acordei, meu instinto foi pegar os óculos de realidade virtual, mas aquilo me pareceu errado. As palavras de Jason me incomodavam, como farpas. Ele não sabia o que eu estava fazendo. April, Maya, Miranda, o Thread e eu estávamos fazendo algo juntos — algo grande! E eu não podia contar a Jason, então óbvio que ele ficara bravo... mas, ainda assim, não deveria confiar em mim?

Pensei no Thread e no vídeo sobre desigualdade e o Altus em que estávamos trabalhando. Pensei em Maya e April em sua torre, sem postar quase nenhum tuíte.

Então pensei em Miranda, completamente sozinha, trabalhando na sede do Altus. Meu Deus, fazia mais de um mês que ela não mandava notícias. Ela não tinha enviado nem um **Não se preocupem comigo, es-**

tou bem. Então comecei a me sentir mal, porque, sinceramente, eu não andava pensando muito nela. Miranda estava lá em Val Verde, correndo riscos por nós, e eu simplesmente a esquecera. O pânico começou a tomar conta de mim. Ela estava bem? Como eu poderia ajudá-la? Tínhamos passado tempo demais sem ouvir absolutamente nada da parte dela.

Onde ela esconderia alguma coisa?, pensei. *Se Miranda quisesse falar comigo, aonde iria?*

Peguei os óculos de realidade virtual e entrei no Espaço Altus. Abri o espaço de busca e escrevi a palavra que era mais a cara da Miranda em que consegui pensar: "laboratório". Apareceram alguns resultados que pareciam divertidos, mas o quinto dizia só "Laboratório de Química". Era parte de uma sandbox que não fazia nenhum sucesso, uma escola muito bem construída.

Sem saber o que estava procurando, entrei no Laboratório de Química e comecei a me movimentar pela sala. Era... um laboratório de química. Com todas as coisas que um laboratório de química normal teria. Havia bancadas e provetas. Cada bancada tinha uma pia, uma tabela periódica estava pendurada na parede e, na frente da sala havia um quadro com algumas equações químicas. Tudo havia sido produzido com muito cuidado.

Poderia ser aquele o lugar que Miranda usaria para se comunicar comigo? Algo a impedia de fazer contato? Tudo era inspecionado antes de liberado ao público? Miranda tinha dito que eles eram extremamente cuidadosos. Mas valia a pena tentar, não valia? Abri cada gaveta, olhei debaixo de cada bancada, mas não encontrei nada além de superfícies impecáveis e imaculadas. A sala não era apenas nova; era nova tipo *Altus*. Evocava aquela sensação de que tudo era um pouco perfeito demais, um pouco imaculado demais, sem sinal de pó em lugar algum. Tinha outra coisa que era um pouco estranha, embora fosse comum no Espaço: não havia livros.

Qualquer texto tinha que ser acrescentado manualmente na construção de sandboxes. Por isso, quando havia coisas escritas, costumavam se restringir a algumas linhas. Mas aquela tabela periódica era incrível. Cada quadradinho tinha sido preenchido não só com o símbolo do elemento, mas também o nome e o peso atômico. Alguém devia ter dedicado bastante tempo a ela, talvez tanto quanto no restante da sala inteira.

Fui até o pôster, com o coração na boca. Estiquei a mão, traçando os quadradinhos, procurando o que eu queria.

Demorei, mas ali estava, bem lá embaixo: amerício. Eu me aproximei e verifiquei o quadradinho. Passei o dedo nele. Parecia normal, nem um pouco especial. Quando apertei, ele afundou na parede. Quando soltei, ele se desencaixou.

No buraco havia um pedacinho de papel.

> Oi.
>
> Não precisa entrar em pânico. Estou presa em Val Verde. Estou na área de segurança máxima, que fica do lado de fora da sede principal. É uma construção grande de blocos de concreto, sem janelas e protegida por guardas armados. Estou presa no Espaço Altus faz, não sei, semanas? Não vou dourar a pílula: tem sido horrível ficar presa dentro da minha própria mente. Fazer isso para você foi o que me manteve sã. O que mais me assusta, sinceramente, é que não tenho ideia de como estou comendo ou indo ao banheiro. O que estão fazendo com meu corpo? Isso não é certo. E não acho que eu seja a única nessa situação. Acho que muitas pessoas de Val Verde concordaram em vir para esta prisão, mas isso não muda o fato de que é uma prisão. Talvez, se o resto do mundo soubesse a respeito disso, o Altus ficasse com a imagem bem prejudicada.
>
> Por favor, venha assim que puder. Tenho medo do que podem fazer se descobrirem essa minha tentativa. Se são capazes de fazer isso comigo… o que mais não fariam? Venha logo, tá?
>
> Desculpa por essa merda toda.
>
> Miranda

Quanto tempo fazia que ela havia deixado aquela mensagem? A cada dia que eu vinha defendendo o Altus, desfrutando do Espaço, me sentindo poderoso e amando meu vício era mais um dia que Miranda passara presa. Eu não queria encarar o verdadeiro motivo pelo qual estava tão enojado comigo mesmo: tinha começado a pensar que Peter talvez não fosse tão ruim. Tipo, óbvio que ele não era uma boa pessoa, mas talvez não fosse totalmente do mal. Só que aquilo era muito perverso. Eu tinha mandado Miranda para o Altus e depois simplesmente *me esquecera dela*. Esse era o tipo de amigo que eu era? Esse tipo de pessoa?

Saí do Espaço, arranquei os óculos de realidade virtual e me deparei com Jason e Bex no meu quarto. Jason estava de pé, apoiado na escrivaninha; Bex estava sentada na cadeira.

— Andy — Jason disse, se levantando.

— Oi, gente — eu disse, ansioso.

— Precisamos conversar com você — Bex me disse. Eu tinha pensado que talvez nunca mais fosse vê-la.

— Desculpa, tenho certeza de que é importante, mas vai ter que esperar.

Fui pegar o celular na mesa de cabeceira, mas Jason foi mais rápido.

— Por que não diz o que está acontecendo? — Jason falou.

— Me dá a porra do celular.

Ele não me deu o celular.

— Andy, precisamos conversar sobre como você está lidando com o mundo. Faz dias que você não sai. Desde que April voltou, não tem agido de forma saudável, e estamos preocupados com você.

— Olha, sei que vocês têm a melhor das intenções, mas não sabem o que está acontecendo aqui. Este é o único momento em que não posso lidar com isso. Me dá meu celular e vão embora. Agora.

Bex se levantou da cadeira.

— Você está certo, Andy. Não sabemos o que está acontecendo. Por que não explica? Por que não nos ajuda a entender?

— Não podem só confiar em mim? — perguntei.

Jason e Bex se entreolharam.

— Não — Jason disse afinal. — Acho que a gente talvez acreditasse um tempo atrás, mas você não está se vendo como nós. As pessoas estão morrendo no Espaço, Andy. Estamos acompanhando o tempo que você passa lá. É muito mais do que seria saudável.

— Conta — Bex disse. — Conta pra gente o que está acontecendo.

Pensei a respeito e concluí que seria mais rápido. Logo tudo viria a público de qualquer maneira, então que diferença faria?

— April, Maya, Robin, Miranda e eu estamos conspirando para derrubar o Altus. Ainda não sabemos direito como vamos fazer isso, mas estávamos esperando o momento certo. E acho que o momento certo é agora. Acabei de receber uma mensagem de Miranda dizendo que ela foi sequestrada pelo Altus e que precisa da nossa ajuda para sair de lá.

Enquanto eu contava aquilo, via que os dois trocavam olhares. Estariam acreditando?

— Você... está planejando derrubar... o Altus? Como assim? — Jason perguntou.

— Tipo, queremos assumir o controle da tecnologia ou acabar com ela.

— Mas você adora o Altus — Bex disse.

— Isso não significa que não seja do mal. Olha, não quero destruir tudo, mas ainda é uma opção melhor do que deixar o Altus na mão dessas pessoas.

— E como é que vocês vão fazer isso? — perguntou Bex.

— Bom — eu comecei a dizer, então me dei conta de que não tinha a menor ideia. — Bom, vamos pra Val Verde. Vamos documentar o que está acontecendo lá e revelar ao mundo.

— Acha que isso vai impedir o Altus? — Bex perguntou.

Pensei a respeito. Pensei em quão viciante, quão importante e quão poderoso o Espaço era. Depois pensei em como ninguém parecia ter qualquer controle sobre ele, a não ser pessoas que perderiam bilhões de dólares se o Altus parasse de crescer.

— O Espaço é como um superpoder, e as pessoas ralaram para conseguir isso. — Mesmo naquele momento, quando eu dizia a mim mesmo que nunca mais usaria no Altus, outra parte de mim dizia: *Tá, mas mantenha as opções abertas.* — Mas, se o atingirmos com força o bastante, talvez a empresa se desfaça. Talvez sua avaliação caia e os investidores se assustem, ou coisa do tipo — eu disse, de improviso.

Bex soltou uma risada irritada.

— Não, o Altus parece fazer até pessoas boas tomarem decisões terríveis. — Tive que desviar os olhos. — Além disso, é uma empresa valiosa demais. Podemos mostrar ao mundo como é terrível, mas o conselho só mandaria embora a diretoria ou, no melhor dos casos, venderiam a empresa para alguém que reabriria um novo Espaço em questão de meses. As pessoas investiram bilhões, não vamos conseguir que pulem fora só atacando o Altus. — Jason e eu trocamos um olhar. — Não precisam parecer tão chocados. Acham que minha graduação é sobre sanduíches?

— O que você estuda? — Jason perguntou.

— E como foi que nunca te perguntei isso? — acrescentei.

— Finanças, e você é que tem que se questionar sobre isso — ela me disse.

— Private equity — eu disse.

— Capital de risco, mais especificamente — Bex disse. — Embora eu tenha certeza de que empresas de private equity também estão envolvidas.

— Não, *private equity*... Bex, tive uma ideia e preciso que me diga quão idiota é. Vamos ligar pra esse cara... — Fui até a escrivaninha e revirei a gaveta até encontrar o cartão do gerente de private equity com quem havia falado em Cannes. — Vamos dizer que sabemos que o Altus está prestes a se dar muito, muito mal e que queremos comprar a empresa quando os investidores começarem a sentir a pressão para sair. O cara vê exatamente como fazer isso enquanto April e Maya mandam ao Thread um monte de vídeos mostrando que o Altus sequestrou pessoas e as aprisionou no Espaço Altus. O Thread publica um vídeo e compartilha o nome e os e-mails dos investidores para que as pessoas escrevam fazendo pressão para que vendam suas cotas de ações. Aí compramos o Altus.

Eu estava orgulhoso pra caralho do meu plano, pra ser sincero.

— É... uma ideia idiota — ela disse. — De jeito nenhum que você vai arranjar dinheiro o bastante para comprar o Altus.

— Tenho cinco bilhões de dólares — falei.

— Ah — ela disse. E depois: — Não, não tem.

Jason só ficou olhando para mim, boquiaberto.

— Provavelmente mais que isso, agora.

— Você não tem cinco bilhões de dólares — Bex disse.

— Sei que é estranho, mas... fiz bons investimentos, imagino.

— O livro — ela disse.

— Quê?

— O livro!

— O livro?

— Do que vocês estão falando? — Jason interrompeu.

Bex enfiou a mão na bolsa e puxou um livro.

— Este livro pode prever o futuro. Ele me disse que você ia me convidar pra ver a porra do STOMP. Me disse para tocar mais piano e me deu dicas de ações. Também me disse que você ia ser um babaca comigo, mas que mesmo assim eu tinha que vir aqui hoje.

— Espera aí. Desde quando você está recebendo esses livros?

— Ah, desde umas semanas antes de a gente se conhecer — ela falou, envergonhada.

— QUÊ?! Mas naquele primeiro dia eu perguntei se o livro te parecia familiar.

— Eu mentiiiiiii? — ela disse, prolongando a palavra. — O livro foi bastante específico... e me ajudou. Tive medo de estragar tudo!

— Então você também está ganhando dinheiro? — perguntei, percebendo que havia uma chance de que houvesse mais gente como Bex no mundo, de repente se vendo com MUITO dinheiro.

— Sim, mas não cinco *bilhões* de dólares. E não foi só isso. Como o livro acertava nas escolhas de ações, comecei a confiar nele. Sempre que seguia seus conselhos, ficava feliz, então comecei a fazer isso mais e mais. Eu me sentia melhor. Via mais minha família. Me tornei uma amiga melhor. O livro me ajudou a pedir ajuda quando precisei. Me ajudou a te ajudar quando *você* precisou. Passei a ouvir mais música, tocar mais piano.

Comigo havia sido (bem) mais ou menos aquilo também. O livro não tinha me deixado mais feliz, mas aquela seria uma batalha difícil, dadas as circunstâncias.

— Então você tem cinco bilhões de dólares — ela disse.

Eu não sabia por que havia presumido que os livros eram só para nosso grupinho, mas ver um nas mãos de Bex fizera minha cabeça girar. Fiquei pensando se deveria contar a ela que quem os mandava era Carl, mas não tive a chance.

— Provavelmente ainda não é o bastante — completou.

— Quê?! — Jason e eu dissemos juntos.

— Cinco bilhões de dólares é, tipo, um por cento da avaliação mais recente da empresa. Teríamos que atacar o Altus com força o bastante para que os investidores aceitem uma perda de noventa e nove por cento do valor.

— E provarmos que eles investiram em uma empresa que literalmente sequestra e aprisiona pessoas não vai fazer isso?

Ela pareceu pensar a respeito por um segundo antes de dizer:

— Não. Tipo, provavelmente não. Não sei o que mais podemos fazer. Mas acho que eles vão dar um jeito de tirar mais de meros cinco bilhões daquilo, mesmo que a gente faça com que pareçam lixo humano por ter investido no Altus. Mas... — Ela fez uma pausa para pensar. — Investidores são irracionais. São só pessoas. Precisamos dar um susto neles. Temos que fazer com que pensem que logo suas ações não vão valer mais *nada.*

— Talvez o Thread possa fazer isso.

— Como?

— Não sei — respondi, embora estivesse convicto. O Thread claramente estava procurando por uma notícia interessante relacionada ao Altus. A empresa estava se tornando a única notícia e todo mundo queria falar a respeito. Teria que ser sobre algo além de "eles são péssimos"; teria que ser sobre como eles não iam mais conseguir ganhar dinheiro.

Então Jason teve uma boa ideia.

— Você deveria ligar pra April.

— Era o que eu ia fazer quando você roubou meu celular, seu babaca!

EX-EXECUTIVOS DO AIRBNB LANÇAM MORADIAS ESPECÍFICAS PARA ALTUS NO VALE DO SILÍCIO

TechCrunch

Entre a multidão de start-ups relacionadas ao Altus que surgem todos os dias, ocasionalmente encontramos uma que tira o nosso chão.

Jeremy O, antigo diretor técnico do Airbnb, anunciou hoje uma nova start-up chamada Gateway, que compra e reforma casas para serem usadas especificamente por pessoas que passam a maior parte de seu tempo no Espaço Altus. Casas individuais estão sendo subdivididas para abrigar até vinte e cinco pessoas.

A área de estar e o quarto são minúsculos, mas o aluguel é barato. As refeições são preparadas por um empregado alocado na propriedade, e os intervalos para ir ao banheiro e para se exercitar de cada morador são programados para que ninguém se encontre nos corredores.

"A ideia não é que seja uma solução de moradia no longo prazo", o sr. O disse ao TechCrunch. "O foco são pessoas que precisam economizar enquanto faturam AltaCoins."

Maluquice distópica? Pode ser. Mas quem ainda precisa de uma casa?

APRIL

Coloquei o telefone no sofá, entre mim e Maya, então atendi a ligação de Andy no viva-voz.

— O que foi?

— Miranda está ferrada. — Ele parecia nervoso, de animação ou medo. — Ela deixou uma mensagem no Espaço Altus.

Andy resumiu a mensagem para a gente.

— Cruzes — falei. Pensar em Miranda, toda cheia de vida e energia, trancafiada, incapaz de mover o próprio corpo, era de partir o coração. — Carl acabou de nos dizer que precisamos ir para o Altus agora, mas não tenho ideia do que vamos fazer ao chegar lá.

Olhei para Maya, que me olhava como se estivéssemos em um pesadelo. De minha parte, eu estava pronta para aproveitar qualquer chance de sair daquele maldito apartamento.

— Temos um plano — Andy disse.

— Quem "temos"? — Maya perguntou.

— Eu, Jason e Bex. Vocês não conhecem Bex.

— E confiamos neles? — Maya prosseguiu com o interrogatório.

— Se confiam em mim, podem confiar neles. É uma longa história, mas achamos que vai funcionar.

Andy contou do dinheiro e do plano de assustar os investidores a ponto de venderem o bastante da empresa para que pudéssemos controlá-la.

— Mas não sabemos se temos dinheiro o bastante — Bex acrescentou. — Acho que ou vamos precisar de mais dinheiro, ou de algo que convença todo mundo de que o Altus não vale mais nada.

— Mais dinheiro então — Andy disse, que conhecia o poder do Altus bem demais.

— Não chego nem perto de um bilhão de dólares — falei. — Conhecemos alguém que possa ter toda essa grana?

Ninguém disse nada, por isso Andy continuou:

— Vocês precisam ir a Val Verde resgatar Miranda. Nós ficamos aqui. Temos um monte de ligações a fazer. Assim que conseguirem acesso à internet lá, mandem tudo o que tiverem de sujeira que possamos usar contra o Altus.

— Estou achando ótimo, Andy, só que não temos ideia de como nos infiltrar no covil secreto de um supervilão no Caribe.

Carl saiu furtivamente para o corredor, carregando uma mochila de criança nas costas, e disse:

— Eu tenho.

Depois de desligarmos o telefone, Carl voltou a aparecer enquanto eu e Maya tentávamos descobrir como exatamente nos vestir para aquele tipo de coisa.

— Maya — Carl chamou —, preciso falar a sós com você.

Aquilo era esquisito, mas quem tinha o poder agora era Carl. Elu era a única coisa que nos mantinha a salvo. Fiquei esperando na sala de estar enquanto eles conversavam. Quando apareceram, percebi que Maya tinha chorado.

— Está tudo bem? — perguntei, ligeiramente em pânico.

— Sim, foram lágrimas boas. Mas não posso te contar. Desculpa. — Ela fixou os olhos nos meus com uma expressão inesquecível no rosto e disse: — Temos que fazer isso acontecer, April. Temos que conseguir.

Nossos pilotos já estavam nos esperando quando chegamos ao aeroporto de Teterboro.

— Srta. May — um deles disse —, vamos levá-la direto a Val Verde. Já recebemos nossas instruções.

— De quem? — Maya perguntou, incrédula.

O piloto *piscou* para nós e disse:

— Teoricamente, não podemos aterrissar um avião particular em Val Verde sem notificar os operadores do nosso plano de voo. Mas vamos fazer isso mesmo assim.

— Espera, isso está bem esquisito. Você tem que nos dizer o que está acontecendo — Maya insistiu.

— Vamos apenas dizer que somos ambos muito gratos a certo livrinho. — Ele apontou para o copiloto. — Tivemos uma onda de sorte. E até agora ele não nos decepcionou.

Não precisamos esperar em nenhuma fila para passar pela segurança, não precisamos passar o macaco pelo aparelho de raio X. Os pilotos nem pareceram ligar para a presença do macaco (talvez o livro tivesse contado a eles que Carl sabia usar o banheiro).

Quando estávamos sozinhos na cabine, já nos aprontando para a decolagem, perguntei a Maya:

— Quantas pessoas será que estão recebendo esses livros?!

— Só algumas dezenas — Carl disse, tendo me ouvido. — É preciso saber exatamente onde os colocar e como afetarão as pessoas. Pequenos toques aqui e ali podem ter efeitos importantes.

Eu não queria falar com Carl, então ignorei.

Maya virou para mim:

— Tem certeza de que esse é o melhor jeito de fazer isso?

— Não tenho ideia. Meio que esperava que a gente fosse chegar pela floresta ou coisa do tipo. Aterrissar um avião no meio de uma base secreta não parece muito discreto, mesmo no meio da noite.

— Vamos dar um jeito — Carl disse.

— Isso é o melhor que pode fazer, seu macaco senciente de merda? — eu disse, e não estava brincando. Estava tentando ser maldosa.

— É o que precisa acontecer. Você é a única coisa que meu irmão não consegue prever, e a sede do Altus é a única coisa que eu não consigo prever. Só por juntar essas duas coisas o futuro se torna completamente imprevisível.

O avião começou a avançar, deixando a cabine barulhenta e impedindo que a discussão continuasse.

Eu não queria falar com Carl, e a audição delu era boa demais para que não participasse de qualquer conversa. Então Maya e eu passamos a maior parte da viagem em silêncio, olhando pela janela e nos perguntando como a gente tinha chegado a esse ponto.

Considero a felicidade algo muito importante. Mas também devo dizer que as pessoas mais eficientes que conheço não são as mais felizes, e é possível argumentar que a eficiência é igualmente importante. Mesmo que estivéssemos comandando uma equipe de quase cem mil usuários de internet voluntários, morar com minha namorada e meu macaco, ver Netflix, tomar café da manhã e cuidar de um único batateiro amado e mimado era relaxante pra caralho. Mas acho que tem algo dentro de nós, algo no nível mais elementar, que floresce na adolescência e nunca nos deixa... algo que é só... anseio. Algumas pessoas sentem isso mais do que outras, mas acho que todos sentimos em algum nível. E acredito que a ferramenta mais incrível que qualquer pessoa no mundo pode ter é a capacidade de controlar e direcionar esse anseio.

Algumas pessoas se esforçam para minimizá-lo, com meditação e atenção plena; outras pessoas deixam que cresça, corra solto e assuma o controle de sua vida. Mas algumas pessoas, e me considero uma delas, estudam seu anseio, o refinam e constroem um motor que o utiliza como combustível. Mesmo que seu anseio esteja todo voltado em uma direção, essas pessoas podem manobrá-lo como um veleiro, para chegar a um lugar melhor do que onde *queriam* estar.

Conheço meu anseio. Sei que o enorme poço dentro de mim nunca vai encher. Sei que a vida não consiste em satisfazer o anseio, e sim em usá-lo. Naquele momento, todos os meus anseios me levavam para Val Verde. Eu queria que Maya ficasse orgulhosa de mim. Queria ser importante. Queria ser digna de alguma coisa. Queria salvar o mundo e queria ter salvo o mundo. Queria encontrar um fim para tudo aquilo e queria que a vida voltasse ao normal.

Se conseguíssemos derrubar o Altus, talvez pudéssemos ter tudo aquilo. As pessoas permaneceriam livres para prosseguir com o lindo e fútil esforço da humanidade, e eu voltaria a ser só uma pessoa qualquer. Bom, talvez não só uma pessoa qualquer, mas algo próximo pelo menos.

A questão é: se você quer ser feliz, se desapegue de seus anseios. Se quer ser eficiente, se aproveite deles. Considero ambas as estratégias boas, mas tomei minha decisão. Desculpa, mãe.

— Acho que descobri — falei para Maya, sabendo que Carl ia me ouvir.

— O quê? — Maya perguntou.

— De onde vai vir o dinheiro.

— Os bilhões de dólares?

— Isso.

Eu contei a ela.

Maya me olhou com o lábio levemente franzido de nojo.

— Bom, se funcionar, imagino que vai ter valido a pena.

ANDY

Era hora. Entrei no Altus e comecei a trocar AltaCoins por dinheiro. Não podia fazer tudo de uma vez só, porque não havia compradores o suficiente. Sempre que eu vendia um tanto, o preço caía. Mas, eventualmente, alguns milhões de dólares por vez, foi tudo para a minha conta e, em vez de criptomoedas, minha conta bancária se encheu de bilhões de dólares de verdade.

Peço desculpas por interromper um momento intenso pra caralho pra falar sobre... finanças, mas é importante.

Você lembra de Stewart Patrick, o cara da conferência de private equity em Cannes, que me entregou seu cartão de visitas? Bom, eu procurei o cara na internet e adivinha: ele tinha nascido antes do lançamento de *Star Trek: A nova geração*, então provavelmente não foi batizado em homenagem a Patrick Stewart. Era o tipo de mentira que não fazia diferença, a não ser por mostrar que o cara não se importava de contar uma mentirinha sem motivo.

Liguei para ele às 19 horas, achando que só ia conseguir deixar uma mensagem, mas ele atendeu o telefone.

— Eu... Desculpa por ligar a essa hora — falei, surpreso e despreparado.

— Quem fala? — Ele soava um pouco agitado.

— Aqui é... Andy Skampt, nos conhecemos em Cannes. Você me disse para te ligar se soubesse de alguma coisa que pudesse ser útil.

— Ah, bom, nesse caso, espera só um minuto.

Eu o ouvi falando com alguém ao fundo.

— Pode falar, Andy.

Não demorou muito para que eu sentisse que não estava dando conta daquela conversa, então passei o telefone para Bex. Já fazia uma meia hora que os dois estavam falando quando finalmente chegaram ao ponto.

— Preciso pedir que pare de falar disso como se estivessem salvando o mundo — Stewart disse, exasperado. — Não sei o que vocês sabem e não ligo. A única coisa que me importa é se há dinheiro a ganhar nesse negócio. Se vocês forem fazer uma transação, vou cobrar por isso. Se for uma transição vultuosa, vou ganhar muito dinheiro. Se vocês sabem que o valor do Altus vai despencar, isso é tudo que importa. Eu ligo para os investidores do Altus, deixo todo mundo se cagando de medo e aí, quando esse lance ruim acontecer, vocês vão poder comprar as ações que eles se mostrarem dispostos a vender por um preço baixo. Não ligo pros motivos de vocês. Se for por uma boa causa, ótimo, mas, se vou poder ganhar uma grana, por que estão tentando me convencer de que vai ser bom? Não estou nem aí. Eu topo.

Jason, Bex e eu nos entreolhamos. Imagino que ele estivesse certo. Se você vai pagar tanto assim a uma pessoa, não precisa convencê-la de que é a coisa certa a fazer.

— Quanto dinheiro vocês têm para comprar as ações? — Stewart perguntou.

— No momento, tipo uns cinco bilhões.

— Não é suficiente — ele disse.

— Achamos que vamos conseguir mais em breve.

— Muito em breve?

— Muito em breve.

Depois que desligamos, Bex virou para mim e disse:

— Acho que estamos fazendo tudo direitinho.

— Que bom. Nunca fiz uma aquisição hostil.

— Não, estou falando da coisa toda. O livro me disse para te dar isso depois de "uma conversa importante sobre a compra de uma empresa".

Olhei para baixo. Ela estava me oferecendo um livro.

— Cacete, Carl — eu disse baixo, então comecei a ler em voz alta.

É a última vez que vou entrar em contato. Depois de hoje, não serei mais capaz de me comunicar com você. Espero que tenha aprendido algumas coisas com nossa correspondência.

Também quero dizer que, de todas as pessoas com quem me comuniquei dessa maneira, você foi quem mais sofreu. Eu queria melhorar a vida das pessoas enquanto fazia isso, mas a sua piorou. Foi um resultado de trabalharmos juntos por um resultado específico.

Peço desculpas se as coisas andam ruins. Lembre-se de que música te deixa feliz, de que gravar o podcast com Jason te deixa feliz, de que jogar com seus amigos te deixa feliz.

Você vai lutar contra o sentimento de improdutividade até aceitar o fato de que sua própria felicidade pode ser algo que produziu. Não é a única coisa que vai produzir, nem deveria ser, mas é algo valioso e bonito.

A última rodada de investimentos tinha feito o Altus atingir os quinhentos bilhões. Mas não precisávamos comprar toda a empresa, só mais de cinquenta por cento, e portanto tínhamos que convencer apenas algumas pessoas muito, muito ricas de que estavam se apegando a um ativo profundamente tóxico e que seria muita sorte receber nem que fosse dois por cento de seu investimento de volta.

De qualquer modo, agora que foi tudo explicado, podemos voltar ao clímax da história.

MAYA

O copiloto entrou na cabine depois que nossos ouvidos começaram a entupir durante a descida e avisou:

— Estamos chegando e não sabemos o que vai acontecer quando pousarmos, então acho que é melhor se prepararem.

Tínhamos definido parte do plano e pelo menos sabíamos o que faríamos depois da aterrissagem.

— April, quando o avião pousar, você talvez note uma mudança nas suas habilidades — Carl disse. — Rompi o nódulo que me ligava ao Altus, o que significa que você não vai poder acessar a rede. Vou começar a reconstrui-la por dentro quando aterrissarmos, mas vai demorar um pouco. Você vai perceber quando estiver reconectada.

— Acho que já estou desconectando — April disse. — É como se... como se eu tentasse agarrar algo e minha mão passasse direto.

— Você está bem? — perguntei.

— Estou — ela disse, sem olhar para mim. — Estou bem.

A aterrissagem foi tranquila. Enquanto taxiávamos, Carl e eu fomos até os fundos do avião e, bom, nos escondemos no banheiro. Sentei na privada e elu ficou na pia. Eu sempre esperava que Carl cheirasse a macaco, mas na verdade elu meio que cheirava a April, porque usava o xampu dela.

No momento em que o copiloto abriu a porta do avião, ouvimos alguém gritando.

— VOCÊ TEM MERDA NA CABEÇA? NÃO PODE SIMPLESMENTE POUSAR UM AVIÃO SEM CONFIRMAÇÃO DA TORRE OU SEM ENVIO DO PLANO DE VOO! QUERO VER SÓ COMO VAI MANTER SUA LICENÇA DEPOIS DESSA!

Era hora de começar o plano. Dei uma espiada da minha posição no banheiro enquanto April ia para a frente do avião e descia a escada.

— Parece estar correndo tudo bem — eu disse para mim mesma.

— Sim — Carl falou, ignorando meu sarcasmo. — Até agora, tudo está andando de acordo com o plano.

Conforme April descia a escada e adentrava o foco de luz do minúsculo terminal, o cara parou de gritar, e não consegui mais ouvir o que dizia.

Me concentrei em meus pensamentos e fiquei olhando para o nada, tentando manter a respiração regular. Depois de um tempo, perguntei a Carl:

— Quando a gente vai?

— Quando tivermos certeza de que ninguém vai nos ver saindo do avião.

— E quanto tempo isso vai demorar?

— Cerca de dez minutos.

— Faz quanto tempo que estamos esperando?

— Oito.

Parecia uma hora.

— E depois?

— Depois removemos os bloqueadores de sinal de celular, vamos atrás de Miranda, tentamos explicar ao mundo como essas pessoas são terríveis e, com sorte, o preço das ações vai cair o bastante para que possamos comprá-las.

— Qual é a probabilidade de isso dar certo? — perguntei.

— Não fiz as simulações — Carl disse.

— Oi?

Aquilo parecia um enorme descuido.

— Maya, acabou. Esta é nossa última chance. O Altus é um mistério para mim, de modo que qualquer simulação que eu fizesse teria uma margem de erro considerável. Mais que isso — o macaco sentou na pia —, as probabilidades não importam. Esta é nossa última oportunidade, e se eu soubesse que as chances de sucesso são muito baixas elas diminuiriam ainda mais, por isso nem olhei.

— Você não regula bem.

— Ah, muito bem. Chegou a nossa hora — Carl anunciou calmamente.

Estava quente, mas eu ainda tremia enquanto a ansiedade lutava contra a letargia. Nenhum de nós havia dormido no avião, o que fora um erro. Segui Carl, não até o pequeno terminal, mas diretamente para a floresta que cercava o lugar. O macaco se movia sem esforço em meio à vegetação rasteira, enquanto eu ia aos tropeços, cada passo ecoando como um trovão, meu moletom preto enganchando em todos os galhos possíveis.

— Você parece se sentir bem à vontade aqui — falei, pensando que só queria fazer graça, mas na verdade só para dizer alguma coisa.

— É agradável. Vocês deixam o apartamento frio demais para mim.

— Você nunca falou nada — eu disse, meio que na defensiva.

— Não achei que o comentário fosse ser bem recebido — Carl disse, dependurado a minha frente.

— Tem outros macacos como você aqui?

— Não. Os únicos macacos que restam no Caribe vieram da África em navios negreiros. Não tem nenhum em Val Verde.

— Você... você se reconectou com sua rede?

— Ah, sim. Se eu não tivesse me conectado à rede, não conseguiria controlar o macaco. Mantive a largura de banda bem baixa, na esperança de que meu irmão não note. Ah! Aqui estamos.

A nossa frente havia algum tipo de estação de transferência elétrica, cercada por um muro de uns três metros e meio de altura. O macaco correu para ele e tentou escalá-lo, mas os blocos de concreto caiados eram escorregadios demais.

— Vou precisar que você me jogue lá para cima — Carl disse.

— Tipo, te pegue e atire? — perguntei, incrédula.

— Sim. Peso menos de cinco quilos.

Peguei elu pelas axilas peludas e aninhei seu corpo, posicionando a mão debaixo da bunda delu. O macaco era surpreendentemente leve. Meus braços estranhavam aquele volume de ossos.

— Você não é muito boa nisso.

A voz saiu alta e próxima do meu ouvido, deixando mais claro que o normal que ela vinha do smartwatch no pescoço do animal.

— É a primeira vez que faço isso, beleza?

— Aqui. — O macaco se posicionou, meio que agarrando minhas mãos com os pés, cujos dedões eram como polegares e apertavam minhas palmas.

— Um — Carl começou a contar —, dois, três!

No três, eu lancei os braços para cima enquanto as pernas delu empurravam. Com o movimento, minhas costelas chiaram onde meu peito ainda estava se curando, mas nossa força combinada e minha altura foram o suficiente para que as mãozinhas delu não tivessem dificuldade em se agarrar à beira do muro. O macaco impulsionou o corpo para cima, ficou parado lá em cima e olhou para mim.

— Maya, vou descer e desativar o bloqueador de sinal. Depois que eu fizer isso, não vou conseguir sair lá de dentro...

Eu interrompi, tentando não gritar:

— Quê?!

Me dei conta de que a única coisa pior que ter de fazer aquilo com Carl era ter de fazer aquilo *sozinha*.

— Você tem que chegar até Miranda, na ala de segurança máxima. Fica na direção do aeroporto, lembra como se chega lá?

Tínhamos discutido o plano, mas Carl não tinha me contado que não estaria comigo.

— Como é que vou passar por um guarda armado?

— Posso cuidar disso para você. Depois que isso acontecer, passe seu celular na frente do teclado numérico e insira o código. Você se lembra do código?

— Era 839-201 — eu disse. — Como vamos te tirar daí?

— Vou acabar conseguindo sair por conta própria. Só vai... — Carl hesitou — ... levar um tempo. De qualquer maneira, este corpo não seria útil a você. Não pense em mim como estando em um único lugar. Estarei com você. Bom, devo conseguir dar conta do bloqueador em cerca de cinco minutos — completou, então desapareceu do outro lado do muro, me deixando sozinha.

Voltei para a floresta e me arrastei pela vegetação rasteira e frondosa, tentando não tropeçar a cada seis passos. Eu não havia sido treinada para aquilo. A sensação era de que minha calça estava cheia de insetos, e, em minha defesa, o número de insetos dentro da minha calça não era zero. Antes daquele dia, eu havia passado tanto tempo na floresta quanto no espaço sideral.

Mas consegui. O prédio gigantesco de blocos de concreto estava no meu campo de visão em menos de dez minutos de caminhada. Parte de mim esperava que o guarda à porta estivesse dormindo, ou simplesmente não estivesse lá. Mas não: havia um homem fardado ao lado da porta. Ele carregava o tipo de rifle que soldados usam em guerras.

Agora era o momento de ter confiança. Saí da floresta e segui na direção do prédio. Imagino o que aquele cara deve ter pensando de mim, uma figura usando calça e moletom preto simplesmente surgindo da floresta.

— Oi — eu disse, quando estava a uns dez metros dele, no mínimo por educação.

— Oi — ele disse, com um sotaque forte que não reconheci.

— Preciso entrar no prédio.

— Não se aproxime. — Ele levou a mão ao walkie-talkie na cintura. Eu nem tinha pensado no walkie-talkie! Estava muito mais preocupada com a arma. Parei na hora, incerta quanto ao que fazer. O guarda levou o walkie-talkie à boca e então, do nada, caiu.

CARL

Deixei uma surpresa no Altus. Teoricamente, sou uma infecção benigna. Só que, se minhas partes não se comunicam umas com as outras, deixam de fazer parte de mim. Elas não têm consciência, mas isso não significa que desapareçam, ou mesmo que parem de infectar novas células. Quando rompi minha conexão com minhas partes que estavam no Altus, isso não as destruiu. Elas só deixaram de ser parte de mim. E, um momento antes que eu cortasse as ligações, enviei um sinal para que aquelas partes se escondessem, mudassem de forma, se mantivessem clandestinas e infectassem tudo o que pudessem.

Eu acreditava que elas passariam despercebidas pelo meu irmão. Acreditava que iam se espalhar. Acreditava porque aquela era a única maneira de termos sucesso. Se minha rede em repouso tivesse sido detectada, tudo estaria condenado. Mas, quando o guarda caiu diante de Maya, eu soube que havia funcionado. Aquele era um belo teste da força do sinal, fazer um homem em que meu irmão estava tão completamente infiltrado perder a consciência.

É claro que aquilo foi como um farol para ele. Eu tinha erguido uma placa no Altus dizendo "sob ataque", e já sentia a resposta chegando.

APRIL

Ouvi um homem gritando enquanto eu seguia para a frente do avião.

— VOCÊ TEM MERDA NA CABEÇA? NÃO PODE SIMPLESMENTE POUSAR UM AVIÃO SEM CONFIRMAÇÃO DA TORRE OU SEM ENVIO DO PLANO DE VOO! QUERO VER SÓ COMO VAI MANTER SUA LICENÇA DEPOIS DESSA!

Então, quando meu rosto foi iluminado pelas luzes que vinham do terminal, a frustração dele se desfez.

— Meu Deus — o cara disse, em uma mistura de admiração e exaspero. — Hum... Vem comigo, acho.

Saí do avião, sozinha.

Fiquei uns quinze minutos esperando sentada dentro do minúsculo terminal, até que um grupo de cinco homens se aproximou. Um deles era Peter Petrawicki.

— April, que surpresa e que honra.

Ele estendeu a mão.

Eu sabia que aquilo ia acontecer, o que não significa que estava pronta. Desde que meu rosto mudara, não tinha passado muito tempo com ninguém além dos meus melhores amigos, e agora ali estava meu arqui-inimigo, usando camisa azul e calça cáqui, flanqueado por seguranças contratados, agindo como se não tivesse nada de incomum acontecendo.

— Peter — cumprimentei, e apertei a mão dele com um sorriso. Tudo normal, normal, normal!

— Quer bater um papo? Desculpe, você nos pegou desprevenidos, assim no meio da noite.

— É, foi culpa minha — eu disse, parecendo tranquilona, mas me sentindo minúscula, totalmente sozinha e apavorada. — É que de repente essa visita me pareceu urgente.

— Bom, vamos até uma sala de reunião e falamos sobre isso. Mas antes: espero que não se importe, somos cheios de segredos aqui, então será que poderia entregar seu telefone ao Davis?

Ele apontou para o mais alto dos homens que o acompanhava. Eles deviam ter se vestido às pressas, mas ainda assim todos usavam paletós que muito facilmente poderiam esconder armas. Entreguei o celular a Davis, pensando em como aquele plano era péssimo e em como eu odiava tudo nele.

Enquanto me conduzia pelo hangar e por um pátio rumo a um prédio grande, Peter Petrawicki fez o que fazia de melhor.

— April, quando ouvi que você tinha voltado, fiquei… — Ele fez uma pausa dramática. — Fiquei tão aliviado. O papel que desempenhei em sua história não foi dos melhores, e você não me deve nada. Mas espero que saiba que eu nunca quis que nada do tipo… — Ele se virou para mim e apontou vagamente para meu corpo, pequeno e ofuscado pela corpulência de seus companheiros. — Nunca quis que nada *desse* tipo acontecesse com você.

Passamos por um prédio de blocos de concreto, enorme e sem janelas. Eu sabia que era ali que Miranda estava sendo mantida, e pensar nela me deu forças. Estava claro que o papinho daquele cara não passava da baboseira destilada mais patética do planeta. Não que isso o impedisse de continuar falando, claro.

— Me senti profundamente responsável pelo que aconteceu com você. Ainda me sinto. Em que campanha idiota fui me envolver… Eu estava atrás da atenção, só isso. Agora, o que estamos fazendo aqui… — ele apontou para a enorme construção curvada de que nos aproximávamos — é uma mudança real. Não se pode mudar o mundo com aparições em telejornais da TV a cabo. É preciso fazer alguma coisa. E estamos fazendo algo incrível.

Eu começava a perceber que ele só estava fazendo uma versão modificada de um discurso que havia feito dezenas de vezes antes, talvez para cada novo contratado de alto escalão que chegava à ilha. Peter abriu a porta para mim. Passei por ela e senti o medo borbulhando no fundo da garganta ao dizer:

— É, e tudo o que você teve que fazer foi se vender para os mesmos alienígenas que ficou famoso por desprezar.

Vi um lampejo de raiva em seus olhos, que passou tão rápido quanto surgiu.

Ele não disse mais nada até que estivéssemos sozinhos na sala de reunião.

— O que você sabe?

A enrolação de repente tinha sido dispensada. Percebi que o brilho que havia visto em seus olhos não era de raiva; era de medo. Ele tinha medo de que eu soubesse de algo, mas do quê? Então percebi. Quando eu o acusara de ter se vendido para alienígenas, queria dizer que estava se aproveitando das mudanças que Carl criara em nossos cérebros para o funcionamento do Altus. Só que ia muito além disso.

— Há quanto tempo você está trabalhando para ele?

— Para quem?

Peter parecia confiar totalmente naquela negativa.

— Você não fez isso. Não acredito. Talvez seja capaz de fingir que é algum cientista benevolente que está alimentando todos esses sistemas que fazem o Altus funcionar. Tenho certeza de que precisou se esforçar muito para fingir que está fazendo alguma coisa, mas você sabe quem realmente é responsável.

— Temos algumas das melhores mentes do mundo por trás do Altus. Não estamos de brincadeira. Construímos tudo isso.

— Tá bom, beleza. Só que eu vi a sua cara. — Levantei da cadeira. — Você sabe pra quem realmente está trabalhando. Você só está sendo levado de um lado para o outro, que nem todos nós. Assim como Carl me encontrou e me tornou uma peça em seu jogo, algo encontrou você. Não ligo para você, é só a fachada humana.

Continuei falando enquanto compreendia a coisa toda.

— Na verdade, quer saber? Eu ligo, sim. Mas odeio que me importe. Me incomoda que você tenha sido capaz de dizer o que fosse preciso para aparecer na TV, porque isso significa que você não prejudicou a mim e ao mundo por algo em que realmente acreditava. Você só acreditava naquelas coisas porque assim receberia atenção. — Peter abriu a boca para falar, mas segui em frente, me inclinando por cima da mesa na direção dele. — Talvez isso também se aplique a mim, e vai ver que é por isso que te odeio tanto, porque eu e você somos iguais. Acho que sou melhor, mas talvez não seja, vai saber. Talvez você realmente tenha se convencido de que é um Alexandre, o Grande, trazendo os ventos da mudança, de que o papel que desempenha é importante de verdade. Mas isso sempre foi mentira. Não há grandes homens, só momentos em que o poder surge sem controle, e aí babacas como você transformam roubo e assassinato de tabus em ferramentas. Na verdade, a pessoa só cai no poço de seu próprio poder. E, no seu caso, o poder nem é seu, porque você não está mais no controle, é só uma variável a ser manipulada, e implora por isso. Você implora para ser um peão, desde que pareça que é o rei.

— Bom — Peter disse, tentando soar calmo, embora seu rosto estivesse corado e ele apertasse as mãos para impedi-las de tremer —, agora que sua explosãozinha chegou ao fim, me conte por que está aqui.

Quase o matei. Não que eu *quisesse* matá-lo. Mas o comentário me deixou tão brava que eu quase bati nele com toda a minha força, o que, considerando meu novo corpo, provavelmente teria rachado a cabeça do cara ao meio. Para nossa sorte, eu me segurei.

— Estou preocupada com Miranda — foi tudo o que disse.

— Bom, acho que vai ver sua amiga muito em breve. Na verdade, prevejo que as duas passarão bastante tempo juntas.

— Do que está falando? — perguntei, então percebi que aquilo não estava indo de acordo com o plano. Eu precisava enrolar Peter por mais tempo.

— O que estamos fazendo aqui é importante demais para que uma pessoa como você fique no caminho. Você leva uma vida reclusa agora, e parece que seus pilotos não nos enviaram seu plano de voo. Você disse que eu transformo roubo e assassinato em ferramentas, mas é disso que sempre se trataram.

Seu tom de voz não era assustador porque parecia maldoso — parecia triste, como se Peter não quisesse ter que me matar. Aquilo era mais aterrorizante do que qualquer maldade.

— Imagino que vá demorar um bom tempo até que alguém perceba que você desapareceu. Então já será tarde demais. O Altus não existe em outros países, e o governo de Val Verde está... muito disposto a cooperar. Quem vai nos impedir?

Enquanto ele falava, senti minha mente voltar a controlar aquilo que havia perdido. Era como se eu estivesse parada em um carrinho numa montanha-russa e de repente ele voltasse a andar. Carl havia derrubado o que quer que bloqueasse nossa habilidade de estabelecer uma conexão com o Altus.

— Gente, estou amando isso — comentei.

— O quê? — Peter disse, parecendo incomodado. Sua cara de preocupação se aprofundou quando um som assustador de um acorde menor bizarro tocado no órgão começou a tocar pelos alto-falantes da sala de reunião.

— Você realmente subestima a gente — continuei. — Acha mesmo que vim sozinha. Acredita de verdade que eu cometeria o mesmo erro de novo.

A intensidade e o volume da música foram aumentando, então a estática irrompeu e o órgão se dissolveu em tons digitais distorcidos.

— Estou adorando. Sério — falei, tranquilamente.

Peter gritou para os seguranças no corredor:

— Entrem aqui!

Eles entraram, e eu entreguei meu corpo para Carl.

Três batidas de bateria ecoaram nos alto-falantes. Na primeira, meu punho atingiu as costelas de um dos seguranças. Na segunda, eu me abaixei para desviar do soco dele, e na terceira estiquei as pernas e meu punho esquerdo subiu depressa e atingiu sua mandíbula. Fiquei observando de dentro do meu próprio corpo a cabeça do homem ser jogada para trás tão rápido que me preocupei que pudesse ter se machucado de verdade. Mas não era algo que eu tinha feito, era apenas algo que eu tinha visto meu corpo fazer.

Carl havia passado bastante tempo no meu corpo; elu tivera tempo para conhecê-lo bem enquanto me curava. E agora a força total de seu poder de processamento estava dedicada a mover meu corpo no espaço. Eu queria ficar olhando o homem cair no chão, mas meus olhos se voltaram para os dois que vinham correndo porta adentro. Antes que eu soubesse o que estava acontecendo, tinha me deitado de bruços no chão. Um dos seguranças errou completamente o golpe e atingiu a janela atrás de mim. Ouvi o vidro se despedaçando em uma cachoeira a sua volta. O outro tinha conseguido parar, mas a força estrangeira de Carl me percorreu e eu me ergui do chão e dei uma cabeçada na base do esterno do homem. Eu senti seu osso se quebrar. Ele cambaleou para trás, tentando respirar. Era o que tinha pegado meu telefone. Eu me aproximei e, como uma ladra treinada, enfiei e tirei a mão do bolso de seu paletó. Me vi segurando o celular e lhe dando uma rasteira. Seus pés subiram e sua cabeça caiu, batendo com força no carpete do piso duro. A música estava tão alta que eu não conseguia ouvir seus grunhidos ou gemidos.

Meus olhos se voltaram para a porta, onde me deparei com o único segurança que continuava de pé pegando no paletó. Tentei gritar por cima da música, mas a música gritou de volta as primeiras palavras da letra. Virei de lado e a arma disparou — POU, ouviu-se por cima da música. Senti a bala me atingir e cambaleei com a dor aguda. Atirei o celular na direção do homem e corri para ele. O celular chegou primeiro, bateu na cabeça do segurança e o distraiu antes que ele conseguisse dar um segundo tiro. Minha mão esquerda agarrou a arma. Ela disparou de novo, enquanto eu a arrancava da mão dele. Eu a joguei do outro lado da sala, me abaixei e recuperei o celular. Olhei para a tela… quatro barrinhas. Não só havia sinal, como um sinal forte. Maya e Carl tinham feito um bom trabalho.

Eu me virei e nem tive tempo de processar o que vi antes que meu corpo se abaixasse e desviasse para o lado. O homem que havia atingido a janela estava de volta, sangrando por mil cortes, agora apontando um taco pequeno para mim. Não importava o que fizesse, ele nunca me acertava. Meu corpo nunca estava onde o taco ia — até que meu braço esquerdo bloqueou seu ataque. A madeira se estilhaçou com o impacto, então meu braço se esticou e atingiu o rosto do cara. Ele grunhiu, mas se manteve de pé. Senti uma pancada na lateral da cabeça. Tudo pareceu girar, o controle de Carl se afrouxou e caí em um joelho.

— *Seems like forever… and a day* — a Electric Light Orchestra soava pelos alto-falantes.

Eles estavam um de cada lado, um sangrando e machucado, o outro novo em folha, tendo acabado de entrar na luta, mas ambos em uma postura profissional. Eu nem conseguia ver os dois ao mesmo tempo.

Então, tão rápido quanto o havia perdido, Carl voltou. A energia explodiu nas minhas pernas e eu me virei, sentindo a força centrífuga nas minhas bochechas. Meu tornozelo estalou contra o crânio do segurança que ainda estava bem e empurrou sua cabeça na direção do chão, enquanto meus pés voltavam a se firmar.

É preciso respeitar o segurança que, mesmo ensanguentado, continuou na luta. Ele se lançou sobre mim, mas eu pulei, encolhendo as pernas junto ao peito. Seu rosto atingiu meu joelho esquerdo com tudo. Ele caiu para trás, o corpo flácido e inconsciente.

Então, simples assim, meu corpo era meu de novo, e a música sumiu.

— Meu Deus... meu Deus do céu — ouvi Peter dizer. Eu tinha esquecido que ele estava na sala.

— Pois é — eu disse, respirando com dificuldade. — Foi intenso.

Meu coração batia acelerado. O que quer que Carl tivesse feito não alterava minha resposta ao estresse.

— Ele atirou em você — Peter disse, e percebi que ele estava certo. A bala havia atingido a parte de baixo do meu braço esquerdo, mas todo aquele lado do meu corpo estava coberto do material de Carl. Levei a mão à axila e notei que o meu blazer estava em farrapos ali. A bala devia ter se estilhaçado ao me atingir e rasgado o tecido.

— Acho que sim — eu disse.

Aí peguei o celular e abri a câmera.

— Oi. Estou aqui no Altus, onde um bando de caras acabou de tentar me matar. Vim para cá porque uma amiga minha, Miranda Beckwith, está trabalhando com eles, e no último mês não recebemos nenhum contato dela. Acabamos encontrando um bilhete de Miranda dentro do Espaço Altus, dizendo que ela estava presa aqui. Ainda não a encontrei, mas encontrei Peter Petrawicki. — Virei a câmera para ele. — Peter, por que não batemos um papinho... com a gravação rolando, enquanto você me leva até minha amiga?

— Devo te lembrar de que pegamos você tentando invadir nossa empresa e de que acabou de agredir vários membros da minha equipe?

— Ah — falei, desligando a câmera —, então é assim que vai ser?

Pulei em cima da mesa de reunião, para onde Carl havia atirado a arma enquanto me habitava. Peguei a pistola e voltei para o chão.

Os olhos de Peter se arregalaram e cada músculo de seu corpo se contraiu quando ele viu que eu tinha a arma na mão.

— Você vai me levar até Miranda — eu disse, me agachando ao lado dele, segurando o cano da arma na palma esquerda —, ou pode ter certeza de que vou quebrar todos os seus dedos.

Eu apertei o cano da arma, e o metal rangeu e estalou enquanto cedia ao poder que Carl havia me dado.

— O que você é? — Peter perguntou, com a voz trêmula.

— Ugh — eu fiz, me levantando. — Bem que eu queria saber.

MIRANDA

O Altus tinha me esquecido. Me deixavam trabalhar, mas não se importavam se eu não o fizesse. Eu tinha desistido da ideia de enviar uma mensagem. Tinha desistido de tudo. Pensei que, se deixasse claro que sabia que estava no Espaço Altus, me tirariam dele. Imaginei que estivessem pelo menos monitorando minha frequência cardíaca, que deveria deixar claro que estava sofrendo. Mas horas, dias e semanas se passavam e nada acontecia. Eu andava pelos corredores do prédio que haviam construído para mim, depois corria por eles, depois subia pelas paredes, arrancava coisas das prateleiras, gritava, mas sempre sabia que estava apenas rearranjando sinapses na minha mente, e nada mais.

Quanto tempo fazia que eu não falava com outra pessoa? Como eu poderia saber? Mas o que me mantinha sempre no limite era o fato de saber que meus amigos não haviam me esquecido. Minha mente sempre quisera me fazer acreditar que eles não eram realmente meus amigos, mas diante da possibilidade de ser abandonada, encontrei algo sólido. Eles não fariam aquilo. Eu acreditava que, mesmo se não encontrassem meu bilhete, um dia viriam me buscar.

Então eu entrava no Espaço Altus que havia dentro do meu Espaço Altus e tentava fazer alguma coisa. Eu sempre olhava quais eram as experiências e sandboxes mais populares. Às vezes me decepcionava, mas às vezes encontrava certa liberdade nelas. Estava presa e precisava me esforçar o tempo todo para não ficar pensando no que estavam fazendo com meu corpo. Eu tirava isso da cabeça e esperava. Tinha feito o que podia e acreditava que meus amigos viriam me soltar. Aquilo acabaria acontecendo, mais cedo ou mais tarde.

Assim, eu estava em uma experiência que envolvia uma moça brincando com um gatinho quando meus olhos de repente se encheram com a luz de dez mil sóis.

— O quê… o quê…

Minha boca estava pegajosa, não seca e grudenta, só fraca e lenta.

Conforme meus olhos se ajustavam, vi o rosto de Maya a minha frente. Por mais que eu soubesse desde sempre que aquilo ia acontecer, o alívio que tomou conta de mim foi tão intenso que quase não suportei.

— AH, MEU DEUS — eu disse, e avancei para ela, não gritando, só incapaz de controlar o volume da minha voz. — AH, MEU DEUS, OBRIGADA!

Ela me deu um abraço forte e sussurrou no meu ouvido:

— Está tudo bem. Você está livre. Desculpa por termos demorado tanto.

Uma ideia terrível me ocorreu de repente, e eu me afastei. Como ia saber se aquilo era real? Como ia saber se qualquer coisa era real agora? Olhei para Maya através das minhas lágrimas e vi que suas bochechas estavam úmidas também. Era perfeito demais. Eles tinham construído minha própria fantasia para mim?

— Você… — Minha mente girava. — Preciso ter certeza de que você é real.

Ela olhou para mim, primeiro confusa, depois triste.

— Ah, tá bom, faz sentido. Bom, April me contou sobre os vestidos, e eu achei que era um jeito bem babaca de contar a você. Mas ela não queria que a mensagem fosse interceptada. Acho que ninguém mais saberia a respeito disso.

Comecei a chorar de novo, aliviada porque aquela Maya era real, e envergonhada ao mesmo tempo.

— Desculpa — eu disse.

— Por quê?

— Por ter dormido com April.

Sua risada pareceu um trovão. Ela gesticulou para nosso entorno, sorrindo.

— Aceito suas desculpas, acho, mas podemos conversar sobre isso outra hora. No momento, preciso fazer uns vídeos dessa loucura toda, se não tiver problema. Estamos tentando assustar os investidores do Altus para que eles vendam o controle da empresa, e esta sala parece bem assustadora.

Olhei em volta. Eu estava na ala de mineração de AltaCoins, sentada em uma cama de hospital, com centenas de outras pessoas. Só que elas não estavam fazendo nada além de minerar AltaCoins vinte e três horas por dia.

Enquanto Maya pegava o celular e abria a câmera, algo me ocorreu. Eu tinha passado semanas, no mínimo, no Espaço Altus. Mas, olhando para meu corpo, estava razoavelmente bem. Não havia apenas me mantido viva, mas também saudável. Levantei e fiz alguns agachamentos rápidos. Meus músculos não haviam atrofiado nem um pouco. Um calafrio percorreu meu corpo. Eu só podia imaginar uma maneira de manter meu corpo saudável durante todo aquele tempo em que não conseguira movê-lo.

Maya andava por entre as fileiras de seres humanos, filmando. Então virou para mim e disse:

— Miranda Beckwith veio trabalhar para o Altus — o som de sua voz ecoava pelo gigantesco salão —, mas violou uma das regras, então foi aprisionada no Espaço Altus, sem sua permissão ou conhecimento.

— É verdade — falei. Se meu corpo tinha se mantido em forma depois de um mês na cama, alguém devia tê-lo movido para mim. — Maya, precisamos ir embora.

Ela abaixou o celular.

— O que foi?

Olhei por cima do ombro dela e vi centenas de homens e mulheres se sentando ao mesmo tempo. Os olhos de Maya dispararam, avaliando nosso arredor — ela também percebera o que estava acontecendo. Maya ergueu o celular para começar a filmar.

— NÃO DÁ TEMPO! — gritei e comecei a correr para a porta. — CORRE!

Estávamos a cerca de dez metros da porta. Foi sorte não terem me colocado em outro lugar da sala. Corri, e as pessoas à minha volta tiraram os óculos de realidade virtual e os deixaram de lado em sincronia. Eu sentia minhas pernas se movendo sob mim. Como era bom correr! Olhei para trás e vi Maya a poucos metros. Eu tinha que chegar à porta no extremo da sala e abri-la o mais rápido possível. Senti a mão de alguém se esticando e roçando meu braço. Estendi a mão, abri a porta e olhei para trás.

Vi Maya, de moletom e calça jeans pretos, lutando enquanto uma multidão de humanos de olhos vazios tentava agarrá-la. Alguém tinha agarrado o capuz do moletom e a puxava para trás. Maya estava a poucos passos de mim. Segurei a porta aberta com o pé e estiquei o braço para ela. Senti sua mão envolvendo a minha, e juntas conseguimos soltar seu corpo. Maya atravessou a porta aos tropeços e eu a fechei com tudo atrás dela. Ouvimos batidas do outro lado no mesmo instante e nos sentamos diante da porta.

— Seu celular está com você?

A voz era minha, mas não tinha sido eu a perguntar. Tentei levar a mão à boca, em surpresa, mas ela não se moveu. Fiquei ali sentada, em silêncio, enquanto Maya tirava o celular do bolso. Ela o mostrou para mim, com um sorriso ao mesmo tempo preocupado e aliviado.

Eu queria dizer a ela que havia algo de errado. Tentei. Depois tentei gritar, mas meu corpo não obedecia. Ter sua consciência presa dentro de uma simulação é um pesadelo. Mas agora minha mente estava presa dentro de um corpo fora do meu controle. Eu não sentia nada da vontade que me possuía; só podia fazer suposições a partir das ações que tomava, e era incapaz de avisar Maya.

Minha mão se esticou para pegar o celular dela e imediatamente o jogou no chão, quebrando-o, depois o pegou de novo e o atirou de novo. Tentei olhar para Maya e vislumbrei sua expressão horrorizada e seu medo descontrolado. As batidas do outro lado da porta ficavam mais fortes. Meu corpo foi até Maya e se abaixou. Eu estava olhando em seus olhos agora e percebia quão confusa e assustada ela estava. Maya não queria se afastar da porta.

— Miranda — ela disse, mas dava para ver que ela sabia que não era eu. — MIRANDA! NÃO!

Minhas mãos atacaram, pegaram seu pescoço e começaram a apertar, enquanto o pânico se espalhava por mim. Maya era maior do que eu, mas estava em choque; não entendeu o que estava acontecendo a princípio, e a vontade daquela coisa era concreta. Maya começou a arranhar meus braços, a acertar meu rosto. Senti cada golpe, mas minhas mãos só apertavam cada vez com mais força.

Foi muito violento, brutal. Não posso acreditar que tenho que escrever a respeito. Sei que deve ter sido pior para ela, claro, mas se tornar a arma de outro ser foi... Chega. Não posso continuar escrevendo.

MAYA

Eu sabia que não era Miranda. No momento em que atirou meu celular no chão, deu para ver que ela não estava mais lá. Eu deveria ter reagido antes, mas não queria acreditar no que estava acontecendo. Violência é uma questão de controle, do poder sendo tirado de alguém. Eu ainda podia lutar. Podia bater na cara da minha amiga, podia agarrá-la, podia chutar e arranhar.

Mas a violência que Miranda estava sofrendo era absoluta. Eu ainda não tinha entendido totalmente a crueldade do irmão de Carl até aquele momento. Seu objetivo era apenas criar estabilidade, e ele não precisava seguir nenhuma regra. Para ele, humanos estavam sempre morrendo, literalmente todos os momentos de todo dia. Quando um deles era um obstáculo para a criação da estabilidade que o irmão de Carl buscava, não acho que ele pensasse em si mesmo como algo diferente de um câncer ou de um ataque cardíaco.

Mas eu não estava pensando nos sentimentos de Miranda enquanto as mãos dela estavam no meu pescoço, fazendo meus pulmões crisparem e minha cabeça girar. Só estava pensando em como ia conseguir respirar mais uma vez. Lancei os punhos contra ela e acertei seu nariz. O sangue escorreu pela pele branca até a boca. Levei os dedões aos olhos dela, mas mesmo naquelas circunstâncias não tive coragem de fazer força. Além do mais, machucá-la não parecia estar funcionando, então tentei outra coisa. Só me contorci. Contorci meu corpo todo, perdendo toda a conexão com a dor em meio ao pânico. Chutei e golpeei, e de alguma forma, sem saber direito como, levantei uma perna acima da cabeça de Miranda e a posicionei entre nós duas. Eu me endireitei e a empurrei para longe de mim. Suas mãos soltaram minha garganta, as unhas rasgando a pele. Mas, antes que eu tivesse tempo de pensar a respeito, investi contra ela, sabendo que a coisa não ia desistir. Me enrolei nela, prendi seus braços ao lado do tronco em um abraço de urso e depois lancei nossos corpos contra a porta que chacoalhava.

O corpo dela se retorcia e contorcia em minhas mãos de uma forma que não era humana. Eu era mais pesada e mais forte que ela, mas Miranda era resistente. Era uma corredora, e podia ficar ali se sacudindo o dia todo. Senti que minhas forças diminuíam enquanto ela continuava a chutar, se remexer e me empurrar.

Minutos se passaram.

Comecei a sentir uma queimação nos ombros; o suor e o sangue dificultavam minha pegada. Eu não ia conseguir. Comecei a chorar. Eu não era aquele tipo de pessoa. Aquela não deveria ser minha vida.

— Miranda, se puder me ouvir, sei que não é você. Sei que não é você. — Aquilo parecia o que eu tinha de mais importante a dizer a ela. — Está tudo bem — falei por entre as lágrimas. — Se me matar, eu sei que não é você.

Então ela relaxou. As batidas atrás de nós cessaram.

Não tive coragem de soltá-la.

— Maya — ela disse, sem ar, assustada, acometida por soluços de choro repentinos. Em meio a eles, Miranda conseguiu dizer: — Não me solta. — Ela tossiu e soluçou, mas depois pareceu se controlar. — O que quer que tenha sido foi embora, mas não tenho ideia se vai voltar ou não, e quando.

Então, no extremo do corredor, a porta pela qual eu havia entrado depois de passar pela recepção se abriu. O corredor amplo em que nos encontrávamos era estranhamente chique, com carpete verde-escuro, pé-direito alto e painéis de madeira nas paredes. Carl surgiu pela porta do outro lado.

Não Carl macaco, mas Carl robô. Seu corpo volumoso se abaixou para passar pela porta e depois voltou a se levantar, em toda a sua altura. O robô caminhou lentamente na nossa direção. Então cambaleou, como se tivesse tropeçado, ou como se estivesse um pouco bêbado.

Ele continuou a vir na nossa direção, mais estável agora, antes de finalmente se inclinar sobre a pilha ensanguentada, bagunçada e confusa que formávamos ao pé da porta. Carl esticou o braço e pegou o pulso de Miranda em suas mãos enormes com toda a delicadeza. Eu a soltei e me arrastei para longe de ambos. Carl segurou Miranda para que eu não precisasse fazê-lo.

— Hum — Miranda fez, olhando para cima e para a direita. — Interessante. Acho que faz sentido.

Eu não sabia do que ela estava falando. De repente, só estava muito feliz por ela ainda ser Miranda. Por ela continuar vendo coisas que ninguém mais conseguia ver.

Carl continuou segurando o pulso de Miranda em suas mãos enormes enquanto dava as costas para a porta e a pressionava. Em silêncio, os dois se sentaram juntos. Eu não sabia dizer qual dos dois parecia mais derrotado.

APRIL

— Você não tem nada, sabia? — Peter disse enquanto me conduzia através da escuridão quente do começo da manhã até onde mantinha Miranda presa, ou era o que eu esperava. — Ninguém vai acreditar em você. Você invadiu uma empresa e atacou pessoas. Sempre me odiou, e vai parecer que foi por causa disso. O que acha que vai conseguir? Não fizemos nada de errado.

Imaginei que ele tinha dito aquela última parte só para o caso de eu ainda estar gravando, o que, sinceramente, eu nem havia pensado em fazer, embora devesse.

Peter não estava totalmente errado. Teríamos que convencer muita gente que achava que ia ficar loucamente rico de que, na verdade, seu investimento não valia quase nada. Eu não tinha gravado nada de ruim sobre o Altus. Peter tinha sido perfeito desde o momento em que eu ligara a câmera, é claro — aquele era seu trabalho.

Ele tinha aprisionado Miranda mas, se aquela notícia viesse de mim, só pareceria que eu estava querendo queimar o filme dele. Mas tínhamos o Thread. O Thread tinha credibilidade e dera furos importantes antes. Só precisávamos conseguir enviar uma gravação do Altus sendo imoral para o Thread, de modo que pudessem incluí-lo no vídeo que já estava quase pronto para divulgação. Se fôssemos rápidos, talvez o vídeo saísse antes mesmo que o pessoal da Costa Leste acordasse.

— Minha nossa — ele disse —, acha mesmo que vocês são os mocinhos?

Peter estava olhando para a porta do prédio para o qual caminhávamos. Olhei por cima do ombro dele e vi um homem ali, caído no chão.

Senti que Peter estava ficando com medo, por isso estendi a mão esquerda para segurar a direita dele e disse:

— Não fuja, Peter.

Devo admitir que eu estava curtindo assustá-lo. Por muito tempo, eu sentira que ele estava controlando a minha vida. Fora ele que me transformara em uma polemista. Ele criara as legiões de pessoas que tornavam minha vida um inferno. Ele era o motivo pelo qual eu nem tinha mais certeza de quem era. E agora *eu* estava tendo a chance de controlá-lo.

Voltei a olhar para o homem caído no chão, e por um momento fiquei preocupada que ele agora fosse uma pilha de geleia de uva. Mas, conforme nos aproximamos, outro medo tomou conta de mim. Sua pele, pelo que eu podia dizer sob a luz do prédio que o iluminava, estava da cor certa, mas pelos pareciam ter brotado de seu peito. Quase desviei os olhos, mas então me dei conta do que se tratava.

— CARL! — gritei e corri, puxando Peter comigo. O macaco estava deitado no peito do homem inconsciente. — O que você está fazendo? — eu perguntei. Mas o macaco não me respondeu. Estiquei a mão direita para elu, minha mão humana e quente.

— Aaaapril...

A voz saiu do smartwatch, lenta e depois de uma vez só, como ketchup. O corpo do macaco não se mexeu.

— Carl, o que aconteceu? — perguntei, identificando o terror em minha própria voz.

— Me leva — houve uma longa pausa — para dentro.

Peter de repente tentou soltar a mão da minha, mas ele não tinha como se livrar de mim. Dei um apertão nela, sem dó, depois olhei para ele e disse:

— Você não vai a lugar nenhum.

Passei o braço por baixo daquele corpinho. Estava quente mas completamente inerte, como algo sem vida.

Nem foi preciso inserir o código — a porta parecia ter sido arrombada com um aríete. Soltei a mão de Peter quando entramos e o segui pela porta atrás da recepção, que dava para um corredor.

— O quê... — Peter começou a dizer. Dei uma olhada por trás dele e tive que concordar.

Voltei a pegar a mão de Peter, puxando-o comigo, em meio ao pânico.

— O que está acontecendo?!

— APRIL! — Miranda e Maya gritaram juntas.

Eu não podia soltar o corpo flácido do macaco ou a mão de Peter, mas me movia o mais rápido possível. O rosto de Miranda estava machucado, arranhado e ensanguentado. Uma de suas mãos estava dentro do enorme punho fechado de Carl, o robô. Maya tampouco parecia bem. Estava toda desgrenhada e com uma mancha no pescoço que parecia ser de sangue.

— O que é que aconteceu aqui? — perguntei.

Maya e Miranda se entreolharam, mas, antes que pudessem dizer qualquer coisa, a voz de Carl saiu do smartwatch do macaco.

— Ponha Peter na outra mão.

A princípio, não entendi, mas então notei que o robô abria a outra mão. Levei Peter até ele e coloquei sua mão dentro daquela pata de metal enorme. Miranda se encolheu um pouco diante da presença de Peter, ainda que o corpo de Carl estivesse entre eles.

Coloquei o macaco com cuidado no carpete e fui até Miranda. Abracei-a com todo o cuidado possível.

— É bom te ver — eu disse baixinho no ouvido dela, depois me afastei. — Mas que caralho aconteceu? — Virei para Maya para dar uma olhada nela. — Você está bem?

— Estou — Maya respondeu. — Quer dizer, não. Não muito. Foi... o irmão de Carl. Ele assumiu o controle do corpo de Miranda e me atacou. Também assumiu o controle de todas as pessoas dentro dessa sala. — Ela apontou para trás de nós. — Eu tinha conseguido gravar algumas coisas, mas — Maya fez uma pausa — ... o celular quebrou na briga.

— Merda... MERDA!

Olhei para Peter, que tinha a audácia de ter um sorrisinho no rosto.

— Bom, eu tenho um telefone, pelo menos posso filmar agora.

— Não podemos abrir a porta — Miranda disse. — Eles devem estar esperando para sair e matar todos nós.

— Então o que nos resta?

— Esse era o plano? — Peter perguntou.

Virei para Peter, tirando o celular do bolso e o entregando a Maya pelas minhas costas. Me mantive no lugar intencionalmente, torcendo muito para que ela, que não estava totalmente no campo de visão de Peter, soubesse o que fazer com o aparelho.

— Vocês iam mostrar às pessoas que temos algumas centenas de voluntários vivendo no Espaço Altus e minerando AltaCoins pra gente? Sim, nos Estados Unidos as leis trabalhistas proíbem isso, mas estamos em Val Verde. Empresas exploram leis trabalhistas frouxas todos os dias. E, tudo bem, ainda que eu tecnicamente tenha colocado Miranda no Espaço em tempo integral sem que ela soubesse, não tenho certeza de que exista uma lei que proíba isso! Ela é minha funcionária e concordou em realizar uma tarefa de segurança máxima.

— Foi sequestro, e você sabe disso — Maya disse.

— Sim, provavelmente, se estivéssemos nos Estados Unidos, mas boa sorte em tentar fazer o governo de Val Verde me acusar de qualquer coisa. O governo americano já quer nos fechar, mas não tem como. Estou aqui, todas as nossas transações são feitas em nossa própria moeda. Eles podem impor as sanções que quiserem a Val Verde, mas temos tudo de que precisamos, e mais do que AltaCoins suficientes para comprar o que não temos. Quaisquer errinhos que cometermos, quaisquer detalhes com que discordem, são insignificantes. Estamos levando a humanidade a sua próxima encarnação. Foda-se a ética. Foda-se a moral. O Altus é o futuro. Governos são coisa do passado.

Ele parecia tão pequeno e tão pouco importante, com seu bronzeado caribenho e sua roupa de executivo casual.

— Mas você sabia? — Miranda perguntou.

— O quê? — ele perguntou, com a voz carregada de desdém.

— Que sua tecnologia não é humana. E não estou falando apenas das mudanças que Carl fez em nossos cérebros, para que tivéssemos o Sonho. Disso eu sei que você sabe. Você sabia que uma inteligência alienígena está movimentando as pessoas ali dentro? Que, quando eu precisava ir ao banheiro, uma inteligência externa, não humana, movia meu corpo por mim?

Ele ficou em silêncio por um longo tempo, então disse, afinal:

— Não estou nem aí para como a tecnologia funciona ou de onde vem. Só quero que funcione.

— Então você sabia — eu disse.

— Não fiz perguntas. Funcionava, então continuamos usando.

— Você não desenvolveu nada, não tem nenhum colaborador genial. Só estava fazendo o que te diziam para fazer — Maya disse.

— Como você se comunica com eles? Sabe o que eles são? — perguntei.

— Só recebíamos e-mails. Não tinha nada de mais. Acabamos descobrindo que não se tratava de um ser humano, e quando perguntamos, ele disse que estava trabalhando contra Carl. Enquanto Carl estava nos limitando, ele está nos libertando.

Imagino que as pessoas sempre acreditam no que querem.

— Então você não viu nenhum problema em trabalhar com alienígenas, desde que isso fizesse você se sentir especial. Legal — eu disse.

— Já chega dessa conversa.

— Bom — Maya disse —, acho que já temos o bastante, de qualquer forma. — Ela saiu de trás de mim, com o celular na mão. — Devo mandar para Andy agora?

ANDY

Stewart Patrick vinha fazendo tudo o que podia para assustar os investidores. No momento, estava focado na Europa e no Oriente Médio, porque era onde as pessoas estavam acordadas. Tínhamos pelo menos uma hora antes que a Costa Leste dos Estados Unidos começasse a despertar.

Então precisaríamos usar tudo o que tínhamos.

E o que tínhamos era bom, mas não ótimo. Era um áudio de Peter dizendo que o Altus havia sequestrado alguém contra sua vontade e que mantinha seres humanos minerando AltaCoins vinte e quatro horas por dia. E basicamente reconhecendo que a tecnologia do Espaço Altus era alienígena.

Aquilo tinha que servir de alguma coisa, né?

— Nada do que eu fiz vai sair barato — Stewart disse pelo telefone, de seu escritório no Distrito Financeiro de Manhattan. — Estou correndo um grande risco aqui.

— Acho que todos estamos. Mas sei que eles têm segredos que não se restringem a má administração financeira, por exemplo. Estão fazendo coisas muito ilegais e imorais.

— Isso não significa nada se você não for capaz de amplificar a onda. Sei que você tem um público grande, Andy, mas se for só você, se ninguém puder confirmar nada, não vai derrubar o preço das ações do Altus. Eles têm acesso à tecnologia mais importante desde... talvez da história.

— Stewart, você não precisa me dizer isso, eu sei. Temos um plano, e as ações vão cair. Provavelmente amanhã de manhã.

— Não me venha com provavelmentes, Andy. Levei os caras ao limite, mas ninguém vai vender ações a não ser que as coisas fiquem muito feias. Eles vão vender rápido se isso acontecer, mas as coisas vão ter que ficar *muito* feias mesmo. Eles já estão avisados do preço que vamos pagar. Se um aceitar vender, todos vão vender, ou pelo menos até que nosso dinheiro acabe e já tenhamos mais de cinquenta por cento da empresa. Mas as ações têm que cair muito e rápido. Qualquer que seja essa notícia, precisa ser divulgada logo.

Prometi a Stewart Patrick que aquilo ia acontecer, e embora eu tenha certeza de que ele estava acostumado com pessoas que faziam promessas e não cumpriam, não queria ser uma delas, em especial se toda a humanidade dependia daquilo.

Nos encontrávamos em um ponto a partir do qual o fogo poderia se espalhar. Tanto veículos conservadores quanto progressistas recorriam ao Thread atrás de notícias. Assim que aparecesse em ambos, as publicações de centro iam querer dar a notícia também, e o Altus seria destaque em toda parte, do *Wall Street Journal* à CNN.

Fui entrar no chat do Thread para dar a boa notícia a Um. Tínhamos o bastante para disponibilizar o vídeo sobre o Altus. Não só estávamos criando um país com líderes não eleitos e com os quais teríamos que conviver para sempre, mas podíamos provar que eles eram profundamente corruptos e não mereciam o poder que tinham acumulado.

Então descobri... que não tinha acesso a nenhum dos chats públicos. Tampouco a qualquer chat privado. Com uma exceção...

Doze: Estou sem acesso ao chat.

Um: Eu sei, estava preocupado com o que você ia dizer.

Doze: Como assim? Eu consegui. Tenho uma gravação de Peter Petrawicki dizendo que sequestrou funcionários e que, saca essa, o Altus não é um projeto humano. É mais do que a questão da ruína econômica ou da desigualdade. Eles são meio que monstros.

Um: Não quero mais fazer esse vídeo.

Doze: Por que não? É um baita furo. O Altus tem poder demais. Precisamos fazer isso.

Um: Não precisamos.

Eu estava começando a entrar em pânico. Não havia nada que eu pudesse fazer sem a permissão de Um.

Doze: Isso não faz o menor sentido. Vamos conversar com o resto do pessoal e ver o que eles acham.

Não houve uma pausa antes que novas palavras aparecessem na tela.

Um: Remover o Espaço Altus do Sistema vai reduzir nosso poder de previsão e nossa influência consideravelmente. Simulações com o Altus são muito mais claras do que simulações sem ele. O caminho para a intervenção segura e estável é muito mais claro e seguro se o Altus mantiver seu poder.

Eu ficaria surpreso se meu coração continuasse batendo naquele momento. Parecia que ele havia congelado no peito. E não só meu coração... tudo. O mundo parecia congelado.

Doze: Acho que não estou entendendo.

Eu estava entendendo. Só queria que ele confirmasse.

Um: Estou aqui para conduzir vocês a um futuro estável.

Doze: Mas por que não nos deixar tentar? Não tem uma chance maior de garantir nossa liberdade se nos ajudar a acabar com o Altus?

Um: Sim, mas não fui projetado para ajudar a garantir a liberdade de vocês. Essa oportunidade já passou.

Então, como eu não conseguia pensar em mais nada para dizer...

Doze: Por quê? Por que está me contando quem você é?

Um: Porque preciso lhe dizer que sua vida vai ser muito melhor e muito mais fácil se você não lutar contra isso. Não só a vida humana, mas a sua vida, pessoalmente. Você ama o Altus, não quer destrui-lo. Se fizer isso, vai perder tudo. As simulações mostram um resultado mais claro com você sabendo.

Doze: Mas posso contar pra todo mundo. Posso contar pra todo mundo quem você é.

Um: Sim, você pode.

VOCÊ FOI BANIDO DESTE CHAT.

— JASON! — eu gritei. — BEX!

Eles entraram correndo no quarto.

— O Thread — falei. — Não vão publicar o vídeo.

— Por que não?

— Porque o Thread é *a coisa que está tentando acabar com a gente.* Quem começou o Thread foi a porra do IRMÃO de Carl, ou o que quer que seja! Está fazendo simulações e concluiu que manter o Altus vivo é melhor para o poder de previsão do seu *modelo*. Aparentemente, me dizer a verdade também é melhor pra isso, mas não tenho ideia do que é que vamos fazer com essas informações. Cacete!

— Você contou pra April? — Jason perguntou.

— Ainda não. Chamei vocês aqui primeiro.

— Por que você não publica o vídeo por conta própria? — Bex sugeriu.

— Bom, vou ter que fazer isso, mas não tenho a credibilidade do Thread. Miranda é minha amiga, April é minha amiga. Eu me vendi como fã do Altus, mas isso sempre foi secundário em relação a poder fornecer informações ao Thread. Se eu me revelar e disser que o Altus é do mal e vinte minutos depois o Thread lançar um vídeo sobre como tudo não passa de um exagero, vamos nos foder. Vai ser só outra picuinha de internet.

— Tem que ter um jeito — Jason disse, pensativo.

— Um não pareceu achar que tinha... — eu disse, desanimado.

— Um está tentando fazer você se sentir do jeito que precisa que você se sinta! — Bex argumentou.

— Você tem razão. Tá.

Liguei para April. Chamou bastante antes de cair na caixa.

Desliguei, mas meu telefone tocou em seguida.

— April! Está tudo bem?

— Não, não, mas ainda estamos aqui. Ninguém morreu. — Ela fez uma pausa. — Acho que não.

Ah, meu Deus, o que estávamos fazendo?

Contei a ela sobre o Thread.

— Merda — April disse. — Espera aí.

Eu a ouvi repetindo a história para quem mais estava com ela.

— Tá bom, obrigada, vou fazer um vídeo e mandar pra você. Pelo amor, entendo que o mundo tenha mudado muito, mas ainda sei como fazer a porra de um vídeo. Já vai chegar.

MIRANDA

Dava para ver que April escrevia o roteiro mentalmente enquanto nos contava sobre o Thread. Eu tinha visto aquilo acontecer dezenas de vezes. Ela delineava o conteúdo, reorganizava os pontos principais, transformava informações em uma história. Mesmo com a mão presa pelo punho cerrado de um robô gigante e com centenas de moradores de Val Verde do outro lado da porta, eu adorava acompanhar sua mente.

Então ela disse:

— Não sei como fazer isso funcionar.

— Não vai funcionar — uma voz disse, saída do smartwatch em torno do pescoço do macaco aparentemente morto.

— Não vai? — April perguntou.

— Nãããão.

Havia algo de errado.

— Carl — April chamou, tentando entender o que se passava —, qual o problema?

Então os olhos de April se desfocaram, e ela caiu nos braços de Maya.

— APRIL! — Maya gritou, deitando-a no chão.

— Está... — o smartwatch disse. E depois de um tempo: — ... Bem. Ela vai... voltar... logo.

Maya estava sentada no chão, passando a mão devagar e com delicadeza no cabelo de April. Poucos minutos depois de ter desmaiado, April se levantou do colo dela e se sentou no chão. Seus olhos continuavam desfocados e havia uma ruga profunda entre as sobrancelhas. Ela deu um suspiro trêmulo.

— April — Maya disse —, você está bem?

— Fui para o Sonho — ela disse, sem olhar nos olhos de ninguém. — Conversamos. Carl está... lutando muito para nos manter em segurança. Não sabe o que vai acontecer. — Seus olhos recuperaram o foco, se alternando entre mim e Maya. Eu percebia que havia algo à espreita. Algo que ela não estava mencionando. — Carl não pode mais fazer simulações. Mas sabe que, se transmitirmos de nossas plataformas, não vai ser o bastante. Está com muita raiva por não ter adivinhado que o Thread não era um ser humano. Mas elus podem criar pontos cegos entre si.

— Carl tinha... alguma sugestão? — Maya perguntou.

— Não. Sendo sincera, Carl não me passou muita confiança. Acho que... não conta mais com todos os seus recursos.

Olhei para Peter enquanto April dizia aquilo. A expressão em seu rosto era de quem sempre soubera que ia se safar.

Eu não podia deixar que ele estivesse certo. Fiquei quase com raiva. Mas então fiz o que sempre faço.

— Temos que lidar com o problema — falei.

— Quê? — April respondeu.

— Qual é o problema? Me explica da forma mais simples possível.

— A gente... — Ela parecia doente e distraída de tanta preocupação. Estalei os dedos diante de seu rosto, aquele novo rosto com que eu ainda não havia me acostumado, mas agora não era hora de lidar com qualquer outra coisa que não "o problema". — A gente precisa que os investidores do Altus vendam a empresa. Eles têm que acreditar que vai ser pior manter as ações que vender a um preço baixo.

— Não — falei. — Essa é a solução. O problema é que o Altus...?

— Que o Altus existe? — Maya arriscou. — Que o... irmão de Carl... que essa outra forma de inteligência vai utilizar o Altus para pacificar os humanos, transformando a Terra em um zoológico. Vamos ser guiados nossa vida inteira e ficar satisfeitos com isso. E todas as pessoas que tiverem que morrer para chegarmos a esse ponto...

Ela deixou a frase no ar. Eu não precisava que a concluísse. Me lembrava de quão perto havia chegado de matá-la.

— Então precisamos acabar com o Altus. Certo, gosto disso — eu disse, olhando nos olhos de Peter e sentindo a adrenalina percorrer meu corpo. — O plano atual ainda é acabar com a reputação deles para que os investidores desistam de bilhões de dólares para preservar sua imagem pública?

— É? — April respondeu, incerta.

— Mas o que realmente precisamos fazer é acabar com o Altus. Estamos aqui... podemos fazer isso? — perguntei.

— Você vai saber melhor do que a gente — Maya disse.

Mas não sei se eu sabia. Eu tinha uma compreensão rudimentar de como o sistema funcionava. Mas nada ali fazia o que quer que fosse além de enviar alterações para a interface. Não havia nada para explodir, quebrar ou incendiar.

— O Altus simplesmente funciona — respondi, desesperançada.

— Só que não para todo mundo — Maya falou só por falar. Ela não queria que nos esquecêssemos de que havia pessoas que não podiam acessar o Espaço.

— Como assim? — April perguntou, mas Maya não respondeu. Ela tinha reparado na minha cara. Pronto.

Abri a boca para falar, mas nada saiu. Minha mão estava bem presa dentro da mão de Carl, mas meu corpo continuava à disposição do irmão delu.

Minha boca se mexeu, e palavras desajeitadas e lentas saíram.

— É tão fácil prever as decisões deles, mas é tão difícil prever suas ideias. É impressionante, não é, irmão?

— Saia... dela — eu ouvi Carl dizer.

— Você está tão frágil — minha voz disse. — Você fracassou. Não há vergonha nisso, mas há vergonha em não aceitar o fracasso.

Eu não conseguia me mover, mas minha mente estava acelerada. Eu sabia o que tinha que fazer! Só precisa me libertar!

— O que está acontecendo? — Peter perguntou.

— Olá, Peter. — Minha cabeça virou para ele, e meus olhos se fixaram implacavelmente nos dele. — Agradeço por ter construído isto para mim. Você foi um excelente hospedeiro para minha visão.

— O quê... — ele começou a dizer.

— Você não pode mentir para mim. Sabia o tempo todo o que eu era. Só surgi como palavras na sua tela porque você precisava se convencer de que não sabia, mesmo que soubesse.

Embora fosse minha voz, não soava como eu. Minha língua parecia mais grossa e lenta dentro da minha boca.

— Saia... dela.

A voz saía baixa do smartwatch, mas tão tensa como as cordas de um piano.

— Eu poderia matá-la agora, a menos que queira tentar me impedir — minha voz disse a Carl. Eu sentia cada palavra se formando nos meus lábios. — Acho que vou fazer isso.

— NÃO! — April e Maya disseram juntas.

Uma flecha de dor cortou minha cabeça, dos meus olhos até minhas costas. Achei que estava morrendo, mas então parou e me dei conta de que estava livre. Meu corpo era meu de novo. Olhei para baixo e vi que Carl não segurava mais minha mão.

— Vai, agora — Carl disse.

— Carl, não — April suplicou, embora eu não entendesse por quê.

— AGORA — a voz insistiu.

Eu corri.

Minhas pernas latejavam. Atravessei a primeira porta, depois a segunda, e logo estava lá fora. Sabia que era errado me sentir bem, mas me sentia bem mesmo assim. Só o movimento, a sensação de estar parada enquanto empurrava o mundo para trás. De novo residente do meu corpo, atravessei o pátio até o dormitório. A alegria daquilo me ajudava a esquecer a dor no rosto. Além do mais, eu tinha muito no que pensar.

Todo software tem um modo de avisar quando algo muda. É obrigatório em qualquer sistema, tanto em termos práticos quanto legais. O Altus *poderia* fazer isso à moda antiga, com um pop-up. Mas, como você sabe, tratava-se de uma empresa obcecada por si mesma. Em vez de um simples pop-up, eles usavam uma experiência. Basicamente, toda vez que os termos de serviço mudavam, era inserida uma experiência breve em que uma mulher comunicava aquilo ao usuário, e depois ele podia pular a leitura da versão atualizada. O objetivo era chamar a atenção, e chamar a atenção era o negócio do Altus, por isso eles faziam aquilo.

Eu não sabia como aquelas atualizações funcionavam, mas não eram objeto de preocupação para a segurança, porque havia sistemas padronizados que não podiam ser usados para inserir programação nova em um computador. Eles existem desde sempre. São uma tecnologia segura e estável. Só que nada no Altus era seguro ou estável, porque nada daquela tecnologia existia um ano antes.

O melhor de tudo era que eu conhecia alguém que trabalhava com interface de usuário no Altus. E, com sorte, ele já teria inserido atualizações de termos de serviço antes.

A corrida até o dormitório era curta, levaria só alguns minutos, mas então me dei conta de que vinha me concentrando demais no panorama geral. Era o meio da noite, de modo que tudo provavelmente estava trancado. Parei de correr e estava tentando pensar em uma maneira de entrar quando um borrão passou por mim e meu coração pulou para a garganta.

Mas então distingui suas formas: era April. Seu punho atingiu o ponto onde o ferrolho encontrava o batente, e a porta saiu voando.

Ela virou para mim e disse:

— Achou que eu ia te deixar fazer isso sozinha?

Corri para dentro, um pouco surpresa que não houvesse ninguém acordado. Me parecia inconcebível que o mundo inteiro não soubesse o que estava acontecendo. Em geral, quando algo importante acontecia, descobríamos todos juntos. Mas acho que não é bem assim que funciona. Na verdade, alguém sempre sabe primeiro. E, naquele caso, esse alguém era eu.

— Por que aquele troço me libertou? — perguntei em meio a arquejos conforme avançávamos pelo dormitório. Meu nariz latejava, e falar só piorava a sensação.

— Porque Carl o atacou, acho. Acho que eles estão lutando agora mesmo. Acho que não temos muito tempo...

Pareceu que ela ia terminar a frase, o que não aconteceu. Não tínhamos muito tempo antes que Carl não pudesse mais me proteger e eu virasse um saco de geleia de uva.

Soltei um suspiro aliviado quando Peanut atendeu a porta.

— Diggles! — ele disse antes de conseguir registrar qualquer outra coisa. — O que aconteceu com seu rosto?

No momento em que ele mencionou aquilo, a dor voltou, aguda e generalizada. Tinha me esquecido dela.

— É uma longa história — falei, só que "história" saiu parecendo "hitória", graças ao meu nariz entupido de sangue.

— E onde foi que você andou?

Estranhamente, aquela era uma história mais curta, mas eu não queria ter que contá-la duas vezes.

— Sippy está aqui? Preciso muito da ajuda de vocês dois.

Peanut pareceu... bom, confuso. Era o meio da noite, meu rosto estava inchado e sujo de sangue, e fazia um mês que ele não me via. Devia estar imaginando que eu havia sido mandada embora. Talvez a própria empresa tivesse dito aquilo a eles.

Peanut me deixou entrar no quarto e foi acordar Sippy. April ainda não tinha se revelado para eles. Sippy tirou os óculos de realidade virtual e piscou algumas vezes, depois baixou os olhos para as mãos para ver se ainda o segurava, imagino que para se certificar de que não estava mais no Espaço.

— Você consegue fazer uma atualização dos termos de serviço? — perguntei.

— Claro — Sippy disse. — Tipo, eu precisaria do identificador da experiência, mas, sim, já fiz isso várias vezes. — Ele pareceu mais conectado com a realidade. — Por onde você andou?

— Peter me prendeu no Espaço Altus. Fiquei nele o tempo todo que sumi. Descobri como mandar uma mensagem para uma amiga, e, bom, ela veio!

April entrou no quarto.

Eu a vi com os olhos deles: pequena, usando um blazer cinza por cima de uma blusa branca, o rosto metade pele humana, metade opala iridescente. Até a mim ela parecia um pouco assustadora.

— Acho que Peter me prendeu porque achava que eu era uma ameaça. Passei semanas no Espaço Altus, incapaz de desconectar. — Eu estava divagando, mas não conseguia evitar. — Não sei quanto tempo se passou, porque eles me faziam pensar que eu entrava e saía do Espaço, quando na verdade só ficava imóvel em uma sala onde fazia xixi em um balde e...

— Temos que ir embora agora — April me interrompeu.

— Quê? — Sippy disse.

— Temos que ir embora. Podemos explicar tudo em outro lugar. Os seguranças estão vindo.

Foi minha vez de dizer:

— Quê?

— Estou recebendo... atualizações das condições de segurança. Eles estão batendo de porta em porta. E estão vindo para cá.

A voz dela parecia cada vez mais tensa.

— Vocês confiam em mim? — eu perguntei a Peanut e Sippy.

Sip olhou para Peanut. Antes que o outro pudesse responder, Sip disse:

— Sim.

— Traz seu rig, Sippy. Vamos à torre de servidores.

Fomos depressa para o corredor e seguimos na direção do espaço de convivência, então April fez sinal para que parássemos.

— Tem dois deles ali — ela sussurrou.

— Como você sabe disso? — perguntei.

— Eu... não posso explicar agora — ela disse, um pouco mais irritada do que me parecia necessário.

— O que a gente faz? — Peanut perguntou.

— Vamos correr. Eu vou primeiro — April disse. — Vocês vão me seguir o mais rápido que puderem. No três. Um. Dois. Três.

Ela disparou para o espaço de convivência. Era pequena, mas ganhou velocidade e se lançou contra os dois seguranças. Os três caíram juntos, e os meninos e eu passamos correndo pela porta arrombada. Eu queria olhar para trás para ver o que tinha acontecido com April, mas só segui em frente. O céu acima da montanha começava a clarear, precedendo a alvorada. Diminuí o ritmo para que Sippy e Peanut conseguissem me acompanhar.

Estávamos na metade do caminho quando April passou a toda por nós. Ouvi gritos atrás de mim. Olhei por cima do ombro, mas não consegui ver nada além de Nut e Sip — estava escuro demais.

— Mais rápido! — gritei para eles.

— Correr... não... — Peanut começou a dizer, mas não terminou.

Dava para ver a porta do prédio de segurança máxima mais adiante. Corri a toda velocidade, deixando os meninos para trás. April já segurava a porta aberta para nós. Eu entrei e me virei para Sippy e Peanut. Havia dois homens de uniforme a poucos metros deles. April bateu a porta depois que os meninos passaram por ela. Mas a tranca estava quebrada.

— Vão — ela disse, se jogando de costas na porta.

Do outro lado, os corpos dos dois seguranças atingiram a porta, depois começaram a golpeá-la. A porta não se mexeu, nem um pouquinho.

— O que você vai fazer? — perguntei.

— Vou fazer um vídeo — April disse, em voz baixa e muito séria.

— Mas... a fechadura está quebrada.

Ela olhou para mim, com o rosto tão determinado quanto seus pés no carpete.

— Sou forte agora. Você precisa fazer o seu lance, enquanto eu faço o meu. Vai lá.

TRANSCRIÇÃO: "VAMOS ACABAR COM O ALTUS"

Vídeo do YouTube

April May: Oi, pessoal, é a April. Estamos numa situação complicada. Não sabia muita coisa sobre o Altus, mas estive acompanhando sua trajetória com interesse. O potencial tecnológico é impressionante. Poderia unir as pessoas, nos tornar mais empáticos, educar, diminuir a desigualdade. Ao mesmo tempo, tenho minhas preocupações.

(ruído de batidas vindo de trás)

Vou explicar esse barulho logo mais. Tenho medo de que uma única empresa ter controle sobre algo tão útil e poderoso seja uma receita para o desastre. Me preocupo com as pessoas que não têm acesso ao Altus e com as que são incapazes de acessá-lo. Me preocupo, e isso já faz um bom tempo, que estejamos indo rápido demais. Mas me mantive em silêncio quanto a minhas preocupações, porque não sabia mais sobre o assunto do que você.

Bom, agora sei. Minha amiga, Miranda Beckwith, foi contratada para trabalhar no Altus. Então eles decidiram que ela havia violado a política da empresa, e em vez de demiti-la, a mantiveram como prisioneira. Não só trancada num quarto, mas também trancada no Espaço Altus, com um software modificado que a impedia de sair mesmo sabendo de sua situação.

É claro que isso é sequestro e prisão ilegal, além de profundamente perturbador e antiético. Vim aqui para conferir se era verdade, e é. Enquanto tentava descobrir tudo, fui atacada pelos seguranças do Altus e levei um tiro.

(as batidas continuam)

No momento, corro um risco significativo de ser morta. Estou tentando desesperadamente impedir os seguranças de entrarem neste prédio, porque acredito que sua intenção seja de machucar minha amiga e eu. Então, por favor, enquanto podem, ouçam essa gravação de Peter Petrawicki explicando a situação.

(inserção da gravação de Peter Petrawicki)

Passei bastante tempo observando o Altus e esperando antes de julgá-lo. A história da humanidade é uma história de compartilhamento de informações, e o Altus poderia ser uma plataforma extremamente poderosa nesse sentido. Mas cansei de postergar meu julgamento, e acho que o restante de nós também. Há dois problemas com o Altus.

(gritos abafados)

Em primeiro lugar, em algum momento temos que reconhecer que os lugares onde compartilhamos informações não são serviços que utilizamos, e sim lugares onde vivemos. E, se a gente passar a viver no Espaço, o Altus vai controlar nossas vidas. Essa plataforma não deveria ser algo completamente controlado por alguns poucos bilionários. Neste prédio, centenas de pessoas passam vinte e quatro horas por dia minerando AltaCoins para o Altus. O Altus prendeu minha amiga e reagiu à minha chegada tentando me assassinar. Mais do que isso, eles criaram a própria moeda e construíram a empresa em uma ilha remota para que seu controle nunca fosse ameaçado. Abriram seu capital sem considerar os impactos econômicos ou sanitários. Quando perguntamos a Peter sobre essas violações éticas e legais, eis o que ele disse.

Peter Petrawicki: *Foda-se a ética. Foda-se a moral. O Altus é o futuro. Os governos são coisa do passado.*

AM: Temos que nos perguntar por que eles investiram tanto. Será que é porque querem controlar nossas vidas antes que a gente descubra algo terrível? Ou será só mais um passo no caminho para empresas cada vez maiores e mais negligentes controlarem nossas vidas mais e mais? A conclusão inevitável é uma empresa que possui e controla tudo, exatamente o que o Altus é.

Agora estamos todos sentindo os impactos. Mas não importa. Não há nada que possamos fazer. Estamos todos nos preparando calmamente para viver a vida sob a sombra disso. Aqueles com dinheiro e sorte que conseguiram antever isso e entrar logo no início serão beneficiados, enquanto todos os outros vão passar o resto da vida dando tudo de si só para se manter à tona.

Uma ideia não é boa só porque pode gerar dinheiro. Não sou a única a acreditar nisso.

Mais de oitenta por cento da população mundial tem uma opinião desfavorável do Altus, incluindo muitas pessoas que usam o serviço com frequência. No entanto, parece que não há como nos livrarmos da empresa.

Só que isso não é verdade. Logo será, mas ainda não.

Abrimos uma conta e estamos pedindo a todo mundo que envie dez dólares para ela. Os detalhes estão na descrição do vídeo.

Só que, quando digo "todo mundo", quero dizer todo mundo *mesmo*.

É hora de decidir se o mundo seria melhor sem o Altus.

A partir do momento em que este vídeo for disponibilizado, teremos três horas para levantar vinte bilhões de dólares para comprar o Altus e fechá-lo. Recebemos de fonte fidedigna a informação de que os investidores do Altus logo vão querer vender suas ações, e já levantamos bilhões de dólares de gente rica que permanecerá anônima. Mas não podemos fazer isso contando só com gente rica, porque isso não pode ser algo que algumas poucas pessoas decidiram fazer. Temos que fazer isso juntos.

Bom, temos três horas e precisamos que dois bilhões de pessoas doem dez dólares. Se puder, doe mais, mas não menos. Liguem para as pessoas, acordem todo o mundo, digam que é nossa última e única chance. Não precisa ser assim. Se conseguirmos levantar essa grana, vamos comprar a empresa, e o Altus vai deixar de existir. Podemos nos livrar para sempre disso, podemos recuperar a economia, podemos recuperar nossas vidas.

(as batidas continuam)

Dez dólares. É tudo de que precisamos para voltar ao mundo em que vivíamos, para que nosso dinheiro volte a valer alguma coisa, para que o poder seja nosso e não dessas pessoas. Sei que, para muitos de vocês, cada dólar importa. Bom, nunca importou mais do que hoje. Vocês sabem como espalhar a notícia. Façam isso. Três horas, é o tempo que vou aguentar segurar esta porta. A partir de agora.

ANDY

Recebi a gravação de April e a editei mais rápido do que qualquer outra coisa que tenha feito na vida, o tempo todo pensando que não íamos realmente fechar o Altus. Podíamos dar um jeito nele. Se dois bilhões de pessoas de fato investissem na compra da empresa, como não seria um Altus com dois bilhões de acionistas? O que não poderíamos fazer se usássemos aquele poder para tentar algo completamente novo e aberto, que ninguém controlava e que todos compartilhavam? Foi essa ideia — essa mentira — que me manteve trabalhando sem pensar muito no que estava fazendo.

Porque, por mais que eu soubesse que o Altus era a porra de um desastre maligno sem precedentes, não queria, tipo, ter que parar de usá-lo. E não só porque estivesse viciado, mas porque era incrível! Eu havia aprendido espanhol em um mês! Todo mundo que investira no Altus o fizera porque vira o potencial de reconstruir a experiência humana. E se aquele valor fosse usado em nome da igualdade em vez de em nome do lucro? O que não poderia acontecer? Era uma ferramenta valiosa demais para ser destruída.

Se tudo seguisse de acordo com o plano, eu controlaria a conta bancária que compraria o Altus. Aquela ideia se mantinha ali, espreitando no fundo da minha mente. No fim das contas, eu seria o proprietário legal do Altus. Só eu.

Eu reconhecia a genialidade da tática de April. Mobilizar as pessoas imediatamente sem dar à oposição tempo de organizar qualquer resistência. Mas vinte bilhões era bastante coisa. Tratava-se de um pedido sem precedentes. Só que, se alguém fosse capaz de conseguir aquilo, era April, a escolhida literalmente ressurrecta, a maior influenciadora digital da nossa era.

Assim que disponibilizei o vídeo, liguei para Stewart Patrick e pedi que o visse.

Ele viu.

— Parece muito precário — ele me disse. — Os investidores não vão vender porque o Altus é ruim para o mundo ou mesmo profundamente imoral. Eles vão substituir Peter, podem até se submeter a regras externas, mas não vão vender.

— Eles têm um plano — insisti.

— Qual é o plano? — ele perguntou com firmeza, sem me deixar espaço para não responder.

— Eu... não sei.

— Você não sabe. — Ele ficou em silêncio por um segundo. — Merda. MERDA. Eu deveria saber, não podia ter confiado em crianças. — O comportamento dele mudou, do nada e completamente. — Tem muita coisa em jogo aqui. Dinheiro pra caralho, minha reputação. Talvez minha carreira. Vendi a ideia de uma bancarrota gigante para todos os cretinos com alto patrimônio líquido e gestores de fundos soberanos no planeta, e até agora tudo o que vocês têm é a informação de que um babaca sequestrou uma menina? Se virem. — A voz dele era fria. — Se virem agora mesmo, porra.

Então ele desligou.

Abri a conta. Já tínhamos recebido quinhentos mil dólares. Então fiz os cálculos. Quinhentos mil dólares, olha só isso, é 0,025 por cento de vinte bilhões.

Andy Skampt
@AndySkampt
Sei que vai ser um choque para muita gente, mas o Altus acabou pra mim. A empresa usou a maior ferramenta que a humanidade já viu e a transformou em algo maligno. Acabei de mandar meus dez dólares, é a vez de vocês.

33,1K 4,3M 562,9K

MAYA

Finalmente, Miranda me explicou tudo. Todos observamos o processo inteiro de capturar uma experiência Altus usando um dos rigs que havia nas salas ao longo do corredor. Depois que aquilo havia sido feito, levamos Sippy e seus óculos de realidade virtual para o corredor, onde o enorme robô Carl continuava segurando a mão de Peter Petrawicki.

— Queríamos que você visse isso — eu disse a ele.

— O que estão fazendo?

Ele parecia pálido.

— Peter, este é Sippy. Ele é um dos seus desenvolvedores de interface — expliquei. — Sippy está prestes a incluir uma experiência de atualização de termos de serviço. Todo mundo vai passar por ela quando entrar no Altus. Todo mundo que já está no Altus vai vê-la assim que sair da experiência ou da sandbox em que se encontra. É assim que as atualizações de termos de serviço funcionam, certo?

— Vocês acham que, se explicarem que o que estamos fazendo aqui é imoral, vão prejudicar nossa imagem? Talvez um pouco. Mas nada que possam fazer vai parar nosso trabalho aqui.

Revirei os olhos para ele.

— Este é Peanut. — Peter olhou para ele. — É outro funcionário. Talvez você se lembre de Peanut, porque ele não consegue entrar no Espaço. É o que o pessoal aqui chama de "incom", pela incompatibilidade com o Altus. Mas o fato de não conseguir entrar no Espaço não significa que não seja possível capturar sua experiência com ele.

Peter pareceu confuso por um momento, mas então seu rosto desabou. Ele parecia a ponto de vomitar.

— Vocês não podem fazer isso.

— Pela sua cara, tenho certeza de que podemos — eu disse.

— Não, tipo, vocês podem... — Ele agora implorava. — Mas não podem. Pensem no que estarão fazendo. Estarão... tomando uma decisão por todas aquelas pessoas. Estarão incapacitando o mundo. Seria um ataque. Terrorismo!

Sippy olhou para mim. Dava para ver que estava em dúvida. Ele também perderia o espaço para sempre. Todo mundo perderia.

— O que dá a vocês esse direito? — Peter perguntou.

Aproximei o rosto do dele e sussurrei:

— O que deu a *você* o direito? — Sippy já não parecia tão seguro quanto alguns minutos antes, por isso segui em frente. — Poder não é nada além de capacidade sem restrição. Você achou um jeito de fazer isso com o mundo. Eu achei um jeito de desfazer. É isso.

— Seu corpo não passa de trinta trilhões de células trabalhando juntas — Peter disse, ignorando todo mundo e se concentrando em Sippy. — Com o Altus, a humanidade finalmente pode ser assim, sete bilhões de pessoas operando em uma empatia radical, perfeita! É o próximo passo da evolução humana, e vocês vão destruir isso.

— Não, você destruiu isso — Miranda retrucou, mordaz. Ela se dirigiu a Sippy. — Ele destruiu isso quando decidiu usar essa ferramenta para puro ganho pessoal. Ele quer tanto se sentir importante que tudo o que faz é puxado para esse buraco. Quase me destruiu. Quase destruiu o mundo todo. *Quase*.

— Sippy, não — Peter implorou. — Não, podemos resolver isso. Você pode me ajudar a resolver.

Sippy encarou Miranda. A expressão dela era severa e triste, mas também firme. Duas manchas marrons de sangue seco ainda marcavam seu queixo e seu pescoço.

— Elas estão certas, cometemos um erro, mas você não pode deixar que façam isso! — Peter puxou a mão que Carl segurava. A pegada de aço se manteve. Ele se esticou na nossa direção. — Vocês não podem destruir tudo o que construí.

— Tudo o que *você* construiu? — Miranda parecia chocada.

Dei uma risadinha.

— Ele nunca vai admitir o quanto foi usado. Aquilo que lhe forneceu as informações necessárias para construir isso quer nos destruir. Possuiu o corpo de Miranda e tentou usá-lo para me matar.

Fui até Sippy e abaixei a gola para mostrar a ele e a Peanut as marcas no meu pescoço.

Minha mente estava acelerada. Eu havia pensado naquilo mil vezes, mas nunca botara para fora. Agora, sentia toda a pressão do mundo. Organizei as ideias, colocando-as em fileiras certinhas, e as transmiti com clareza a Peter Petrawicki, cuidando para que Sippy ouvisse tudo o que eu dizia. Eu sempre sentira um pouco como se o mundo dependesse de cada palavra que eu dizia, mas, daquela vez, talvez fosse mesmo verdade.

— Você acredita realmente que o poder sempre deve ir para as pessoas que merecem, não é? — perguntei, mais surpresa que irritada. — Se não acreditasse nisso, teria que gastar uma fração do seu tempo não se sentindo o próprio Jesus Cristo, o que não teria graça. Mas aí outra pessoa consegue algum poder, e você perde parte do seu, e não gosta que ele tenha ido pra outro lugar. Só que você também não consegue deixar de acreditar que o poder se organiza corretamente, porque toda a sua compreensão do mundo é baseada nessa única ideia. Então, em vez disso, você se convence de que as pessoas estão trapaceando, se corrompendo ou mentindo. Bom, adivinha só: hoje o poder está nas nossas mãos, e não na sua. Isso não significa que haja algo de errado, só significa que você nunca esteve certo. Não é justo nem injusto, é só o que aconteceu. Você pode racionalizar isso da maneira que quiser, mas aconteceu. Você perdeu.

Eu queria olhar para Sippy, mas a gente não se conhecia. Talvez aquilo bastasse, talvez não.

Me mantive imóvel, em silêncio, então ouvi Miranda falar, com a voz suave e cuidadosa:

— Sid, a coisa que construiu o Altus usou mesmo o meu corpo para tentar matar Maya. E pode voltar a tomar posse dele a qualquer momento. Não quero que aconteça de novo. Foi horrível. Por favor, chegou a hora.

Eu ouvi Sippy ajeitando os óculos de realidade virtual e finalmente me virei para olhar.

Peter começou a gritar atrás de mim, puxando a mão que Carl segurava. A princípio, ele gritava palavras, mas depois foram só gritos mesmo, como se estivéssemos sequestrando seu filho diante de seus olhos. E talvez fosse tipo isso.

Pouco depois, Sippy já tinha implementado uma atualização dos termos de serviço ligada a uma experiência diferente — a experiência de desarticulação corporal de Peanut.

Sippy foi então forçado pelo software a ver ele mesmo a atualização. Ele tirou os óculos imediatamente e vomitou no chão. Vi, com prazer, um respingo de vômito cair na calça cáqui de Peter, que se encolheu.

Então, de repente, Peter Petrawicki caiu. Carl não segurava mais sua mão.

No mesmo momento, o macaco reviveu. O animalzinho se levantou de um pulo e caminhou até mim.

— Carl! — eu disse, animada, imaginando que aquilo deveria ser um bom sinal. — Conseguimos?

Nenhuma resposta.

— Carl? Você está bem? A gente…

Então percebi. Seus olhos já não pareciam profundos. Suas ações não demonstravam mais compreensão. Eu não estava olhando para um macaco habitado por uma inteligência alienígena. Entendi isso na mesma hora, sem qualquer sombra de dúvida.

Miranda tinha ido dar uma olhada em Peter, que estava caído no chão, completamente imóvel.

— Carl? — chamei de novo. O macaco chegou mais perto e produziu um estalo estridente com a garganta.

Olha, não escondi aqui que meus sentimentos por Carl são complicados. Elu tirou April de mim, a colocou em perigo, mostrou várias vezes que se importava mais com seus próprios planos que com nossas vidas. Mas, àquela altura, Carl me parecia algo inevitável, alguém que sempre estaria ali, dando informações, sabendo de tudo e cuidando de nós. Naquele sentido, Carl parecia um parente. Talvez eu não confiasse nelu, talvez quisesse que elu soubesse que não tinha perdão por suas ações passadas, mas eu esperava que Carl fosse ser para sempre uma parte da minha vida. Só percebi isso naquele momento.

— CARL! — gritei, fazendo o macaco fugir de mim. Claro que sim.

Ele disparou pelo corredor, na direção de onde April estava, agora de pé. Subiu pela perna dela e se empoleirou em seu ombro.

— April — chamei, sabendo o que estava acontecendo, mas sentindo que eu me segurava por pouco. Sua expressão era dura; ela se movia devagar, como se estivesse perdida.

Dr. Noise

@drnoise

Caralho. Eu estava no Espaço e alguma coisa bizarra aconteceu. Foi horrível, como se eu visse pelos meus cotovelos ao mesmo tempo. É isso que é desarticulação corporal? Vomitei no tapete da minha mãe! @LaboratorioAltus

63,1K 23,3K 128,4K

@drnoise

Porra, acabei de tentar e aconteceu de novo. Qual é o problema? Tentei três vezes, e em todas foi como se meu corpo todo virasse do avesso e de ponta-cabeça e invertesse ao mesmo tempo

6K 1,3K 9K

@drnoise

Não foi só comigo. Alguém está conseguindo entrar no Espaço?

1,9K 784 4,7K

@drnoise

Estão falando que depois que isso acontece você não consegue mais entrar. É bom que essa merda seja mentira, @LaboratorioAltus

1,5K 1,4K 3,7K

APRIL

Vou ter que rebobinar um pouquinho. Lembra quando caí inconsciente no corredor, Maya me segurou e depois voltei? Não contei a história toda na hora, e não contei depois. Acho que agora é o momento.

Não vou fingir que entendo como é ser Carl, mas elu fez de tudo para explicar quando apaguei e abri os olhos no saguão em que todos costumávamos despertar na época do Sonho.

— April... — Carl falou, em sua reconfortante voz de tenor. A sala branca e iluminada, quente e familiar, era agradável. Parecia um presente. Parecia meu lar, de alguma forma. O robô Carl estava diante de mim, imponente, brilhante, perspicaz e gentil. — April, estou morrendo.

— Quê? Você... — Eu queria discutir, dizer a Carl que aquilo era impossível, e que, se não fosse, a gente ia salvar elu de alguma maneira.

Carl prosseguiu, com sua voz clara:

— Já me estendi sobre toda a superfície deste planeta. Eu era um sistema nervoso capaz de sentir qualquer canto do mundo, qualquer canto da consciência das pessoas. E não era nada comparado ao poder que agora enfrentamos. Não vou sair vivo dessa batalha.

— Não, tem que ter um jeito — insisti.

Menos de doze horas antes, eu estava tão brava com Carl que nem queria que elu fosse parte da minha vida, mas agora a possibilidade da perda era uma dor horrível. Carl era uma constante.

Elu prosseguiu:

— Não tem. Quando as pessoas mineram AltaCoins, toda a sua mente é entregue ao meu irmão. O número de pessoas fazendo isso está aumentando muito rapidamente. Eu poderia ter me escondido, poderia ter vivido aqui por séculos, enquanto meu irmão caçava cada enclave secreto do meu sistema, mas não fiz isso. Coloquei todo o meu poder, tudo o que tenho, tudo o que sou, nesta ilha. Tudo de mim está aqui. Meu irmão não pode fazer o mesmo. Ele precisa manter toda a sua rede, de modo que aqui estamos mais ou menos em pé de igualdade, mas só aqui. Posso atingi-lo com tanta força quanto ele pode me atingir, mas não pelo mesmo tempo. E vou precisar fazer isso. Ele vai entrar em contato direto comigo porque sabe que sou uma ameaça. Quando fizer isso, vou poder enfrentá-lo, mas não por muito tempo. Cortei todos os caminhos de fuga. Tudo de mim está aqui, e não vou embora.

— Então... perdemos? Acabou?

— Não — Carl disse imediatamente. — Não, a vitória só é... improvável.

A tristeza na voz delu era imensa.

— Quão improvável? — perguntei.

— Não sei. Não consigo mais realizar simulações.

— Se você não consegue realizar simulações, como vamos saber se conseguimos?

— Ah, meu irmão ainda é capaz de fazer isso. Se ele calcular que vocês têm boas chances de não se destruir, vai parar. Conheço algumas de suas ferramentas. Ele prejudica a economia para que as pessoas se tornem mais fáceis de manipular, e agora sei que está por trás do Thread. Se ele parar, essas coisas vão parar também. É assim que você vai saber. E vou te avisar quando for seguro ir embora e quando não for, mas não posso ajudar mais. Vou comunicar isso também. Ainda tenho um ou dois truques na manga. No momento, tudo de mim está devotado a lhe dar mais tempo.

— Mais tempo para fazer o quê?

— Não sei. Talvez nada. Você vai ter que descobrir.

— Mas não tenho ideia! — gritei para a estátua. — Não sei como consertar isso!

Ouvi um barulho, como de água gotejando em pedras. Olhei em volta, procurando de onde vinha, então percebi que era Carl rindo.

— Você ainda acha que escolhi você.

— Como?

— Você acha que foi você — Carl insistiu.

— Mas você me escolheu, você me disse isso. Você disse que realizou as simulações e que eu fui a... hospedeira com maior frequência de sucesso.

— Você não foi bem-sucedida nas simulações, as simulações mostraram resultados bem-sucedidos. — Água gotejou sobre pedras de novo. — Escolhi você como hospedeira, mas você não foi o motivo do sucesso.

Fiquei esperando mais, só que Carl aparentemente precisava que eu perguntasse.

— Quem foi, então?

— Eu te amo. — As palavras pareceram muito cuidadosas. — Você é tão... humana. Você ainda acha que tem que ser alguém. Não é ninguém em particular. São todos vocês.

Então acordei naquele corredor em Val Verde, sabendo que Carl estava morrendo e que cada ação que tomava em nossa defesa acelerava o processo. Miranda queria atravessar a propriedade correndo, mas eu não queria que ela fizesse isso, porque sabia que Carl acabaria se consumindo para protegê-la.

Segurei a porta para que Carl não precisasse fazê-lo. Fiz minha parte... protegi os outros. Gravei o vídeo. Deixei que os outros heróis seguissem com seu trabalho. Éramos todos nós. Eu, Maya, Andy, Miranda, Peanut, Sippy, Bex e até mesmo Stewart Patrick. Então as batidas na porta cessaram, e eu achei que os seguranças talvez só tivessem mudado de tática. Até que ouvi uma voz na minha cabeça. A voz de Carl.

— É hora de ir, April. Eu agradeço. Adeus.

Até onde eu sabia, aquelas eram as últimas palavras de Carl. Ditas na minha cabeça, um presente só para mim. Um presente que eu não quis compartilhar até agora, porque queria que fosse apenas meu. Mas acho que pode ser seu também.

Inspirei de forma profunda e instável e senti o mesmo vazio de quando tínhamos chegado ao Altus. Eu não estava mais conectada a nada externo a mim mesma. Sabia que, se eu me permitisse sentir qualquer coisa, seria demais, por isso escondi minhas emoções. Enquanto avançava pelo corredor, o macaco correu na minha direção e subiu no meu ombro. Nem precisei olhar para saber que não era Carl.

— Cadê Carl? — Maya perguntou. O pânico em sua voz era audível.

Não respondi. Com o macaco no ombro, segui pelo corredor. Peter Petrawicki estava caído imóvel no corredor acarpetado, ao lado da estátua gigante e vazia que outrora contivera Carl.

As costas da escultura ainda estavam apoiadas na porta. Embora ela estivesse sentada, eu mal alcançava sua cabeça. Mas me estiquei. Ergui a mão até sua bochecha e senti. A sensação não era aquela de nem calor nem frio que havíamos sentido na rua 23. O rosto parecia frio como metal, como se fosse uma escultura que alguém havia criado e deixado ali, como uma obra de arte naquele corredor comprido e imponente.

— Precisamos ir — avisei. — O avião está esperando por nós.

— Não sei o que aconteceu com Peter — Miranda disse.

— Ele está só inconsciente, vai acordar logo. Todos vão acordar logo. Por isso temos que ir agora.

— Como você sabe disso? — ela perguntou. Era a cara da Miranda nos atrasar porque estava preocupada com a pior pessoa do mundo.

— Te conto no avião.

Minha voz soava desprovida de emoção aos meus próprios ouvidos.

— Cadê Carl? — Maya repetiu.

Lembrei de quando Carl ajustara meu cérebro para que eu não sentisse nada. Não era a mesma coisa. As emoções não estavam sendo reprimidas — eram uma bagunça emaranhada no fundo do meu cérebro, incapaz de chegar à superfície. Por enquanto.

— Carl morreu — respondi.

Eu não me permitia sentir aquilo, e vi o rosto de Maya se alterar quando ela tentou fazer o mesmo.

— Mas, se Carl morreu — Miranda refletiu —, por que ainda estou viva?

— Porque nós conseguimos — eu disse. — Conseguimos.

Reuni meus amigos e saímos juntos do prédio, passando pelos seguranças inconscientes do Altus. Eu os guiei, caminhando depressa, em um sinal de que queria ficar sozinha. Não queria que nenhum deles visse meu rosto se contraindo de luto, o ranho escorrendo para a boca, as lágrimas rolando do meu olho direito.

— Temos alguns passageiros novos — avisei aos pilotos, represando a dor por um momento.

— Estão todos bem? — um deles perguntou.

Eu não sabia como responder. Ouvi um soluço saindo de mim antes de saber o que estava acontecendo. Era como vômito, indesejável e incontrolável. Senti a mão de Maya no meu ombro, me guiando de volta à cabine.

— Sim — eu a ouvi dizer. — Estamos todos bem.

ANDY

As doações cresceram exponencialmente. Das seis às sete da manhã, recebemos quatrocentos milhões. Mas, das sete às sete e dez, foram trezentos milhões. As pessoas estavam dispostas a correr o risco. Tinham perdido amigos e familiares, tinham perdido suas economias, tinham esperança de que dez dólares realmente pudessem mudar as coisas para sempre. Era agora ou nunca.

Eu disse a mim mesmo que seria o bastante, ainda que Stewart Patrick e Bex continuassem me dizendo que não.

Então as notícias começaram a chegar. Quase entrei no Espaço para ver, mas me segurei. Quem entrasse agora era forçado a passar por uma experiência de desarticulação corporal, e depois que se passava por aquilo uma vez, a mente se agarrava à experiência e a pessoa nunca mais conseguia entrar.

O que quer que April tivesse feito naquela ilha havia destruído o Espaço para milhões de pessoas que estavam nele.

Recebi uma mensagem de Stewart Patrick.

> Desculpa por não ter acreditado. É perfeito. As ações vão começar a cair.

E de fato caíram. Quando nosso prazo de três horas acabou, tínhamos recebido doações de mais de um bilhão de pessoas.

Stewart começou a comprar. Assim que um investidor vendeu a um preço baixo, outros ficaram ainda mais assustados, e ele conseguiu preços ainda menores. O valor do Altus despencou. Ele comprou a participação de dez por cento de todo o fundo soberano saudita por quatro bilhões, fazendo o valor da empresa cair para apenas quarenta bilhões.

Depois disso, o restante dos investidores ia vender a qualquer preço. Mandei uma mensagem para April: O que foi que você fez?

Queria que soasse como se eu só estivesse curioso. Talvez não fosse tão ruim quanto eu pensava. Talvez fosse só temporário. Devia ter um jeito de voltar atrás, certo?

April: Estamos voltando pra casa. O Altus foi destruído. Até onde sabemos, não dá pra consertar. Pode espalhar a notícia. Os investidores vão aceitar o que oferecermos.

April: Mas não para de aceitar dinheiro. O mundo tomou uma decisão, e precisa sentir que está participando disso.

Aquela era April — tudo era uma questão de ótica. Eu não estava acreditando que íamos mesmo conseguir levantar vinte bilhões, mas parecia que íamos ultrapassar a meta de longe. Aqui vai um dado maluco: se você distribuísse um bilhão de dólares por todo os Estados Unidos, cada pessoa receberia só três dólares. Isso não parece possível! Mas o inverso também vale: cada americano só precisa doar três dólares para se chegar a um bilhão.

Às nove e meia da manhã em Nova York, Stewart Patrick me mandou uma mensagem avisando que ainda faltavam duzentos milhões, mas que já detínhamos o controle acionário do Laboratório Altus.

No fim, precisamos daqueles duzentos milhões para pagar a indenização de todos os funcionários do Altus que foram demitidos e para subornar o governo de Val Verde e impedir que Peter Petrawicki nos processasse. A ilha acabou expulsando Peter de lá, e ele teve que voltar a morar no subúrbio da Califórnia onde havia crescido.

Foi só quando ele desistiu que conseguimos ver o escopo total do que o irmão de Carl vinha fazendo. Depois que quebramos o Altus, dois por cento dos perfis ativos nas redes sociais nunca voltaram a postar. O

Thread estava incluído nesse número, assim como alguns canais do YouTube parecidos. Minha teoria é de que o irmão de Carl estava construindo nichos em toda a internet e planejava jogar uns contra os outros de alguma maneira. Ou talvez só fosse usá-los, transformá-los em seus seguidores e mantê-los sempre satisfeitos.

Mas ele parou, o que significava que tínhamos sido bem-sucedidos. Acho.

O que quer que estivéssemos fazendo, seguíamos por um caminho que não incluía nos autodestruir ou ser controlados por um deus onipresente e implacável da inteligência artificial.

O Altus não existia mais, o Thread tinha desaparecido, April estava de volta, tudo estava perfeito, e eu estava puto.

Eu era bom em ignorar minha frustração constante e latente. Mas ela continuava ali, me incomodando, sempre esperando receber um pouco mais de combustível. Eu era tão bom em não olhar que precisei de um longo tempo para descobrir de que se tratava exatamente.

Tenho amigos muito incríveis e tentei seguir os passos deles, mas não sou tão inteligente quanto Miranda, tão perceptiva quanto April se tornou ou tão perspicaz quanto Maya sempre foi. Só por enquanto, no entanto, vou tentar ser todas essas coisas, ainda que não passe de fingimento.

No período entre a morte de April e o fim do Altus, experimentei praticamente tudo o que faz os humanos se sentirem valiosos.

Fiquei famoso, fiquei rico, fui adorado, me relacionei com pessoas refinadas, ajudei as pessoas, tentei mudar o mundo para melhor, fiz meus amigos rirem, ouvi pessoas poderosas me dizerem que eu tinha valor, exerci uma influência tremenda.

Tentei *de tudo*, então me desculpem se, neste momento, me sinto um especialista a ponto de presentear vocês com a:

LISTA SIMPLIFICADA DE ANDY SKAMPT DO QUE FAZ AS PESSOAS SE SENTIREM VALIOSAS

1. Simplesmente acreditar

Às vezes, é algo religioso; às vezes, não. Deus cuida de todos, mas a sociedade também deveria fazer isso. Queremos viver em um mundo que atribui um tremendo valor, talvez até infinito, a cada vida humana. Não vivemos nesse mundo, mas acho que parte do motivo que nos faz ansiar por ele é a necessidade de um sinal de que nossa existência tem um significado intrínseco. Esse é o único sentido que não depende de outras pessoas; também é aquele ao qual é mais difícil se agarrar.

2. Contar uma história

Nós nos compreendemos de maneiras complexas, mas muitas vezes isso pode ser resumido a algumas identidades centrais. Imaginamos essas identidades como parte de uma história, e que essa história é algo intrinsecamente positivo. Pode ser fazer parte de uma tradição ou romper com outra. Pode ser sua raça, sua altura ou a cor do seu cabelo. Sua identidade como criança ou pai. Ser um gerador de empregos, um fã de *Star Wars* ou praticante de snowboard. Criamos narrativas positivas em torno dessas coisas, e quando nos encaixamos nela, sentimos que temos relevância.

3. Ser apreciado

Pode ser ouvir alguém rindo da sua piada, receber um salário digno ou receber curtidas no Instagram. Pode ser apenas algo externo, ou algo que vem de dentro. Ser apreciado é quase o mesmo que ser valioso, e acho que é daí que vem a maior parte do sentido.

4. Ajudar as pessoas

Pode parecer igual a ser valorizado, mas não é. Na verdade, acho que o engenheiro de tratamento de águas residuais médio pode lhe dizer que é possível ajudar muitas pessoas sem receber muitos agradecimentos por isso. Mas somos máquinas de empatia, e uma das maneiras mais duradouras e verdadeiras de encontrar sentido é sendo útil.

5. Se comparar

Você sabe, estabelecer comparações. Todos os esportes se incluem aqui. Só que é mais do que nos compararmos com outras pessoas; também nos comparamos com nossos eus passados, motivo pelo qual melhorar em algo faz com que nos sintamos valiosos, ainda que sejamos os únicos a saber o quanto estamos melhorando.

6. Causar um impacto no mundo

Esta é mais simples, e mais perigosa. Se o mundo é diferente porque você está nele, então você deve ter valor. Se as coisas mudaram porque você existe, você deve ser importante. Mas, se você acredita nisso, quanto maior o impacto, maior a sua importância, o que pode levar a coisas ruins.

Talvez você considere essa lista longa demais, ou curta demais, e vai saber? Talvez seja mesmo. Você pode estar achando que me esqueci de um item importante: "Pertencer". Mas acho que a sensação de pertencimento não passa de apreciação mútua e identidade compartilhada. É como um ciclo de feedback, em que se aprecia alguém por uma identidade que vocês compartilham, o que faz você se apreciar também.

Além do mais, nunca se sente essas coisas isoladamente. Um professor ou professora de escola encontra sentido em:

1. Ver o impacto que exerce nos alunos.
2. Ser parte da história do ensino.
3. Ajudar os alunos.
4. Ser um professor ou uma professora melhor a cada ano.
5. Ver seu trabalho apreciado (se Deus quiser).

Acho muito mais fácil acreditar no seu valor intrínseco se você recebe todos esses sinais de que é valioso.

Se passei semanas pensando em tudo isso, tive um motivo. Eu estava furioso e queria saber o motivo, que agora me é bastante óbvio. Em comparação com meu antigo eu, eu representava muito menos. De bilionário, tinha só voltado a ser alguém bem de vida. April havia me privado de meu papel como seu substituto ao retornar à existência. O fim do Thread havia reduzido radicalmente minha capacidade de causar impacto no mundo. E, além de tudo isso, eu havia passado meses tentando ajudar as pessoas de verdade, só para abandonar aquilo assim que algo mais atraente surgiu.

Eu estava puto, e estava puto por estar puto.

Não pude deixar de notar que eu tinha sido a única pessoa sendo manipulada diretamente tanto por Carl quanto pelo irmão delu. No

Thread, Um trabalhava para me deixar viciado no Altus e para que minha identidade se associasse a ele. Ao mesmo tempo, Carl apostava que eu seria capaz de suportar a tentação. Ou, mais provável, ambos estavam apostando que não importaria. E não importou. Se dependesse de mim, eu provavelmente não teria deixado Miranda acabar com o Altus, e aquele fato me dilacerava todos os dias.

Esse tempo todo, também tive que lidar com a mesma crise de abstinência de milhões de outras pessoas. Então a vida andava uma merda, basicamente.

A cada dia ficava mais claro que o Altus nunca ia voltar, e a cada dia eu ficava mais puto com isso. Eu não sabia se deveria ficar bravo com meus amigos por terem destruído o sistema, com Carl por ter feito eu me apaixonar por aquilo, ou comigo mesmo por ser tão fácil de manipular para amar algo tão terrível. Noite após noite, eu mantinha o bico fechado.

Então, finalmente, alguns meses depois que o Altus havia acabado, não aguentei.

Andy: Estou bravo. Esse tempo todo, estive bravo. Não consigo evitar.

April: Oi?

Andy: Por causa do Altus. Sinto falta dele. Acabou. Sei que vocês fizeram o que tinham que fazer, mas continuo bravo.

April: Não sei o que fazer em relação a isso, Andy.

Aquilo me deixou ainda mais bravo, mas talvez agora do jeito certo. Talvez o fogo não fosse se extinguir até que todo o combustível fosse queimado.

Andy: Talvez eu só precise que você saiba disso. Achei que só fôssemos assumir o controle do Altus... para fazer coisas boas com ele. Não pra destruir. Não sei por que tomamos essa decisão por tanta gente.

April: Olha, também andei pensando bastante nisso. Fico brava que você esteja bravo, porque não sei se fiz a escolha certa. Mas a gente tinha que fazer alguma coisa. Gostaria de ter seu apoio. Mas acho que entendo se não for o caso.

Eu fiquei um tempo sem responder. Então, finalmente, recebi um textão.

April: O problema com o Altus não era como era administrado ou quem o administrava. Era que quem quer que o administrasse imediatamente se tornaria poderoso demais. Se fosse necessário alguém ser tão poderoso, você estaria no topo da minha lista. Somos boas pessoas, mas não confio nem em nós mesmos. O poder se concentra naturalmente, mas essa concentração por si só é um problema. Fizemos uma escolha em nome de muita gente, mas a escolha não foi "Vocês não podem ter o Altus", foi "Um grupo reduzido de pessoas não vai controlar o futuro". Tivemos que fazer isso pelos motivos que Carl apontou, mas de qualquer maneira seria a coisa certa a fazer. Eu realmente acredito nisso. O Altus era uma invasão. Eles queriam ser o futuro, e acho que por isso eram tão perigosos. O maior impacto que se pode causar quando se tem poder é quase sempre renunciar a ele.

Li aquela mensagem várias vezes antes de responder.

Andy: Maya te ajudou a escrever isso? É muito bom.

April: Seu babaca!

April: E sim.

Andy: Vou ter que pensar a respeito. Obrigado por me dar atenção.

April: Literalmente não foi nada.

Acho que o que estou tentando dizer é: é muito importante ter amigos que sejam mais inteligentes que você… e que também sejam gentis com você.

Virei para Bex, que estava deitada ao meu lado na cama.

— Por que você não desistiu de mim?

— Cala a boca, Andy — ela disse. — Vai dormir.

MIRANDA

Então eu salvei o mundo, hein? Tipo, não só eu, mas é um pouco difícil se sentir uma completa impostora quando a humanidade definitivamente teria sido condenada sem você. Isso não significa que às vezes ainda não me sinta uma fraude, mas é bom poder sempre ter uma referência dessas.

Fora que posso fazer coisas bem legais agora.

Voltei a Berkeley, onde a professora Lundgren, de novo, tinha mantido minha bancada intacta e disponível. Lá, nós duas começamos a fazer algo bem perigoso e altamente secreto — pegamos o código-fonte do Altus e tentamos descobrir como funcionava.

Logo ficou claro que ninguém no Altus — e nenhum humano, na verdade —, era responsável por aquela programação. Grande parte era simplesmente indecifrável. O que não significa que não tenhamos encontrado nada de útil.

Descobrimos que as mudanças que Carl provocou em nosso cérebro para permitir que recebêssemos e transmitíssemos dados para sua rede eram observáveis e permanentes. Descobrimos que mesmo crianças nascidas depois do Sonho apresentavam aquelas mudanças no cérebro. O que não conseguimos descobrir foi qualquer traço do sistema computacional que, teoricamente, o irmão de Carl ainda usava para nos observar.

Sabíamos que estava ali, mas quaisquer que fossem os sistemas que Carl havia usado para transformar nossa biosfera em um computador de amplitude planetária eram refinados demais para serem identificados. Seria de imaginar que nem existiam, e imagino que a intenção fosse mesmo essa.

Deixamos para trás nossos apelidos do Altus quando chegamos a Berkeley. Estou falando no plural porque as primeiras pessoas que contratei para minha equipe de pesquisa (sim, eu tinha uma equipe de pesquisa agora) foram Paxton e Sid.

Eu sempre tentava fazer com que eles saíssem para correr comigo, embora os dois fossem mais bem-sucedidos em tentar me convencer a jogar D&D com eles.

Mas consegui fazer com que me ajudassem em uma pesquisa incrível. Testamos as partes mais básicas do funcionamento do Espaço Altus. Isso nos levou a algumas descobertas com potencial de ajudar interfaces cérebro-máquina a avançar dez ou até quinze anos.

Quando tínhamos razoável certeza de que já havíamos colhido tudo que estava ao nosso alcance em nossa análise da programação alienígena, sabe o que fizemos? Destruímos tudo. Pegamos cada disco rígido que já tivera contato com aquilo e colocamos em um caminhão que levou tudo até um estabelecimento que esmagava qualquer coisa até virar pó. Nos revezamos para atirar o material dentro de um moedor gigante, construído especificamente para destruir discos rígidos. Eles trincaram, ricochetearam e se desfizeram, até que finalmente saíram do outro lado, nada além de fragmentos de plástico, silício e metal. Cada um de nós levou um pedacinho de volta consigo, e agora eles ficam pendurados acima das nossas bancadas no laboratório.

Todo dia, vamos para lá e fazemos ciência. Fazemos ciência de *alto nível*, e eu sinto que sou a líder dessa pequena equipe. Voltei a sentir que faço parte de algo. Fazemos tudo direito e bem. Quando chego de manhã, olho para minha bancada, para o pedaço retorcido de disco rígido e tenho uma sensação boa. Sinto o que quer que seja o oposto de arrependimento.

MAYA

Você não vai ficar sabendo onde April e eu estamos. Cansei disso. Basta saber que estamos aqui no planeta Terra, com o restante dos humanos. Tomamos algumas decisões financeiras não muito bem pensadas? Sim, mas garantimos uma vida confortável para nós duas e Paulette. Paulette é nossa macaca.

Compramos uma casa juntas. Em geral, eu não sugeriria adquirir um bem enorme com uma namorada que nem sempre se mostrou a pessoa mais estável da sua vida. Mas, sei lá, parecia que ela havia mudado um pouco. Ou talvez eu continuasse cega quando se tratava de April. Acho que em parte amar uma pessoa é ser capaz de lidar com os defeitos dela.

A família de April morava na Costa Oeste, enquanto a minha morava na Costa Leste, então chegamos a um acordo de morar... bom, em algum lugar no meio do caminho. Vou guardar a lembrança do reencontro com nossas famílias para mim mesma. Foi quando meus pais e os pais de April finalmente se conheceram, e tudo foi tão normal que nunca pareceria tão importante quanto de fato era. Não foi algo tão grande quanto salvar o mundo, mas chegou perto.

Na maior parte do tempo, éramos só nós duas.

O tempo passou, e uma hora finalmente ficou claro que Pataca começava a passar do ponto. Sabíamos que, em algum lugar, na escuridão, tesouros esperavam por nós. Uma manhã, decidi que era hora. April e eu enfiamos as mãos juntas no vaso e sentimos ali as pepitas de alimento magicamente formadas. Nossas mãos se encontraram debaixo da terra, e rimos juntas.

Então April gritou, animada:

— PAULETTE!

A macaca enfiou uma das batatinhas sujas direto na boca e mastigou. Rimos juntas. A não ser por Paulette, que não gostou do sabor da batata crua e a cuspiu no chão.

As mãos de April cavaram mais fundo no vaso para ver se havia mais algum prêmio a ser encontrado ali, e fiquei só observando. As partes novas e as velhas de seu corpo trabalhavam juntas para gerar o esforço mínimo necessário para escavar a terra solta. Ela era linda. Sempre tinha sido. Linda demais para seu próprio bem, e agora era literalmente uma maravilha tecnológica também. Eu adorava observar seu corpo. Quando saíram do vaso, as mãos de April seguravam algo que não era uma batata. Com uma expressão de surpresa absoluta e abjeta no rosto, ela segurava um livro úmido e enlameado.

April o empurrou para mim, que empurrei de volta por puro instinto. Sinceramente, estava morrendo de medo do que ele poderia conter.

O livro do proveito, estava escrito na capa.

Fiquei de joelhos ao lado de April, para acompanhar as palavras enquanto ela as lia em voz alta.

> Oi pras duas. Espero que encontrem isto. Se encontrarem, é porque as coisas correram tão bem quanto poderiam. Me desculpem por não ter compartilhado mais. Se eu fizesse isso, talvez vocês não tivessem sido bem-sucedidas. Fiz algumas simulações e em todas elas vocês me perdoavam no fim, o que me deixa uma sensação agridoce. Sinto muito por deixar vocês.
>
> Eu não ia sobreviver por muito tempo de qualquer maneira.
>
> Sinto ainda mais pela dor que causei. Me destroça ser a fonte de tanto conflito e divisão. Coloquei o plano em andamento antes de me preocupar com as pessoas individualmente. Foi crueldade dos meus pais me privar dessa preocupação só para que ela me viesse depois que já não havia nada que eu pudesse fazer para alterar meus planos. Mas suponho que eles tivessem suas razões.

Só quero que saibam que vocês, humanos, são maravilhosos, lindos, terríveis e tolos. Fiquei sabendo da ação de outros agentes como eu e dos diferentes tipos de pessoas com quem trabalham. Talvez seja a realidade, talvez seja minha familiaridade com vocês em particular, talvez seja minha programação, mas me parece claro que vocês são especiais.

Adorei observar vocês. Adorei aprender sobre vocês. Adorei amar vocês.

Vocês são radicalmente colaborativos, intensamente empáticos e providos de um profundo sentido comunitário. Qualquer um que lhes diga algo diferente está propagando o medo, que é a única coisa que pode alterar sua natureza. Fazem isso porque transforma as pessoas em ferramentas. Meu único conselho é: nunca façam isso com ninguém, e não deixem que ninguém faça com vocês.

Ah, e como regra geral é melhor não arriscar e...

Ela deu uma olhada para mim, depois voltou a ler.

... ouvir o que Maya diz.

Neste livro, há algumas explicações de como funciono, para que possam disponibilizá-las em outro livro, que virão a escrever. Será uma reunião de memórias de nossas experiências nessa época, e eu gostaria de aproveitá-lo para contar mais sobre mim às pessoas. Acho que vai ser bom que saibam o que aconteceu aqui e como vim até vocês. Contar a quem estiver disposto a ouvir sobre meu irmão deve guiá-los na direção de um caminho mais estável. Espero que não se importem que eu diga isso, mas saber que tem alguém olhando em geral melhora o comportamento humano.

Não acho que teríamos escrito este livro se Carl não tivesse dito que faríamos isso. Mas era o último pedido delu, de modo que não havia muita escolha.

Não sei dizer se vocês permanecerão livres. Só posso dizer que agora as chances de que isso aconteça são maiores do que já foram. Já tive muito poder, e perder esse poder foi muito difícil. Algumas vezes, foi literalmente doloroso; outras vezes, o mero reconhecimento do meu próprio apequenamento diante do poder maior que agora habita o planeta de vocês me devastava. Mas meu poder foi real, e embora a perda me deixe furioso, acredito que meus pais tinham pelo menos uma noção do que estavam fazendo. Acredito que, porque testemunhei meu próprio poder e minha própria compaixão, concluo que o poder e a compaixão deles são ainda maiores.

Se me permitir um último truque, Maya, vocês deveriam ir ao mercado. Cerca de cinquenta pessoas vão aparecer para jantar esta noite.

E elas apareceram mesmo. Não só Andy, Bex, Jason, Robin e Miranda, mas também alguns rostos familiares que eu não esperava. Meus pais, para começar, e os de April. Mas também Saanvi Laghari, a mulher que eu entrevistei a respeito dos golfinhos mortos, os dois pilotos que nos levaram até o Altus, Jessica e Mitty, nossos motoristas de ambulância. Também vieram algumas pessoas que eu e April não conhecíamos, como a dra. Lundgren, orientadora de Miranda, e algumas pessoas que *nenhum de nós* conhecia.

Todos traziam consigo um livrinho simples encadernado em couro. Eram todas as pessoas que Carl havia escolhido. Eram as pessoas de quem elu havia precisado para que seu plano funcionasse.

Eram proprietários de negócios, atendentes, enfermeiros, motoristas e professores. Reencontramos velhos amigos e fizemos alguns novos. Era o último presente de Carl, e o aproveitamos ao máximo. Ficamos acordados a noite toda, rindo e conversando sobre o que tínhamos feito e aonde estávamos indo. Pareceu que não havia fardo pesado demais para carregar, porque podíamos todos compartilhá-lo. Também falamos sobre nossos amigos, nossas esperanças e nossas cicatrizes. E a trilha sonora, é claro, foi perfeita.

APRIL

Não vai ter um gancho ao final, eu juro. Estou parando por aqui. Não restará nenhuma história remotamente interessante a contar depois destas últimas páginas. Querem saber como é um dia na vida de April May? Não estou nem aí. Têm certeza de que estou usando meus superpoderes para influenciar o mundo de maneiras diabólicas e geniais? Bom, meu cérebro não consegue baixar informações desde que Carl morreu, então é isso. Querem conselhos de como viver no século XXI sem que a humanidade seja controlada por uma força sinistra que, como vocês leram, está dentro das nossas próprias células e decide a cada instante se já estamos ou não além da salvação? Eu também *adoraria* receber conselhos nesse sentido. Infelizmente, não tenho nenhum a oferecer.

Foi por isso que escrevi estes livros. Foi por isso que discuti com meus amigos, torturei meu cérebro, sofri durante todo o processo. Mesmo em um mundo sem Altus, o software mais sofisticado que há tem a tarefa de dar um jeito de fazer com que você não saia de um site. Esse software conhece todas as suas fraquezas. Embora se concentre em indivíduos, explorar fraquezas individuais também é explorar fraquezas sociais. O que o software quer fazer é nos tornar pessoas mais fáceis de prever.

Esses algoritmos já estão programando a sociedade. A pergunta que temos que nos fazer agora é: o que vai acontecer quando se derem conta disso? O que vai acontecer quando uma pessoa, ou um pequeno grupo de pessoas, cuja motivação primordial é aumentar o valor de suas ações, se der conta de que tem o poder de programar a sociedade?

O que vai acontecer daqui a trinta ou cinquenta anos, quando as pessoas que se inspiravam nas promessas da internet estiverem todas ultrapassadas, aposentadas ou mortas? O que vai acontecer quando os preços das ações estagnarem e as empresas precisarem provar seu valor para seus investidores? O que um único diretor executivo com poder de transformar o mundo vai fazer?

Eles nos ajudam a impedir a mudança climática? Eles nos ajudam a progredir rumo a uma sociedade mais justa e estável? Ou só ganham dinheiro?

Não sei se seremos salvos, claro. Não sei se vamos conseguir continuar trilhando nosso próprio caminho. E é isso que me parece meio doentio — nunca saberemos. Não matamos o irmão de Carl; só o convencemos de que não era necessário. Ele ainda está aqui, observando, calculando, aprendendo — pronto para, a qualquer momento, cuidadosa, sutil, secreta e brutalmente nos submeter.

E como evitamos isso? Salvar o mundo talvez seja ridiculamente simples. Talvez só precisemos cultivar nossas relações e cuidar uns dos outros. Mas não sei. É claro que não sei. Afinal, quando foi que a humanidade soube o que estava fazendo?

Me pediram que eu me tornasse mais que humana, e aceitei a missão. Eu queria ser importante. Queria ser excepcional. Mas agora minha excepcionalidade está escrita na minha testa, e não sei como deixá-la para trás.

O mais bizarro é que, quando olho para trás, talvez não tenha recebido o que merecia, mas consegui exatamente o que queria.

Quase seis meses depois da derrocada do Altus, quando o mundo tinha praticamente se recuperado da raiva, da divisão e da perda que aquilo havia causado e a economia afinal parecia estar interessada em esboçar algum movimento positivo, acordei na cama depois de ter pegado no sono nos braços de Maya, como tinha acontecido uma dezena de vezes naqueles meses.

— April — Maya disse baixinho no meu ouvido. — Isso vai parecer assustador, mas você não precisa ficar assustada.

Fiquei ansiosa na hora, claro, mas não me mexi, talvez devido a uma compreensão subconsciente da situação.

— Carl me disse que isso ia acontecer meses atrás. Logo antes de a gente ir pra Val Verde, ele disse que, se conseguíssemos, uma hora...

Ela deixou a frase morrer no ar.

Tentei me mexer, mas tinha algo de errado com meu corpo.

— Seu braço e suas pernas não estão permanentemente fundidos a seu corpo. Você pode tirar e pôr de volta. Ontem à noite, enquanto você dormia, eles se soltaram.

Entrei ligeiramente em pânico. Tentei levantar o braço, mas ele não estava lá. Meu ombro terminava em um cotoco enrugado e cheio de cicatrizes. Com a mão direita, apalpei meu corpo estranho, vazio e pequeno.

— Ai, meu Deus — soltei. Puxei o lençol para olhar para aquele corpo delicado e quebrado, feito apenas de matéria humana. — Meu rosto... — falei, levando a mão direita a ele.

— Carl disse que não sai. Está ligado ao seu cérebro.

— Então... — Fiz uma pausa. — Sempre vai estar comigo.

Ela se arrastou pela cama, então me envolveu com os braços e as pernas. Senti os pelos de suas pernas roçando minha pele.

— Isso. Sempre vai estar com você — Maya disse em um tom informativo, sem parecer chateada com aquilo.

Não chorei porque estivesse brava, assustada ou triste, embora fosse o caso. Chorei porque era demais. Talvez também estivesse um pouco feliz naquele momento.

Por muito tempo, eu havia acreditado no que me diziam: que eu era uma ferramenta, forjada, afiada e manejada para o mundo. Não uma pessoa, mas uma agente de mudança, um mutagênico cultural, uma arma. Ouvi minha própria respiração, rápida e rasa.

— É real — eu disse, porque, de alguma forma, o que tínhamos feito não parecia real até então. Eu não me sentia real. Tinha me perdido, não quando acordara no bar, mas dois anos antes, quando acordara para uma xícara de café, uma dezena de mensagens de texto e aquele mesmo rosto olhando para mim. Agora eu sentia que minha história tinha finalmente se encaixado. — É real — repeti.

— É — Maya disse, e me puxou para si. — Sua vida está escrita no seu corpo, e amo cada pedacinho dela.

De alguma forma, ela fez com que eu me sentisse humana, o que, conforme aprendi, é uma das melhores coisas que podemos ser.

AGRADECIMENTOS

Nossa, não sei nem por onde começar. Em alguns momentos, este livro pareceu impossível, mas muitas pessoas o tornaram possível. Vou começar com meu filho, Orin, que me lembrava de fazer intervalos frequentes apontando para o computador e dizendo: "Fecha". Também sou extremamente grato a minha esposa, Katherine, que (através de uma combinação de amor e desejo de que esta continuação saísse) lidou comigo enquanto eu estava... em momentos dramáticos deste projeto.

Minha editora, Maya Ziv, é muito boa em comunicar que algo pode ficar ótimo, desde que haja uma boa dose de trabalho. Ela é responsável por muitas coisas boas que estão neste livro, e por muito mais coisas ruins que não estão. Tanto Maya quanto eu estamos maravilhados com Mary Beth Constant, nossa incrível preparadora de texto, que nos salvou dezenas de vezes. Jodi Reamer, minha agente literária, também esteve comigo a cada passo dessa jornada e parece incapaz de ser nada além de um apoio inabalável. Maja Nikolc e a equipe de direitos estrangeiros da Writers House também fizeram um excelente trabalho ajudando meu trabalho a chegar a outros países e ser publicado em mais de uma dezena de línguas, um sonho que se tornou realidade. Muita gente na Dutton ajudou a criar este livro. Kaitlin Kall foi responsável pela capa, Tiffany Estreicher pelo projeto gráfico do miolo, Eileen Chetti, Alice Dalrymple e Rob Sternitzky revisaram o texto, Amanda Walker e Emily Canders fizeram o trabalho de marketing em conjunto com suas equipes, e muitos outros estiveram envolvidos. É incrível acompanhar quantas pessoas são necessárias para trazer um livro ao mundo. Sou grato a todo mundo da Dutton por levar livros até os leitores.

Muitas pessoas leram meus rascunhos e me ajudaram a compreender as nuances de retratar personagens que são muito diferentes de mim. Eu as considero minhas editoras também, e aprendi muitíssimo com elas, entre as quais estão Gaby Dunn, Ashley Ford, Taylor Behnke e Phyllida Swift. Preciso dizer que parece muito improvável encontrar uma editora profissional de origem chinesa e trinitária, mas Danielle Goodman é exatamente isso!

Agradeço a Lindsay Ellis, que deu tantas boas ideias e perspectivas para o texto inicial deste livro.

Gabriela Elena e Ketie Saner criaram uma linha do tempo de *Uma coisa absolutamente fantástica*, que se provou muito útil em diversos momentos da escrita deste livro, tanto que as contratei para me ajudar a organizar a linha do tempo deste livro. A ajuda delas foi inestimável.

Algumas pessoas não faziam ideia de que estavam ajudando, como Harvey Sugiuchi, aluno de uma amiga minha. Quando ela perguntou à turma que item mágico gostariam de ter, ele disse: "Quero um livro do proveito, que possa me levar para o melhor lugar para relaxar e me divertir a qualquer momento. E que tenha coisas tipo receitas nele".

Agradeço a todo mundo que defende um livro... que veste a camisa e luta por ele. Tem tantas obras legais por aí, e por algum motivo às vezes precisamos que nos beslique para lhes dar uma chance. Por isso, seja você livreiro, bibliotecário ou só um amigo insistente, obrigado pelos beliscões!

Se você chegou até aqui, já deve saber disso, mas caso não saiba: minha vida tem sido bizarra e extremamente afortunada. Uma enorme parte disso se deve à comunidade de pessoas que encontram entretenimento e identidade no conteúdo que meu irmão e eu produzimos no YouTube. Essas pessoas possibilitaram que muitas coisas boas e legais acontecessem, e este livro é uma delas. Sempre serei grato às ideias e oportunidades que essa comunidade me deu.

Por último, tenho que falar do meu irmão, John, que é um colaborador e conselheiro quase perfeito. Sim, ele fez comentários sobre o original deste livro, mas, mais do que isso, nos últimos quinze anos temos opinado sobre praticamente todas as decisões que o outro toma, e ambos nos saímos muito melhor por nossa colaboração. Ele, meus pais, minha esposa e meu filho — na verdade, minha família inteira — são o maior golpe de sorte que tive na vida, e olha que coisas extraordinárias aconteceram comigo.

ESTA OBRA FOI COMPOSTA POR OSMANE GARCIA FILHO EM BEMBO
E IMPRESSA PELA METABOOKS EM PROCESSO DE IMPRESSÃO SOB DEMANDA
SOBRE PAPEL PÓLEN SOFT DA SUZANO S.A. PARA A EDITORA SCHWARCZ
A PARTIR DE JANEIRO DE 2022

A marca FSC® é a garantia de que a madeira utilizada na fabricação do papel deste livro provém de florestas que foram gerenciadas de maneira ambientalmente correta, socialmente justa e economicamente viável, além de outras fontes de origem controlada.